ZU DIESEM BUCH

Die hier vorliegende Sammlung ihrer berühmtesten Novellen zeigt Pearl S. Buck als Meisterin der Kurzform, in der sie Grundprobleme des Frauenlebens im China von gestern und heute schicksalhaft gestaltet, sei es in der Schilderung einer die Scheidung nicht überwindenden, den alten Bräuchen verhafteten jungen Frau oder der alternden Bauersfrau und Mutter, die die modernen Lebensanschauungen des Sohnes nicht zu teilen vermag. Den Hintergrund für diese Erzählungen bilden die asiatische Natur und ihre dämonischen Mächte.

Das in allen Kultursprachen verbreitete, umfangreiche Werk der amerikanischen Nobelpreisträgerin Pearl S. Buck hat Entscheidendes zum Verständnis Chinas und seiner Menschen in der westlichen Welt beigetragen. Von deutschen, holländischen und französischen Einwanderern abstammend, wurde die Dichterin am 26. Juni 1892 als Missionarstochter in Hillsboro/West Virginia geboren. Schon als kleines Kind fand sie mit ihren Eltern in China eine zweite Heimat. Eine alte chinesische Amme vermittelte ihr die Legenden und Mythen des Landes, die zusammen mit der erlebten Umwelt den Keim für ihr späteres Werk legten. Die Fünfzehnjährige äußert sich bereits: «Ich habe aufgehört, anders als die chinesischen Menschen um mich her zu empfinden.» Nach dem Besuch eines englischen College und einer kurzen Rückkehr in die amerikanische Heimat ruft sie die Erkrankung der Mutter, die sie zwei Jahre lang aufopfernd pflegt und der sie später in dem biographischen Werk «Die Frau des Missionars» (rororo Nr. 101) ein unvergeßliches Denkmal setzt, wieder nach China. In dem Gegenstück hierzu, «Der Engel mit dem Schwert» (rororo Nr. 167), zeichnet sie in gleicher Weise das Bildnis ihres Vaters. Den ersten Roman, «Ostwind – Westwind» (rororo Nr. 41), entwirft sie bereits 1925 auf einer Schiffsreise und bringt ihn 1930 als Buch heraus. Diese Liebes- und Ehegeschichte zeigt bereits die ungewöhnliche Einfühlungsgabe der Dichterin und ihr Verständnis für die Gegensätze zwischen Ost und West. Schon ein Jahr später wird sie mit dem Roman «Die gute Erde», dem ersten Band der Trilogie «Das Haus der Erde», weltberühmt. Das Werk ist der größte amerikanische Bucherfolg seit dem 35 Jahre früher erschienenen «Quo vadis?», wird mit dem Pulitzer-Preis ausgezeichnet, in zwanzig Sprachen übersetzt, erscheint in drei verschiedenen chinesischen Dialekten, wird dramatisiert und verfilmt.

Die Dichterin, Ehrendoktorin zweier Universitäten, Mitglied des National Institute of Arts and Letters, Gründerin und Präsidentin der East and West Assoziation, ist eine der eindrucksvollsten und wirkungsreichsten Frauen unserer Zeit. Sie hat mit ihren in rascher Folge erschienenen Werken, vor allem auch mit den Romanen «Söhne», «Das geteilte Haus», «Stolzes Herz», «Drachensaat», «Die Mutter» (rororo Nr. 69), «Letzte große Liebe» (rororo Nr. 1779) und «Alle unter einem Himmel» (rororo Nr. 1835) sowie mit «Die schönsten Erzählungen der Bibel» (rororo Nr. 1793) Leser in aller Welt gewonnen, Überlieferung und Neuordnung Chinas und die Wandlung der östlichen Welt unter westlichen Einflüssen ist das große Thema aller ihrer Werke. Vier ihrer schönsten Erzählungen erschienen unter dem Titel «Die springende Flut» als rororo Nr. 425. Als rororo Nr. 1930 liegt vor: «China – Gestern und heute». Pearl S. Buck starb am 6. März 1973.

Gesamtauflage der Werke von Pearl S. Buck in den rororo-Taschenbüchern: Über 2,2 Millionen Exemplare.

PEARL S. BUCK

DIE ERSTE FRAU

UND ANDERE NOVELLEN

ROWOHLT

Titel der englischen Originalausgabe
«The First Wife and Other Stories»
Berechtigte Übertragung ins Deutsche von ANNE POLZER
Umschlagentwurf Karl Gröning jr. / Gisela Pferdmenges

1.–290. Tausend   1955–1974
291.–298. Tausend   September 1975
299.–305. Tausend   Oktober 1976

Ungekürzte Ausgabe
Veröffentlicht im Rowohlt Taschenbuch Verlag GmbH,
Hamburg, Januar 1955, mit Genehmigung des
Paul Zsolnay Verlages GmbH, Hamburg/Wien
Gesetzt aus der Linotype-Cornelia
Gesamtherstellung Clausen & Bosse, Leck/Schleswig
Printed in Germany
380-ISBN 3 499 10134 3

GESTERN UND HEUTE

Die erste Frau

Das war der Tag, an dem der Teehändler mit dem Beinamen Li seinen einzigen Sohn aus fernem Land zurückerwartete. Sieben Jahre war der junge Mann fort gewesen, und nun harrten sie in seinem Heim, sein Vater, seine Mutter, seine Frau, sein Sohn und seine Tochter. Sie alle hatten ihn sieben Jahre lang nicht gesehen, und jeder in seiner Art sehnte sich nach der Stunde, da er eintreffen sollte. Die genaue Zeit, zu der der junge Mann kommen würde, war nicht zu ermitteln, denn die Stadt, in der sie lebten, lag nicht an der Küste und auch nicht in der Nähe einer Eisenbahn. Es war eine kleine stille Stadt inmitten einer großen Ebene mit Bauerngehöften an den Ufern eines seichten und trägen Flusses. An beiden Rändern der Ebene erhoben sich Bergketten, erst zu sanften Hügeln und dann unvermittelt zu hohen, nebelumhüllten Gipfeln. Auf den Hügeln wuchsen Tausende von Teesträuchern, die die Gegend ihres Tees wegen berühmt machten.

Im Winter führte der Fluß sehr wenig Wasser, und die Leute waren von der Welt völlig abgeschnitten, wenn nicht Reisende zu Pferd oder in Karren über die holprigen Landstraßen kamen. Doch jetzt hielt man am Ende des Sommers; es hatte überreichlich geregnet und der Wasserstand war so hoch, daß kleine Dschunken die hundert Meilen stromaufwärts von der Küste zurücklegen konnten. Ein solches Fahrzeug sollte dem Teehändler seinen Sohn bringen. Trotzdem konnte eine Stunde der Ankunft nicht bestimmt werden, denn alles hing von den Winden ab und von der Flut, die in die letzte Stromstrecke, nahe dem Meer, eindrang; immerhin war zu hoffen, daß er im Lauf des Spätnachmittags oder am Abend dieses Tages eintreffen würde. Doch für den Fall, daß unerwartete Winde wehten und die Fahrt beschleunigten, hatten sich alle schon frühmorgens angekleidet und seit Stunden saßen sie nun und warteten.

Da saß der Vater, ein freundlicher alter Stadtherr, dem von seinen Vorfahren viel fruchtbares, ausgedehntes Land gegen Süden zugefallen war, wo der beste Tee wuchs, und zudem hatte er den Teeladen, in dem seit Hunderten von Jahren dieselben großen viereckigen Blechbüchsen auf Wandbrettern standen, deren jede eine andere Teesorte enthielt. Er war ein angesehener Mann, und man hörte auf ihn, wenn er zu anderen Männern sprach. Jetzt saß er in seinem Lieblingssessel an der rechten Seite des Tisches, der mitten an der Innenwand im Hauptgemach des Hauses stand. Heute, da der einzige Sohn zurückkehrte, trug der alte Herr sein schönstes Gewand aus dunklem pflaumenfarbigem Atlas und eine nach alten Mustern gleichmäßig geblümte schwarze Atlasjacke mit Ärmeln. Er war schmal und blaß, von der Blässe, die Opium verursacht, denn es muß zugegeben werden, daß der Teehändler Opium rauchte seit seiner Jugend, nicht zu viel und nicht zu gierig wie das niedere Volk, aber jeden Tag zu bestimmter Stunde eine kleine, sorgfältig bereitete Menge, und immer die gleiche; nur wenn er Schmerzen litt, gestattete er sich ein wenig mehr. So hatte ihn das Opium nicht abgezehrt und welk gemacht, sondern nur seine Schläfen und Wangen leicht gehöhlt, keine Unze überflüssigen Fleisches an seinen Knochen gelassen und seine Haut nach und nach gelb gefärbt.

Jenem Sessel gegenüber saß seine Frau, die Mutter seines einzigen Sohnes. Sie hatte vier Kinder geboren, doch nur dieses eine blieb am Leben, der Jüngste, und sie liebte ihn über alles. Es wäre der alten Dame nie beigekommen, ihrem Sohn irgend etwas abzuschlagen. Das hätte sich nicht gehört, und etwas, was sich nicht gehörte, gab es nicht für sie. Doch war sie bis zu einem gewissen Grad leidenschaftlich, das ließen ihre tiefschwarzen und durchdringenden Augen erkennen, und wenn sie sich dem Gatten oder Sohn fügte, so geschah es nicht immer kampflos. Jetzt aber, da sie in einem Sessel saß, der dem ihres Gemahls genau glich und nur ein wenig niedriger angebracht war, saß sie so schweigend da, wie es sich vor dem Gatten für die Gattin schickt, die nicht zuerst das Wort ergreifen darf. Eine alte Magd, fast so alt wie die Herrin, stand an der Seite und hielt die bronzene Wasserpfeife der Gebieterin. Wenn diese die Hand erhob, brannte die Dienerin eine kleine braune Papierrolle an und entzündete damit die winzige Tabakkugel, die sie schon früher zusammengerollt und in den Kopf der Bronzepfeife gesteckt hatte, und reichte dann die Pfeife der alten Dame. Die alte Dame tat jeweils zwei Züge, dann gab sie die Pfeife der Magd zurück, die sie wieder genau so vorrichtete, lautlos und unermüdlich. Fiel ein wenig Asche auf das graue Atlasgewand der Herrin, so bürstete es die Dienerin mit ihrem runzligen Finger sorgfältig ab.

Auf einem geringeren Sitz, noch niedriger als die alte Dame, saß die Schwiegertochter des Paares, die Gattin des einzigen Sohnes. Sie war eine Frau von weniger als dreißig Jahren, eine Frau, weder hübsch noch häßlich, mit unbedeutenden, klaren und regelmäßigen Zügen und ungewöhnlich schönen Händen; in diesen Händen hielt sie ein Stück blaßrosa Atlas, auf den sie winzige leuchtendrote Blumen stickte und einen kleinen grünen Vogel auf einem Zweig. Hin und wieder bückte sie sich, um einem kleinen, vielleicht zehnjährigen Mädchen etwas zuzuflüstern, das neben ihr auf einem Sessel saß und ebenso, aber langsam und mit schwerer Mühe, ein Stück Kattun bestickte. Und hin und wieder blickte das kleine Mädchen sehnsüchtig in den Hof hinaus, wo ein kräftiger siebenjähriger Junge mit einem weißen Zicklein spielte. Sein langes pfauenblaues Seidenkleidchen war unter der scharlachroten Masche hinaufgebunden, damit er sich besser bewegen könne. Er neckte die Ziege, hielt ihr lachend eine Handvoll Gras hin, und sobald das Tier mit seinen noch unbeholfenen hohen Beinen auf das Gras zutorkelte, sprang der Junge zurück und lachte laut über das idiotische Staunen des Zickleins. Bei jedem dieser Heiterkeitsausbrüche sah das Mädchen auf und lächelte sehnsüchtig, und jedesmal sagte die Mutter leise: «Mein Kind, achte auf deine Arbeit.» Die Füße der Mutter und Großmutter waren in winzige, geblümte Atlasschuhe eingebunden, des Kindes Füße aber waren frei, denn sein Vater hatte dies brieflich so angeordnet.

Doch in dem stillen Gemach, das an jenem Nachmittag so friedlich schien, herrschte alles eher denn Frieden, herrschte nichts als inbrünstiges Warten, des Vaters und der Mutter auf den Sohn, den sie die langen Jahre nicht gesehen hatten, der Frau auf den Gatten. Jeder wartete nach seiner Art. Der Vater saß da und ließ die Augen nicht von dem tollenden Knaben, doch die Unbeweglichkeit seines Antlitzes verriet, daß in seinem Kopf nicht ein Gedanke sich mit dem Kind beschäftigte. Die alte Mutter wandte sich zur Magd und sagte: «Hast du dem Diener aufgetragen, Enten für das Nachtessen zu besorgen?»

Aber die junge Frau blickte rasch auf und erwiderte mit leiser, angenehmer Stimme: «Ich habe danach gesehen, Mutter, daß alles so ist, wie er es am liebsten hat.»

Dann, als sie sah, daß die Teeschale der alten Dame leer war, erhob sie sich und griff nach der Porzellankanne auf dem Tisch, um zu spüren, ob sie heiß sei, und sie schenkte Tee daraus ein und reichte die Tasse mit beiden Händen der alten Dame, und goß den kaltgewordenen Tee aus der Schale des alten Herrn und füllte sie aufs neue mit heißem Tee. Dann setzte sie sich wieder zu ihrer Stickerei.

Niemand hätte den gleichmäßigen Bewegungen der schönen Hände und dem klaren Schwung der Lippen innere Erregung angesehen. Nein, sie saß da im Licht des Nachmittags, das durch die offene Tür auf sie fiel, so ruhig, daß sie allzu still schien, mit sanftem und farblosem Antlitz. Selbst ihre Atlasjacke war von so zartem Blau, daß sie grau schimmerte. Doch ihre Brauen hoben sich prachtvoll ab von der blassen Haut, wie zwei schmale Weidenblätter lagen sie schwarz über den schwarzen Augen, und das schwarze Haar war geölt und in untadeliger Glätte zurückgestrichen zu einem runden Knoten, den eine einfache goldene Haarnadel in einem Netz festhielt. Sie trug auch sehr kleine, einfache goldene Ohrringe, und die kleinen Ohren hoben sich deutlich vom Kopf ab. Von Zeit zu Zeit befeuchtete sie die Lippen mit der Zungenspitze, sehr leicht und sehr zart.

Einmal, da der Junge im Hof ausglitt, niederfiel und mit weinerlich verzogenem Gesicht liegenblieb, erhob sie sich rasch und ging hinaus und half ihm auf die Füße und säuberte seine Kleider vom Staube. Nun konnte man sehen, daß ihr Gesichtsausdruck sich etwas veränderte, und sie preßte das Kind ein wenig an sich und sagte mit ihrer ruhigen Stimme:

«Weine nicht. Dein Vater kann jeden Augenblick eintreffen, und was wäre das für eine Schande, wenn er käme und sähe dich weinen! Als er uns verließ, warst du erst einen Monat alt, und damals weintest du auch, und so wird er glauben, du hättest die ganzen sieben Jahre seiner Abwesenheit geweint.»

Da lachte der Knabe mitten im Weinen auf und fuhr sich mit dem

Ärmel über die Augen, und sie nahm aus dem Halsausschnitt ein Taschentuch und trocknete ihm die Augen und führte ihn in das Zimmer zu den andern und gab ihm Tee zu trinken. Der alte Herr sah auf den Kleinen, strich sich über den schütteren Bart, lächelte ein wenig und sagte in seiner freundlichen Weise:

«Mein Sohn wird Freude an dir haben, Tochter, um eines solchen Sohnes willen, wie du für ihn hast, und gewiß werden wir ihm genau erzählen, was du uns warst, die beste und zärtlichste Tochter, die sorgsamste Mutter, und geradeso, wie eine Schwiegertochter im Hause sein soll. Ein guter Tag war es für uns alle, da wir dich unserem Sohn verlobten und da wir dich ihm vermählten, obgleich wir damals noch nicht wußten, wie gut es war.»

«Aber wir wußten, daß ihre Familie eine angesehene und erbeingesessene Familie war», meinte rasch die alte Dame. «Immer sagte ich, ich wolle ein Mädchen aus einer guten Familie mit Grundbesitz für ihn haben, und nicht eine von den Städterinnen, die so hochfahrend und eigensinnig sind. Nein, ich selbst entstamme einer guten Familie mit Grundbesitz aus einem Marktflecken, und diese sind die besten und ihre Töchter die besterzogenen Mädchen von allen.»

«Das weiß ich, der fünfunddreißig Jahre und mehr mit dir vermählt ist», erwiderte lächelnd der alte Herr, «und dein einziger Fehler ist, daß du nicht all deine Kinder am Leben erhalten konntest, aber ich tadle dich auch deswegen nicht, denn jedem Leben ist ein Ende gesetzt, dem einen früh, dem anderen später, und wir können nichts dawider tun, wenn die Zeit kommt, denn für jeden von uns ist es vom Schicksal so bestimmt.»

Die alte Dame seufzte und gab zurück: «Aber der Jüngste war der beste von allen, und er ist am Leben geblieben und hat solche Ehren errungen, daß man ihn in früheren Zeiten zum Statthalter ernannt hätte. Doch ich verstehe die heutigen Zeiten nicht mehr.»

«Mein Sohn Yuan muß sich keine Sorgen machen», erwiderte der alte Herr stolz und überzeugt. «Er hat so viel gelernt, daß er nichts zu fürchten braucht. Osten und Westen — beides beherrscht er.»

Kaum hatte er das gesagt, als man eine Stimme beim Tor vernahm und Geräusche von Männern, die Koffer und Lasten trugen. Die Stimme war die des alten Dieners, der Yuan entgegengeschickt worden war. Dann ertönte eine andere Stimme, eine Stimme, die alle kannten und der ihr Warten gegolten, aber sie klang tiefer, als sie sie in Erinnerung hatten, und irgendwie fremd.

«Ah, nun bin ich daheim!»

Als der alte Herr diese Stimme hörte, erhob er sich, doch dann entsann er sich der guten Sitte, setzte sich wieder nieder und wartete. Die alte Dame schlang beide Hände im Schoß fest ineinander. Die junge Frau rief ihre Tochter, erhob sich und blieb hinter ihrer Schwiegermutter stehen, und der Junge bekam plötzlich Angst und lief hinein und hängte sich an die Hand der Mutter. Das kleine Mädchen stand da, die Stickerei noch in der Hand, die weit geöffneten leuchtenden Augen auf das Tor gerichtet. Aber die junge Frau sah überhaupt nicht auf. Sie blickte starr auf eine Spalte zwischen den Fliesen des Fußbodens und bewegte sich nicht.

Dann öffnete sich rasch das Tor, und sie hörte ihn eintreten, mit harten, festen Schritten. Er trug eine Art lederner Schuhe. Seine Füße klatschten auf den gepflasterten Hof. Er kam näher, bis zur Tür des Zimmers. Er war zu seinem Vater getreten. Aus den Winkeln der Augen konnte die junge Frau sehen, daß der alte Herr sich erhob, und sie hörte, wie der junge Mann, ihr Gatte, rief: «Mein Vater, mein Vater!»

«Nach sieben Jahren...», sagte der alte Herr, und plötzlich brach seine Stimme, und er begann zu weinen.

«Sitz nieder, Vater», erwiderte der junge Mann und lachte unsicher, und er schenkte Tee ein für seinen Vater. «Ich bin wieder heimgekommen über die Meere, ich, euer Sohn, glücklich und gesund, wieder daheim! Meine Mutter, hier bin ich.»

Die alte Dame stand zitternd auf und legte staunend die Hand auf den Arm ihres Sohnes. «Yuan, mein Sohn du scheinst gewachsen», meinte sie. «Du kommst mir fremd vor, um soviel älter.»

«Sieben Jahre verändern jeden von uns», entgegnete Yuan in seiner raschen, klaren Art, und er schenkte Tee ein auch für seine Mutter.

Nun kam an sie die Reihe, die seine Frau war. Er stand vor ihr, und sie erhob nicht die Augen. Nein, sie wußte, was sich schickt; sie war gut unterwiesen und sorgfältig erzogen. Aber er stand genau auf dem Fleck, auf den sie so starr blickte, und sie sah nun die ledernen Schuhe an seinen Füßen und den dicken, dunklen Stoff seiner Hosen, die aus einem ausländischen Zeug gemacht waren, das sie nicht kannte, glanzlos und derb.

«Ah», sagte er, und seine Stimme klang förmlich und ehrerbietig, «ich hoffe, die Mutter meines Sohnes befindet sich wohl?»

«Sie war uns die beste Schwiegertochter, Yuan», warf der alte Herr, plötzlich gesprächig geworden, dazwischen. «Niemals hat sie die geringste Pflicht gegen uns oder deine Kinder vernachlässigt, immer bekümmert ums Haus, gerecht zu den Dienstleuten...»

«Ah», sagte Yuan. «Und wo ist mein Sohn?»

«Hier bin ich!» schrie der Kleine, und er stand da und starrte seinen Vater an mit Augen, rund wie Silbermünzen.

Yuan lachte und hob ihn empor und rief fröhlich: «Das also ist in sieben Jahren aus dir geworden! Aus einem schreienden, vier Wochen alten Säugling, rot wie ein Radieschen, bist du ein richtiger großer Mann geworden!»

Sie konnte jetzt einen raschen Blick auf ihn werfen, da er sich, nur mit dem Kind beschäftigt, von ihr abwandte. Ja, er hatte sich verändert, war gereift. Ihre Augen vermochten den Unterschied zu sehen. Als er sie mit vierundzwanzig verließ, war er ein schmächtiger Junge gewesen, bei all seiner Klugheit und seinem großen Wissen. Aber nun schien er stärker, sogar etwas gewachsen, und sein Gesicht zeigte einen anderen Ausdruck. Sieben Jahre im fernen Land hatten ihn verändert. Er war immer voll Selbstvertrauen und Sicherheit gewesen, hatte gern gelacht, viel gesprochen, aber damals trug er etwas Junges, Spielerisches an sich. Heute schien er kein Jüngling mehr: er war ein Mann und ihr Herr. Eine große Schüchternheit überkam sie plötzlich, und warmes Rot stieg hinter ihren Ohren auf. Sie sprach noch immer kein Wort und schob ihre Tochter vor.

«Sprich zu deinem Vater, mein Kind!» flüsterte sie.

Aber das kleine Mädchen ließ lächelnd den Kopf hängen, bis der Junge rief: «Hier ist auch meine Schwester!»

Da wandte sich Yuan ihr zu und war freundlich zu seiner kleinen Tochter, und er nahm ihr von der Nadel zerstochenes Händchen und fragte sie: «Und was machst du, meine Siu-lan, stickst du Schuhe, oder einen Polster, oder was sonst?»

«Sie ist nun zehn Jahre», sagte die alte Dame, «und sie ist erwachsen genug, um die Stickerei ihres Brautkleides zu beginnen. Ihre Mutter weiß genau, wie man ein Mädchen nach den guten und richtigen alten Grundsätzen erzieht, und so übt Siu-lan die Stiche für ihr Brautkleid.»

Das kleine Mädchen hörte mit wortloser Ungeduld zu. Ihre Unterlippe schob sich vor gegen die Oberlippe, und sie sah zur Erde und es schien, als wolle sie etwas sagen, doch die Mutter legte ihr plötzlich die Hand fest auf die Schulter, und so sagte sie schließlich gar nichts.

Der junge Vater aber gab seiner alten Mutter keine Antwort. Er öffnete den Mund und schloß ihn wieder, und nach einer seltsamen Pause — als ob einer der Stimme des anderen gelauscht hätte — sagte er, um die Peinlichkeit des Augenblicks zu verwischen: «Ah, es ist gut, wieder daheim zu sein. Ich muß in mein Zimmer gehen und mich waschen und erfrischen nach diesen drei Tagen auf dem Flusse. Die Fahrt schien mir lang nach den westlichen Arten zu reisen — hundert Meilen in drei Tagen!» Er lachte und ging.

Der alte Herr wunderte sich ein wenig. «Drei Tage ist nicht langsam», meinte er zu seiner Frau. «Der Wind muß recht gut gewesen sein. Hätten ungünstige Winde geweht und Männer das Schiff ziehen müssen — fünf oder sechs Tage wären nicht zu lang gewesen.»

«Ich ging jeden Tag zum Tempel», entgegnete ernst die alte Dame. «Ich ging hin und betete um guten Wind für ihn, und ich habe zwei Silberstücke für Weihrauch geopfert und Teegeld für die Priester. Es wäre ein gar übel Ding gewesen, hätte es dann keinen guten Wind gegeben.»

Der alte Herr sah seine Gattin nachsichtig an. Er selbst besuchte keine Tempel und glaubte nicht an all die Götter, denn er war ein Anhänger des Konfuzius und überließ Götter den Frauen und Kindern. «Jetzt ist die richtige Zeit für guten Wind», erklärte er milde.

Da blickte die alte Dame leicht geärgert auf und rief:

«Ja, du bist ungläubig, aber ich habe es wieder und wieder erfahren, daß die Götter uns hören, und wäre ich nicht regelmäßig in den Tempel gegangen, viel Übles hätte unserem Sohn auf den großen Meeren begegnen können und in diesen fremden Ländern, die niemand kennt.»

«Schon gut», erwiderte der alte Herr friedfertig, als ob dies seit langem ein Gegenstand ihrer Gespräche wäre. «Verehre deine Götter, und wenn du deine Wünsche immer zur richtigen Zeit vorbringst, wirst du sie sicherlich erfüllt bekommen.»

Aber des Abends da das Nachtessen vorüber war und der junge Mann die Geschenke ausgepackt hatte, die er für jeden mitgebracht, ging die junge Frau in das Zimmer, das sie von nun an mit ihrem Gatten teilen würde. Während seiner Abwesenheit hatte sie nicht darin geschlafen, denn in der Nacht erschien es ihr zu einsam. Tagsüber hielt sie es sauber und in Ordnung, aber nachts schlief sie in einem kleineren Nebenraum mit den beiden Kindern. Manchmal war sie gekommen und in dem anderen, leeren Zimmer mit ihrer Stickerei gesessen, aber davon abgesehen blieb es unbewohnt. Nun saß sie wieder darin und wartete auf ihn, der kommen sollte.

Es würde spät werden; denn Freunde hatten von seiner Ankunft erfahren, und sie saßen im vorderen Gemach und feierten den Zurückgekehrten. Der alte Vater hatte Wein wärmen lassen, den milden Reiswein jener Gegend, und sie konnte hören, was die jungen Leute einander zuriefen, wie sie Yuan zutranken und riefen: «Diese Schale bis zur Neige!» «Jetzt geleert bis auf den Grund!» «Trinkt auf Yuans Wohl trinkt auf seine neue Stelle in der neuen Hauptstadt, trinkt auf das Wohl seines Sohnes, seiner vielen künftigen Söhne!» Lautes Lachen erscholl bei diesem letzten Trinkspruch, und sie lächelte ein wenig gequält in ihrem einsamen, dunklen Zimmer, und wieder spürte sie die aufsteigende Blutwärme hinter den Ohren. Dann nahm sie wahr, daß Schüsseln aufgetragen wurden und Speisen, wie sie die Männer zum Wein essen, und schließlich erklangen laute Abschiedsgrüße. Fröhliche Rufe «Auf ein baldiges Wiedersehen» schallten durch die Höfe, und lauter als alles konnte sie Yuans Lachen hören.

Dann, in der unvermittelten Stille des Hauses, vernahm sie, wie er vom Tor zurückkam. Sie hörte ihn halb lachend sagen: «Von so viel Wein werde ich morgen Kopfschmerzen haben. Seit ich von hier fort bin, habe ich nicht so viel getrunken.»

«Gibt es in den fremden Ländern keinen Wein?» fragte verwundert der alte Herr.

«O doch», erwiderte Yuan lässig. «Aber es ist ein dickes Zeug, und ich habe ihn nicht getrunken. Ich mußte einen nüchternen Kopf behalten und muß es noch immer, denn ich habe eine wichtige Stelle in der neuen Hauptstadt. Doch davon erzähle ich morgen. Es ist Schlafenszeit.»

«Aber du wirst deine Stelle doch nicht sofort antreten, mein Sohn?» fragte der alte Herr. «Du bist so lange fern gewesen. Ich weiß, daß es ehrenvoll ist, in der Hauptstadt zu arbeiten, und ich werde dich nicht zurückhalten. Aber wir möchten dich gern ein wenig im Hause haben. Überdies hast du eine junge Frau, die so gut war all die Jahre, eine Frau, in der Blüte ihrer Jugend, und du bist sieben Jahre fern gewesen.»

Was würde er antworten? Die junge Frau beugte sich plötzlich vor, um zu lauschen. Nur ein Seidenvorhang trennte ihr Zimmer von jenem. Die Tür war nicht geschlossen. Was würde er sagen? Eine Weile sagte er nichts. Dann, wie einer, dem gerade eingefallen ist, daß er noch etwas zu erledigen hat, äußerte er: «Ich muß einen Brief schreiben, ehe ich schlafen gehe – ich hatte ihn vergessen. Ich werde dich nun verlassen, Vater. Nimm meinen Arm, damit ich dich in dein Zimmer führen kann.»

Schritte waren zu hören, die einen zart und schwach in Samtschuhen, die andern klar und hart. Im Zimmer wurde es still, und sie saß da und wartete, wie die Gattin warten soll, bis der Gatte kommt. Dann griff sie nach den Streichhölzern auf dem Tisch und entzündete die Kerze und setzte sich wieder nieder und wartete, die Augen starr auf den Boden gerichtet. Ihre Hände waren kalt, und sie preßte sie aneinander.

Als er eintrat, kam er rasch und unbekümmert, wie es seine Art war, und er schien überrascht, sie zu sehen. «Ah, du bist noch hier? Warte doch nicht. Geh zu Bett. Ich muß einen Brief schreiben, ehe ich mich niederlege.»

Er setzte sich an den Schreibtisch am andern Ende des Zimmers, den Schreibtisch, an dem er Jahre früher gesessen hatte, als er sich auf die Prüfungen vorbereitete, deren Bestehen ihm die Fahrt übers Meer sicherte. Während dieser sieben Jahre war ihr oft gewesen, als sähe sie ihn daran. Jetzt suchte er hastig Papier und Pinsel und rieb den Pinsel rasch am feuchten Tuscheblock an.

Sie saß noch immer still da. Nach einem Augenblick warf er den Pinsel halb lachend, halb geärgert weg. «Ich kann nicht mehr damit umgehen», sagte er. «Ich habe so lange mit ausländischen Federn geschrieben.» Und er zog aus der Tasche eine sonderbare Metallfeder und begann damit zu schreiben. Neuerlich sah er auf und bemerkte die junge Frau. «Geh zu Bett!» verlangte er, und seine Stimme klang sogar etwas zornig. «Laß mich nicht das Gefühl haben, daß du wartest. Das mag ich nicht.» Dann wechselte er plötzlich den Ton. «Verzeih – ich will nicht unhöflich sein. Ich weiß deine liebevolle Aufmerksamkeit zu schätzen. Aber heutzutage können wir uns Förmlichkeiten wohl ersparen. Geh schlafen ...» Er brach ab und zögerte.

Gerade in diesem Augenblick schrie der Knabe, der im Nebenzimmer lag, plötzlich auf. Der junge Mann erschrak und zog die Brauen hoch.

«Er träumt», sagte die junge Frau. «Er ist seit all den Jahren daran gewöhnt, daß ich neben ihm schlafe, und er vermißt mich.»

Das Gesicht des Mannes erhellte sich. «So! Dann geh zu ihm. Ich werde heute noch lange wachbleiben. Ich muß Verschiedenes in meinem Taschenbuch aufzeichnen. Ich möchte dich nicht in deinen Gewohnheiten stören – nicht heute.»

Er erhob sich in größter Höflichkeit. Sie sah ihn ruhig an. Ein Augenblick des Zögerns war zwischen ihnen, heikel und schwierig. Dann verbarg sie die Hände in den Ärmeln, wie es die Frauen tun, und sie neigte sich ein wenig und sagte: «Sitz nieder, ich bitte dich, Herr!»

In ihrer stillen zarten Art bewegte sie sich im Zimmer, und ihre Bewegungen waren zugleich graziös und schnell und sparsam. Sie griff nach der Teekanne und erweckte mit einem oder zwei Atemstößen die Holzkohlen zum Leben, die in dem darunter stehenden Kohlenpfännchen glommen. Dann breitete sie die Decke über das Bett und schlug sie zurück und ließ die weißleinenen Bettvorhänge herunter aus den Messinghaken, die sie hielten. Hernach, als die Kanne heiß war, schenkte sie eine Schale mit dampfendem Tee für ihn voll. Er nickte ihr zu und lächelte, die Augen auf das Papier gerichtet. Sie ging, vollendet in ihrer Stille.

In gleicher Lautlosigkeit entkleidete sie sich bis auf die Unterkleider aus weißer Leinwand, wusch Gesicht und Hände und spülte den Mund aus. Ehe sie sich niederlegte, ging sie zum Lager, auf dem das Mädchen schlief, einem kleinen Bambusbett mit Vorhängen, in der andern Ecke des Zimmers. Sie zog den Vorhang zurück und griff nach der Hand des Kindes, die über den Rand des Bettes herabhing. Die Hand war warm, aber nicht zu heiß. Sie lauschte dem Atem der Kleinen. Er war regelmäßig und leise. Sie nahm die Kerze vom Tisch und suchte den Vorhang genau ab nach Moskitos, fand einen und zerdrückte ihn zwischen den Fingern. Dann zog sie die Vorhänge sorgfältig wieder zu und ging zu ihrem eigenen Bett, in dem ihr kleiner Sohn lag; er war nackt der Hitze wegen und hatte nur ein viereckiges rotes Tüchlein um den Leib, das mit einer Silberkette am Hals befestigt war. Mit zartester, stillster Sorgfalt verschob sie seine Beinchen Zoll um Zoll, legte ihm die runden Ärmchen an den Körper und machte für sich ein wenig Platz. So leise legte sie sich nieder, daß man kaum hätte glauben können, eine Maus habe sich bewegt, doch das Kind wurde unruhig, und sie streckte die Hand aus und streichelte es in gleichmäßiger Bewegung, das Kind spürte die gewohnte Berührung und schlief wieder ein, tiefer als zuvor.

Aber die junge Frau lag unbeweglich und konnte nicht einschlafen. Sie achtete auf jeden Ton aus dem Nebenzimmer. Lange Zeit hörte man nichts als das Rascheln von Papier oder das Zustoßen einer Lade. Einmal fiel die Tusche zu Boden und zerbrach, und sie vernahm, daß er heftig etwas rief, ein fremdes Wort, das sie nicht verstand. Ehe sie sich niederlegte, hatte sie die Kerze aus Kuhfett ausgeblasen, damit sie nicht herabbrenne in der Nacht und schlechten Geruch verbreite, und hatte statt dessen eine kleine Bohnenöl-Lampe angezündet. Seitdem er sie verlassen hatte, konnte sie es nicht ertragen, daß es um sie völlig finster blieb, doch jetzt, obwohl er wieder daheim war, schien es nicht dasselbe wie früher. Aber das Licht der Lampe war sehr schwach, und plötzlich kam der fremdartige, strahlende Schein des abnehmenden Herbstmondes über die Hofmauer herauf und überflutete das Zimmer, und die Lampe verlor auf einmal ihren Sinn.

«Es muß bald dämmern», dachte sie schließlich.

Dann hörte sie ihn laut seufzen, und er stand auf und ging zu Bett. Einige Minuten blieb es still. Sie lauschte gespannt. Würde er sie jetzt rufen? Aber sie vernahm nur, daß er sich auf dem knarrenden

Holzbett ausstreckte, dem großen, geschnitzten Bett, das zwei Generationen überdauert hatte, und wieder seufzte er laut. Dann hörte sie nichts mehr. Er war eingeschlafen. Und sie? Sie lag, wie sie diese sieben Jahre gelegen war, den Arm um ihren kleinen Sohn geschlungen.

Am Morgen stand sie auf wie gewöhnlich, eine Stunde früher als alle andern, und sie schlüpfte lautlos aus dem Bett, ohne das Kind zu stören. Im Licht der aufgehenden Sonne machte sie ihr langes glattes Haar frei und kämmte es gründlich mit einem kleinen weißen Beinkamm. Sie saß vor ihrem Ankleidetischchen, dessen Spiegel gerade in der Höhe ihres Gesichtes stand. Es war ein Toilettentisch, wie ihn in diesen Gegenden jede Braut mit ihrer persönlichen Ausstattung mitbringt, und, da ihr Vater kein armer Mann gewesen, aus gutem Holz, und die Laden hatten Bronzegriffe. Wie alle ihre Sachen war er gut und sauber gehalten. Sie glättete das Haar, bis es glänzte, dann teilte sie es, band die eine Hälfte mit einer Schnur zusammen und ölte die andere. Darauf vereinigte sie beide Hälften wieder und schlang sie zu einem länglichen, tadellosen Knoten um die goldene Haarspange. Darüber zog sie mit geschickten Fingern ein feines Netz aus schwarzer Seide. Schließlich nahm sie eine kleine Bürste aus einem Gefäß, das Baumöl enthielt, und glättete nochmals die schon makellose Glätte ihres Haars.

Da wurde an der Tür gehustet, und sie ging zum Vorhang und nahm ein Becken mit heißem Wasser aus den Händen einer Magd und stellte es auf einen eigens dafür bestimmten Ständer. Das Wasser war sehr heiß, und sie tauchte ein Handtuch hinein, wand es aus und wusch das Gesicht, Arme und die schönen Hände. Dann puderte sie sich mit einem leichten Hauch von Puder und kleidete sich an. Sorgfältig schloß sie jeden Knopf der dünnen grauen Seidenjacke und gürtete darunter säuberlich mit einer Schnur aus weißer Seide die weiten Hosen um ihre schmalen Hüften. Sie trug glatte schwarze Schuhe, denn sie gehörte nicht zu jenen Frauen, die alles mit Blumen bestickt haben müssen, und wenn eine andere Frau goldgefaßte Edelsteine wählte, so entschied sie sich für einfaches Metall und möglichst wenig Zierat. In all ihrer Schlichtheit sah sie sehr jugendlich aus, weil sie zartknochig, klein und schmal gebaut war. Niemand hätte ihr angesehen, daß sie je Kinder geboren hatte, so zart schien ihr Busen, so tadellos ihre Gestalt. Und doch war sie nicht schön. Es fehlte ihr an Lebhaftigkeit, und sie war zu still, zu gleichmäßig.

Jetzt, da sie sich für den Tag angekleidet hatte, ging sie in die Küche hinaus und sah dazu, daß die Mägde Feuer anzündeten, und der Reis für das Frühstück in den Kesseln kochte. «Wir werden heute das eingesalzene Kücken nehmen», sagte sie zu der ältlichen Frau, der die beiden Landmädchen unterstellt waren — die eine hatte den Ziegelherd mit Gras zu füllen, die andere Fleisch, Gemüse und Reis zu waschen, und beide hatten jedes Winks gewärtig zu sein.

«Ich werde also zerteilen», erwiderte die ältliche Dienerin. «Bekommt der junge Herr noch andere Leckerbissen?»

«Er hat Rahm mit roten Bohnen lieber als mit weißen — Rahm mit rotem Pfeffer. Nimm heute roten, und den besten Tee.»

In diesem Augenblick kam die alte Magd herein, die gestern hinter ihrer alten Herrin gestanden war, und sie brachte zwei reine Handtücher, ein Stück rote Seife und ein Bronzebecken mit sehr heißem Wasser. Eines der Küchenmädchen folgte ihr mit einer Kanne frischen Tees. «Können wir gehen, junge Gebieterin?» fragte die alte Magd.

«Ja, Wang Ma», gab die junge Frau zurück, und den Dienerinnen voran schritt sie zur Tür des Zimmers ihrer Schwiegermutter, und dort machte sie halt und hustete leise.

«Herein!» rief die alte Dame, und sie traten ein.

«Meine Mutter, ich hoffe du hast gut geschlafen», sagte die junge Frau mit ihrer leisen Stimme, nahm die Teekanne aus den Händen der Magd, stellte sie auf den Tisch, füllte eine Schale und trat vor die geschlossenen Vorhänge des Bettes und wartete. Eine kleine schmale gelbe Hand streckte sich heraus und nahm den Tee. Die junge Frau füllte eine zweite Schale, und auch diese wurde genommen. Dann ging sie zum Tisch, mischte aus den dort stehenden Schälchen ein wenig Opium und entzündete eine kleine Lampe, die unter dem Kopf der Opiumpfeife brennen sollte, und auch diese Pfeife nahm die fleischlose Hand in Empfang und ließ sie hinter den geschlossenen Vorhängen verschwinden. Dann zogen sich die junge Frau und das Mädchen zurück und überließen es der alten Magd, auf die Befehle ihrer Herrin zu warten.

Jeden Morgen führte die junge Frau dieses Zeremoniell in genau der gleichen Reihenfolge durch. Später zog sie sich gewöhnlich in ihr Zimmer zurück und half den Kindern beim Ankleiden. Aber an diesem Morgen war noch jemand da, zu dem sie gehen mußte. Selbstverständlich hatte sie früher ihrem Gatten stets den Tee gebracht. Aber an diesem Morgen schien es ihr schwierig. Er war so verändert. Es dünkte sie nicht anders, als sollte sie das Zimmer eines fremden Mannes betreten. Dennoch, es war ihre Pflicht. Sie rief die Magd: «Bring ein anderes Becken mit heißem Wasser und eine Kanne frischen Tees — die beste Kanne und den neuen grünen Tee.»

Sie wartete, und als die Magd zurückkam, hob sie den Deckel der frisch gefüllten Kanne und roch vorsichtig an dem Dampf. Dann ging sie zur Tür des Zimmers, in dem ihr Gatte schlief, und hustete, während das Mädchen hinter ihr blieb. Es kam keine Antwort, obzwar sie das Ohr an den Seidenvorhang legte, um zu lauschen. Dann tastete sie hinter den Vorhang. Die Türe war geschlossen. Sie klopfte leicht daran mit der flachen Hand.

«Wer ist da?» rief plötzlich ihr Gatte.

Sie war betroffen von dieser Plötzlichkeit. Sie hatte vergessen, wie das ist, wenn ein junger und starker Mann im Hause lebt. Sieben Jahre sind eine lange Zeit, und sie hatte sie ganz allein mit den beiden Alten und den Kindern verbracht. Seit dem Tode ihrer eigenen Eltern war sie nicht einmal in ihrem früheren Heim gewesen. Sie hatte vergessen, wie die Stimme eines jungen Mannes klingen kann, der schreit.

Die Tür öffnete sich unvermittelt, und Yuan stand da, seine Augen

17

waren schwer von Schlaf und sein borstig schwarzes Haar verwirrt. «Wer ist da?» fragte er, und seine Stimme klang leicht verärgert.

«Dein Tee», stammelte die Frau.

«Tee!» rief er. Dann lächelte er, strich mit der Hand über das gesträubte Haar und gähnte. «So bring ihn herein! Ich hatte den Tee ganz vergessen. Seit sieben Jahren habe ich ihn nicht so früh getrunken.» Sein Blick fiel auf das Bronzebecken. «Ich brauche mehr Wasser als das hier», erklärte er entschieden. «Ich bin gewöhnt, jeden Morgen zu baden.»

Seine Frau sah die Magd entgeistert an.

«Dazu braucht man sehr viel Wasser — gewöhnlich gehen die Männer ins Badehaus, um sich von Kopf bis Fuß zu waschen», sagte die Magd grob. Sie kam frisch vom Lande und brachte es nicht zuwege, höflich zu sein, selbst wenn sie niemanden beleidigen wollte.

Aber die junge Herrin war durch diese Grobheit beleidigt, und sie meinte würdevoll: «Selbstverständlich kann der junge Herr haben, was er wünscht, in seinem eigenen Hause!» Und zu Yuan sagte sie: «Das Wasser wird gleich hier sein.»

«Ach, wenn es zu viel Mühe im Haus macht...», warf Yuan nachlässig hin.

«Wie kann es Mühe machen, da du sieben Jahre fern gewesen bist?» erwiderte sie einfach.

Da blickte er weg und machte sich zu schaffen, indem er eine zweite Schale Tee eingoß, und als sie merkte, daß er nichts mehr zu sagen hatte, wandte sie sich und ging, um danach zu sehen, daß das Wasser gewärmt werde.

Doch schien es der jungen Frau, als müsse dieser erste Tag, den ihr Gatte daheim verbrachte, anders sein als die sieben stillen Jahre seiner Abwesenheit. Das größte Ereignis in diesen Hunderten von Tagen waren immer seine Briefe gewesen. Der alte Herr las sie allen laut vor, den Damen, die in ihren Armsesseln saßen, und den beiden Kindern auf ihren Schemeln. Doch die einzelnen Briefe unterschieden sich nicht sehr voneinander — Studien, ab und zu etwas Merkwürdiges, das er gesehen hatte, manchmal ein Befehl, so zum Beispiel, als er schrieb: «Die Füße meiner Tochter dürfen nicht eingebunden werden», und als er schrieb: «Mein Sohn soll die neue Staatsschule besuchen und nicht die Vier Bücher studieren, wie ich es getan habe. Das ist heute nicht mehr notwendig.»

Diese beiden Anordnungen riefen Entsetzen hervor, als sie der alte Vater vorlas. Er machte eine Pause und sah über die große Messingbrille die beiden Damen an, die dasaßen und lauschten.

«Wenn des Mädchens Füße nicht eingebunden werden dürfen — wie soll sie einen ordentlichen Gatten finden?» sagte die alte Mutter sehr erstaunt. Sie hatte ihre kleinen, spitz zulaufenden Füße über einem bronzenen Fußwärmer gekreuzt, in dem Kohlen brannten, denn es war Winter, als jener Brief kam.

Sie fügten sich dem Befehl nicht sofort, vielmehr schrieb der alte Vater dem Sohn und setzte ihm die Schwierigkeiten auseinander. Die Antwort traf rasch ein — in etwas mehr als zwei Monaten war sie da — und sie war so energisch wie nur je. «Ich wünsche, daß man mir gehorcht. Ich werde äußerst ungehalten sein, wenn man mir nicht gehorcht!» schrieb er.

Das ärgerte damals den alten Herrn beträchtlich, und er strich mit der zitternden Hand rasch über den grauen Bart und sagte, ein wenig erhitzt, mit rollenden Augen: «Ich hoffe, mein Sohn vergißt nicht, daß ich, solange ich lebe, jener bin, der in der Familie Anordnungen zu treffen hat. Nein, ich hoffe, daß mein Sohn das nicht vergißt!»

Schließlich war es Yuans Frau, die in ihrer sanften, aber entschiedenen Art erklärte: «Es ist das beste, ich gehorche meinem Gatten. Es soll so sein, wie er sagt.» Und so hatte sie des Mädchens Füße nicht eingebunden, obzwar sie bekümmert zusehen mußte, wie sie wuchsen, hoffnungslos und unabänderlich, und sie ließ wenigstens des Kindes Schuhe so eng und fest anfertigen wir nur möglich.

Doch als die Sache mit dem Studium des Knaben aufkam, und das ereignete sich erst vor kurzem, weil der Junge noch klein war, da wurde wiederum der alte Herr auf das schmerzlichste betrübt, und er sagte in seinem Kummer: «Nicht die Vier Bücher studieren? Nicht die Aussprüche unseres Meisters Konfuzius lernen? Was soll er dann anderes lernen?»

Denn der alte Herr kannte alle Bücher des Konfuzius genau, und er glaubte, daß diese Bücher die wahre Lehre enthielten. Er war stets darauf bedacht, zu tun, was er konnte, um so zu leben, wie Konfuzius es für den Höherstehenden vorschreibt. Daher übertrieb der alte Herr in nichts; in allem beobachtete er die goldene Mitte. Und so war es für ihn von größter Bedeutung, daß sein Sohn und der Sohn seines Sohnes den richtigen Weg beschritten. Für die Frauen schien ihm das nicht so wichtig. Sie waren schlichten und erdhaften Geistes, und er meinte, daß es ihnen erlaubt sei, die Götter anzubeten, die man sehen kann. Frauen sind eben so, daß ihnen alles leicht verständlich und sichtbar sein muß.

«Mein Enkel wird ohne die wahre Tugend aufwachsen», erklärte er feierlich.

Aber für einen Brief an Yuan war es zu spät, und so hatten sie gewartet.

Dies waren die wichtigsten Ereignisse während Yuans Abwesenheit, so still gingen die sieben Jahre vorüber. Was die junge Frau betrifft, so starb ihr Vater eines Sommers an der Ruhr, und im nächsten Winter verschied ihre Mutter nach einer sonderbaren Krankheit, die keiner kannte, und der Grundbesitz ging an die vier Söhne über. Das weitläufige alte Haus teilten sich die vier anwachsenden Familien, und die junge Frau hatte nicht länger den Wunsch, dahin zurückzukehren, denn nun war es nicht mehr ihr Heim. Statt dessen widmete sie mit verstärkter Inbrunst ihr Leben dem Hause, dem sie vermählt worden, denn sie liebte die beiden alten Leute, die so gütig zu ihr waren.

Niemals konnte sie den Göttern genug Dank dafür sagen, daß sie ihr eine so gute Schwiegermutter gegeben hatten. Wenn sie mit der alten Dame zum Tempel der Drei Buddhas ging, verrichtete sie

Dankgebete vor dem Gott, der die Ehen stiftet, vor ihm, der mit scharlachrotem Seidenfaden zwei Leben miteinander verknüpft, noch ehe sie in diese Welt geboren sind. Sie wußte, was alle jungen Mädchen wissen, daß manche Schwiegermutter grausam ist und eifersüchtig auf die Frau des Sohnes und deren Leben zur Qual macht. Aber die ihre war wie eine Mutter. Sie paßten gut zueinander, das stille Mädchen und die freundliche weltabgewandte alte Dame, die so sehr mit den Göttern verbunden war, die so fest daran glaubte, daß jedes Lebewesen Güte braucht, daß sie viele Jahre hindurch keinerlei Fleisch bei ihrer Nahrung berührt hatte — nicht einmal ein Ei, aus dem ja Leben hervorgehen konnte. Wenn eine Motte zum Fenster hereinflatterte, erlaubte sie nicht, daß man sie töte. Nein, sie befahl der Magd, die Motte zu fangen und in die Nacht hinaus zu lassen, und selbst in windstillen und heißen Nächten mußten die pergamentenen Gitterfenster geschlossen bleiben, damit keine Motten hereinflatterten und im Licht der Kerzen verbrannten.

Ja, zwei Menschen wie diese konnte die junge Frau lieben und ihnen dienen. Der alte Herr war so gütig zu ihr, als wäre sie seine wirkliche Tochter. Jeden Morgen ging er für ein Weilchen in seinen Teeladen, um zu sehen, was die Gehilfen machten, und ob genug Vorräte da seien. Wenn er zurückkam — seine Kleider dufteten dann zart nach Tee —, eilte die junge Frau, ihm die Teekanne zu holen und, zur Sommerszeit, den Fächer, im Winter den Fußwärmer. Sie lernte, ihm das Opium so zu bereiten, wie er es liebte, und sie hielt die Bücher in seinem Studierzimmer sauber und die Sammlung alter Fächer in Ordnung, die er zu seinem Vergnügen angelegt hatte, denn die Fächer waren alt und zu zerbrechlich für die Hände einer Magd. Und er war nicht wie viele Schwiegerväter, die die Dienste der Frauen ihrer Söhne als selbstverständliche Pflicht hinnehmen. Nein, er hatte ein Auge dafür und bemerkte die kleinen Dinge, die sie für ihn tat, und er dankte ihr mit soviel Höflichkeit und Lobesworten, daß sein Lob ihr das Süßeste auf der Welt schien. So wurde sie eins mit dem Haus und war stolz auf die Sorge, die sie ihm widmete.

Es war nicht so groß wie manches andere, denn auch dieses Haus war in der letzten Generation geteilt worden, aber es hatte immerhin drei Höfe — den Päonienhof, den Bambushof und den Chrysanthemenhof; und da der alte Herr Blumen liebte, blühten Päonien darin und unter den Bambussträuchern Lilien, und im Herbst Chrysanthemen. Den größten Festtag des Frühlings bedeutete es, wenn die ersten dicken roten Sprossen der Päonien durch die schwarze Erde der Päonien-Terrasse brachen. Alle gingen hinaus, sie anzusehen, und es war das einzige Mal, daß die junge Frau Zeugin wurde, wie den alten Herrn der Zorn übermannte, als sein kleiner Enkel nach einer rosigen Sprosse griff und sie mutwillig abriß. Der alte Herr hatte sich, ohne ein Wort zu sagen, zu ihm hinuntergebeugt und ihn mit der knochigen alten Hand auf die runde Wange geschlagen, und das tat weh und hinterließ vier rote Spuren auf des Knaben goldfarbener Haut. Einen Augenblick zeigte das Gesicht des **Kleinen** äußerste Verblüffung: dann brach er in ein mächtiges Schreckensgeheul aus.

Der alte Herr wurde sehr bleich. «Ich habe mich vergessen», flüsterte er und ging rasch in sein Zimmer, und dort saß er lange Zeit in Meditation.

Des Abends nahm die junge Frau ihren Sohn an der Hand und führte ihn zum Großvater und hieß ihn niederknien und den Kopf vor dem alten Mann auf den Boden schlagen, zum Zeichen der Reue über das, was er getan. Dann bat sie selbst für ihr Kind also um Entschuldigung:

«Ich weiß nicht, warum mein Sohn so ohne Lebensart ist, Vater. Ich bin darob beschämt und betrübt, und ich bitte dich um Verzeihung, daß ich ihn nicht besser erziehen konnte.»

Der alte Herr hob den Knaben zärtlich auf und hielt ihn im Arm und sagte: «Gewiß war es unrecht, die Päonie zu berühren und ihr das Leben zu nehmen. Jetzt wird sie niemals eine schöne Knospe tragen und üppige Blätter und eine volle Blüte. Nein, diese Sprosse ist vernichtet wie ein Wesen, das jung stirbt.» Dann machte er eine Pause und fügte mit Anstrengung hinzu: «Aber er ist noch ein Kind. Ich bin ein alter Mann und bin viele Jahre in den Fußtapfen meines Meisters gegangen, und ich glaubte den richtigen Weg zu kennen, so daß nichts mehr mich zu einem Zornesausbruch hinreißen könnte. Ich glaubte, es gebe keinen rohen Zorn mehr für mich. Nun sehe ich, daß ich nicht so weit bin, wie ich glaubte.»

Er seufzte auf und schien so traurig, daß seine Schwiegertochter es nicht mitansehen konnte, und sie sagte liebevoll: «Du bist der vollkommenste Mensch, den ich je gesehen habe, und immer der gütigste Vater, mir und allen anderen.»

Da lächelte er und war auch ein wenig getröstet, obgleich er es nicht zeigen wollte, und er wandte sich wieder seinem Buch zu, und die junge Frau führte das Kind hinweg.

Solche Kleinigkeiten bildeten die größten Ereignisse im Hause — nicht einmal die Feiertage wurden besonders gefeiert, denn Yuan war fern —, und so gingen die sieben Jahre vorbei fast wie Träume. Der Sommer zog sich hin und wurde Herbst. Die Chrysanthemen glommen in den Höfen eine kurze Zeit; und dann war Winter und die scharlachroten Beeren des Indischen Bambus glänzten im dünnen Schnee der Höfe; und wieder kam der Frühling mit den kleinen blassen Lilien und den blattlosen Pflaumenblüten an den schwarzen Zweigen. Und so ging es Jahr um Jahr.

Im Leben der jungen Frau gab es seit der Geburt des Sohnes nur zwei große Ereignisse. Das eine war seine Entwöhnung, die erst in seinem vierten Jahr erfolgte, und das andere die kurze Krankheit, die er im Sommer vor zwei Jahren durchmachte. Diese kurze Krankheit haftete in ihrer Erinnerung als die furchtbarste Angst, die sie je ausgestanden. Am Morgen war er gesund und fröhlich gewesen und des Nachts fast ohne Leben, von solchem Brechen und Durchfall und Fieber ergriffen, daß sein Körper in wenigen Stunden zusammenschrumpfte und zum Skelett austrocknete. Alle waren sie damals wie von Sinnen; die alte Dame, die kaum je einen Schritt in den Höfen ging, stürzte zu Fuß zum Tempel und gelobte Silber zu opfern, soviel ihre beiden Hände nur fassen konnten, wenn das Kind am Leben bliebe. Sie warf sich nieder auf die Rohrmatte vor der Muttergöttin, und wieder und wieder schlug sie den Kopf auf die Fliesen, und sie lag dort und schluchzte und betete so sehr, daß es selbst ein Herz aus vergoldetem Lehm hätte rühren müssen. Sogar die geldgierigen Priester fürchteten, sie könnte vor Kummer sterben, und sie kamen und hoben sie auf und sagten: «Alte Dame, Ihr habt gebetet, und die Göttin wird Euch hören. Geht nach Hause — ihm ist besser.»

Doch als sie nach Hause kam, war dem Kind nicht besser, und es hatte blaue Lippen und schwarze Fingernägel und rang nach Luft.

Und Wang Ma, die alte Magd, die sieben Kinder gehabt hatte, als sie noch jung genug war zu gebären, schrie auf und sagte: «Sein Geist wandert umher. Rasch! Wir müssen ihn zurücklocken!» Und sie entzündete eine Papierlaterne und lief hinaus und rief der jungen Mutter zu, sie solle ihr mit des Kindes Kleidern folgen, und sie eilten über die holprigen Straßen und liefen dahin und dorthin und überallhin.

Wang Ma hielt die Laterne hoch, und bei jedem Schritt rief sie: «Kind, komm heim — komm heim!» Und die junge Mutter hielt das rote Kleidchen hoch, das das Kind täglich und für gewöhnlich trug, damit der wandernde Kindergeist sein Gewand erkennen möge und zugleich auch, wohin er gehöre. Wie oft hatte sie diesen Ruf von andern vernommen, von anderen Müttern, und sie hatte geschaudert und ihr Kind fest an sich gedrückt, und nun war die Reihe an ihr! Vorübergehende, die sie sahen, riefen ihr zu und sagten: «Möge das Kind am Leben bleiben!» Und die junge Mutter, die in ihrer Abgeschiedenheit niemals über die Tore des Hauses hinausgekommen war, lief mit ihren kleinen Füßen über die runden, schlüpfrigen Steine und sah nichts von der merkwürdigen Stadt, sah nichts als das bleiche, sterbende Kind, das der einzige Sohn war, den sie ihrem Gatten geboren.

Doch es hatte genützt. Als sie erschöpft heimkehrten, fanden sie den alten Großvater an der Seite des Bettes und neben ihm stand eine Magd mit einer Schüssel voll heißer Brühe, und der alte Großvater goß Löffel um Löffel in des Kindes Mund. Die Augen des Knaben waren noch geschlossen, aber er konnte schlucken. Der Geist war zurückgekehrt.

Das Kind wurde beinahe ebenso schnell wieder gesund, wie es erkrankt war. Aber die andern erholten sich nicht so rasch von den Schrecken dieser Nacht. Nein, der alte Großvater war tagelang nachher noch bleich, und ab und zu geschah es, daß er plötzlich das Kind zu sich rief, um zu tasten, wie der kleine Körper sich wieder rundete, und dann lachte er leise und sagte: «Du bist mein Liebling, und du bist wieder du selbst, mein Kind.»

Und die alte Dame erklärte immer wieder: «Wäre ich nicht, wie ich es tat, zum Tempel gegangen und hätte die Göttin sich nicht erbarmt und ihn uns gelassen, was sonst hätte ihn retten können, und das Silber ist zu Recht ausgegeben worden.»

Die junge Mutter aber erwachte noch manchmal des Nachts, naß von kaltem Schweiß; denn ihr träumte, daß sie wieder durch die dunklen Gassen stolpere, das rote Kleidchen in der Hand, damit des Kindes entflohener Geist es sehe.

So waren die sieben Jahre vorübergegangen, voll tiefen, eng begrenzten und friedlichen Lebens im Hause. Im Mittelpunkt der Träume aller stand die Rückkehr dessen, der fern war. Der alte Vater träumte davon, daß sein Sohn zurückkam in eine öffentliche Stellung und ein vornehmer Staatsmann wurde, wie es deren in der Familie einst gegeben hatte. Niemals war einer aus diesem Hause Krieger an den Höfen des Kaiser gewesen; weit ehrenvollere Stellen hatten sie bekleidet, als Räte und Statthalter, selbst als Kanzler. Nicht immer war das Familienoberhaupt Handelsherr, obzwar stets ein Mitglied des Hauses sich um die Teepflanzungen kümmern und Geld verdienen mußte, für den Fall, daß ein Wechsel in der Dynastie den Staatsmann für eine Zeit zum Rücktritt zwang. Und so hatte der alte Herr für seinen Sohn keinen größeren Wunsch, als daß er Staatsbeamter in hoher Stellung werde.

Gewiß, die Zeiten der Kaiser waren vorbei, und die Angelegenheiten der Nation andere geworden. Aber Regierung bleibt Regierung, und als der Sohn kam und bat, man möge ihm erlauben, im Ausland zu studieren, machte nichts dem alten Herrn so viel Eindruck wie Yuans Worte: «Ich kann nicht erwarten, ohne westliche Bildung eine Staatsstellung zu bekommen. Entweder gebe ich mein Studium auf und komme zu dir in das Teegeschäft, oder ich muß ins Ausland.»

«Und die Vier Bücher sollen nichts gelten?» entgegnete damals der alte Herr in leiser Erregung. «Ich habe sie dich genau gelehrt, und du hast auch später bei einem Schriftgelehrten studiert und als Schüler die westlichen Schulen besucht, die die Fremden an der Küste haben.»

Aber Yuan hatte energisch erwidert: «Die Vier Bücher sind heute nichts als alte und sonderbare Bücher, und sie verhelfen einem Manne zu gar nichts.»

Das glaubte der alte Herr zwar nicht ganz, aber er ließ dem Sohn dennoch seinen Willen.

Jedoch am hartnäckigsten war die alte Mutter, und sie wollte nicht ihre Zustimmung geben. «Nein, nicht ehe du einen Sohn hast, Yuan», erklärte sie mit ihrer sanftesten Stimme, aber mit einem hellen und harten Glanz in den Augen.

«Wie kann ich mir einen Sohn bestellen?» antwortete er und versuchte, der Mutter mit Humor beizukommen, aber er war ungeduldig, und sein Gesicht rötete sich rasch. «Nimm an, sie bekommt Mädchen, nichts als Mädchen, wie das bei vielen Frauen der Fall ist! Muß ich jede Hoffnung auf ein Vorwärtskommen aufgeben, weil meine Frau keine Söhne gebiert?»

«Wir müssen einen Sohn haben, Yuan», wiederholte die alte Dame und sog etwas stärker als gewöhnlich an ihrer Pfeife. «Wenn du in diesen wilden Ländern umkommst, haben wir hier noch immer dein Fleisch und Blut.» Dann sagte sie in ihrer ruhigen Art: «Ich will dir helfen: ich will doppelt soviel beten, als ich es bisher getan habe, damit du einen Sohn bekommst, und ich will der Göttin, die Söhne gibt, mehr opfern als früher.»

«Ich danke dir für deine Liebe, Mutter», erwiderte der junge Mann und lachte kurz. «Ich wollte, ich wäre so sicher wie du, daß ich einen Sohn bekomme.»

Da gab die Mutter mit tiefem Ernst zurück: «Mein Sohn, man hat uns gelehrt, daß die Götter jeden belohnen, der an sie glaubt.»

Aber Yuan sagte nichts mehr. Er hätte nie gewagt, der Mutter einzugestehen, daß er überhaupt nicht an die Religion glaubte, an der sie hing. Nein, schon als kleiner Junge, der sich vor den wilden Gesichtern der Kriegsgötter fürchtete und die Hand der Mutter nicht losließ, wenn sie zum Tempel gingen — schon zu jener frühen Zeit hatte er nicht mehr daran geglaubt. Aber auch dem Vater sagte er nicht, daß er nicht mehr an die Lehre des Konfuzius glaubte, in der er erzogen worden wa..

Nein, hätten die Eltern das Herz ihres Sohnes gekannt, sie wären erschrocken; denn es war zwar von einem Glauben erfüllt, aber vom Glauben an neuartige Kriegsschiffe, wie sie dergleichen niemals gesehen hatten, und an gewaltige Gewehre und gutgeschulte Armeen und an jegliche Art Kraft und Macht. Er träumte heimlich davon, selbst eines Tages für sein Land solche Gewehre anzufertigen, bis jeder Soldat ein eigenes Gewehr besaß, und große Schiffe aus Stahl zu bauen, die ungeheure Kanonen trugen, und Schiffe am Himmel, von denen die Eltern nicht einmal gehört hatten, die den Tod mit sich trugen, so daß er auf Menschen und Erde herabfiel. Damit hatte er sieben Jahre zugebracht und gelernt, wie man solche Dinge baut, für einen bestimmten Tag, von dem er und seine Freunde oft genug sprachen. So war er fleißig gewesen, während der Vater seine Bücher las und seine alten Fächer betrachtete und seine Blumen pflegte, und während die Mutter achtgab, daß keine Motte verbrannte, und während die junge Frau das Haus versah.

Nun, obwohl die sieben Jahre vorüber waren, und er sich wieder bei den Seinen befand wie ehedem, merkten alle, daß er nicht mehr derselbe war, der er unter ihnen gewesen. Noch vor Ablauf des zweiten Tages nach seiner Rückkehr wußten alle, daß Yuan sich irgendwie verändert hatte. Mit dem Herzen war er anderswo, und man sah — selbst wenn er lachte und plauderte —, daß seine Gedanken sich mit einem anderen Ort, einem anderen Leben beschäftigten.

Er schrieb sehr viele Briefe. Drei Briefe erhielt er an einem Tag und jeder trug ein großes Siegel. Er nahm sie schweigend in Empfang und erzählte niemandem, was darin stand, doch als der dritte kam, verließ er den Schreibtisch und ging zu seinem Vater, der um diese Stunde des Tages, gerade nach Mittag, in einem Rohrsessel unter der Pinie sein Schläfchen hielt. Ein großes Taschentuch hatte er über das Gesicht gebreitet, um die Fliegen abzuwehren.

Yuan hustete, und der alte Herr guckte unter dem Taschentuch hervor. Als er sah, daß es sein Sohn war, der hustete, kämpfte er sich auf die Füße, noch ein wenig verwirrt vom Schlaf.

«Ja... ja...», sagte er.

Yuan begann unvermittelt zu sprechen: «Mein Vater, ich habe eine Berufung erhalten und muß sofort in die Hauptstadt reisen. Ich kann nicht länger zögern als bis heute abend. Ich muß euch morgen zeitig früh verlassen; das tut mir leid, denn ich hatte die Absicht, einen ganzen Monat hier bei euch zu bleiben. Aber es sind da Entwicklungen... internationale Entwicklungen...» Yuan stockte.

«Ja... ja...», äußerte der alte Herr unsicher. Er trocknete das Gesicht mit dem Taschentuch und strich sich mit der Hand über den Bart und öffnete und schloß den Mund, der nach dem Schlaf ausgetrocknet war. «International?» wiederholte er. Dies war ein neues Wort, das er noch niemals gehört hatte.

«Mit fremden Ländern», erklärte Yuan.

Der alte Vater rief entsetzt: «Du willst doch nicht sagen, daß du wieder in fremde Länder gehst?»

Der junge Mann preßte die Lippen leicht aufeinander, um einer gewissen Ungeduld Herr zu werden. Dann erwiderte er: «Ach nein, das nicht. Aber man spricht von einem Krieg mit dem Land im Norden. Ich werde gebraucht.»

«So», sagte der alte Vater. Er wankte ein wenig und legte die Hand auf des Sohnes Arm. «Nun, wenn du reisen mußt, so mußt du eben reisen. Aber halte dich von Kriegen fern, mein Sohn. Kriege sind etwas Böses und nur rohe und niedrige Menschen lassen sich damit ein.»

Yuans Lippen bebten leicht. «Nein, Vater», antwortete er sehr ernst, und er paßte seinen Schritt dem des alten Herrn an und begleitete ihn ins Haus.

Aber der jungen Frau gab Yuan nicht einmal diese Erklärung, denn er war der Ansicht, daß eine Frau wie sie nichts von dem verstehen konnte, was außerhalb des Hauses vorging. Doch er war sehr freundlich zu ihr und sagte: «Es tut mir leid, daß ich nicht einen Monat daheim verbringen kann, wie ich beabsichtigte. Ich habe meine Kinder kaum gesehen. Ich habe viele Pläne mit ihnen. Vielleicht kann ich zum Neuen Jahr länger bleiben.»

Den ganzen Tag verbrachte Yuan außer Haus und besuchte diesen und jenen Freund. Er kam nicht einmal zu Mittag heim, und abends nahm er an einem Fest teil, zu dem man ihn eingeladen hatte. Als er ging, erklärte er seiner Frau: «Warte bitte nicht auf mich. Es ist mir lieber, wenn man nicht auf mich wartet. Es wird spät werden, und morgen muß ich bei Sonnenaufgang fort.»

Die Frau antwortete überhaupt nichts und stand bloß vor ihm und reichte ihm den merkwürdig gebogenen Stock, den er jetzt beim Ausgehen trug. Es wäre ihr nie eingefallen, nicht auf ihn zu warten, denn das war ihre Pflicht.

Als sie ihre täglichen Aufgaben besorgt hatte, ging sie daher in Yuans Zimmer und setzte sich aufrecht auf einen Sessel beim Tisch, die brennende Kerze daneben. Lange Zeit arbeitete sie an der Stikkerei, die ein runder Polsterüberzug für das Hochzeitsbett ihrer Tochter werden sollte. Schließlich aber wurde sie müde, denn das Muster war schwierig, und sie tat die Arbeit beiseite, faltete sie ordentlich zusammen und blieb nun mit übereinandergelegten Händen sitzen, ein Bild der Ruhe. Es waren Hände, die man, wenn sie ruhten, für geschnitzt oder gemalt halten konnte, derart vollendet waren sie in Form und Blässe. So blieb sie sitzen.

Schließlich hörte sie Stimmen beim Tor, erhob sich und blies Leben in die Glutreste unter dem kupfernen Teekessel und stand und wartete. Es waren die Stimmen fröhlicher Männer, die einander zuriefen, und die Stimme Yuans, der scherzte und antwortete und in Lachen ausbrach. Dann erklangen Schritte, und das Tor wurde zugeriegelt.

Einen Augenblick später betrat Yuan das Zimmer, und sein Gesicht lächelte noch von jenem Lachen. Tiefes Rot lag um seine Augen und auf seinen Backenknochen, Rot, das der Wein aufträgt, aber dennoch war er nicht betrunken; er wußte genau, wieviel er vertrug, und er war gut erzogen, so daß er sich nicht betrank, wie das gemeine Volk es tun mag. Die Röte seiner Wangen bewies, daß er fröhlicher gewesen war als sonst, denn wenn ein Herr sagt: «Ich hab genug getrunken; tränke ich noch, mein Gesicht würde rot», so ist das Entschuldigung genug, selbst einem Freund gegenüber.

Er fuhr auf, als er die junge Frau dastehen sah, ruhig wie ein Schatten in dem dunklen Zimmer. «Ah», sagte er unvermittelt. «Das wußte ich nicht – du hättest nicht warten dürfen.» Er warf sich in einen Sessel, nahm das Taschentuch und trocknete sich das Gesicht und glättete sein Haar, und noch immer lächelte er. «Das war ein Abend! Alle meine alten Schulkameraden waren da – einige sind meinetwegen sogar aus der Küstenstadt gekommen. Ja, manche sind gekommen, weil sie von meiner schönen Stellung in der Hauptstadt gehört haben, und sie legen Wert auf meine Freundschaft, wegen der Hoffnung auf eine Schüssel Reis! Nun, wir werden sehen. Ich werde niemandem gefällig sein, der nicht mir gefällig sein kann.» Er gähnte und reckte die Arme. «Ach, bin ich schläfrig! Und dabei muß ich vor der Morgendämmerung aufstehen. Warte nicht länger, ich bitte dich. Ich muß sofort schlafen gehen.»

Wieder stand jenes zarte und doch gewichtige Schweigen zwischen ihnen, und sie war die erste, es zu verscheuchen, genauso wie sie es die vorige Nacht getan. Sie legte die Hände in die Ärmel, verneigte sich und verließ das Zimmer. Er blickte ihr nach, wie sie ging, und rief plötzlich: «Steh nicht auf, morgen früh. Es wird zu zeitig sein, und überdies ist es nicht notwendig. Ich habe alle Anordnungen dem Diener gegeben.»

Sie blieb stehen, den Vorhang in der Hand. «Ich werde dennoch aufstehen», sagte sie mit ihrer weichen, entschiedenen Stimme. «Ich werde aufstehen und nach deinem Frühstück sehen.»

«Nein, nein», erwiderte er ungeduldig. «Ich verbiete es dir; ich kann so zeitig nichts essen.»

Sie zögerte einen Augenblick; dann entgegnete sie: «Es sei, wie du willst.»

Dennoch standen des Morgens, als er sich erhob, Eßstäbchen und gesalzene Speisen auf dem Tisch und auch die geschlossene Reisschüssel aus poliertem Holz. Sie enthielt dampfenden Reisbrei. Er hatte geglaubt, er würde nichts nehmen können, aber der Duft des Essens tat ihm wohl, der scharfe Geruch gesalzener Speisen, die für eine weingesättigte Zunge gerade das richtige sind. Er setzte sich nieder und aß rasch und viel. Hinter einem Vorhang beobachtete ihn die Frau, obzwar sie nicht vor ihm erschien, denn er wünschte nicht, daß sie aufstehe. Aber ihre Hände hatten den Tisch gerichtet.

Als er sich zum Gehen anschickte, kam der alte Vater zur Türe in lose gegürteten Kleidern, und Yuan verneigte sich und sprach: «Du hättest nicht aufstehen sollen, Vater. Es ist zu viel für dich. Begib dich zur Ruhe. Ich werde bald zurück sein.»

«Gib acht auf dich, mein Sohn», sagte der alte Vater und legte die alte, gelb gewordene Hand auf Yuans Arm. «Gib acht auf dich und kehre bald wieder. Sage dem Gouverneur, der dein Vorgesetzter ist, daß du der einzige Sohn deines Vaters bist, und er wird alles verstehen. Nur zwei Tage nach sieben Jahren!»

«Jawohl, Vater», entgegnete Yuan. Er wäre gern schon gegangen, aber er beherrschte sich und wartete ehrerbietig, bis der Vater die Hand entfernte. Dann verneigte er sich nochmals und war fort.

Als sich das Tor hinter ihm geschlossen hatte, kam die junge Frau heraus und räumte still die Schüsseln ab. Der alte Mann beobachtete sie genau, aber sie schien in ihre Aufgabe vertieft, und ihrem Gesicht war nicht das geringste anzumerken. Es war blaß, aber nicht blasser als sonst, und trotz der frühen Stunde hatte sie sich angekleidet wie immer, und ihr Haar war geglättet. Plötzlich schlug der alte Herr die Hände zusammen:

«Wir haben vergessen, ihn über die Vier Bücher und das Kind zu befragen», sagte er. «Lauf, Tochter, und sieh nach, ob er schon außer Hörweite ist.»

Sie lief gehorsam und öffnete das Tor und blickte die schweigende, unbeleuchtete Straße hinab, zu deren beiden Seiten die geschlossenen Häuser in der Dämmerung langsam sichtbar wurden. Aber Yuan war nicht zu sehen, nur am fernsten Ende der Straße blinkte ein kleines Licht. Es war der Schein der Laterne, mit der der Diener den Herrn zum Ufer des Flusses geleitete, wo die Dschunke lag. Die junge Frau kam zu dem alten Mann zurück.

«Es ist zu spät, er ist schon fort», sagte sie.

Des alten Mannes Gesicht verzog sich ein wenig. Dann meinte er: «Das macht nichts. Diesmal wird er bald wieder zurück sein. Schlimmstenfalls kommt er erst zur Zeit des Neuen Jahres, und das ist in weniger als sechs Monaten. Sechs Monate sind nichts nach sieben Jahren!»

Statt aller Antwort lächelte die junge Frau schwach. Und plötzlich schien es ihr, daß diese sechs Monate länger sein würden als die ganzen sieben Jahre.

Nun vergingen die Tage genauso wie früher, nur trugen die Briefe, die Yuan schrieb, auf ihren Marken keine merkwürdigen Bilder mehr, und sie gaben auch keinen Bericht über seine Studien. Statt dessen erzählte er von Konferenzen, von hervorragenden Männern, mit denen er zusammentraf und dinierte, und auch von großen Damen. Bei der ersten Erwähnung von Frauen war der alte Herr etwas zurückhaltend geworden, denn er las die Briefe der alten Mutter und Yuans junger Frau vor. Er ließ sogar die Stelle aus, in der Yuan schrieb: «Gestern abend dinierte ich mit Madame Ching.» Das las der alte Herr nicht vor, denn er meinte, es handle sich um ein leichtfertiges Frauenzimmer, und es wäre nicht fein gewesen, vor den beiden Damen seines Hauses eine solche Person zu erwähnen.

Aber ein anderes Mal schrieb Yuan: «Heute soll ich mit Madame, der Gattin des Ministerpräsidenten, dinieren.» Da stockte der alte Herr und tat, als könne er ein Schriftzeichen nicht lesen, und die beiden Damen warteten, daß er fortfahre. Aber in Wirklichkeit war er plötzlich erschrocken: wenn die Gattinnen der wichtigsten Minister solche Frauen waren, was sollte dann aus dem Staat werden? So ließ er die Stelle aus und las weiter, und als das Schreiben zu Ende war, ging er in sein Zimmer und zog den Vorhang vor die Tür, so daß jeder sehen konnte, er wünsche nicht gestört zu werden.

Sobald er in seinem Zimmer allein war, setzte er sich an den alten polierten Schreibtisch, der unter dem vergitterten Fenster stand, und rieb sorgfältig Tusche an. Als sie genauso war, wie er sie haben wollte, tauchte er den außerordentlich dünnen Pinsel ein und malte damit Zeichen auf das Papier, um derentwillen er bei seinen Freunden im Teehandel einen nicht geringen Ruf besaß. Aber bei aller Schönheit war der Sinn der Zeichen streng. Sie besagten: «Mein Sohn, gib acht und laß dich nicht von Frauen in hoher Stellung umgarnen. Es ist besser, langsamer vorwärtszukommen, aber ohne die Hilfe von Frauen.» Dann unterzeichnete und siegelte er das Schreiben und sandte es mit einem Boten sogleich ab. Als das getan war, entzündete er eine Kerze und verbrannte den Brief, den Yuan geschrieben hatte, bis auf das letzte Stäubchen.

Doch als die Antwort auf dieses Schreiben eintraf, zeigte es sich, daß Yuan Mühe hatte, seinen Vater aufzuklären. Es war ein sehr langer Brief, und zum Glück hatte ihn der Diener gebracht, als der alte Herr gerade allein war; denn während er ihn las, mußte er feststellen, daß er ein Schreiben wie dieses nicht gern vorgelesen hätte. Nein, es enthielt eine Menge Dinge, von denen der alte Herr noch nie gehört hatte, und in seinem Zimmer bei zugezogenem Vorhang las er den Brief dreimal durch und verbrannte ihn dann. Er war zwar der einzige im Haus, der lesen konnte, aber es schien doch besser, den Brief zu vernichten. Er enthielt viele Sätze wie: «In der heutigen Zeit sollen Frauen gleichberechtigt neben ihren Gatten stehen.» «In der heutigen Zeit können wir Männer uns nicht mit der früheren Art von Frauen zufriedengeben, die halb zur Mägdearbeit, halb zur Lust da sind.» «Daß ich keine gebildete Frau habe, ist für mich ein schweres Hindernis. Ich habe niemanden, der mir ein Haus führt, wie

28

ich es haben muß, und mir Gefährtin ist. Noch immer bin ich bekümmert, weil meine Kinder nicht erzogen werden, wie sie erzogen werden sollten.»

Der alte Herr blieb noch lange unbeweglich sitzen, nachdem er den Brief gelesen und zu Asche verbrannt hatte. Er fühlte sich ein wenig schwach und klatschte in die Hände. Seine Schwiegertochter hörte das Geräusch, und als ein Mädchen hineinlaufen wollte, hielt sie es zurück und meinte: «Ich will selbst gehen, denn die Kinder spielen mit ihren Hasen und brauchen mich jetzt nicht.»

Der alte Herr sah sie kommen, und er starrte sie einen Augenblick an, und seine Augen wurden feucht. «Ich bin froh, daß du es bist», sagte er. «Ich fühle mich ein wenig schwach. Ich möchte meine Pfeife haben.»

Dann ging er zu einem langen geschnitzten Ruhebett und legte sich nieder, denn dort rauchte er gewöhnlich sein Opium, und er beobachtete die schlanke Gestalt der Schwiegertochter, die das Pulver bereitete. Ihr kleines sanftes Antlitz zeigte größte Aufmerksamkeit, und sie achtete sorgfältig darauf, daß das Opium genau so war, wie er es liebte. Er wandte die Augen nicht von ihr, solange sie nicht aufsah.

Als sie ihm schließlich die Pfeife brachte und die kleine Lampe unter dem Pfeifenkopf entzündete, fragte er: «Kind, wie alt bist du?»

«Ich bin siebenundzwanzig, Vater», antwortete sie in großem Erstaunen.

«Und du bist vor zehn Jahren vermählt worden», sagte der alte Herr langsam.

«Vor zehn Jahren.» Ihre Stimme war wie ein Echo, aber nicht traurig, sondern nur geduldig und mild.

«Wir haben einen Fehler gemacht», sagte der alte Mann plötzlich. «Die Mutter meines Sohnes und ich haben einen Fehler gemacht. Wir haben uns dermaßen daran gewöhnt, dich als unsere Stütze anzusehen und dich um uns zu haben, und du bist so sehr unsere Tochter geworden, daß wir dabei nicht darauf achteten, unseren Sohn seiner Frau zu berauben. Solange er in fremden Ländern weilte, war es für dich unmöglich, bei ihm zu sein. Mit den Kindern konntest du gewiß nicht dorthin reisen. Aber jetzt ist er in seinem Vaterland. Er hat ein Haus in der Hauptstadt, und es müßte eine Herrin in diesem Hause sein, die sich darum kümmert, daß bei den Festen, die er gibt, alles in Ordnung ist, und die Dienerschaft ihre Pflicht gewissenhaft versieht und er alles hat, was er haben will.»

«Du meinst, Vater...», sagte die junge Frau, und es war, als ob ihre hübschen Brauen, die aussahen wie Weidenzweige, über den Augen zuckten.

«Ich meine, daß du zu Yuan ziehen solltest», sagte der alte Herr.

Das Opium wurde heiß, sein süßlicher Geruch kroch durch das Zimmer und hing in der Luft, süß und schwer. Da der alte Herr noch nicht rauchte, bog die junge Frau die Flamme der Lampe seitwärts, indem sie die zartgeformte Hand vor dem Licht auf- und abbewegte. Sie senkte dabei die Augen, und so gestattete er sich, sie wieder anzusehen — nach den Grundsätzen, in denen er erzogen worden war, darf kein Kavalier einer Frau, die er achtet, ins Gesicht blicken. Er sah, wie eine rote Welle unter ihren Ohrläppchen hervorkam.

«Möchtest du gerne gehen?» fragte er gütig.

Sie antwortete zuerst nicht und dachte nach, und ihre Brauen bewegten sich ein wenig über den Augen. Dann sagte sie: «Ich glaube, ich sollte nicht gehen, ehe nicht jemand da ist, der bei dir, mein Vater, und bei der Mutter bleibt.»

«Wir haben Wang Ma», sagte der alte Herr. «Es wird gehen. Freilich wirst du uns fehlen. Es wird sein, als zögen unsere Herzen mit dir fort —; und die Kinder, das Haus wäre leer ohne sie. Aber ich muß zuerst an meinen Sohn denken. Ich habe an meinem Sohn nicht gut gehandelt. Ich habe viel darüber nachgedacht. Du hättest mit ihm gehen sollen, als er in die Hauptstadt reiste.»

«Er reiste so plötzlich!» flüsterte sie.

«Ah», sagte der alte Herr. «Zu plötzlich. Ich werde ihm schreiben.»

Darauf begann er zu rauchen, und die Milde seines Gesichtes vertiefte sich zu Versunkenheit und ruhigem Ernst, zu ruhig sogar für einen gewöhnlichen Schlaf. Die Schwiegertochter wartete, bis sie sah, daß er sie nicht mehr brauchte, und dann ging sie.

Dann ging sie, die junge Frau, in das mittlere Zimmer, in dem sie mit ihrer Schwiegermutter seit nachmittag gesessen war, und sie nahm die Stickerei auf, die sie weggelegt hatte. Der grüne Vogel war vollendet, und sie arbeitete jetzt an dem Zweig mit Pflaumenblüten zu des Vogels Füßen. Noch zehn Jahre, und ihre Tochter schlief als Braut auf diesen Sinnbildern.

Da ertönte ein Schrei im Hof, und der Knabe stürzte herein; er hielt ein zappelndes weißes Kaninchen an den Löffeln. Laut beklagte er sich: «Meine Schwester sagt, es gehört ihr, aber es gehört mir! Ich weiß, daß es mir gehört!»

Die Mutter erhob sich und ging zur Tür, die dicke Hand des Jungen in der ihren. Er schmollte und weinte ununterbrochen: «Ich will es haben ... ich muß es haben.» Das kleine Mädchen stand draußen im Hof, sie beugte sich über den Kaninchenstall, als ob sie nichts hörte, und warf Kohlblätter hinein.

«Meine Tochter!» rief die Mutter.

Da wandte sich die Kleine und sah der Mutter gerade ins Gesicht, mit einem aufbegehrenden Blick. Sie war ein hübsches Kind und besaß die regelmäßigen Züge der Mutter, aber sie hatte auch Feuer, und das fehlte der Mutter.

«Es gehört wirklich mir», erklärte das Kind in ruhigem, aber entschiedenem Ton.

«Mein Kind!» wiederholte die Mutter und wartete.

Die Kleine stand kerzengerade, warf die Kohlblätter zu Boden und biß sich auf die Lippen. Sie sagte mit derselben harten Stimme: «Es ist seltsam, daß immer ich nachgeben muß.»

«Aber, mein Kind!» sagte die Mutter zum drittenmal. Und das kleine Mädchen brach plötzlich in Tränen aus und lief an der Mutter vorbei ins Schlafzimmer.

«Es gehört also mir!» triumphierte der Junge.

«Jawohl, mein Sohn, es gehört dir», erwiderte ruhig die Mutter, und sie verließ ihn und setzte sich wieder an ihre Arbeit.

Die alte Dame hatte all das mitangehört, und nun seufzte sie ein wenig. Dann sagte sie: «Es wird gut sein, wenn du einen zweiten Sohn bekommst, Tochter, mit dem der Junge seine Sachen teilen muß, obwohl er der ältere ist. Ich sehe, daß er von Natur aus sehr eigensinnig ist.»

Die junge Mutter antwortete nichts. Sie lauschte den Geräuschen, die aus dem Hinterzimmer kamen. Man vernahm lautes Schluchzen, nur dadurch unterdrückt und gemildert, daß das kleine Mädchen etwas über den Mund gezogen hatte. Schließlich stand die Mutter auf, denn sie konnte nicht länger zuhören, und so still, wie es ihre Eigenart war, betrat sie das Zimmer und näherte sich dem Bett, auf das sich die Kleine geworfen hatte. Sie lag unter der Decke. Die Mutter zog die Decke weg, und als das Kind sich umwandte, war sein Gesicht gerötet und naß vom Weinen und seine Augen hart. Die Mutter sagte kein Wort, aber sie strich die schwarze Haarlocke zurück, die der Kleinen über die Stirn hing. Es war die zarteste, sanfteste Berührung, und des Kindes Härte schmolz darunter, und sein Gesicht bekam einen klagenden Ausdruck. Als die Mutter das sah, begann sie mit leiser Stimme zu sprechen, und es war fast wie ein Flüstern:

«Mein Kind, ich habe nicht einmal gefragt, wem das Kaninchen gehört. Ich muß dich Unterwerfung lehren. Unterwerfung erst vor dem Vater und Bruder, dann vor dem Gatten. Wenn dein Bruder sagt, daß er das Kaninchen haben will, so mußt du nachgeben.»

«Aber warum?» heulte das Kind plötzlich auf. «Es war *mein* Kaninchen. Ich weiß es, weil es auf einer Seite schwarze Schnurrhaare hat! Und er zieht es so an den Ohren!»

«Du lernst Unterwerfung, indem du dich erst dem Willen des Vaters und des Bruders unterwirfst; dann wirst du auch gelernt haben, dich dem Gatten zu unterwerfen», erklärte die Mutter geduldig, als ob sie etwas wiederhole, was sie oft gehört und viele Male gesagt hatte. «Eine Frau muß gehorchen lernen. Wir dürfen nicht fragen, warum. Wir vermögen nichts gegen unsere Geburt. Wir müssen sie hinnehmen und unsere Pflicht tun, die uns im Leben auferlegt ist.»

Aber ihre sanfte, zarte Hand streichelte unablässig den Kopf der Kleinen, und diese Berührung brachte dem Kind die Ruhe, die ihre Worte allein nicht bringen konnten. Denn sie hatte diese Worte schon oft und oft gesprochen, während der langen Erziehung, die sie ihrer Tochter geben mußte, so wie ihre eigene Mutter sie ihr gegeben hatte. Es waren keine neuen Worte, sie waren viele Hunderte von Jahren alt. Aber die gleichmäßige, begütigende Berührung trug eine unmittelbare stumme Botschaft, die die junge Frau für ihre Tochter hatte, und das kleine Mädchen verstand und war getröstet für diesmal.

Einige Tage später, als alle um den Tisch beim Nachtessen saßen, blickte der alte Herr seine Schwiegertochter stillvergnügt an und glättete seinen Bart und räusperte sich. Ein milder Glanz lag in seinen Augen und bewies, daß er etwas Ungewöhnliches plante. Als sie die Suppe vor ihn hingestellt hatte, die er liebte, und die Kügelchen aus Schweinefleisch, und als die Gemüseplatten vor der Schwiegermutter standen, die eigens und nicht einmal mit dem Fett eines Tieres bereitet waren, räusperte sich der alte Herr ein zweites Mal.

Er strich sich mit den Fingern über den Bart und sagte heiter: «Meine Tochter, ich habe heute Yuan geschrieben und ihm mitgeteilt daß du bereit bist, mit den Kindern sofort zu ihm zu ziehen. Er hat ganz recht, wenn er in einem seiner Briefe meint, daß ein Mann eine Herrin braucht für sein Haus und seine Dienerschaft. Ich sagte ihm, es wäre das beste, wenn er einige Tage Urlaub nehmen und dich holen könnte, doch wenn dies nicht geht, ist die Reise nicht schwierig, und der alte Diener kann dich begleiten. Er ist alt und treu, und ich werde dich hier zur Dschunke bringen. Es sind nur drei Tage zu Wasser, und sicherlich kann Yuan zur Küste kommen und dich auf der Landreise begleiten, die kürzer dauert als einen Tag. Selbst wenn ihm dies unmöglich sein sollte, bist du mit dem Diener gut versorgt, denn er hat die Reise oft mit Yuan gemacht, wenn er ihn in seiner Kindheit zur Schule brachte. Es ist ganz einfach. Und es ist richtig, daß ein Mann seine Frau in seinem Hause braucht. Yuan hat recht.»

Yuans Frau sagte nichts zu all dem, denn sie dachte mancherlei bei sich. Vor allem empfand sie heimliche, warme Freude über die Nachricht, daß Yuan geschrieben habe, er brauche seine Frau in seinem Hause. So war also das ungewisse Gefühl, er sei ihr gegenüber verändert, unsinnig. Er brauchte sie noch immer — er hatte geschrieben, daß er sie brauche! Ihre Hände zitterten ein wenig, als sie mit den Eßstäbchen in die in der Mitte stehende Schüssel langte, um Hühnerfleisch und Pilze für ihren Sohn herauszuholen, der lärmend seine Leckerbissen forderte.

«Hier, Mutter, dieses Stück, das weiße! Nein, das andere!»

«Das ist Großvaters Lieblingsstück», sagte tadelnd das kleine Mädchen.

Die junge Mutter zögerte einen Augenblick. «So ist es, mein Sohn», erklärte sie freundlich, «es ist deines Großvaters Lieblingsstück.»

Der Knabe preßte die vollen Lippen aufeinander, und seine Augen wurden groß und glänzend, als wollte er weinen. Da beugte sich der alte Herr vor und nahm das Stück mit den Eßstäbchen und legte es auf des Kindes Reisschale.

«Heute bekommst du es, Kleiner», sagte er lächelnd, und sogleich lachte das Kind.

«Bedanke dich beim Großvater, mein Sohn», mahnte ernst die Mutter.

Das Kind erhob sich nur allzugern, da es seinen Willen durchgesetzt hatte, und verneigte sich.

Der Großvater streckte die Hand aus, streichelte des Knaben goldfarbene Wange und sagte mit leiser, trauriger Stimme: «Ja, wenn du mit deiner Mutter wegreisen wirst, kleiner Mann...»

«Werde ich reisen?» rief der Junge in plötzlicher Erregung. «Mit

Dienerin statt Frau . . .

... ist die junge chinesische Mutter; freilich mit unseren Augen betrachtet. Wir mögen manches für Vorurteil halten, was der Chinesin selbstverständliche Tradition war. So hüllten beispielsweise die chinesischen Mütter ihre neugeborenen Söhne in alte Kleider des Vaters und stachen ihnen einen Mädchenring durchs Ohrläppchen – um die rachedürstenden Götter zu täuschen.

Vor den Unbilden des Schicksals schützt eher – wenn es auch prosaischer klingt – ein Vermögen, dem Sohn in die Wiege gelegt. Und sei es noch so klein: Durch Zinsen wächst es ja von selbst.

dem Schiff?» Er sprang auf, stieß die Reisschale mit dem Fleisch um und rief wieder, ohne darauf zu achten, was er anstellte: «Mutter, wann werden wir fahren? Wohin werden wir fahren?»

Aber die Mutter hatte sofort begonnen, den Schaden gutzumachen, den der Kleine angerichtet. «Sei still, Kind», sagte sie. «Es ist noch zu früh, um darüber zu sprechen. Es hängt davon ab, was dein Vater sagt.»

«Oh, er wird schreiben, du sollst sofort kommen», warf der alte Herr rasch dazwischen. «Zählen wir die Tage: heute über sieben Tage werden wir seinen Brief haben — sagen wir vielleicht ein oder zwei Tage später wegen der Winde, und wir werden ihn haben.»

«Ich weiß nicht, wie ich ohne meine Schwiegertochter auskommen soll», erklärte plötzlich die alte Dame, denn sie begriff, worum es ging. Sie hatte mit einem Porzellanlöffel ihre Suppe aus Kohlherzen gegessen, denn sie besaß nur mehr wenige Zähne, und sie liebte Suppe mehr als alle anderen Speisen. Nun machte sie eine Pause und legte den Löffel auf eine Untertasse und blickte alle der Reihe nach an. «Ich bin an sie gewöhnt, und es ist schwer für einen Menschen in meinem Alter, ohne Schwiegertochter zu leben. Ich kann nicht mehr die Mägde beaufsichtigen, wie ich es tat, als ich jung war.»

«Es wird nicht sehr viel zu beaufsichtigen geben, bei uns beiden Alten allein», entgegnete der alte Herr.

«Aber» — die alte Dame wollte von neuem beginnen. Doch als sie ihren Gatten ansah, gewahrte sie einen Blick — furchtbar an diesem so gütigen Mann —, der mit einem Befehl Schweigen gebot, und in einiger Aufregung löffelte sie hastig ihre Suppe weiter.

«Jawohl, sie muß gehen», sagte der alte Herr nochmals. «Und auch du mußt gehen, mein Junge.»

«Und ich?» fragte das kleine Mädchen, das mit großen Augen eifrig zugehört hatte.

«Jawohl, vielleicht auch du», antwortete der Großvater. «Allerdings, wenn deine Großmutter dich zu sehr entbehrt . . .»

Das Antlitz des kleinen Mädchens wurde blaß, und sie legte die Eßstäbchen nieder, mit denen sie aß. «Wenn ich nicht gehen darf, werde ich sterben», sagte sie entschieden.

Da blickte die alte Dame sehr gereizt auf. «Mein Kind, gebrauche Worte wie ‹sterben› und ‹Tod› nicht so leichtfertig. Man kann nie wissen, was für Geister . . .»

Die junge Frau griff ein. «Wenn meine Mutter uns entbehren kann und wir gehen müssen, so möchte ich gerne beide Kinder mit mir nehmen, denn es ist an der Zeit, daß meine Tochter vieles lernt. Aber selbstverständlich habe nicht ich zu entscheiden. Gewiß kann die Mutter in ihrem Alter nicht die Dienstleute beaufsichtigen. Sie sind verläßlich, wenn man sie beaufsichtigt, sonst aber nützen sie die Gelegenheit, und Lässigkeit wird im Hause herrschen.»

«Es wird gehen, es wird gehen», sagte fröhlich der alte Herr. «Wang Ma soll die Mägde beaufsichtigen, und sie kann das Opium für meine Pfeife mischen und ihre Herrin zum Tempel begleiten. Es wird gehen.»

Aber die junge Frau sagte nichts mehr, und trotz ihrer ruhigen Art konnte sie das Ende der Mahlzeit kaum erwarten. Mit den gleichen raschen Bewegungen wie sonst achtete sie darauf, daß jeder bekam, was er mochte, daß die Teeschalen der beiden Alten gefüllt waren, die des Vaters mit seinem roten, die der Mutter mit ihrem grünen Lieblingstee. Sie machte alles genauso sorgfältig wie immer und vergaß nichts; und als der Tisch abgeräumt war und die beiden Alten beim Tee sitzenblieben, führte sie ihnen die Kinder zu, eines nach dem andern, und dann wusch sie den Knaben, während die alte Dienerin dem Mädchen behilflich war, und so brachte sie beide zur Ruhe.

Erst dann machte die junge Frau etwas, was sie sonst nicht tat. Sie ging in das Zimmer ihres Gatten, statt zurück zu den Schwiegereltern, und dort saß sie im Finstern in seinem Sessel und begann darüber nachzudenken, was diese Zukunft für sie bedeuten mochte. Sie konnte sich nicht vorstellen, wie es wäre, das Heim zu verlassen. Sie sah jeden einzelnen Teil des Hauses vor sich, der ihrer Obhut unterstand. Wer würde darauf achten, daß die drei Höfe in Ordnung gehalten, daß die Bambussprossen im Frühling geschützt wurden — die großen sollten wachsen, die kleinen abgeschnitten und gegessen werden. Wenn man die Mägde sich selbst überließ, so behaupteten sie sicherlich jedes Jahr, es gebe keine Sprossen, und die beiden Alten bekamen niemals mehr welche zu essen. Mägde waren nicht anders. Wer würde die Fächer des alten Herrn abstauben? Er selbst hatte zu zittrige Hände, um es zu tun. Diese und hundert andere kleine Pflichten, mit denen ihr Leben ausgefüllt war, fielen ihr jetzt ein und schienen sie mit unsichtbaren Banden zu fesseln, die nicht leicht zu zerreißen waren. Pflichten, die zu Gewohnheiten geworden, die stummen Bedürfnisse lebloser Dinge — der Holzstandbilder, die nur sie vom Staube säuberte, mit einer in Öl getauchten Feder, das Aufmachen von Schriftrollen, die zu gewissen Jahreszeiten an der Wand hingen und dann mit anderen vertauscht wurden, das Reinigen der vier Ahnentäfelchen, die in ihrer Nische in einem der äußeren Zimmer standen, die Vorbereitungen für die religiösen Feiern und für die Opfer, die bei den Familiengräbern an dem hierfür bestimmten Frühlingstage verbrannt wurden. Die Erfüllung all dieser Pflichten — der Bräuche des Familienlebens, die ein Haus gepflegt und umsorgt und behaglich machen —, all dies lag an ihr, denn niemand anderer war so im Haus verwurzelt wie sie als Tochter und Gattin und Mutter.

Doch auch ihr Mann war da. Auch er brauchte sie in dem Haus, in dem er wohnte. Es bestand wenig Hoffnung, daß er wieder, wie als Kind, in dieser kleinen Stadt würde leben können, wo es für Männer wie ihn nichts zu tun gab. Mit all den Sprachen, die er auf seiner Zunge hatte, und all den anderen Dingen, die er verstand, mußte er wohl in der Hauptstadt leben. Sicherlich konnte man ihn dort nicht entbehren. Sie seufzte ein wenig. Es fiel ihr nicht ein, daß es in der Hauptstadt etwas geben mochte, was sie nicht hier im Hause verrichtete, oder daß in einem Haushalt Dinge vorkommen konnten, denen sie nicht gewachsen war. Wenn sie zu ihrem Gatten zog, so war das

Haus sicherlich genau wie hier, nur etwas kleiner. Sie würde sich um die Küche kümmern wie jetzt und seine Lieblingsgerichte selbst bereiten und zu Festen auch jene Gänge, die nicht so reichhaltig waren, daß sie fertig ins Haus geliefert werden mußten. Sie würde sich um den Wein kümmern wie hier. Gewiß gab es Möbel, die sauber zu halten waren, einen Hof mit Pflanzen, die zum Blühen gebracht werden mußten, die Tochter war zu unterrichten wie hier und der Sohn zu erziehen. Nein, es gab keine Frauenpflicht, der sie nicht gewachsen war.

Der alte Herr hustete plötzlich draußen, und sie erhob sich und kam heraus. Die alte Dame hatte sich zurückgezogen. Der alte Herr stand allein da. Er sagte: «Ich habe beschlossen, daß du reisen sollst, Tochter. Richte also deine Truhen her für dein und der Kinder Eigentum und auch für das kleine Mädchen, wenn du noch immer glaubst, sie mitnehmen zu müssen; denn du sollst gehen, um mit deinem Gatten zu leben.»

Sie neigte leicht den Kopf. «Ich tue, wie du befiehlst, Vater», erwiderte sie. «Ich nehme meine Tochter nur mit, weil es an der Zeit ist, daß sie für ihr Leben vorbereitet wird, und es gibt vieles, was ich sie für ihre Zukunft lehren muß, und die Mutter ist so alt, daß es ihr eine große Mühe wäre.»

Aber nach all dem sah es doch nicht so aus, als ob die junge Frau reisen sollte. Sie hatte sich kaum mit heimlicher und süßer Aufregung, von der sie äußerlich nicht das geringste merken ließ, an den Gedanken der Reise gewöhnt, da kam ein Brief, und der alte Herr las ihn nicht vor. Nein, als er ihn gelesen hatte, war er so verstört, daß sie nicht wußten, was sie mit ihm machen sollten. Er ließ sich kaum mit seiner Pfeife beruhigen und wollte nicht essen. Er saß da und starrte die Gattin seines Sohnes an, und alle warteten, daß er spreche. Aber er sprach nicht.

Schließlich konnte die junge Frau das Warten nicht mehr ertragen, denn sie hatte Angst, und mit einer Kühnheit, die ihr völlig fremd war, betrat sie unter dem Vorwand einer Handreichung das Zimmer des alten Herrn, und sie sagte: «Mein Vater, wenn es an dem ist, daß du mir etwas sagen kannst, so sage mir, wann ich reisen soll, denn vorher muß ich einiges im Hause besorgen, die Winterkleider und Pelze auslüften, damit der Mutter die Überwachung dieser Arbeit erspart werde.»

Da hustete der alte Herr, und er hustete länger als notwendig, als wisse er nicht, was er sagen solle, aber schließlich sprach er dennoch: «Kind, es ist ein sehr sonderbarer Brief von Yuan gekommen, und ich kann dir nicht sagen, was darin steht. Aber ich muß hinfahren und selbst sehen, wie sein Leben ist. Dann, bis ich zurückgekommen bin, mußt du bereit sein, und du sollst reisen.»

Nun hatte der alte Herr sein Heim nicht verlassen, seit er jung gewesen, und die beiden Damen waren entsetzt, als sie davon erfuhren. Der Schwiegertochter schien es unmöglich; wie sollte er die Reise ertragen, und wer würde sich um seine Pfeife kümmern und um die Speisen, die er gerne aß? Die alte Frau war verstört, und beide Damen, jede nach ihrer Art, baten ihn, zu erklären, was eigentlich geschehen und ob Yuan erkrankt sei. Doch der alte Herr blieb hartnäckig und wortkarg, wie er nie gewesen und er sagte nichts als: «Nein, er ist nicht krank; nein, ich muß selbst hinfahren und Ordnung schaffen – ich muß hinfahren und selbst Ordnung schaffen.»

So konnten sie nichts tun, als dafür sorgen, daß er genug Kleider zum Wechseln in seinen Koffern hatte und die junge Frau packte eigenhändig Kleider für jede Jahreszeit ein, denn wer wußte, was für Winde in der nördlichen Stadt wehten, in der Yuan lebte. Sie packte den Lieblingstee in einer Lackschachtel ein; denn es war unmöglich, daß der alte Herr den gewöhnlichen Tee trank, der den Reisenden verabreicht wird. Und sie packte Schachteln mit Leckerbissen ein, damit er nicht abhängig sei von dem schlechten Essen, das Reisende zu sich nehmen müssen. Und sie gaben ihm zwei Diener mit, deren einer der alte Mann war, der oft die Reise mit Yuan gemacht hatte. Hierauf brachten sie den alten Herrn in seine Sänfte – die Hände zitterten ihm vor Aufregung, aber seine Augen waren hart und glänzend und seine Lippen zusammengepreßt unter dem Bart – und dann blieb ihnen nichts mehr zu tun übrig, als in die Höfe zurückzukehren, in denen sie lebten, und zu warten.

So wartete die junge Frau während der Tage, da der alte Herr verreist war, und am vierzigsten Tag kehrte er zurück. Sie wußten nicht, an welchem Tag und zu welcher Stunde sie ihn erwarten sollten, denn er hatte nicht geschrieben; es war niemand im Haus, der seinen Brief hätte lesen können, und es ist ein übel Ding, einen Brief, in dem von Familienangelegenheiten die Rede ist, dem öffentlichen Vorleser zu übergeben. Daher stand der alte Herr vor dem Tor, noch ehe sie es recht begriffen, und er wankte in den Hof, als wäre er sehr müde, und hob kaum den Blick. So müde lächelte er, daß die beiden Damen erschraken, und die alte Frau ging zu ihm ins Zimmer, und des Sohnes junge Gattin lief und bereitete die beste Hühnersuppe, die sie machen konnte, damit er sich stärke.

Drei Tage lag er zu Bett und schwieg. Ab und zu stöhnte er ein wenig, und er sagte nichts als ein oder zwei Worte des Dankes für eine Handreichung, und sie warteten und wußten, daß etwas Schreckliches auf ihm lastete, aber es war, das wußten sie nicht. Am dritten Tag stand er auf und zog mühsam seine Kleider an und setzte sich in den Sessel beim Schreibtisch und rief nach der Frau und der Schwiegertochter, und beide kamen herein. Sie wußten wohl, daß er ihnen etwas Entsetzliches zu sagen hatte. Die alte Mutter fürchtete, es könnte die Gesundheit ihres einzigen Sohnes betreffen, und die junge Frau dachte an ihren Gatten. Beide fürchteten das gleiche, daß er krank sei oder vielleicht gar tot. Aber keine hatte sich vorstellen können, was der alte Mann nun wirklich sagte, und er sprach also:

«Ich fuhr in die neue Hauptstadt und sah meinen Sohn und seine Freunde. Ich war zwanzig volle Tage dort, und ich sah Dinge, die ich noch niemals gesehen habe. Ich sah hohe Häuser, und ich sah Maschinen, die sich von selbst bewegen, und ich sah viel Wunderbares, aber davon will ich nicht sprechen, denn für uns bedeutet das nichts. Ich sah, was Yuan meinte, als er von den Frauen dieser Stadt erzählte. Ich muß gestehen, daß sie für mich das Allersonderbarste waren. Sie gehen allein überallhin, ihr Haar ist kurz geschnitten wie das Haar von Männern, sie sind wie Männer. Zuerst sagte ich: ‹Das sind schlechte Frauen, und mein Sohn ist verloren unter ihnen.›Dann sah ich, daß sie nicht schlecht sind. Nein, ich hatte gehört, daß die Frauen heute anders seien, und das ist richtig. Ich konnte es nicht glauben, denn an diesem ruhigen Ort sind sie, wie sie immer waren.»

Der alte Herr unterbrach sich, als wäre dies eine schmerzliche Erinnerung, und er starrte auf den Boden.

«Aber inwiefern anders und wodurch anders?» fragte die alte Dame, die alles in größtem Erstaunen mitangehört hatte.

«Sie haben Schulen besucht, so wie die, in der wir unseren Sohn studieren ließen», sagte schlicht der alte Herr. «Sie können lesen und schreiben, und sie sind sogar in fremden Ländern gewesen. Yuan hat sie dort gesehen. Sonst hätte ich es nicht geglaubt. Ich begleitete ihn in das Haus eines seiner Freunde, und die Gattin seines Freundes ist eine Frau, wie ich sie eben beschrieben habe, und zuerst fürchtete ich, sie anzusehen, denn ich hielt sie für ein schlechtes Frauenzimmer. Doch sie sprach so freundlich und war so höflich, und ich sah ihre vier Kinder, und auch diese waren höflich und sauber, und auch das Haus war ordentlich, wenn auch sonderbar — aber doch in Ordnung und sauber —, und ich sah, daß sie keineswegs schlecht war. Nein, Yuan erzählte mir, sie unterrichte ihre Kinder im Lesen und Schreiben und in vielen Dingen, die in Büchern zu finden sind. Ich habe solche Frauen noch nie gesehen. Sie saß bei den Männern und sprach und lachte mit ihnen, und die Männer achteten sie dennoch. Ich konnte sehen, wie sie sie achteten.»

Die beiden Damen lauschten in tiefem Schweigen. Die junge Frau hörte zu und wurde sehr blaß, blässer noch als gewöhnlich, und sie befeuchtete die trockenen Lippen mit der Zungenspitze.

Der alte Herr setzte fort, in seiner sanften, zögernden Art: «Yuan lebt allein in seinem Haus. Es ist nicht wie das unsere. Es ist ein sehr merkwürdiges Haus — ein Haus über das andere getürmt und voller Glasfenster.» Der alte Herr machte wieder eine Pause, und schließlich sprach er in wachsender Erregung weiter: «Ich sagte ihm: Yuan, sagte ich, dein Haus hat keine Herrin, und ich sagte: Yuan, deine Frau soll zu dir kommen, wenn du es wünschest, denn wir können allein leben, deine Mutter und ich, und ich sagte: Yuan, sie ist deine Gattin.»

Die beiden Frauen saßen jetzt völlig reglos und wandten die Augen nicht von dem niedergeschlagenen Antlitz des alten Herrn. Mit der gelben schmalen alten Hand strich er unablässig über den Bart und kreuzte die samtbeschuhten Füße und schob sie wieder auseinander.

«Was erwiderte er?» fragte die alte Dame, denn sie konnte das Schweigen nicht mehr ertragen.

Der alte Herr hustete und entgegnete mit unerwartet lauter Stimme: «Mein Sohn sagte: Vater, sieh selbst. Wie kann sie ein Haus führen wie dieses, wie kann sie mir die Frau sein, die ich brauche? Sie kann nicht einmal lesen und schreiben. Ich müßte mich ihrer schämen vor meinen Freunden und deren Gattinnen!»

Da wurde das Antlitz der jungen Frau hart wie Stein, und sie bewegte sich nicht. Ihr Blick sank auf die Hände hernieder, die sie im Schoß gefaltet hielt, und so saß sie regungslos.

Der alte Herr sah sie verstohlen an und seufzte schwer, und dann sagte er: «Ich konnte verstehen, was er meint. Ja, ich kann verstehen, was er meint. Und dennoch sagte ich und sage es noch, wo gibt es eine zweite Frau wie dich, Tochter? Du bist unvergleichlich gewesen hier in unserem Haus.» Wieder seufzte er, und dann fügte er hinzu mit einer Bitterkeit, die niemand je an ihm gesehen hatte: «Aber du kannst nicht lesen und schreiben! Es scheint, Frauen müssen heutzutage lesen und schreiben können!»

Plötzlich hörte man den kleinen Jungen, der draußen im Hof spielte, schreien, einen Schrei der Wut und Enttäuschung. Ein anderes Mal wäre die Mutter sofort bei ihm gewesen. Doch sie bewegte sich nicht. Es war, als hörte sie ihn nicht einmal.

Die alte Dame begann rasch und laut zu sprechen: «Aber was meint er eigentlich? Was erwartet er eigentlich? Nein, ich weiß, warum ihm nichts recht ist: er hat eine Frau gefunden, die ihm besser gefällt; das ist alles. Ich weiß, ich weiß! Immer sagte ich, es würde kein gutes Ende nehmen mit dieser Reise in die fremden Länder.»

Der alte Herr erhob die Hand und gebot ihr Schweigen: «Du verstehst das nicht, Mutter meines Sohnes», sprach er. «Wenn es eine solche Frau gibt, wie du sagst, so habe ich sie nicht gesehen. Nein, er schlug sogar einen Ausweg vor. Er meinte: Schickt meine Gattin für drei Jahre in die Schule, an eine ausländische Schule in der Küstenstadt, deren ausländische Leiterin ich kenne. Ich will einen Brief für meine Frau schreiben, und man kennt mich dort und wird sie um meinetwillen aufnehmen, obzwar sie keine gewöhnliche Schülerin ist. Dort kann sie lernen, den Frauen hier ähnlicher zu werden. Sie wird nicht nur lesen und schreiben lernen, sondern auch manches darüber, wie sie die Kinder lehren soll, was sie wissen müssen.»

Als die alte Dame das hörte, brach sie in Lachen aus, in ein leises, sprödes, bitteres Lachen. Aber eine blaßrote Welle überflutete das Antlitz der jungen Frau. Sie blickte plötzlich auf, und man konnte sehen, daß ihr Gesicht rosig überhaucht war und ihre Augen voll Tränen standen.

«Es ist wahr, ich habe nichts gelernt», sagte sie demütig. «Yuan hat recht. Wie passe ich zu ihm? Ich will zur Schule gehen, wenn er sagt, daß es sein muß; sobald ich die Winterpelze ausgelüftet und alles vorbereitet habe für den kommenden Frost, will ich gehen.» Dann fügte sie mit leiser, atemloser Stimme hinzu: «Gut, ich werde gehen, da er mich haben will wie die andern.»

Doch wie kann eine Mutter von Kindern rückwärts gehen und wieder ein Mädchen werden? Als sie sich losgerissen hatte von den jammernden Kleinen und im Umwenden sah, wie sie beim Tor standen und nach ihr riefen, als sie die Reise angetreten in Begleitung des verwunderten alten Dieners, der solch ein Abenteuer mißbilligte, als sie das Schulhaus betreten und ihren Platz in der Reihe der Betten im Schlafraum und an einem Pult im Schulzimmer eingenommen hatte — wie konnte sie vergessen, wer sie war? Gewiß, die Leute dort waren freundlich zu ihr, selbst die sonderbar bleichen Fremden, deren weiße Hautfarbe ihr Widerwillen einflößte, aber sie mußte in einem Zimmer mit kleinen Mädchen sitzen und mit ihnen Bücher voll großer Schriftzeichen studieren. Sie machte sich an die Arbeit, mit schmerzendem und verhärtetem Herzen, und sie war entschlossen, alles so rasch wie möglich zu erledigen. Aber sobald sie sich bemühte, ihre Gedanken nur auf die Schriftzeichen zu richten, flogen diese Gedanken von selber nach Hause, und sie konnte nichts anderes mehr im Kopf behalten. Sie konnte nur grübeln, ob man den Kindern heute wärmere Kleider angezogen habe, da ein kalter Wind blies, und es fielen ihr alle ihre häuslichen Pflichten ein und ob sie erfüllt wurden, und auf einmal war die Stunde vorbei, und sie hatte nicht gelernt, was sie hätte lernen sollen, und die Lehrerin war ungeduldig und sie selbst beschämt.

Kam die Nacht, so erschien es ihr entsetzlich, sich zu entkleiden und in einem Raum zu schlafen, in dem so viel Fremde waren, und wenn sie es doch zustandebrachte und in ihr schmales Eisenbett geschlüpft war, so lag sie schlaflos und sehnte sich nach ihrem kleinen Sohn, der sein ganzes Leben lang neben ihr geschlafen hatte. Und die drei Jahre, die sie in der Schule verbringen sollte, schienen ihr wie die Ewigkeit.

So ging es Tag um Tag, und sie konnte sich nicht sammeln. Viele hielten sie für dumm, und einmal hörte sie, wie zwei Lehrerinnen miteinander sprachen und die eine, die nicht sah, daß sie in der Nähe stand, sagte: «Sie kann nicht lernen. Es ist eine Schande, da ihr Gatte so klug und gebildet ist. Sie ist von Natur aus dumm, und es ist hoffnungslos.» Und die andere meinte bedauernd — denn alle hatten die junge Frau liebgewonnen —: «Es scheint wirklich hoffnungslos.»

In diesem Augenblick wurde die ganze Schule zusammengerufen, um einen berühmten Mann zu hören, der eine Rede über die Revolution und die Drei Volks-Grundgesetze und die neue Zeit halten sollte, die jetzt für alle gekommen war, und die junge Frau saß unter den andern, und das Herz tat ihr weh von den Worten, die sie die beiden Lehrerinnen hatte sprechen hören. Und sie sah sich plötzlich im Zimmer um, und sie nahm wahr, wie alle Mädchen dem berühmten Mann mit äußerster Aufmerksamkeit folgten, und sie sah vor allem die älteste unter ihnen an, die älter war als sie selbst zur Zeit, da sie geheiratet hatte, und alle waren weiter als sie, um wie viele Jahre weiter! Als sie so um sich sah, fiel ihr ein, daß dies die Frauen waren, von denen Yuan gesprochen hatte. Sie konnten lesen und schreiben, genau so schnell wie die Männer. Sie verstanden ganz genau, was dieser berühmte Mann zu ihnen sprach, obzwar die junge

Frau selbst nicht die blasseste Vorstellung hatte, was er mit Worten wie «Volkswirtschaft» und «paritätische Verträge» meinte und mit vielen anderen Ausdrücken und Sätzen, die sie noch nie gehört hatte. Doch schämte sie sich, danach zu fragen, weil es so vieles gab, was sie nicht verstand.

Da überkam sie große Verzweiflung, denn all das hatte keinen Zweck. Sie konnte niemals werden wie diese Mädchen, nein, und wenn sie ihr ganzes Leben darauf verwandte. Sie konnte das altväterliche Haus führen und für die Kinder und die Eltern ihres Gatten sorgen, aber das hier brachte sie nicht zuwege. Nein, sie mußte heim. Und während der Redner mit seiner lauten, klaren Stimme weitersprach, saß sie mit gesenktem Kopf und dachte nach, machte Pläne und verzichtete. Denn im Verzicht sah sie einen Weg für sich.

Sie sagte in ihrem Herzen: «Ich will nach Hause zurückkehren, und ich werde für meine Kinder sorgen und für die beiden Alten, wie ich es stets getan habe, und ich werde den Vater bitten, meinem Gatten zu schreiben: ‹Ich kann dir nicht mehr als eine Frau sein. Wenn es sein soll und du auch die andere Art Frau haben mußt, so nimm eine solche — wenn es auch mein Herz entzweibricht —, daß sie mit dir sei, wo du jetzt lebst. Ich aber will zu Hause bleiben und für deine Eltern sorgen und für die Kinder.›» So dachte sie, und es überkam sie tiefe Traurigkeit, aber es war eine stille Traurigkeit, und sie konnte sie eher ertragen als die Verzweiflung, denn nun sah sie einen Weg, nach Hause zurückzukehren.

Sowie der Mann seine Rede beendet hatte und die Schülerinnen entlassen wurden, ging sie zur Leiterin der Schule und sagte: «Ich muß doch wieder nach Hause. Ich denke an nichts anderes als an meine Kinder, und es ist richtig, daß ich hier nichts lernen kann.»

Die Leiterin, die eine gütige ausländische Frau war, wenn sie auch zu viel zu tun hatte, um sich mit einer einzelnen Schülerin zu beschäftigen, sagte recht freundlich: «Vielleicht hast du recht. Vielleicht ist es besser für dich, daß du nach Hause zurückkehrst. Es tut mir leid.» Und obwohl sie lächelte, konnte man sogar ihrem Lächeln anmerken, daß sie an anderes und Wichtigeres dachte.

Da begann Yuans Frau ihre Sachen zusammenzusuchen, und es gab keinen einzigen Menschen, dem ihre Abreise auffiel, obzwar sie zwei Monate in der Schule verbracht hatte; so abseits war sie gestanden von dem Leben der übrigen. Nein, sie suchte ihre Sachen zusammen und schnürte ihr Bündel und bezahlte, was sie schuldig war, und sie schritt durch das Tor und belegte einen Platz auf dem Schiff, das flußaufwärts fuhr zur Stadt, in der ihr Heim lag. Obzwar sie noch niemals allein gereist war, tat sie alles so zielbewußt und ruhig, daß keiner auf sie achtete, weil sie so unauffällig blieb.

Am vierten Tag trat sie wieder ins Tor ihres Hauses, und alle waren gerade im Päonienhof, und der alte Herr beaufsichtigte die Düngung der Wurzeln, vor dem Einbruch der Winterkälte. Sie blickten sich einen Augenblick stumm an und konnten kaum glauben, daß sie es wirklich war, und sie begann rasch zu sprechen, damit nicht jemand etwas sage, bevor sie erklärt hätte, warum sie gekommen sei.

Ihr Ton war zugleich bittend und entschieden, und sie sah den Vater ihres Gatten an und sprach:

«Ich muß ihn aufgeben. Ich gebe ihn auf. Mag er eine zweite Frau nehmen, von der Art, wie sie ihm gefällt. Nur laß mich hier bei dir bleiben und bei meiner Mutter und bei meinen Kindern, so wie früher. Ich kann nichts lernen in dieser ausländischen Schule. Ich habe mich bemüht, aber immer fragte mein Herz meinen Kopf: ‹Sind die Vorhänge um die Betten der Kinder ordentlich zugezogen — die Kleinen erkälten sich so leicht?› Oder ‹Wie schläft mein Sohn ohne seine Mutter — er schläft so unruhig — und wird seine Schwester wachen, um ihn zuzudecken, da sie selbst noch ein Kind ist?› Nein, ich bin, wie ich bin, und ich bin nützlich und klug nur in diesem Hause bei euch, die ich liebe. Draußen bin ich dumm und ungeschickt — ihr würdet nicht glauben, wie dumm, ehe ihr mich gesehen. Selbst die Kleinsten in der Schule waren klüger als ich. Yuan hat recht mit dem, was er sagt. Ich passe nur in dieses Haus und zu euch und zu meinen Kindern — ich kann es nicht, ich kann es niemals wieder verlassen.»

Diese letzten Worte strömten heraus mit zitternder, dem Weinen naher Stimme, gar nicht so, wie die junge Frau sonst sprach, und ihre hübschen Brauen flatterten über schreckerfüllten Augen. Der alte Vater und die alte Mutter sahen einander an und sagten nichts, aber die beiden Kinder, die nicht das geringste begriffen von dem, was ihre Mutter meinte, stürzten auf sie zu, und der Knabe rief: «Jetzt werden wir Kuchen zu essen bekommen!»

Und das kleine Mädchen sagte schmeichelnd: «Wenn du in die Schule zurückkehrst, nimm mich mit, Mutter! Ich habe mir schon immer gewünscht, in die Schule zu gehen.»

Der alte Herr, der die junge Frau genau verstand, sah, daß auch sie recht hatte, und er strich sich über den Bart und sagte seufzend: «Mein Kind, ich kann mir vorstellen, wie alles gewesen ist. Daher bleibt uns jetzt nichts übrig, als Yuan ausführlich zu schreiben. Ich will ihm berichten, und wir werden sehen, ob er barmherzig ist.»

So sprach er und ging in sein Zimmer, und er seufzte im Gehen, und die alte Dame sagte gar nichts, doch sie nahm die Schwiegertochter an der Hand und streichelte sie liebevoll, und nach einer Weile beugte sie sich vor und flüsterte, damit die Kinder es nicht hören sollten: «Kränke dich nicht. Ich selbst werde mit Yuan sprechen, bis er kommt.»

Da lächelte die junge Frau traurig, aber sie antwortete nicht. Sie wußte, daß Yuan jetzt von einem Geist besessen war, den nicht einmal die Worte einer Mutter rühren.

Aber mit unaussprechlicher Freude nahm sie ihre früheren Arbeiten im Hause auf. Des Nachts erwachte sie manchmal voll Schrecken, denn sie glaubte, sie sei wieder in der Schule und ihr Bett stehe in einer Reihe mit andern, die ihm haargenau glichen. Doch dann bewegte sich vielleicht ihr kleiner Sohn, und wenn er mit seinen dicken Beinchen sie anstieß, kam sie zu sich und hielt leidenschaftlich und atemlos still, um ihn nicht zu wecken.

Sie fand in den ersten Tagen eine Unzahl von Dingen im Hause, die vernachlässigt worden waren. Von den Kesseln in der Küche war der Bodensatz nicht abgekratzt, und so kam das Feuer nicht zu den Speisen, und Brennstoff wurde vergeudet. Die Kerzenständer waren vom Talg der tropfenden Kerzen überzogen. Es gab vieles, was die Augen der Mägde nicht sehen, und es war so lange her, seit die alte Dame sich um derlei gekümmert hatte, daß auch sie nichts mehr davon sah.

Tag für Tag arbeitete die junge Frau, bis das Haus wieder dastand, wie sie es liebte. Es war weder von Yuan die Rede, noch davon, daß sie je wieder verreisen sollte. Wenn sie sprach — und das geschah selten —, so tat sie es nur, um einem der Kinder etwas zu sagen oder eine Bemerkung zu machen, die sich auf den Haushalt bezog. Der alte Herr, der sie beobachtete, sah, daß sie einen erschreckten Ausdruck bekam, wenn er unerwartet etwas äußerte, bis sie gehört hatte, was es war, und er sagte zu seiner alten Frau: «Wir dürfen unser Kind niemals wieder wegschicken. Du siehst, wie sie ist — verschreckt und so mager. Was hat sie gelitten!»

Er machte ihr nicht den geringsten Vorwurf. Dennoch wartete er mit schwerem Herzen auf den Brief seines Sohnes. Er hatte Yuan nämlich noch nicht mitgeteilt, daß die junge Frau bereit war, seiner Heirat mit einer zweiten Gattin zuzustimmen. Er war überzeugt, daß es ihm gelingen würde, dem jungen Mann noch einmal alles auseinanderzusetzen, wie behütet die Frau in diesem alten Hause gewesen, wie ihr Leben mit ihnen verwachsen war, und daß sie bei all ihrer Flinkheit und häuslichen Tüchtigkeit sich einer so großen Veränderung, wie sein jetziges Leben für sie bedeutete, nicht anzupassen vermochte, und daß sie vor jenen lebhaften, gebildeten Frauen zurückschrecken und verblassen würde, so daß niemand sie sah oder beachtete. Yuan konnte froh sein, daß sie in ihrem alten Heim bei seinen Eltern blieb, und er selbst mochte kommen, wann er wollte, und einige Zeit mit seinen Freunden verbringen. So hatte der alte Vater geschrieben, und er wartete auf des Sohnes Antwort.

Sie kam sehr bald, und es war kein unguter Brief. Nein, Yuan war nicht ungut, und er sagte nichts als das: «Du hast der Frau, die du mir gabst, so viel Güte erwiesen und so viel Verständnis für ihre Natur, daß ich um nichts bitte als um die gleiche Güte und um das gleiche Verständnis. Mein Vater, ich war achtzehn Jahre, als du mich einer Frau vermähltest, die ich nie gesehen hatte. Es war ein Alter, in dem ich jede Frau genommen hätte, und ich war recht zufrieden mit der, die du mir gabst. Wäre ich zu Hause geblieben und zu dir ins Geschäft getreten, ich wäre immer zufriedener mit ihr gewesen. Die Männer unsrer Familie haben keinen Sinn für viele Frauen. Ich hätte mit dieser einen gelebt, wie du mit meiner Mutter all die Jahre zusammen gelebt hast, mit stets wachsender Freude und in Frieden, wie ihr in eurem Alter. Aber ich ging fort, und du stimmtest zu und hattest Ehrgeiz für mich, und ich wurde in ein anderes Leben gerissen, das so fern ist wie die Sterne von der stillen Stadt, in der ihr lebt. Ich brauche eine Gefährtin für mein Leben — auf das ich nicht mehr zu verzichten vermag —, die es teilt und mit der ich sprechen kann.

Ich habe der Frau, die ihr mir wähltet, nichts zu sagen — und sie hat mir nichts zu sagen. Wir haben kein gemeinsames Leben, über das wir sprechen könnten. Ich würde niemals wieder mit dieser froh werden, da ich weiß, wie Frauen heute sein können. Ich kann eine Magd aufnehmen, die mir dasselbe gibt wie jene. Ich brauche eine Frau, die studiert hat wie ich, die ein Mensch von heute ist wie ich. Sei gütig zu mir, mein Vater!»

Auch diesen Brief las der alte Herr den beiden Damen nicht vor. Er dachte bei sich, daß sein Sohn gewiß nicht nötig hatte, ihn um Güte zu bitten. Er las den Brief dreimal und stöhnte auf, denn er verstand. Und dennoch, was konnte er tun?

Da er sich zum Äußersten gezwungen sah, schrieb er wieder und sagte: «Sie ist damit einverstanden, daß du eine andere Frau nach deinem Herzen nimmst, und sie wird hier im Hause bleiben und für uns sorgen, wie sie es bisher getan hat.» Und er glaubte, daß damit die Sache beendet und das Menschenmögliche getan sei. So war er nicht vorbereitet auf die Antwort, die kam.

Yuan schrieb: «Es ist in diesen Zeiten weder gesetzlich gestattet noch anständig für einen Mann, mehr als eine Gattin zu haben, und überdies will die neue Frau keine zweite Gattin sein. Ich muß mich erst von der früheren Frau scheiden lassen; denn die neue muß die einzige Gattin sein. Aber ich werde großmütig vorgehen und der früheren reichlich Geld zur Verfügung stellen, und es soll ihr an nichts fehlen. Ich will auf keinen Fall, daß sie leide.»

Der alte Vater konnte sich kaum beherrschen, als er die Worte las, die sein Sohn schrieb. Die Augen traten ihm aus den Höhlen, und er las den Brief ein zweites Mal, um sich zu vergewissern, daß er ihn richtig verstanden habe. Dann antwortete er in großem Zorn und ohne jede Zurückhaltung: «Das sind sonderbare Zeiten, in denen ein Mann seine Frau verstoßen kann, so daß ihr nichts bleibt, weder Achtung noch ein Platz unter den Menschen noch ein Platz im Haus ihres Gatten! Besser war es in den alten Tagen, da sie nichts verlor als die Gunst des Gemahls, und alles andere blieb ihr, und ihr Leben ging weiter in ihrem Hause. Mein Sohn, du hast geschrieben, was deiner unwürdig ist!»

Er strich unablässig über den wirr gewordenen Bart und wartete in äußerster Ungeduld auf die Antwort des Sohnes. In dieser Zeit wurde der alte Herr noch magerer, als er schon war, und noch schmäler, und er flüchtete zum Opium, mehr als er es sich jemals zuvor verstattet hatte, denn sonst konnte er überhaupt nicht schlafen. Als das Schreiben des Sohnes eintraf, ging er in sein Zimmer und riß den Umschlag auf und zog den Brief heraus, aber er vermochte ihn nicht zu lesen, denn es schwindelte ihm vor Aufregung, und er mußte den Kopf in die Hände stützen, um sich zu erholen. Die junge Frau hatte sich hereingeschlichen und ihn überrascht, und sie schenkte ihm Tee ein. Sie war ungemein bleich, aber sie fragte nicht mit einem Wort nach dem Brief, der dort lag. Sie wußte nur zu gut, von wem er kam, aber sie wollte nichts fragen — nur warten auf das, was kommen mußte.

Diesmal war der Brief kurz und schlicht: «Mein Vater, ich sehe, du kannst mich nicht verstehen. Es ist besser, wenn wir ganz aufrichtig zueinander sind. Ich habe die Scheidung eingeleitet und mich mit einem Mädchen verlobt, das mit mir zusammen im Ausland studierte. Gleich mir war sie jemandem versprochen, den sie nie gesehen hat, aber sie ist tapferer und hat die Fessel zerrissen. Wir sind füreinander geschaffen. Ich werde in allen Dingen zu der anderen großmütig sein, aber wir sind nicht mehr Mann und Frau. Tadle mich nicht. Erinnere dich — ich habe alles versucht, ich sandte sie zur Schule, und es ist nicht meine Schuld, daß sie sich nicht bemüht hat, daß sie nicht dort geblieben ist. Wäre ihr dran gelegen gewesen, sie hätte sich bemüht. Ich tadle mich nicht. Es gibt heute viele, die das gleiche tun. Das Los der heutigen Frauen ist wohl das denkbar härteste. Die Männer, die sie heiraten sollen, die Männer ihrer Generation und Erziehung, sind, wie ich, seit der Kinderzeit gebunden. Die einen oder die anderen müssen leiden, und es ist besser für das Land und für seine künftigen Kinder, daß modern erzogene Frauen und Gattinnen Mütter werden. Aber ich will freigebig sein zu jener. Ich will alles für sie tun, was du für nötig hältst. Nur muß sie anderswohin ziehen und dort leben, denn sie hat kein Recht mehr an mein Heim. Wenn ich mit meiner Frau komme, dich zu besuchen und meine Mutter, es wäre peinlich, sie anzutreffen.»

Die junge Frau stand noch immer da, und sie schwieg und wartete. Sie wartete und hoffte, der alte Herr würde ihr etwas von dem Inhalt des Briefes erzählen. Aber er winkte ihr nur, sie solle ihn verlassen. Er wollte ihr überhaupt nichts erzählen. Nein, der Mund war ihm ausgetrocknet, und er fühlte sich schwach und saß lange Zeit allein da und trank den heißen Tee, den sie ihm eingeschenkt hatte, ehe sie ging.

Dann rieb er sorgfältig die Tusche an und holte wieder Pinsel und Briefpapier und schrieb: «Mein Sohn, wenn es so wäre wie damals, als ich jung war und mein Vater lebte — ich hätte befohlen, und du hättest gehorcht. Aber ich weiß nur zu gut, daß ich nicht befehlen kann; denn du würdest nicht gehorchen. Nein, heute bin ich es, der gehorcht. In den heutigen Tagen und Zeiten gehorchen die Söhne nicht, und daher dürfen die Väter nicht befehlen. Nein, ich sage nur das: wenn es so sein muß, wie du sagst, so laß das arme Kind, das die ganzen Jahre unsere Tochter gewesen ist, hier weiterleben. Wenn sie auch nicht mehr deine Gattin sein soll, muß sie doch unsere Tochter bleiben. Unsere Gefühle für sie haben sich nicht geändert. Wir kennen die Neue nicht. Wir würden uns unbehaglich fühlen in ihrer Gegenwart. Ich hatte Angst vor den lebhaften, gebildeten Frauen, die ich in der Haupstadt sah, die deine Gefährtinnen sind und die Gattinnen deiner Gefährten. Ich bin solche Frauen nicht gewöhnt. Nein, laß unsere Tochter hier bei uns bleiben und für die Kinder sorgen, und sie soll niemals wissen, daß sie von dir geschieden ist. Ich werde es ihr nicht sagen, und in unserer stillen Stadt braucht sie es auch nicht zu erfahren.»

Als dieser Brief beendet und abgesandt war, schien der alte Herr erleichtert. Dennoch hielt er es für das beste, der jungen Frau wenigstens etwas zu erzählen von dem, was sich ereignet hatte. Daher rief er sie des Abends, als die Kinder schliefen, zu sich, und er saß mit seiner alten Gattin im mittleren Zimmer, und zwischen ihnen auf dem Tisch stand die brennende Kerze. Die junge Frau kam herein, als man sie rief, und wie sonst sah sie dazu, daß der Tee für die beiden Alten heiß war, und dann setzte sie sich an ihren Platz, etwas niedriger als die Schwiegereltern.

Der alte Herr begann: «Tochter, ich habe meinem Sohn geschrieben, und unsere Briefe waren wie Vögel, die nord- und südwärts fliegen. Das Ergebnis ist, daß mein Sohn von deiner Großmut Gebrauch macht und eine zweite Gattin nimmt, aber du sollst ungestört hierbleiben, mein Kind, in diesem Hause, das du kennst, und alles wird sein wie früher, nur werden wir Yuan nicht mehr so oft sehen, weil er sein Leben jetzt an einem anderen Ort lebt.»

Da geschah es zum erstenmal, daß die junge Frau vor den beiden in offenes Weinen ausbrach. «Ich habe übel an euch gehandelt», schluchzte sie. «Ich habe all eure Güte schlecht vergolten. Nur weil ich so bin, wie ich bin, könnt ihr euren Sohn nicht so oft sehen, und er ist getrennt von seinem Heim.»

Die alte Dame machte große Augen; denn nicht einmal sie hatte die Schwiegertochter je weinen gesehen — nein, in diesen ganzen Jahren nicht, nicht einmal, als der Knabe am Sterben war. Ein wenig erhitzt rief sie aus: «Ich selbst werde mit Yuan sprechen — ich selbst werde mich darum kümmern. Ich will sehen, ob Söhne ihren Eltern nicht mehr gehorchen.»

Doch der alte Herr schüttelte den Kopf und war so geduldig mit ihr wie mit einem Kinde. «Nein», sagte er sanft. «Niemand hat unrecht gehandelt — weder du, mein Kind, die du immer dein Bestes gegeben hast, noch Yuan, der großmütig ist, wie er es stets war. Nein» — er machte eine Pause und strich sich mit der blassen alten Hand über den Bart —, «ich kann nicht sagen, wer die Schuld trägt und warum so sonderbare Zeiten gekommen sind, daß alles anders geworden und sogar eine gute Frau nicht mehr das ist, was ein Mann braucht.»

«Alles kommt davon, weil man die Götter nicht verehrt», meinte eigensinnig die alte Dame. «Wenn man den Göttern gegenüber seine Pflicht erfüllt...»

Der alte Herr schloß die Augen und wartete, bis sie zu Ende war, denn das hatte er schon viele Male gehört. Dann, als hätte sie nichts gesagt, setzte er fort: «Aber du kannst hier bleiben, mein Kind, wo dein Heim ist, und wir werden einen Tag nach dem anderen erleben und zusehen, wie die Päonien knospen und die Lilien, und wir haben die Kinder. Nicht viele sind so glücklich wie wir.»

So tröstete er sie.

Aber es sollte anders kommen. Sechs Tage später, als sie gerade beim Nachtessen saßen, hörte man beim Tor ungewöhnlichen Lärm, und der Diener rief: «Der junge Herr ist da!»

Sie sahen vom Tisch auf und wirklich, Yuan stand vor ihnen. Er war müde und staubig und sah schmäler aus als je zuvor. Es war etwas Gezwungenes an ihm, und er sprach hastig zu seinen Eltern, ohne irgend jemand anderen zu beachten. Es schien, als stünde er unter dem Zwang einer verhaßten Aufgabe, die er aber durchführen und vollenden mußte. Er tauchte ein Handtuch in das Becken mit heißem Wasser, das eine Magd hereingebracht hatte, fuhr rasch damit über Gesicht und Hände, setzte sich zu Tisch, ergriff eine Schale und Eßstäbchen und begann hastig zu essen. Die junge Frau lief und holte heißen Reis und heiße Speisen, und mit kurzem Nicken dankte er ihr dafür. Als er eine Schale geleert hatte — er war niemals ein starker Esser gewesen —, wandte er sich zu den anderen, die darauf warteten, daß er fertig werde, und begann rasch und mit angehaltenem Atem zu sprechen, als ob er wisse, was er zu sagen habe, und es sagen müsse, obzwar es ihm furchtbar sei.

Er wandte sich zu seinem Vater und sprach also: «Mein Vater, ich muß sofort zurückreisen, noch heute nacht, und es ist daher besser, wenn ich augenblicks und vor euch allen sage, was ich zu sagen habe. Dieses Hin und Her von Briefen dauert zu lange. Da die Sache begonnen ist, muß sie rasch beendet werden. Der Scheidungsbrief ist geschrieben und muß von uns beiden, die wir uns trennen wollen, unterzeichnet werden. Meine Hochzeit ist für den sechsten Tag des kommenden Monats festgesetzt. Es ist besser für diese hier, wenn sie zu Verwandten an einen stillen und geeigneten Ort zieht, denn es wäre zu schwer für mich, meine Frau heimzubringen — ich will, daß ihr sie seht, mein Vater und meine Mutter. Wenn ihr sie seht, werdet ihr verstehen.»

Nun hatte die junge Frau all das gehört und zum ersten Male, denn sie wußte gar nicht, daß sie geschieden werden sollte. Sie wandte Yuan ein ungewöhnlich blasses Gesicht zu, und sie sprach: «Aber ich weiß nicht, wohin ich gehen könnte. Ich habe keine Verwandten, die mich und die beiden Kinder aufnehmen würden.»

Yuan hatte sie nicht angesehen, doch als sie von den Kindern sprach, warf er einen raschen Blick auf sie und sagte erstaunt: «Selbstverständlich verlange ich nicht von dir, daß du meine Kinder übernimmst. Es ist meine Pflicht, für sie zu sorgen, und sowie ich verheiratet bin, sollen sie in mein Haus ziehen, wo ihnen die Vorteile des Studiums meiner Frau zugute kommen werden.» Und dann, als er ihren Blick sah, schrie er in plötzlicher Feindseligkeit: «Sagt nicht, daß es meine Schuld ist. Ich habe dir einen Weg gezeigt, und du hast ihn verworfen.»

Die junge Frau starrte ihn noch immer an, während er redete, aber als wisse sie es nicht und als sehe sie ihn nicht. Zweimal versuchte sie zu sprechen, und ihre Brauen flatterten über den Augen, aber nicht ein Ton entrang sich ihren Lippen. Der alte Mann sah zu Boden und strich sich den Bart, und sein Gesicht war grau wie Asche. Die alte Dame begann plötzlich leise zu weinen.

Aber Yuan wandte sich zu den Kindern und fragte: «Mein Sohn, möchtest du mit mir in die neue Hauptstadt kommen? Möchtest du das?»

Der Junge machte einen Luftsprung, und vor Freude außer sich, schrie er: «Ich werde mit dem Schiff fahren, ich werde mit dem Schiff fahren...»

Mit vor Aufregung gespanntem Gesicht fragte das kleine Mädchen den Vater: «Aber werde auch ich fahren?»

«Jawohl, auch du», erwiderte Yuan herzlich.

Die Kleine wandte sich zu ihrer Mutter, und ihr Gesichtchen wurde rot vor Glück. «Dann werde ich in die Schule gehen», sagte sie, und aus ihren Augen leuchtete ernste Freude. «Ich habe mir immer gewünscht, in die Schule zu gehen.»

Aber niemand hatte die junge Frau beachtet und gesehen, wie ihr zumute war. Hätte man sie angesehen, man hätte vielleicht nichts bemerkt, als daß ihre Blässe noch tiefer war als sonst, und da sie immer schwieg, war an ihrem Schweigen jetzt nichts Auffälliges. Niemand hätte bemerkt, wie sie zitterte, außer dem alten Herrn, und der saß da, grau wie Asche, und strich seinen Bart und starrte auf den Boden, da er sie nicht ansehen mochte. Die alte Dame weinte lautlos und trocknete sich die Augen mit ihrem Ärmel, und auch sie bewegte sich nicht.

Yuan war entzückt über die Freude seines Sohnes, und er sagte: «Du wirst mit der Eisenbahn fahren, und du wirst große breite Straßen sehen und Automobile und Flugzeuge und vieles, was du noch nie gesehen hast und hier auch niemals sehen würdest.»

Das Kind konnte sich nicht beherrschen. Es lief im Kreis herum und schrie fortwährend: «Wann fahren wir? Ich will fahren... ich will fahren...»

Die junge Frau sah ihren Sohn an und dann ihre Tochter. Das kleine Mädchen erwiderte den Blick, lächelte verträumt und sagte: «Ich habe mir immer gewünscht, in die Schule zu gehen, Mutter.»

Da ertrug die junge Frau es nicht länger. Nein, es hatte keinen Zweck, etwas zu sagen. Am grauen Gesicht des alten Vaters, an den Tränen der alten Mutter merkte die junge Frau, daß es gar keinen Zweck hatte, etwas zu sagen. Yuan zog seinen Sohn an sich, als das Kind ihm zulief, und er nahm ihn auf den Arm und roch sein süßes Fleisch, und das Kind freute sich an seinem Vater und klammerte sich an ihn und blickte stolz herab auf seine Mutter.

Da sagte Yuan, des Kindes Wange an der seinen, ernst zu ihr: «Selbstverständlich soll es dir an nichts fehlen. Ich werde immer dafür sorgen, daß du reichlich Geld hast.»

Die junge Frau sah ihn groß und stolz an. Aber er merkte es nicht, denn seine Augen hingen an dem Sohn. Mit dem Wankelmut der Jugend dachten Knabe und Mädchen, in diesem Augenblick nur an den Vater, und ohne daß sie es bemerkten, schlüpfte ihre Mutter hinaus.

Sie ging in das Zimmer, in dem sie all die Jahre mit den Kindern geschlafen hatte, und setzte sich schwer auf das Bett nieder, und in diesem einen Augenblick übersah sie ihr ganzes Leben, wie es gewesen und wie es sein würde. Es dauerte keinen zweiten Augenblick, und sie wußte, was sie für all die Ihren tun mußte. Ja, für Yuan und für die beiden Kinder mußte sie es tun, und auch für sich.

Sie erhob sich und zog eine Lade des Tisches auf und entnahm ihr einen Seidengürtel, den sie meist zu ihren Feiertagskleidern trug. Er war aus weicher weißer Seide, sehr stark und weich. Sie stieg auf das schwere Bett, und mit ruhiger Hand schlang sie ein Ende des Gürtels um ihre Kehle und stellte sich auf die Fußspitzen und befestigte das andere Ende an dem Balken, der gerade über dem Bett vorbeilief. Aus dem Mittelzimmer hörte sie die fröhliche Stimme ihres Sohnes: «Und werde ich auch in einem Flugzeug fahren?»

Der alte Vater hatte mit leiser, trauriger und bittender Stimme zu sprechen begonnen, aber sie konnte nicht verstehen, was er sagte. Sie versuchte auch nicht, es zu verstehen. Nein, sie befestigte den Gürtel sorgfältig und genau, und dann warf sie einen langen Blick über den geliebten Raum. Darauf preßte sie die Lippen zusammen und schloß die Augen. Ruhig und entschieden stieß sie sich mit einem Fuß vom Bett ab und sprang ins Leere, und sie spürte, daß der Gürtel sich zuzog und knirschte. Etwas fiel ihr ein, eine letzte Pflicht: sie durfte die Hände nicht ausstrecken, um sich zu stützen. Sie faltete sie krampfhaft über der Brust. Das Blut dröhnte ihr in den Ohren, und ihre Ohren füllten sich mit dem Getöse. Wie aus weiter Ferne hörte sie, daß das Kind immer wieder lachend sagte: «Ich werde in einem Flugzeug fahren!»

Aber auch dieses Geräusch erstarb, und sie vernahm nichts mehr. Ihre Hände sanken herab.

Die alte Mutter

Die alte Mutter saß bei Tisch mit ihrem Sohn, seiner Frau und den beiden Kindern. Die erste Magd trug das Mittagessen auf. Die alte Mutter saß sehr ruhig, die Hände hatte sie im Schoß gefaltet, und mit unterdrückter Gier sah sie auf die Schüsseln, die eine nach der andern hereingebracht wurden. Eine darunter enthielt ihr Lieblingsgericht, aber die Mutter blieb still. Sie wußte, daß nicht ihretwegen dieses Gericht bereitet worden war, sondern weil der Zufall es fügte, denn oft genug hatten ihr Sohn und dessen Frau erklärt, sie vertrügen nicht diese Lieblingsspeisen, solch grobe Bauernkost. Und darum standen die Pfefferschoten und Bohnen nicht etwa deshalb auf dem Tisch, weil sie Pfefferschoten liebte.

Die alte Mutter sah nach der Schüssel, und das Wasser lief ihr im Mund zusammen. Sie war sehr hungrig. Am liebsten hätte sie beide Eßstäbchen gepackt und damit in die Pfefferschoten hineingelangt, um auf der Reisschale, die das Mädchen vor sie hingestellt, aufzuhäufen, was nur ging. Aber sie hatte es anders lernen müssen. Ja, manches hatte sie lernen müssen in den vier Jahren, seit sie bei ihrem Sohn und dessen Frau lebte. Daher wartete sie, so geduldig sie eben konnte, daß die Gattin ihres Sohnes — sobald alle Speisen auf dem Tische standen — höflich sage:

«Mutter, willst du nicht nehmen, was du magst?»

Dennoch verstand es des Sohnes Frau, die der alten Mutter eine Schüssel um die andere reichte, zu betonen, daß in jeder eigene Eßstäbchen lagen, und sie achtete genau darauf, daß die alte Mutter sich nicht etwa irrte und mit ihren eigenen Eßstäbchen in die Schüssel fuhr. Lange hatte es gedauert, das ist wahr, bis die alte Mutter begriff, daß sie solches nicht tun durfte. Als Tochter eines Bauern und als Weib eines Bauern hatte sie in ihrem ganzen Leben von keinem Menschen gehört, es sei ungesittet, mit den eigenen Eßstäbchen in die Schüssel zu langen. Nein, die einzigen, die so dachten, schienen ihr Sohn und seine Frau. Sie waren mitsammen aus einem fernen Land zurückgekehrt, dessen Bewohner roh und ekelerregend sein mußten, denn vor Entsetzen hatten beide laut aufgeschrien an jenem ersten Tage, da die alte Mutter beide Eßstäbchen, wie es sich gehört, sorgfältig mit den Lippen sauberleckte, ehe sie sie in die Schüssel stieß.

Damals, als sie den Schrei hörte, blickte sie voll Staunen auf, hielt die Eßstäbchen über der Schüssel frei in der Luft und sagte: «Was ist denn? Was ist denn?» Es muß, so dachte sie, etwas Widerwärtiges in der Speise sein, vielleicht ein Haar oder ein Stoff-Fetzen, ein Holzstückchen oder sonst etwas, was auch die beste Köchin manchmal ins Essen fallen läßt, ohne dessen gewahr zu werden. Aber der Sohn rief: «Die Vorlegstäbchen mußt du nehmen! Du darfst nicht die eigenen benützen, die du in den Mund genommen hast.»

Da war sie zutiefst beleidigt und sagte empört:

«Glaubst du, ich sei mit einer abscheulichen Krankheit behaftet und du müßtest dich fürchten?»

Als beide nun versuchten, ihr von winzigen Wesen zu erzählen, die so winzig sind, daß man sie nicht einmal sehen kann, und die von einem Menschen zum andern gehen und Krankheit mit sich tragen, saß sie steif und ungläubig da, und während man zu ihr sprach, wiederholte sie immer wieder:

«Ich kann nicht glauben, daß solche Wesen sich auf mir befinden. Niemals habe ich Würmer an meinem Körper gesehn.»

Und auf die Antwort: «Gewiß, denn sie sind zu klein, als daß man sie sehen könnte», hatte sie triumphierend erwidert: «Woher wißt ihr dann, daß sich solche auf mir befinden, da ihr sie nicht sehen könnt?»

Das hielt sie für einen Sieg, aber der Sohn, energisch, als wäre er sein eigener Vater, erklärte:

«Es hat keinen Sinn, darüber weiter zu sprechen. In meinem Hause dulde ich keine unsauberen Gewohnheiten. Nein, ich dulde sie nicht.»

Da war die alte Mutter sehr gekränkt, und sie saß schweigend bei Tisch und aß nichts als ihren Reis und hielt sich von allen Fleisch- und Gemüsegerichten zurück, obzwar sie arg darunter litt, denn ihr ganzes Leben lang hatte sie einen guten und gesunden Appetit gehabt, und jetzt, da sie alt war, bedeuteten die Mahlzeiten ihre größte Freude.

Dennoch mußte sie sich fügen. Einmal erlebte sie sogar, daß die Frau ihres Sohnes folgendes tat: das Mädchen brachte zum Abendessen eine Schüssel heißer Melonensuppe herein und stellte sie auf den Tisch — ein Gericht, das die alte Mutter liebte, und die Freude dieses Anblicks überwältigte sie. Sie vergaß alles und tauchte den Porzellanlöffel in die Suppe, um die köstliche Brühe aufzuschlürfen, und wieder tauchte sie den Löffel hinein, um noch mehr herauszuschöpfen. Da erhob sich plötzlich die Frau des Sohnes von ihrem Sessel, nahm die Suppenschüssel, trug sie zum offenen Fenster und schüttete den Inhalt in den Garten hinaus. Weg war die gute Suppe!

Während die alte Mutter verwundert stotterte: «Aber warum denn... warum denn?», stotterte und nicht begriff, preßte die Frau des Sohnes die schmalen Lippen zusammen und antwortete sehr ruhig: «Wir verzichten darauf, nach dir zu trinken.»

Da wurde die alte Mutter zornig. Jawohl, sie hatte es gewagt in diesen ersten Zeiten, zornig zu werden. Und sie schrie dickköpfig: «Ich werde euch nicht vergiften, das kannst du mir glauben!»

Aber die Frau des Sohnes gab zurück, noch ruhiger und sehr grausam:

«Du benützest ja nicht einmal eine Zahnbürste.»

Darauf sagte die alte Mutter in großer Würde:

«Mein ganzes Leben lang habe ich mir den Mund gespült, wie man es mich gelehrt hat, beim Aufstehen des Morgens und nach jeder Mahlzeit, und zu meiner Zeit hat es niemanden gegeben, der dies nicht für genügend gehalten hätte.»

Doch voller Verachtung meinte der Sohn:

«Zu deiner Zeit! Sprich bitte nicht von deiner Zeit. Denn sie war so, daß wir ganz und gar anders werden müssen, wenn wir nicht als Barbaren gelten wollen unter den übrigen Völkern.»

Aber die alte Mutter verstand kein Wort von dem, was ihr Sohn sprach. Anfangs lachte sie ihr derbes Bauernlachen über solche Bemerkungen, denn der Sohn erschien ihr wie ein kleiner Junge, der hochtrabende Reden nachspricht, die er gehört, aber nicht verstanden hat. Doch als sie seine kalte Ruhe und seinen bitteren Ernst angesichts ihres Lachens sah, und als sie merkte, mit welcher Achtung die Besucher des Hauses ihn behandelten, und daß sie bloß seinetwegen geduldet wurde, da hörte sie auf zu lachen und wußte es kaum, denn es ist schwer für einen Menschen, zu lachen, wenn er um sich nur ernste Gesichter sieht.

Ja, sie hatte gelernt, schweigend ihr Essen zu verzehren und zu warten, bis man sie bediente. Und sie hielt sich daran, und sobald sie mit ihrer Schale Reis fertig war, erhob sie sich schweigend und ging durch die Halle in ihr Zimmer. Aber dort blieb sie an der Türe stehn. Denn sie war noch immer hungrig. Das Leben auf dem Bauernhof hatte sie daran gewöhnt, zum mindesten drei Schüsseln Reis zu leeren, und sie fühlte sich hohl im Magen und kraftlos, da sie den Inhalt nur einer einzigen armseligen Schale verzehrt hatte. Auf dem Bauernhof waren große Schüsseln zu Tisch gekommen, große weiße und blaue Tonschüsseln, doch bei ihrem Sohn gab es nur kleine Schalen, wie die Städter sie verwenden. Ja, sie war noch immer sehr hungrig. Aber sie wagte nicht, so viel zu essen, als sie Lust hatte, damit ihr Sohn nicht, wie er es manchmal tat, in seiner spöttischen Weise sage:

«Du ißt genau so viel wie ein Arbeiter. Ich habe niemals eine Dame gesehn, die so viel gegessen hätte. Was machst du, daß du soviel Nahrung brauchst?»

Nicht, daß er ihr das Essen mißgönnte: das wußte sie. Nein, wie hätte er das auch tun können, da er als Lehrer in einem Monat mehr verdiente als seine beiden Eltern auf dem Lande in einem ganzen Jahr. Nein, er sprach so, weil er sich ihrer schämte. Jedesmal, wenn Gäste zum Abendbrot geladen waren, gebrauchte man Ausreden und ließ sie in ihrem Zimmer speisen. Immerhin konnte sie dort wenigstens essen, soviel sie wollte.

Aber jetzt war sie noch immer hungrig. Sie wandte sich um, schlüpfte lautlos durch die Halle, zur Hintertür hinaus und über den Hof zur Küche. Schüchtern trat sie ein, lächelte den Mägden zu, nahm ein Gefäß und füllte es mit Reis aus dem halbleeren Kessel. Dann ging sie zum Tisch, auf dem die übriggebliebenen Speisen für die Mägde standen. Dort fand sie auch noch die Schüssel mit den Pfefferschoten, doch diese Schüssel zu berühren wagte sie nicht, denn sie enthielt nur mehr wenig, und die Mägde wären erbost gewesen, hätte sie davon gegessen. So nahm sie nur Kohl, von dem viel übriggeblieben war. Dann ging sie in ihr Zimmer zurück und vermied es, auch nur einen einzigen Blick auf die Mägde zu werfen, und zitterte davor, ihrem Sohn oder dessen Frau zu begegnen. Sie wußte, die Mägde liebten es nicht, das Essen auf diese Weise mit ihr zu teilen, doch tat sie ihnen irgendwie leid, und die Mägde ließen sie gewähren, obzwar sie sie verachteten, und nahmen sogar ihre Partei gegen die gestrenge Herrin.

Sobald die alte Mutter ihr Zimmer erreicht hatte, schloß sie leise die Tür und schob den Riegel vor. Dann setzte sie sich nieder, das Essen zu genießen. Sie aß gierig alles auf, bis zum letzten Reiskorn, darauf erhob sie sich und reinigte Schale und Eßstäbchen in ihrem Waschbecken, um den Mägden keine Mehrarbeit zu machen.

Nach dem Essen ergriff sie eine kleine Blechbüchse, wie deren mehrere auf dem Tisch standen, öffnete sie und entnahm ihr ein wenig kalten Reis. Den hatte sie von gestern gespart. Jetzt aß sie auch diesen und zerkaute ihn zwischen den Kiefern. In den kleinen Büchsen versteckte sie jedes Speiserestchen, dessen sie habhaft werden konnte, für den Fall, daß sie zwischen den Mahlzeiten Hunger bekam. Schließlich setzte sie sich wieder nieder und reinigte ihre Zähne mit einer alten Silbernadel, die sie im Haar trug.

So saß die alte Mutter eine Weile, dann erhob sie sich, öffnete die Tür und blickte hinaus. Das tat sie, um festzustellen, ob nicht eines der beiden Kinder in der Nähe sei. Die Kinder zu rufen wagte sie nicht recht, denn die Frau ihres Sohnes sah es nicht gern, wenn die Kleinen das Zimmer der Großmutter betraten. Warf ihr die alte Mutter dies vor, so erwiderte sie:

«Du öffnest niemals die Fenster, und die Luft in deinem Zimmer bekommt ihnen nicht. Du kannst dich von deinen alten, ungelüfteten

Kleidern nicht trennen, und überall laufen Mäuse herum, wegen der Speisereste, die du sammelst.»

«Die Kleider haben meiner Mutter gehört, und sie sind viel zu gut, um weggeworfen zu werden», entgegnete die alte Mutter. «Man kann doch nicht brauchbare Dinge, Kleider oder Essen, einfach wegwerfen! Wärest du so alt wie ich, du wüßtest, daß Armut über Nacht kommt, wenn man sie am wenigsten erwartet.»

Doch die Frau des Sohnes lächelte nur ihr kurzes kühles Lächeln. Und nach wie vor rief sie die Kinder zu sich, aus dem oder jenem Grunde, wenn sie sie auf dem Weg zum Zimmer der Großmutter fand. So vertrieb sich die alte Frau die Zeit auch damit, die Tür offenstehen zu lassen und danach zu sehn, ob sie eines der Kinder an sich locken könne. Es waren so liebe kleine Geschöpfe, so dick und wohlriechend! Sie hatte Freude daran, die Nase in ihre faltigen kleinen Hälse zu stecken und zu hören, wie sie dann hilflos lachten.

Als die Kinder zur Welt kamen, war sie sehr glücklich gewesen. Seit jeher liebte sie Kinder, und obwohl sie als ganz junges Mädchen einen armen Mann geheiratet hatte, einen Mann, der den Reis, von dem sie lebten, nur mit äußerster Arbeit dem Feld abgewinnen konnte, hatte sie sich über jedes Kind gefreut, das ihr geschenkt wurde. Ja, sie freute sich sogar, wenn es Mädchen waren, und alle hatte sie aufgezogen mit Ausnahme des einzigen, das ihre Schwiegermutter nicht am Leben lassen wollte, denn das Jahr war so schlecht und die Ernte so mager, daß sie nicht wußten, welch ein Tod sie erwartete. Viele gab es, die damals verhungert waren, und keinen, der dem Verhungern nicht allzunahe gewesen.

Heute noch erinnerte sich die alte Mutter mit Kummer dieses kleinen Mädchens, das sie nur bei der Geburt sehen durfte und dann nicht mehr, und es war für sie eines der vier Kinder, die ihr insgesamt entrissen worden waren. Ja, für sie blieb es eines der vier Kleinen, die die Götter ihr genommen hatten.

Von den drei Kindern, die sie großziehen konnte, war ihr Sohn nun der einzige Junge, denn ihr Ältester war vor drei Jahren im besten Mannesalter an der Cholera gestorben. Das dritte Kind war eine Tochter, die sie jetzt niemals sah, denn die junge Frau lebte anderswo in einem Dorf, und ihr Mann war arm, und von einem armen Mann kann man nicht verlangen, daß er die Mutter seines Weibes willkommen heißt, wenn diese einen Sohn hat, der für sie sorgen kann.

So war ihr nur der eine Sohn geblieben, aber für sie und ihren alten Mann war er der beste ihrer Söhne. Ja, schon als kleines Kind schien er von allen der klügste und tatkräftigste. Von Anfang an waren die Eltern sich darin einig, daß diesem Knaben mehr gebühre als den andern und daß er ein Gelehrter werden müsse, und so hatte der Vater den noch nicht Zehnjährigen in eine ausländische Schule in die nächstgelegene Stadt gebracht, und dort blieb er zehn Jahre lang. Dies hatten sie getan, weil der Unterricht vortrefflich war und sie, im Gegensatz zu manchen anderen, sich nichts daraus machten, daß der Knabe neben seinen Büchern auch irgendeine fremde Religion lernen mußte. Zudem war das Schulgeld gering, und da der

Junge sich bewährte, brauchten sie nach etwa einem Jahr überhaupt nichts mehr zu zahlen. Ja, alles erhielt er von den Ausländern. Anfangs war er zu den Feiertagen des Neuen Jahres und im Sommer nach Hause gekommen, doch bald freute ihn dies nicht, denn er war ein vornehmer Student geworden und fühlte sich nicht mehr wohl in dem kleinen Lehmhäuschen. Und die Ausländer setzten ihm sogar in den Kopf, er müsse in andere Länder reisen, um dort noch mehr zu lernen, und sie unterstützten ihn mit Geld, aber es war nicht genug. Die alte Mutter entsann sich noch genau des Tages, da der Sohn unerwartet gekommen war und zu den Eltern, die gerade Reis in die Reisfelder pflanzten, gesprochen hatte:

«Mutter, ich gehe in ferne Länder, um dort noch mehr zu lernen. Die Fremden haben mir Geld gegeben, aber nicht genug, und ich möchte dich und meinen Vater bitten, mir alles zu geben, was ihr mir geben könnt, und in eurem Alter will ich für euch sorgen, ohne zu murren.»

Zuerst schien es, als wären seine Pläne völlig unsinnig. Doch sie und ihr Mann sprachen darüber mit diesem und jenem, mit allen, und es gab viele, die meinten: «Wir haben von Männern gehört, die in fremde Länder gingen und dort so viel lernten, daß sie jetzt in jedem Monat große Summen Geldes verdienen. Wenn ihr ihn ziehen laßt, werdet ihr es nicht nötig haben, in eurem Alter zu arbeiten.»

Ja, so hatte man zu ihnen gesprochen und darum ließen sie ihn ziehen, da ihr braver Ältester, der einen kleinen Laden im nächsten Marktflecken hielt, genug verdiente, um sich und sein Weib zu ernähren. Sie ließen ihren Jüngsten ziehen, sogar ohne ihn vor der Abreise zu verloben, denn sein Wissen machte ihn vornehm und gebieterisch, und da sie um so vieles weniger gelernt hatten als er, wußten sie nicht, wie ihn zwingen, ja sie konnten nicht einmal seine großartigen Reden beantworten.

Und so hatte er sich nach der neuen Art vermählt, wie sie jetzt üblich ist, ohne die Eltern zu fragen. Während seines Aufenthaltes in dem fernen Land heiratete er, keine Fremde selbstverständlich, das nicht, aber es war wenig Unterschied zwischen einer Ausländerin und dieser blassen, zimperlichen Frau, die ihre Fußböden mit Wolldecken zudeckte und ihre Fenster mit Leinen bespannte, die jeden Tag ihre Kinder vom Kopf bis zu den Füßen wusch — als ob solch liebe kleine Kinder so schmutzig sein könnten!

Nun, zwei Jahre vor der Rückkehr des Sohnes starb ihr braver alter Mann. Ein herzensguter, lebenslustiger Mensch war er gewesen, und er starb ganz plötzlich während eines kalten Winters an einem Fieber und Schmerzen in der Brust, ehe noch sein Weib einen Arzt rufen konnte, denn sie hatte gedacht, es werde von selbst wieder gut werden, und es wäre ihm dann leid um die Ausgabe. Da lag er nun tot, und sie mußte für seinen Sarg und für sein Begräbnis sorgen, und es blieb ihr nichts übrig, als einen Teil der Felder zu verkaufen, denn sie hatten sehr beschränkt wirtschaften müssen, um dem Sohn Geld schicken zu können, in das ferne Land.

Doch jetzt war sie eine alleinstehende Frau, die die Felder ohnehin nicht besorgen konnte, und so verkaufte sie ein großes Stück

Land, und ihr Mann bekam seinen schönen Sarg. Ja, und sie freute sich, daß sie ihm auch einen neuen blauen Rock kaufen durfte, in dem er liegen sollte, und es war ein schönerer Rock, als er je im Leben getragen.

Im Herbst desselben Jahres starb auch der ältere Sohn, und da er keine Kinder hatte, zog seine Frau zu ihren Leuten zurück, und niemand blieb der alten Mutter als der Sohn, der in dem fernen Lande weilte. Und er war alles, was sie noch besaß, und als er schrieb, er brauche mehr Geld, er brauche unbedingt mehr Geld, verkaufte sie das Land bis auf den letzten Fleck und gab das Geld dem Fremden, daß er es ihrem Sohn sende. Zwar sagte ihr ein alter Nachbar:

«Es ist nicht gut, daß du das ganze Land verkauftest, denn auch Söhne lieben eine Mutter nicht sonderlich, die ihnen gar nichts zubringt.»

Aber sie hatte keine Angst und gab zurück:

«Er ist ein braver Sohn, und das ganze Land gehört ja ihm, und wenn er etwas braucht, so soll er es haben. Ich für mein Teil fürchte mich nicht. Er hat mir versprochen, er wolle mich erhalten, ohne zu murren, und ich besorge nicht, daß in seinem Haus kein Platz sein werde für mich.» Und als sie das sagte, lachte sie, denn sie war ihres Sohnes sicher.

Doch jetzt mußte sie seufzen, da sie dieser Antwort gedachte. Ja, nun war es soweit, und sie lebte im Haus ihres Sohnes. Ein schönes Haus war es, jeder Besucher, der hinkam, staunte, wie schön und fremdländisch das Haus war. Es hatte ein Stockwerk aufgesetzt und eine Treppe, die hinaufführte, aber die alte Mutter bekam ein Zimmer im Erdgeschoß, da sie nicht über die Treppe klettern konnte und, wenn ihr dies doch einmal gelang, hinabgeleitet werden mußte. Wenn aber ihr Sohn und dessen Frau sie loswerden wollten, nahmen sie die Kinder und gingen ins erste Stockwerk, blieben dort und ließen sie unten allein zurück. Oh, ihr machte man nichts vor! Obwohl man sie für so alt hielt, daß sie nichts durchschaue, merkte sie alles.

Plötzlich erblickte sie durch die geöffnete Tür die beiden Kinder, die rosig und ausgeschlafen in die Halle kamen, sich niedersetzten und mit einem Spielzeug zu spielen begannen. Beide waren Mädchen. Damals, als das Kleinere zur Welt gekommen war, hatte die alte Muter vor ihrem Sohn ausgerufen:

«Dieses Kind hätte ein Junge werden sollen!»

Aber steif hatte der Sohn erwidert:

«Jetzt ist man nicht mehr dieser Meinung. Heute sind Söhne und Töchter gleich.»

Die alte Mutter lachte lautlos und verächtlich, als sie sich dieser Worte ihres Sohnes entsann. Gut, aber nehmt einmal an, daß nur mehr Mädchen geboren werden — wer zeugt dann die nächste Generation? Beide müssen geboren werden, Mädchen und Knaben. Was für Narren!

Sie wandte sich um und sah, daß das Kleinere sie anblickte, und sie lächelte ihm zu. Wahrhaftig, es waren die süßesten Kinder, die man sich vorstellen konnte, und das jüngere war ihr besonderer Liebling. Plötzlich sehnte sie sich danach, dieses kleine, dicke Dingelchen in den Armen zu halten. Ja, unbedingt mußte sie ihr altes Gesicht auf den weichen kleinen Fleck unter des Kindes Kinn drücken. Leise und vorsichtig schnalzte sie mit der Zunge und ungewiß starrte das kleine Mädchen sie an. Da kam der alten Mutter ein Gedanke. Sie erhob sich, ging zu einer der vielen Blechbüchsen und öffnete sie. Ein Stückchen Nußkuchen war darin, den sie vor vielleicht zehn Tagen hineingetan hatte. Jetzt lag eine dünne Schimmelschicht darüber, aber sie blies sie weg und reinigte das Backwerk mit der Hand. Dann streckte sie es schweigend dem Kinde hin.

Das kleine Mädchen sah den Kuchen, stellte sich mit großer Mühe auf seine Beinchen — es hatte eben erst gehen gelernt —, wackelte auf die alte Mutter zu und langte mit der Hand nach dem Backwerk. Da nahm es die Großmutter in die Arme, gab ihm den Kuchen, und mit tiefem Ernst verzehrte ihn das Kind. Nun schloß die alte Frau die Türe, setzte sich mit der Kleinen im Arm aufs Bett und vergrub das runzlige Gesicht in dem winzigen warmen Hals. Zärtlich drückte sie das süße Stückchen Mensch an sich. Ach, Kinder ... Kinder ...

Aber man hatte sogar die Kinder schon unterwiesen, die alte Mutter zu hassen. Ja, denn das Ältere, kaum alleingeblieben, lief zu seiner Mutter und erzählte ihr alles, und plötzlich öffnete sich die Türe, die Frau des Sohnes trat rasch ein und sehr freundlich, aber mit erzwungener und kühler Freundlichkeit, sagte sie:

«Ich danke dir, Mutter, aber es ist jetzt an der Zeit, daß das Kind in den Garten geht.» Doch als sie auf den roten Lippen der Kleinen Krumen sah, vergaß sie alle Freundlichkeit und rief: «Was hast du ihr zu essen gegeben?»

Die alte Mutter versuchte Haltung zu bewahren. Was konnte solch ein kleines Backwerk schaden?

«Nur ein Stückchen Kuchen, das ich noch hatte.»

Aber die Mutter packte ihr Kind und sperrte ihm den winzigen Mund auf.

«Nüsse», sagte sie zornig. Dann preßte sie die Lippen aufeinander und sprach nichts mehr, nahm bloß das kleine Mädchen auf den Arm und trug es hinaus, und das Kind weinte laut vor Angst.

In großer Empörung setzte sich die alte Mutter nieder. Sie hatte doch nichts Schlechtes getan, ganz gewiß nicht. Dennoch konnte sie ein unklares Schuldgefühl nicht unterdrücken, so streng war man in diesen vier Jahren zu ihr gewesen. Leise murrend saß sie da in ihrem Zimmer. Ach, nur ein Stückchen Kuchen, den alle Kinder so gern essen, und das war ein Verbrechen! Arme kleine Kinder, die nur den Brei essen durften, den die Mutter ihnen gab.

Und wie sie murrend dasaß, hörte sie ein Geräusch. In der Tür stand das größere Mädchen. Die alte Mutter vergaß Kuchen und Kummer, und sie lächelte und streckte dem Kind die Hand hin. Aber die Kleine schüttelte den Kopf und zog sich zurück, und die alte Mutter ließ die Hand sinken und flüsterte:

«Auch dich hat man abgerichtet ... auch dich ...» Und sie lächelte schmerzlich.

Das Kind aber blickte sie nur halb ängstlich an und wandte sich dann wieder seinem Spiel zu, mit dem Rücken zu der alten Frau. Ab und zu drehte es sich um und warf einen verstohlenen Blick auf die Großmutter.

Aber in der Nacht erkrankte das kleinere Mädchen. War es das Stückchen Nußkuchen oder was immer — das Kind erkrankte. Die ganze Nacht wich die Mutter nicht von seiner Seite, und auch der Vater tat kein Auge zu; doch am nächsten Morgen hatte das Kind das Ärgste überstanden und fand Ruhe. Als die alte Mutter dies von einer vorbeigehenden Magd erfuhr, wurde ihr um vieles leichter, denn der Lärm in der Nacht hatte sie nicht wenig erschreckt. Da sie des Morgens zum Frühstück ins Speisezimmer kam und dort nur ihren Sohn antraf, setzte sie sich zu Tisch und sagte:

«Es war also doch nichts Ernstes. Kindern fehlt oft etwas. Ich erinnere mich, als du klein warst . . .»

Aber er unterbrach sie. Sie merkte sofort, daß er ihr etwas zu sagen hatte und daß er sehr blaß und erzürnt war. Da konnte sie keinen Bissen mehr hinunterbringen und legte die Eßstäbchen nieder. Sie starrte ihn an und versuchte sich zu vergegenwärtigen, daß dies ihr Sohn war, nicht einmal ihr Erstgeborener, und sie versuchte, sich ihn als kleines weinendes Kind vorzustellen, das nach ihrer Brust verlangte. Aber es war unmöglich. Es schien, als wäre er immer der gewesen, der er heute war, ein stolzer und gelehrter Mann in fremdländischer Kleidung, mit einer goldgeränderten Brille auf der Nase. Ein Mann, der kein Lächeln und keine Gnade kannte, und sie fürchtete ihn sehr. Einen Augenblick wünschte sie sogar ihre Schwiegertochter herbei, denn diese gebot ihm bisweilen Einhalt, wenn er allzu unfreundlich mit seiner eigenen Mutter sprach.

Aber nur sie beide waren im Zimmer, Mutter und Sohn. Selbst die Mägde hatte er hinausgeschickt . . . Wollte er sie denn töten, sie, seine alte Mutter? Da sprach er schon:

«Ich möchte nicht ungerecht sein, Mutter. Ich kenne meine Pflicht, und du hast in meinem Hause deinen Platz. Willst du aber bei uns bleiben, so mußt du dich nach meinem Willen richten. Du darfst die Kinder nicht verziehen. Ich bin verantwortlich für sie. Ohne Rücksicht darauf, daß wir dich mehrmals darum gebeten haben — und wir haben es dir oft gesagt, du mögest den Kindern nichts zu essen geben und schon gar nicht diese altbackenen Reste, die du in deinem Zimmer aufhebst, als ließen wir dich verhungern —» Er unterbrach sich einen Augenblick, um seiner langgehegten Erbitterung Herr zu werden. Dann setzte er mit kalter Ruhe fort: «Ohne Rücksicht auf unsere Wünsche hast du der Kleinen etwas zu essen gegeben, was sie nicht einmal, als es ganz frisch war, hätte berühren dürfen. Heute nacht war sie krank.»

«Es war nur ein ganz kleiner, guter Kuchen», murmelte die alte Mutter, noch immer widerspenstig.

«Wir haben dich aber ersucht, ihr überhaupt nichts zu geben», wiederholte fest der Sohn.

Plötzlich brach der Widerstand der alten Frau zusammen. Es war zuviel für sie, und sie begann laut zu weinen und schluchzen.

«Ich werde fortgehn. Oh, laßt mich fort. Ich habe kein Heim hier
— ich muß fort!»

Der Sohn wartete geduldig, bis sie sich ein wenig beruhigt hatte,
dann sagte er:

«Mutter, sei doch vernünftig. Du willst weggehn? Wohin in aller
Welt kannst du gehn?»

«Zu meiner Tochter kann ich ziehen», schrie leidenschaftlich die
alte Mutter. «Jawohl, zu ihr werde ich ziehen und mich ihrem Gatten verdingen. Ich bin noch kräftig, und ich kann Gras auf den Hügeln schneiden und Dung auflesen und die Kinder hüten und den
Boden scheuern und das Feuer im Ofen anzünden. Noch kann ich das
bißchen Essen verdienen!»

Doch der Sohn lächelte bitter. «Glaubst du, ich hätte daran nicht
gedacht?» entgegnete er. «Voriges Jahr schrieb ich ihnen und bot
ihnen Geld, jawohl, für jeden Monat eine runde Summe, damit sie
dich zu sich nähmen, denn meine Frau findet, es sei schwer mit dir,
da du nichts lernen und dich unserem Haus nicht anpassen willst.
Aber sie antworteten, daß es trotzdem ihre Kräfte übersteige, und
daß sie selbst das Haus voll Kinder hätten.»

Als die alte Mutter das hörte, verstummte sie. Gewiß dachte sie
nie ernstlich daran, daß ihre Tochter sie zu sich nehmen würde. Aber
all die Jahre hatte sie wenigstens davon sprechen können. Ja, jedesmal, wenn ihr Sohn oder dessen Frau sie erzürnt hatten, konnte sie
heimlich den Mägden davon erzählen oder wem immer, der ins Haus
kam, selbst dem Händler, der Fische und Gemüse zum Verkauf an
die Küchentür brachte:

«Ich habe eine Tochter, die eigenes Land besitzt, und ich kann zu
ihr ziehen, wenn es mir bei meinem Sohn und seiner Frau nicht mehr
gefällt.»

Doch nun wußte sie, daß sie dies nie mehr sagen konnte. Nein,
denn täte sie es — in bitterem Besserwissen würde der Blick des
Sohnes auf ihr ruhen. Geld hatte er geboten, um seine Mutter loszuwerden, und jene wollten sie nicht haben, nicht einmal für Geld. Sie
ließ den Kopf sinken und lauschte den Worten, die der Sohn noch
beizufügen hatte:

«Sieh, Mutter, meine Gattin ist eine gebildete Dame, du aber bist
nur eine unwissende Bauersfrau. Ich kann das sagen, weil wir allein
sind. Es ist nur in der Ordnung, daß meine Kinder nach modernen
Grundsätzen erzogen werden. Ich wünsche es so. Mein Haus kann
nicht dem Hause gleichen, in dem du lebtest. Wir dulden nicht, daß
auf den Fußboden gespuckt wird und daß Geflügel durchs ganze
Haus läuft, und meine Kinder können nicht dies und jenes essen, wie
deine Kinder es taten.»

Diese Worte aber weckten den letzten Rest von Empörung im
Herzen der alten Mutter und matt rief sie:

«Und doch bist auch du eines meiner Kinder!»

Da sagte der Sohn heftig und gerade heraus:

«Ich verzichte darauf, von sieben Kindern vier sterben zu sehen
wie bei dir!»

Als die alte Mutter das hörte, richtete sie sich zitternd empor. Sie sah ihm wiederum ins Gesicht und schrie auf:

«Du wirfst mir vor, ich hätte meine Kinder umgebracht?»

Laut, als wäre seine Geduld erschöpft und seine Stimme nicht länger zu beruhigen, entgegnete der Sohn:

«Ich werfe dir nichts vor als Unwissenheit und Mangel an gutem Willen, umzulernen.»

Damit stand er auf. Er hatte ihr nichts mehr zu sagen. Ja, er ging wirklich aus dem Zimmer und ließ sie hier allein mit diesen schrecklichen Worten. Sie *mußte* ihn zurückhalten. Mit zitternder Greisenstimme kreischte sie ihm nach:

«Noch kann ich sterben — sterben wenigstens kann ich. Ich kann mich erhängen...»

Da aber wandte sich der Sohn rasch um. In großem Zorn blickte er sie an, und er merkte einen Zug äußerster Entschlossenheit und Verzweiflung in dem alten Antlitz, das er so gut kannte.

«So etwas sagst du mir?» schrie er in aufsteigender Wut, «so etwas wagst du mir zu sagen? In Schande willst du mich stürzen, jeder soll wissen, daß meine Mutter in *meinem Hause* sich erhängt hat?»

Er drückte auf eine Klingel an der Wand und eine Magd trat ein. Es gelang ihm, ruhig, sehr kühl und energisch wie immer zu sagen:

«Meine Mutter braucht eine eigene Dienerin. Anzeichen sprechen dafür, daß ihre geistigen Kräfte schwinden. Nimm ein Mädchen auf, das sie nicht verlassen soll, bei Tag nicht und bei Nacht nicht. Du bist mir dafür verantwortlich.»

Die Magd verneigte sich, und er verließ das Zimmer.

Nicht zum erstenmal in diesem Haus hatte das Gesinde Zanken vernommen, das man hören konnte, auch ohne an den Schlüssellöchern zu lauschen. Sie wußten nur zu gut, was sich eben abgespielt hatte. Aber der Magd war diese Wendung der Dinge sehr angenehm. Oft hatte sie bei ihrem Gebieter und bei der Herrin Klage darüber geführt, daß die alte Mutter mehr Mühe mache als ein Kind und daß sie eine eigene Dienerin haben müßte, wie die Kinder sie hätten. Drum freute sie sich jetzt und dachte an eine Schwester, die gerne und bereitwillig diesen Dienst auf sich nehmen würde. Doch die alte Mutter wandte sich zitternd und schluchzend an das Mädchen:

«Er läßt mich nicht einmal sterben! Nicht einmal sterben darf ich!» heulte sie und wankte taumelnd auf die Magd zu wie ein Kind, das in seiner Verzweiflung Trost sucht.

Die Dienerin führte sie zu einem Stuhl und da sie Eile hatte, sagte sie munter und leichthin:

«Aber, aber, alte Gebieterin! Ihr schätzt Euren Sohn nicht genug. Er gibt Euch ein Dach über dem Kopf und Nahrung und Kleider — Ihr solltet Euch doch mehr bemühen... jawohl, er ist wirklich ein guter, braver Sohn! Das sagen alle!»

«Meine Liebe, das bewährte Mittel, mit den chinesischen Schneidern fertig zu werden, heißt: *energisch* sein!»

Mrs. Lowe, die Gattin des Postmeisters, ließ sich mit einiger Schwierigkeit im Rohrschaukelstuhl auf der breiten Veranda ihres Hauses nieder. Sie war groß von Gestalt, hatte ein rotes Gesicht, denn sie aß reichlicher als notwendig und machte wenig Bewegung seit den mehr als zehn Jahren, die sie in einer Hafenstadt an der chinesischen Küste lebte; als sie nun ihre Besucherin anblickte und so sprach, wurde ihr viereckiges muskulöses Gesicht noch ein wenig röter. Neben ihr stand ein chinesischer Diener, der eben mit leiser Stimme gemeldet hatte:

«Schneider gekommen, Missy.»

Die kleine Mrs. Newman sah mit unbestimmter Bewunderung zu ihrer Gastgeberin hinüber.

«Wirklich, ich wäre froh, wenn ich so mit ihnen umgehen könnte wie du, Adeline», murmelte sie und fächelte sich langsam mit einem Palmblattfächer, den sie von einem Rohrtischchen zu ihrer Seite genommen hatte. Klagend, anklagend, fuhr sie fort: «Manchmal glaube ich, es ist kaum der Mühe wert, sich mit neuen Kleidern zu plagen, obgleich sie hier so billig sind, besonders, wenn man chinesischen Seidenstoff kauft. Aber es ist so schrecklich anstrengend, sie machen zu lassen, und die Schneider hier sagen — liebe Freundin, mein Schneider verspricht hoch und teuer, er werde mir ein Kleid in drei Tagen machen, und dann läßt er sich eine oder zwei Wochen nicht blicken. Robert meint, ich sehe schändlich aus und meine Kleider seien zu schlecht für einen Ausverkauf, aber ich sage ihm darauf, wenn er wüßte, was das heißt, einen chinesischen Schneider dazu zu bringen, daß er arbeitet — und dann diese gräßliche Art, wie sie die Ärmel zuschneiden — du lieber Gott!» Ihre leise Stimme verlor sich in einen Seufzer, sie fächelte sich ein, zwei Sekunden lang etwas schneller und trocknete mit dem Taschentuch den Schweiß von der Oberlippe.

«Paß mal auf!» sagte Mrs. Lowe befehlend. Sie hatte eine tiefe, feste Stimme und runde, harte graue Augen, die ein bißchen zu nahe beieinander lagen unter dem kleingewellten mattbraunen Haar. Sie wandte diese Augen dem chinesischen Diener zu, der dastand und mit leicht gesenktem Blick sittsam den Boden anstarrte, und befahl: «Boy, Schneider soll herkommen.»

«Jawohl, Missy», entgegnete leise der Diener und verschwand. Fast unmittelbar darauf hörte man durch die offenen Türen den Tritt leiser, fester Schritte, und aus dem Hintertrakt des Hauses trat durch die Halle der Schneider ein, geführt vom Diener. Er war groß, größer als der Boy, in mittleren Jahren; sein Gesicht zeigte den stillen Ausdruck ruhiger Gesetztheit. Er trug ein langes Gewand aus verschossenem blauem Leinen, das an den Ellbogen sorgfältig geflickt und sehr sauber war. Unter dem Arm hielt er sein weiß eingeschlagenes Bündel. Er verneigte sich vor den beiden Ausländerinnen, hockte nieder, legte das Bündel auf den Boden der Veranda und löste die Verschnürung. Es enthielt ein abgegriffenes, zerrissenes amerikanisches Modenheft und ein halbfertiges weißblau getupftes Seidenkleid. Das Kleid schüttelte er sorgfältig aus und hielt es hoch, damit Mrs. Lowe es sehe. An den verschwenderischen Maßen konnte man erkennen, daß es für sie bestimmt war. Sie betrachtete es kalt und feindselig und untersuchte jede Kleinigkeit.

Plötzlich erklärte sie mit lauter Stimme: «Will nicht diesen Kragen, Schneider. Hab gesagt, ich will Krause — so! Modern!» Sie blätterte die Seiten des Heftes rasch durch bis zu den Kleidern für starke Frauen. «So! Gleiche Art wie diese Dame. Warum glatten Kragen? Will nicht, will nicht, weg damit!»

Auf dem stillen, geduldigen Gesicht des Schneiders zeigten sich Schweißperlen. «Jawohl, Missy», sagte er schwach. Und dann preßte er die Lippen leicht zusammen, nahm einen Anlauf und begann: «Missy zuerst gesagt Krause, dann gesagt keine Krause. Neulich gesagt glatter Kragen, Krause zu dick!»

Er blickte die weiße Frau beschwörend an. Aber Mrs. Lowe fegte ihn hinweg mit ihrer gepolsterten, ringgeschmückten Hand und schaukelte auf und ab in ihrem Rohrstuhl. Sie erhob die Stimme:

«Nein, Lüge, Schneider», rief sie unnachgiebig. «Weiß, was ich rede. Hab nie gesagt, glatter Kragen — niemals! Keine Dame heute mit glattem Kragen. Warum glaubst du, daß modern?»

«Jawohl, Missy», erwiderte der Schneider. Dann tröstete er sich ein wenig und schlug vor: «Noch Stoff da. Werde Krause nähen, macht nichts.»

Aber Mrs. Lowe ließ sich nicht so leicht beruhigen. «Ja, macht dir nichts, aber so viel Stoff verdorben! Glaubst, ich bekomme Stoff umsonst? Viel Geld verloren!» Sie schaukelte wieder und fächelte sich kräftig, und ihre Wangen wurden purpurrot. Dann wandte sie sich zu der Besucherin: «Ich habe mit diesem Kleid gerechnet, Minnie, und jetzt sieh dir es an! Ich wollte es übermorgen bei der Gartengesellschaft im Konsulat tragen. Ich habe eine Krause angeschafft — schau dir diesen dummen Kragen an!»

«Ach ja, ich weiß. Genau das, was ich sagte», erwiderte Mrs. Newman mit ihrer müden, kläglichen Stimme. «Ich möchte nur wissen, wie du das schaffen willst.»

«Ich werde es schaffen!» entgegnete Mrs. Lowe grimmig.

Eine Weile blickte sie an dem Schneider vorbei in den gepflegten Garten. Im heißen Sonnenschein hockte ein blaugewandeter Kuli über einem Blumenbeet, das im Licht des Septembermittags leuchtete. Ein schmaler sandbestreuter Weg führte um den viereckigen Rasen. Sie sagte nichts und der Schneider blieb stehen, es war ihm äußerst unbehaglich zumute, und er hielt das Kleid noch immer vorsichtig an den Achseln. Kleine Schweißbächlein liefen ihm zu beiden Seiten des Gesichts herab. Er befeuchtete die Lippen und begann mit zitternder Stimme:

«Missy probieren wollen?»

«Nein, will nicht», schnappte Mrs. Lowe. «Wozu probieren? Ganz schlecht — Kragen ganz schlecht — wozu probieren?» Noch immer blickte sie in den leuchtenden Garten hinaus.

«Kann trotzdem Krause machen», sagte der Schneider eifrig, bemüht, sie zu überzeugen. «Ja, ja, Missy, mach doch, wie Missy anschaffen. Wann brauchen Missy?»

«Brauch es morgen», erklärte die weiße Frau mit lauter, harter Stimme. «Bringt es morgen zwölf Uhr. Wenn du nicht bringst — kein Geld! Verstanden? Immer sagst du bringen, und dann bringst nie!»

«Kann geschehen, Missy», sagte der Schneider ruhig. Er faltete das Kleid rasch und sorgfältig, und seine mageren Hände bewegten sich mit zarter Sicherheit. «Weiß, Missy. Bringe morgen, Krause fertig, alles fertig, alles hübsch.»

Er hockte graziös nieder, legte das Kleid in die Hülle und band sie liebevoll zu, um ja nichts zu zerdrücken. Dann erhob er sich und wartete, und sein Gesicht drückte eine verzweifelte Bitte aus. Seine ganze Seele lag in diesem stummen Flehen, so daß man es auf dem ruhigen schmalwangigen Antlitz, auf den zusammengepreßten Lippen deutlich merken konnte. Neuer Schweiß brach ihm aus. Selbst Mrs. Lowe fühlte dunkel das Bitten dieser Menschenseele. Sie unterbrach ihr Schaukeln und sah auf:

«Was gibt's?» fragte sie scharf. «Was noch?»

Der Schneider befeuchtete wieder die Lippen und sagte mit schwacher Stimme, fast flüsternd: «Kann Missy mir geben etwas Geld, ein Dollar, zwei Dollar?» Unter ihrem empörten Blick wurde seine Stimme noch leiser: «Meines Bruders Sohn, er stirbt heut, vielleicht. Hat drei kleine Kinder, eine Frau — kein Geld, Sarg zu kaufen — kein nichts — sehr krank heute —»

Mrs. Lowe sah ihre Besucherin an: «Nein, so was an Frechheit!» stieß sie hervor, wirklich aufgebracht. Mrs. Newman erwiderte den Blick.

«Genau das, was ich sagte», entgegnete sie. «Sie machen mehr Mühe, als sie wert sind — und wie sie zuschneiden — und dann denken sie an nichts als an ihr Geld.»

Mrs. Lowe wandte die rollenden grauen Augen dem Schneider zu. Er blickte nicht auf, trocknete sich aber verstohlen die Lippen mit dem Ärmel. Sie starrte ihn einen Augenblick an, und dann ertönte ihre Stimme voll gerechten Zorns: «Nein», sagte sie. «Nein. Mach Kleid mit Krause ganz fertig, dann bekommst gezahlt. Wenn Kleid nicht fertig — kein Geld. Niemals. Verstanden, Schneider?»

«Jawohl, Missy», seufzte dieser. Jede Spur von Hoffnung war aus seinem Antlitz geschwunden. Der Ausdruck flehenden Bittens erstarb. Ein Zug kalter Verzweiflung überzog sein Gesicht wie ein Vorhang. «Fertig morgen zwölf Uhr, Missy», sagte er und wandte sich zum Gehen.

«Schau dazu!» schrie Mrs. Lowe ihm triumphierend nach und sah verachtungsvoll zu, wie er in der Halle verschwand. Dann wandte sie sich an die Besucherin: «Wenn ich sage morgen», erklärte sie, «wird es vielleicht übermorgen fertig.» Etwas fiel ihr ein, sie beugte sich in ihrem Sessel vor und drückte fest auf eine Glocke. Der Diener erschien. «Boy», sagte sie, «gib acht auf Schneider, schau, daß Schneider nichts mitnimmt!»

Ihre laute Stimme erfüllte das Haus, und des Schneiders Gestalt, die am Ende der Halle noch zu sehen war, streckte sich irgendwie und entschwand dann dem Blick.

«Man kann nie wissen», sagte Mrs. Lowe. «Man weiß nie, erfinden sie diese Geschichten oder ist etwas daran. Wenn sie Geld brauchen – aber sie brauchen immer Geld. Ich habe solche Leute noch nie gesehen. Trotzdem müssen sie eine Menge verdienen, sie nähen doch für alle Ausländer hier im Hafen. Aber dieser Schneider ist ärger als alle andern. Jedesmal will er Geld, ehe die Arbeit fertig ist. Dreimal ist er gekommen und hat erzählt, eins von seinen Kindern liege im Sterben, oder so etwas Ähnliches. Ich glaube nicht ein Wort davon. Wahrscheinlich raucht er Opium, oder er spielt. Sie spielen alle – man kann ihnen nicht ein Wort glauben.»

«Ach, ich weiß –», seufzte Mrs. Newman und stand auf, um zu gehen. Mrs. Lowe erhob sich gleichfalls.

«Kurz und gut, man muß eben energisch sein», wiederholte sie.

Außerhalb des großen, weißgetünchten ausländischen Hauses ging der Schneider still und rasch über die heiße Straße. Nun, er hatte die Frau gebeten, und sie wollte ihm nichts geben. Nach der entsetzlichen Angst vor einer Abweisung, nachdem er all seinen Mut zusammengenommen, wollte sie ihm nichts geben. Das Kleid war – bis auf die Krause – mehr als zur Hälfte fertig. Sie hatte ihm die Seide vor zwei Tagen übergeben, und er war froh gewesen, denn er konnte damit ein paar Dollar für seinen Neffen verdienen, der ihm wie ein Sohn war, da die Götter ihm die eigenen kleinen Kinder, drei an der Zahl, genommen. Ja, er hatte zusehen müssen, wie seine kleinen Kinder nacheinander starben, und es war ihm nicht eines geblieben.

Um so mehr hing er darum an diesem einzigen Sohn seines verstorbenen jüngeren Bruders, einem jungen Mann, der Gehilfe bei einem Schmied war und der jetzt ebenfalls drei kleine Kinder besaß. Ein so kräftiger Bursche – wer hätte je daran gedacht, daß ihn der Tod überfallen könnte? Zwei Monate war es her, seit das lange, rotglühende Eisenstück, das er zu einem Pflugmesser hämmern wollte, aus den Zangen glitt, ihm aufs Bein fiel und das Fleisch fast bis zum Knochen wegbrannte. Es fiel auf den bloßen Körper, denn es war Sommer, Hitze herrschte in der kleinen Werkstatt, und der junge Mann hatte nichts an als die bis zum Oberschenkel hinaufgerollten dünnen Kattunhosen.

Nun, man versuchte alle Salben, aber welche Salbe vermag neues, gesundes Fleisch wachsen zu lassen, und gibt es denn Balsam für solch eine Wunde? Überdies, im Sommer, krochen überall Fliegen herum, und um wieviel mehr in der Nähe einer offenen eiternden Wunde. Das ganze Bein schwoll an, und jetzt, an diesem heißen Tage des neunten Monats, lag der Jüngling im Sterben. Sein Bein war bis zur Hälfte hinauf mit schwarzen Pflastern bedeckt, aber sie halfen nicht.

Ja, das hatte der Schneider selbst erkannt, als er an diesem Morgen nach dem Neffen sah — er hatte erkannt, daß hier der Tod nahe war. Die junge Frau saß weinend in der Tür des einzigen Zimmers, das ihr Heim bildete, und die beiden größten Kinder starrten sie ernst an, zu betrübt, um zu spielen. Das dritte war noch ganz klein, und sie hielt es an der Brust. Aber seit den letzten Tagen hatte der Kummer ihre Milch beinahe versiegen lassen und giftig gemacht, und das Kind erbrach sie und weinte vor körperlichem Unbehagen.

Der Schneider ging ein Gäßchen entlang und dann durch eine Tür in der Mauer. Er durchschritt einen Hof, der erfüllt war von nackten, kreischenden Kindern, die beim Spiel stritten und schrien. Über seinem Kopf staken Bambusstangen, an denen zerrissene Kleider hingen, die man in zu wenig Wasser und ohne Seife gewaschen hatte. In diesen Höfen lebte in jedem Raum eine ganze Familie, und alle schütteten allen Unrat auf den Hof, so daß er, obwohl heute wie seit einem Monat schon Trockenheit herrschte, schlüpfrig war und von Spülwasser troff. Starker säuerlicher Uringeruch verpestete die Luft.

Aber der Schneider achtete nicht darauf. Er durchmaß noch drei Höfe wie diesen, schritt dann durch eine offene Tür zur Rechten und betrat einen dunklen, fensterlosen Raum. Hier herrschte ein anderer Geruch. Es war der Geruch absterbenden, faulenden Fleisches. Neben dem von Vorhängen umgebenen Bett erscholl das Heulen einer Frau, und dorthin wandte sich der Schneider, und sein Gesicht trug noch denselben Ausdruck wie zur Zeit, da er das Haus der weißen Dame verlassen hatte. Die junge Frau sah bei seinem Kommen nicht auf. Sie saß zusammengeduckt auf dem Boden neben dem Bett, und ihr Gesicht war naß von Tränen. Das lange schwarze Haar hatte sich gelöst, fiel ihr über die Schulter und hing bis zur Erde. Immer wieder stöhnte sie:

«Oh, mein Gatte, oh, mein Mann, ich bleibe allein zurück — oh, mein Gatte —»

Der Säugling lag neben ihr auf dem Boden, und ab und zu weinte er leise. Die beiden älteren Kinder hockten dicht neben der Mutter und hielten sich an einem Zipfel ihres Rockes fest. Auch sie hatten geweint, aber nun waren sie still und wandten die tränenfleckigen Gesichter dem Oheim zu und sahen ihn an.

Aber der Schneider beachtete sie jetzt nicht. Er blickte durch die Hanfvorhänge des Bettes und fragte leise:

«Bist du noch am Leben, mein Sohn?»

Der Sterbende wandte mit Mühe den Blick. Er war entsetzlich aufgedunsen, an den Händen, am nackten Oberkörper, am Hals, im Gesicht. Aber das war nichts im Vergleich zu der ungeheuren klotzartigen Schwellung des verbrannten Beines. Es lag da und war so riesig, daß man meinen konnte, der Kranke sei ein Teil davon und nicht das Bein ein Teil von ihm. Mit gläsernen Augen starrte er den Oheim an. Er öffnete die geschwollenen Lippen, und nach einer langen Pause und unter starker Willensanspannung ertönte seine Stimme in heiserem Flüstern:

«Die Kinder . . .»

Des Schneiders Gesicht verzerrte sich in plötzlichem Schmerz. Er setzte sich an den Rand des Bettes und sagte ernst:

«Du brauchst dich wegen der Kinder nicht zu sorgen, mein Sohn. Stirb in Frieden. Deine Frau und die Kinder werden in mein Haus ziehen. Sie werden an die Stelle meiner eigenen drei Kinder treten. Deine Frau wird mir und meiner Gattin eine Tochter sein und deine Kinder unsere Enkel. Bist du nicht der Sohn meines Bruders? Auch er ist tot, und nur ich bin übrig.»

Er begann still zu weinen und man sah, daß die Furchen in seinem Gesicht von vielen Stunden unterdrückten stillen Weinens herrührten, denn sein Antlitz verzog sich kaum im Schmerz, nur Tränen rollten die Wangen hinab.

Nach langer Zeit ertönte wieder die Stimme des Sterbenden mit der gleichen ringenden Anstrengung, als risse er sich aus einer schweren Betäubung, um zu sagen, was gesagt werden mußte:

«Auch ... du ... bist ... arm ...»

Aber der Oheim antwortete rasch und beugte sich zu dem Sterbenden nieder, denn dessen verschwollene Augen hatten sich geschlossen, und der Schneider war nicht sicher, ob er gehört wurde:

«Du brauchst dich nicht zu grämen. Beruhige dein Herz. Ich habe Arbeit — die weißen Frauen brauchen immer neue Kleider. Ich habe ein Seidenkleid für die Frau des Postmeisters fast fertig — fast vollendet bis auf die Krause, und dann wird sie mir Geld dafür geben und vielleicht auch neue Arbeit. Es wird sehr gut gehen ...»

Aber der Jüngling gab keine Antwort. Er war versunken in einer Betäubung, für immer, und er vermochte nicht mehr daraus emporzutauchen.

Trotzdem atmete er noch schwach, den ganzen heißen Tag lang. Einmal stand der Schneider auf, um das Bündel in die Ecke zu legen und sein Gewand anzuziehen, und dann nahm er wieder seinen Platz ein neben dem Sterbenden und blieb unbeweglich, alle die Stunden hindurch. Die Frau heulte noch immer, aber schließlich wurde sie müde und saß da, an das Fußende des Bettes gelehnt, mit geschlossenen Augen, und schluchzte ab und zu leise auf. Aber die Kinder gewöhnten sich. Sie gewöhnten sich sogar an das Sterben des Vaters, und sie liefen in den Hof hinaus, um zu spielen. Ein- oder zweimal kam eine freundliche Nachbarin und steckte den Kopf zur Türe herein, und beim letzten Mal nahm sie den Säugling auf und trug ihn hinweg und hielt ihn an ihre volle Brust, um ihn zu trösten. Man konnte ihre Stimme hören, wie sie draußen in fröhlichem Mitleid rief:

«Nun, seine Stunde ist gekommen, und er ist schon verwest, als läge er einen Monat tot.»

So ging der heiße Tag schließlich zu Ende, und als die Dämmerung kam, hörte der Jüngling auf zu atmen und war tot.

Erst dann erhob sich der Schneider. Er stand auf und legte sein Gewand an und nahm das Bündel, und er sagte zu der kauernden Frau:

«Er ist tot. Hast du etwas Geld?»

Da stand auch die junge Frau auf und sah ihn ängstlich an und strich sich das Haar aus dem Gesicht. Erst jetzt konnte man sehen, daß sie noch sehr jung war, nicht mehr als zwanzig Jahre alt, ein junges, gewöhnliches Geschöpf, wie man es in allen Gassen täglich sieht, weder hübsch noch häßlich, zart und fast immer schmutzig, und jetzt war sie ungewaschen seit vielen Tagen. Ihr dunkles Gesicht war rund, sie hatte einen vollen Mund und vorstehende, ein wenig dumme Augen. Es war leicht zu sehen, daß sie von einem Tag auf den andern lebte und niemals an die Möglichkeit eines so entsetzlichen Unglücks gedacht hatte, wie es ihr nun zustieß. Sie sah den Schneider demütig und furchtsam an.

«Es ist uns nichts geblieben», sagte sie. «Ich habe seine Kleider verpfändet und meine Wintersachen und den Tisch und die Sessel, und wir haben nichts mehr als das Bett, auf dem er liegt.»

Der verzweifelte Zug in dem Antlitz des Mannes wurde schärfer. «Weißt du irgend jemand, von dem du borgen könntest?» fragte er.

Sie schüttelte den Kopf. «Ich kenne niemand als die Leute hier im Hof. Was besitzen die?» Und dann, als ihr die ganze Furchtbarkeit ihrer Lage zu Bewußtsein kam, schrie sie auf: «Oheim, wir haben niemand auf der Welt als dich!»

«Ich weiß es», erwiderte er einfach. Er blickte noch einmal auf das Bett. «Deck ihn zu», sagte er leise. «Deck ihn zu — wegen der Fliegen.»

Dann ging er rasch durch die Höfe, und die Nachbarin, die noch immer den Säugling bei sich hatte, schrie ihm im Gehen zu: «Ist er schon gestorben?»

«Er ist tot», entgegnete der Schneider, und er trat durch das Tor auf die Straße und wandte sich westwärts, seinem eigenen Heim zu.

Es war wohl der heißeste Tag des ganzen Sommers. So ist es manchmal in diesem neunten Monat, und oft geht der Sommer in einen sengenden Herbst über. Der Abend brachte keine Abkühlung, und Gewitterwolken türmten sich über der Stadt. Die Straßen waren voll von halbnackten Männern und von Frauen in möglichst dünnen Gewändern, und sie saßen auf kleinen und niedrigen Bambusbetten, die sie aus den Häusern herausgetragen hatten. Andere lagen flach auf der Straße, auf Rohrmatten und schmalen, gewebten Bastteppichen. Überall heulten Kinder, und die Mütter fächelten müde ihren Säuglingen Luft zu, und sie fürchteten sich vor der Nacht.

An dieser Volksmenge ging der Schneider rasch vorbei, mit gesenktem Kopf. Er war sehr müde, aber noch immer nicht hungrig, obgleich er den ganzen Tag nichts gegessen hatte. Er konnte nichts essen — nein, nicht einmal als er in dem Hof und dem einzigen Raum angelangt war, der sein Heim bildete, und er konnte auch nichts essen, als seine arme dumme Frau, die ihre Kinder nicht am Leben zu erhalten vermocht hatte, keuchend von der Straße angewatschelt kam und eine Schale mit kaltem Reisbrei vor ihn auf den Tisch stellte, damit er esse. An seinen Kleidern haftete jener Geruch — noch immer wich er nicht aus seiner Nase. Unvermittelt fiel ihm das Seidenkleid ein. Wenn die weiße Frau den Geruch daran bemerkte! Er stand sofort auf, öffnete das Bündel und schüttelte das Kleid, dann dreht er es sorgfältig auf die Innenseite und hing es zum Lüften über eine altersschwache Schneiderpuppe neben dem Bett.

Aber dort konnte es nicht lange hängen. Er mußte es fertig machen, um das Geld zu bekommen. Er zog Oberkleid und Hemd, Schuhe und Strümpfe aus und setzte sich in Hosen nieder. Er hatte bei dieser Hitze sorgfältig darauf zu achten, daß das Kleid keine Schweißflecken bekam. So suchte er ein graues Handtuch hervor und wickelte es um seinen Kopf, damit es die Schweißperlen aufsauge, und er legte vor sich auf den Tisch einen Fetzen, an dem er sich von Zeit zu Zeit die Hände trocknete.

Während er flink nähte und die Seide vorsichtig zwischen den schmalen Fingern hielt — er wagte nicht, so rasch zu arbeiten, daß die Ausführung darunter litt, damit die Frau nicht unzufrieden wäre —, überlegte er weiter, was er tun könne. Er hatte einen Lehrling im vorigen Jahr gehabt, aber die Zeiten waren so schlecht, daß er den Burschen laufen lassen mußte, und so blieben ihm nur die eigenen zehn Finger zur Arbeit. Aber das hatte auch seine gute Seite, denn der Bursche machte viele Fehler, und die weiße Frau sagte immer wieder: «Sollst selbst arbeiten, Schneider — nicht kleinen Jungen geben, Junge macht Fehler.» Gewiß, aber wie durfte er hoffen, mit diesen zehn Fingern in drei Tagen ein neues Kleid zu machen? Vielleicht brauchte sie noch ein Seidenkleid — das wären zehn Dollar für beide zusammen. Er konnte einen Sarg bekommen für zehn Dollar Anzahlung und den Rest später erlegen.

Doch wenn sie jetzt keine Arbeit mehr für ihn hatte — was dann? Was blieb ihm anderes, als zu einem Wucherer zu gehn? Doch das wagte er nicht. Ein Mann, der zum Wucherer geht, ist verloren, denn die Zinsen laufen hinter ihm her, rascher als ein Tiger, und sie betragen in wenigen Monaten das Doppelte und Dreifache dessen, was er geborgt hat. War der Sarg in der Erde, so mußte die junge Frau und die drei kleinen Kinder hergebracht werden. Und dabei gab es für alle nur diesen einzigen Raum! Das Herz wurde ihm warm bei dem Gedanken an die Kinder, und dann stockte es ihm vor Schrekken, denn ihm fiel ein, daß diese Kinder zu ernähren waren.

Er mußte mehr Arbeit finden. Gewiß, es gab mehr Arbeit, ohne Frage. Sicherlich würde die Frau des Postmeisters morgen ein zweites Seidenkleid für ihn haben, daran konnte man gar nicht zweifeln. Sie war ja reich, denn sie wohnte in dem großen ausländischen Haus inmitten des Blumengartens.

Es wurde Mitternacht, und er war noch immer nicht fertig. Das Ärgste hatte er noch vor sich — die Krause. Er holte das Modenheft und brütete darüber im flackernden Licht der kleinen zinnernen Petroleumlampe. Und die Krause entstand: sie gedieh, eine lange, breite Krause mit kleinen Plissees. Er legte die schmalen Falten, und die Hände zitterten ihm vor Müdigkeit. Die Frau lag schon schnarchend im Bett. Nichts konnte sie wecken, nicht einmal die lärmende, laute Nähmaschine, mit der er die sorgsam geheftete Krause niedernähte. Als der Morgen dämmerte, hatte er nur mehr den Rand mit der Hand einzusäumen und das Plätteisen in dem Holzkohlenbecken zu erhitzen. Nun, er würde ein wenig schlafen und den schmerzenden Augen Ruhe gönnen, und hernach aufstehen, um das Kleid zu vollenden. Er hängte es wieder über die Puppe, legte sich neben der Frau nieder und sank augenblicklich in tiefen Schlaf.

Aber nicht lange konnte er ruhen. Um sieben erhob er sich, setzte sich wieder an die Arbeit und arbeitete fast bis Mittag, und er unterbrach nur, um einen Mundvoll von dem Reis zu nehmen, den er abends zuvor nicht hinuntergebracht. Dann war er fertig. Er hatte länger gebraucht, als zu erwarten gewesen. Er tat einen schrägen Blick nach der Sonne. Ja, er konnte gerade um zwölf Uhr bei ihrem Hause sein. Er mußte eilen und durfte sie nicht erzürnen, damit sie ihm nicht das zweite Kleid entzog, weil sie gerade zornig war. Nein, er mußte das zweite irgendwie bekommen. Wenn er dann den ganzen Nachmittag und die Nacht durcharbeitete, konnte er es in einem Tag vollenden. Er schnupperte ängstlich an dem fertigen Stück. Roch es nicht ein wenig? Würde sie es merken?

Aber zum Glück merkte sie es nicht. Sie saß in dem sonderbaren beweglichen Sessel, der auf der Veranda stand, und sie betrachtete kritisch das Kleid.

«Ganz fertig?» fragte sie in ihrer lauten, unvermittelten Art.

«Jawohl, Missy», antwortete er demütig.

Dann war sie in einem inneren Zimmer verschwunden, und er wartete mit angehaltenem Atem. Vielleicht haftete noch immer etwas von dem Geruch daran? Aber sie kam zurück und hatte das Kleid an und schien befriedigt, doch nicht allzusehr.

«Wieviel?» fragte sie kurz.

Er zögerte. «Fünf Dollar, Missy, bitte.» Dann, als er ihre zornigen Augen sah, fügte er hastig hinzu: «Seidenkleid fünf Dollar, bitte, Missy. Jeder Schneider fünf Dollar.»

«Zuviel — zuviel», erklärte sie. «Hast auch Stoff verdorben.» Aber sie zahlte murrend das Geld aus, und er nahm es, sorgfältig bemüht, ihre Hand nicht zu berühren.

«Danke, Missy», sagte er leise.

Er ließ sich auf die Fersen nieder und begann sein Bündel zuzuschnüren; seine Finger zitterten. Jetzt mußte er sie bitten. Doch wie konnte er? Was sollte er tun, wenn sie ablehnte? Verzweifelt nahm er seinen Mut zusammen:

«Missy», sagte er und sah demütig auf, vermied aber ihren Blick: «Missy hat noch ein Kleid für mich?»

Er wartete, ihrer Antwort hingegeben, und starrte in den leuchtenden Garten hinaus. Aber sie hatte sich schon umgewandt, um ins Haus zu treten und das Kleid abzulegen. Nachlässig rief sie zurück:

«Nein, nicht mehr. Zuviel Ärger mit dir. Verdirbst meinen Stoff. Viele andre Schneider billiger, ohne so viel Ärger.»

Andern Tags bei der Gartengesellschaft traf sie die kleine Mrs. Newman, die schlaff in einem Schaukelstuhl saß und weißen Gestalten zusah, wie sie Croquet spielend sich auf dem Rasen tummelten.

Mrs. Newmans verschwommene blaue Augen leuchteten ein wenig auf beim Anblick des neuen Kleides.

«So hast du es schließlich doch bekommen!» sagte sie mit müdem Interesse. «Ich habe wirklich nicht daran geglaubt. Hübsch hat er die Krause gemacht, nicht?»

Mrs. Lowe sah auf ihren großen Busen nieder. Da lag die Krause, schön gefältet, tadellos geplättet. Mit Genugtuung sagte die Frau: «Ja, sie ist hübsch, nicht wahr? Ich bin froh, daß ich mich doch für die Krause entschieden habe. Und so billig! Meine Liebe, mit dieser ganzen Krause kostet das Kleid nur fünf Dollar Macherlohn — das ist weniger als zwei Dollar bei uns daheim! Was, bitte? Oh, ja, er hat pünktlich um zwölf geliefert, wie ich es ihm geschafft habe. Ich sag's ja immer: Man muß bloß *energisch* sein mit diesen chinesischen Schneidern!»

Der Streit

Der Mann starrte zornig in die Menge, die sich in der kleinen Dorfstraße angesammelt hatte, darin sein Haus stand. Da drängten sich die Nachbarn um ihn und um seine Frau herum, ein Kreis von dreißig bis vierzig Menschen, Männer und Weiber, mit ernsten Gesichtern, und sie hörten zu. Kleine Kinder, nackt in der Sommerhitze, drückten sich ruhelos zwischen den Beinen der Erwachsenen hindurch, um auf den leeren Platz in der Mitte zu gelangen, wo der Mann mit seiner Frau stand, und um nichts vom Streit zu verlieren. Der Mann wollte das weinende Weib nicht ansehen und ließ eigensinnig den Kopf hängen, und so sah er all die Kinder und darunter eines von seinen eigenen, ein acht- oder neunjähriges. Ja, und da standen sogar seine beiden Kleinsten, und auch sie waren gekommen, um zu sehen, was los war, und alle drei blickten in Erstaunen auf zu ihren Eltern.

Plötzlich konnte der Mann es nicht mehr ertragen. Er hatte genug mitgemacht in diesen letzten Tagen, mit den Tränen und dem Schelten seiner Frau, ihrem heimlichen Zorn und Verdacht, von dem sie nicht sprechen wollte. Der Mann brüllte auf, fuhr gegen seinen dritten Sohn los, gab ihm eins über den Kopf und schrie ihn an:

«Schau, daß du nach Haus kommst, du kleiner Hund!»

Das Kind brach in lautes Heulen aus, rieb sich den glattgeschorenen Schädel und blieb jammernd stehen, denn es war der Anteilnahme des Volkes sicher. Die Frau wandte mitten in ihrem unterdrückten Schluchzen das tränennasse Gesicht diesem und jenem der Umstehenden zu und rief:

«Ihr seht, wie er ist, Nachbarn — so ist er jetzt!»

Die Leute starrten den Mann unentwegt an und in völligem Schweigen. Sie hatten alles mitangehört: die Beschuldigungen der Frau, die kurzen Antworten des Mannes, das Schweigen. Doch jetzt lag Stellungnahme gegen den Mann dick in der Luft und das spürte er. Er sah auf seine nackten hornhäutigen Füße nieder und schob mit der Zehe langsam den Staub hin und her. Der Staub erinnerte ihn an die trockenen Felder, die warteten, daß er sie begieße. Er murmelte:

«Die ganze Arbeit wartet auf mich, und hier stehe ich und verliere den guten Nachmittag.»

Dieser Gedanke kochte eine Zeitlang in seinem Kopf und plötzlich wurde des Mannes rundes, dunkles Gesicht rot, und die Adern traten schwarz hervor an den Schläfen. Er hob rasch den Kopf und warf einen wütenden Blick auf die Frau, und er schrie sie an:

«Was willst du eigentlich, du Hündin? Sag es mir und laß mich zurückgehen auf die Felder. Wie soll ich Geld schaffen, um dich zu ernähren und deine ... deine ...»

«Ihr seht, wie er ist!» heulte die Frau. «Ihr seht, wie er jetzt zu mir spricht. Noch vor zwei Monaten war er der beste und gütigste Gatte. Schwestern, ihr habt oft gehört, wie ich sagte, ich sei gesegnet von den Göttern mit dem Mann, dem ich gegeben wurde. Stets hat er jeden Groschen, den er verdiente, in meine Hand gelegt, und wie ein Kind ist er gekommen, und hat um ein wenig Geld gebeten, um sich vor einem Festtag den Kopf rasieren zu lassen oder um zu spielen oder Tabak zu kaufen. Nun habe ich seit zwei Monaten nicht einen Groschen von ihm bekommen, nein, obgleich er den Reis verkauft hat, den letzten Reis, den wir hatten, und er hat ihn gut verkauft und mir nicht einmal gesagt, was er dafür bekommen hat.»

Sie begann stärker zu weinen und ihr schmales, verrunzeltes braunes Gesicht war von Tränen überströmt, und dann hob sie ihre blaue Schürze hoch und warf sie sich über den Kopf und heulte laut.

Noch immer schwieg die Menge, und die Kinder starrten neugierig. Die zwei Kleinen des Mannes krochen zu ihrer Mutter, versteckten das Gesicht in deren weiten blauen Kattunhosen und begannen leidenschaftlich zu schluchzen. In diesem Weinen und Schweigen sah der Mann vorsichtig auf und blickte wie unfreiwillig nach einer Tür in der Straße.

Ja, dort stand jemand, ein junges Mädchen in langem, grünem Kleid, so wie es die Städterinnen damals trugen, und ihr Haar war beim Hals kurz geschnitten. Sie hatte scharfe, boshafte und hübsche Züge, und sie lächelte ein wenig, wie sie so dem Streit lauschte, und mit nachlässiger Grazie lehnte sie am Türstock. Als sie des Mannes verstohlenen Blick bemerkte, nahm sie einen runden Kamm aus dem glänzenden schwarzen Haar und fuhr damit rasch durch die Fransen, die knapp über den scharf gezogenen Augenbrauen gestutzt waren.

Aber der Mann sah wieder zu Boden. Sein Gesicht war blasser geworden, und er sagte mit gedämpfter Stimme:

«Ich weiß nicht, warum du fortwährend Geld verlangst. Es ist Reis im Haus und Mehl und Bohnenöl, und wir haben Kohl im Garten.»

Die Frau riß die geflickte Schürze vom Gesicht, und ihre Tränen versiegten in plötzlichem Zorn. Sie stemmte die kleinen, harten und runzeligen Hände in die mageren Hüften, beugte den schmalen, harten, kleinen Körper zurück und rief dem Mann mit schriller Stimme zu:

«Ja, und ist das bloße Essen auch Kleidung? Sind nicht die Schuhe zerrissen an den Füßen der Kinder? Seht mich an, Nachbarn — seht diese Flicken auf meiner Jacke. Wann habe ich je neue Kleider gehabt? Vor drei Jahren bekam er den Gewinn von dem Losverein, dem er angehört — zehn Silberstücke bekam er auf seinen Anteil, und er kaufte zwei Ballen vom stärksten, billigsten groben Leinen, und ich färbte es dunkelblau mit diesen meinen Händen und nähte daraus zwei Gewänder für ihn und ein Gewand für mich und eines für den ältesten Jungen, und wir tragen sie noch immer, und ich habe geflickt und geflickt. Nun kann ich sie nicht mehr flicken — muß ich denn nicht Stoff haben auch für die Flecken? Ich habe keine Schuhe für meine Füße, und mit meinen eingebundenen Füßen — wie kann ich barfuß gehen gleich den Kindern? Erst heute habe ich ihn wieder um ein wenig Geld gebeten, um Stoff für Schuhe zu kaufen, und was tat er? Er verfluchte mich und gab mir nichts, und er wurde sogar so zornig, daß er mittags nicht nach Hause kommen wollte, sondern hinging und Brot im Wirtshaus kaufte, und das gute Essen sollte vergeudet sein, das ich für ihn bereitet hatte. Und er sagte, er habe kein Geld, aber er konnte hingehen und Brot kaufen, um seine Wut gegen mich zu nähren...» Ihr Zorn brach plötzlich wieder in Tränen los. «Es ist nicht so, als hätte ich ihn um Geld gebeten, um mir ein langes Kleid zu kaufen, wie es manche Frauen heute tragen. Oh, nur zu gut weiß ich, daß er Geld hätte, um ein langes Kleid für eine Frau zu kaufen, aber nicht für sein Weib!»

Da kam ein schrecklicher Ausdruck in das Gesicht des Mannes. Er stürzte vor mit erhobener Hand, um die Frau zu schlagen, aber ein paar Umstehende traten dazwischen und packten ihn am Arm, und die Frauen rissen sein Weib zurück. Einer der Männer, die ihn hielten, sagte freundlich:

«Erinnere dich, sie ist deine Gattin und die Mutter deiner Kinder!»

«Ich habe ihm Söhne geboren... ich habe ihm Söhne geboren», heulte das Weib schmerzerstickt.

In diesem Augenblick hörte man eine sanfte Stimme. Sie gehörte einer alten Frau mit ruhigem, runzligem Gesicht an, die die ganze Zeit am Rand gestanden war, ein wenig abseits von den anderen und auf ihren Stock gestützt. Nun rief sie besorgt:

«Ihr zwei, ihr seid nicht mehr jung. Li der Erste, du bist vierzig und fünf Jahre alt. Ich weiß es, denn ich war bei deiner Mutter, als du geboren wurdest. Deine Frau ist vierundvierzig. Ich weiß es, denn ich war bei der Hochzeit und half ihr aus der Brautsänfte zur Tür deines Vaters. Ihr seid achtundzwanzig Jahre verheiratet, und ihr habt zwölf Kinder gehabt und davon sind sieben am Leben geblieben. Euer ältester Sohn wäre siebenundzwanzig, lebte er noch, und du wärest nun Großvater und dein Weib Großmutter. Euer kleinstes Kind hier ist erst drei Jahre alt. Denk an all diese Dinge und an all die Jahre, die ihr zusammen auf eurem Grund und Boden verbracht habt, und laßt jetzt Frieden sein zwischen euch.»

Also sprach die Alte mit zitternder, klarer und alter Stimme, und da sie die älteste Frau des Dorfes war und die Mutter des reichsten Bauern, achtete sie ein jeder und lauschte, wenn sie sprach. Als sie geendet hatte, war des Mannes Weib ruhiger geworden, und sie wandte sich zu der Alten und sagte ernst:

«Großmutter, du weißt, ich habe immer gesagt, daß mein Mann gut ist, der beste und gütigste Mann. So war er immer bis vor zwei Monaten. Nun sieh, wie er ausschaut!» Sie richtete den Blick auf den Gatten, und die Augen der Menge folgten ihr. Des Mannes Kopf sank wieder herunter und langsam kroch ihm dunkles Rot den Hals hinauf. «Sieh, wie er ausschaut, Großmutter! Immer der freundlichste, beste Mann, und jetzt nichts als zornig und mürrisch! Ja, er kann ausgehen und schmunzeln und lachen und fröhlich sein vor gewissen Leuten, aber wenn er nach Hause kommt, ist er finster und schweigt und weiß kein heiteres Wort, und er spricht nichts, außer um mich zu tadeln, daß mein Haar nicht glatt oder meine Jacke nicht sauber ist oder sonst etwas nicht in Ordnung. Und ich besitze nur dieses eine Gewand für meinen Körper, und wie kann ich immer sauber sein? Ich habe das Haus und die Kinder und die Arbeit auf dem Feld, und wie kann ich sitzen gleich manchen Frauen und Puder auf meine Haut streichen, um sie blaß zu färben, und Öl auf mein Haar, um es zu glätten?»

Und wieder konnte der Mann es nicht mehr ertragen. Er schüttelte sich ruhelos und streckte den starkknochigen Körper.

«Ich frage dich, was ist es, das du von mir willst?» murmelte er gepreßt. «Dieser ganze Lärm und das Gerede um nichts — was willst du von mir?»

«Was ich von dir will?» wiederholte die Frau leidenschaftlich. «Dieses eine will ich von dir. Ich will, daß du zu mir wieder seist, wie du immer warst, bis vor zwei Monaten. Das ist alles, worum ich dich bitte. Dein Herz ist verändert — dein Herz hat sich von mir abgewandt. Ich bitte dich nur um das eine — sei zu mir so wie früher!»

Es war, als stünden die Leute nicht mehr da. Es gab nur die beiden, Mann und Frau, einsam in einer von Leidenschaft lockenden Welt, der Leidenschaft der Frau. Sie streckte ihm die kleinen schwieligen Hände entgegen, Hände die an den Knöcheln angeschwollen waren und harte, schwarze, rissige Fingernägel hatten. «Oh, sei zu mir wie früher, sei zu mir wie früher!» stöhnte sie.

Ein Seufzer stieg aus der Menge auf. Der Mann befeuchtete zweidreimal rasch seine Lippen und vom Rand des borstigen schwarzen Haares sickerten ihm zwei Schweißbächlein zu den Wangen herunter. Verstohlen und unwillkürlich blickte er wieder nach der Tür, an der die schlanke blaßgrüne Gestalt im Abendsonnenschein lehnte. Des Mädchens Gewand war vom Grün junger Obstblätter, wie sie im Frühling eben gesprossen sind, blaß, aber sehr rein und grün. Er wollte den Blick nicht bis zu ihrem Gesicht heben, aber er wußte genau, wie es aussah: die matte Haut, die vollen roten Lippen, die immer lächelten, die schwarzen furchtlosen Augen, die sie niemals niederschlug oder von ihm wandte. Es war dieser Blick, der ihn gefangennahm, wann immer er vorbeiging — er ging oft vorbei, bloß um dieses Blickes willen, obzwar er nie ein Wort mit ihr gesprochen hatte. Wie konnte er sprechen, da sie die Enkelin des reichsten Mannes im Dorfe war und er nur ein Bauer, dem nicht einmal sein Feld gehörte, sondern der alles, was er besaß, aus dem kleinen Pachtgut herausschlagen mußte? Er hatte sogar die letzten zwei Monate auf ein langes blaues Kattungewand gespart, wie es die meisten Männer als Selbstverständlichkeit tragen, und ein Paar weiße, in der Stadt gearbeitete Strümpfe und auf ein Paar Stadtschuhe.

Wenn er dieses bitteren Sparens gedachte, erzürnte sich sein Herz gegen die heulende Frau. Gewiß, er war ihr treu geblieben all die Zeit. Er war fünfundvierzig Jahre alt und hatte sich nie auch nur die kleinste Lust gegönnt — nein, nicht ein einziges Mal war er in ein Freudenhaus gegangen, wohin selbst die Armen gehen können, um für ein kleines Silberstück ein bißchen Freude und Abwechslung einzutauschen. Tagaus, tagein schuftete er für Frau und Kinder, bis jetzt, da er fünfundvierzig war, und er besaß nichts als ein altes Gewand für seinen Körper und niemals etwas anderes als diese alten Fetzen für die Arbeit.

Doch etwas gab es, was ihn beunruhigte. Sah sie alle Männer so an, schmachtend und mit weit geöffneten Augen, oder nur ihn? Das hatte ihm all die Tage und Nächte Unbehagen verursacht. Wie konnte er wissen, ob sie nur ihn so ansah? Jedesmal, wenn er an ihrer Tür vorbeiging, warf er einen verstohlenen Blick auf sie, und jedesmal gab sie den Blick zurück, so frei, so kühn. Er hatte gehört, daß die Männer miteinander sprachen — wie es Männer zuweilen tun —, und dabei gehört, daß sie sagten, die Frauen seien jetzt anders, sie fürchteten keinen Mann mehr den, der ihnen gefiel, frei und verführerisch in allem, was sie täten.

Er befeuchtete wieder die Lippen und spürte, daß ihm der Schweiß über den Hals lief. Wie konnte er wissen, ob sie alle Männer so ansah oder dieser Blick nur für ihn aufgespart war? Er mußte die Wahrheit herausfinden.

«Oh, sei zu mir, wie du warst!» flüsterte in abgerissenen Tönen die Frau, und sie führte einen Schürzenzipfel an die Augen und trocknete sie, und ihr Zorn war völlig von ihr gewichen und nur Verzweiflung zurückgeblieben.

Der Mann hob plötzlich den Kopf und sah offen nach jener Tür. Mußte er nicht die Wahrheit herausbekommen?

Alle Umstehenden blickten gleichzeitig hin. Als sie sahen, daß er den Kopf hob und die Augen dahin wandte, hoben auch sie den Kopf und blickten hin. Da stand das Mädchen an der Tür und putzte sich. Sie hielt den kleinen weißen Beinkamm in der Hand, und ihr schöner Arm war erhoben, und sie strich das glänzende schwarze Haar von den kleinen blassen Ohren zurück, in denen Goldringe befestigt waren. Die Frauen starrten sie feindselig an. «Dieses lange Kleid —

wie von einem Mann...», murmelten plötzlich ein paar Weiber. Aber jeder einzelne Mann sah nach ihr, schweigend und in verstohlenem Staunen.

Als nun die alte Frau am Rande der Menge merkte, daß alle hinblickten, schaute auch sie hin und schaute mit Erstaunen. Das Mädchen war für sie bloß die Urenkelin und ein nichtsnutziges Kind, das von den städtischen Eltern verzogen war. Hatte sie nicht dutzendmal ihrem Sohn gesagt, sie sehr das Kind verzogen war, bis es keinem Gatten mehr vermählt werden konnte, und daß sie den Mann bedauere, dem es verlobt war? Aber jetzt starrte sie das Mädchen mit immer größerer Schärfe an. Zum ersten Male sah sie, daß das hübsche und eigensinnige Gesicht, erhellt von versteckter Gefallsucht und Bosheit, irgend jemandem in der Menge zugewandt war. Trockenes Rot stieg in die runzeligen Wangen der Alten. Sie knuffte sich einen Weg bis zur Türe, ihr Stock schlug auf das Kieselpflaster, und sie verfolgte den Blick des Mädchens. Dieser Blick fiel so schnurgerade wie ein Sonnenstrahl auf einen Burschen, der sich unweit der Tür zu schaffen machte. Zuerst war er hinter den Leuten gestanden und hatte dem Streit zugehört, aber jetzt wandte er all den den Rükken und starrte das Mädchen an mit dummem, halb verschämtem Blick und hängenden Kinnbacken, und es stand ein wenig Wasser in seinem einen Mundwinkel.

Die alte Frau donnerte mit dem Stock auf die Steine. Sie kannte den Jungen, er war der Sohn des Gastwirtes, der keinerlei Grund und Boden besaß und nicht viel mehr bedeutete als eine Art allgemeiner Diener.

«Schau, daß du ins Haus kommst, du schamloses, böses Kind!» rief sie plötzlich, und ihre Stimme brach sich und war schrill, aber derart von Zorn und Würde erfüllt, daß das Mädchen bloß leicht schmollte und sich halb abwandte. «Ins Haus, sage ich!» rief die alte Frau wieder und hob so drohend den Stock, daß die Gestalt im Schatten der Tür verschwand.

Aber die kleine Hand lag noch immer auf der Klinke, eine schlanke, blasse Hand mit einem goldenen Ring auf dem winzigen kleinen Finger. Die Alte ging hin und schlug fest auf die Hand, und da wurde auch diese in den Schatten zurückgezogen.

«Noch niemals habe ich solch eine Jungfrau gesehen!» schrie die alte Frau und noch immer war ihre Stimme schrill. «Steht bei der Tür, ein verlobtes Mädchen, und starrt jeden Mann an, der vorbeikommt! Ich habe gehört, daß heute alle Mädchen so sind, und was da aus der Welt werden soll – ich schwöre, ich weiß es nicht!»

In der Menge flaute die Erregung langsam ab. Des Mannes Weib lächelte leicht, ein wenig getröstet, und die Frauen waren nicht mehr so böse, und die Männer taten, als sähen sie dahin und dorthin, und sie richteten den Blick auf den Himmel oder aufs Feld, oder spuckten in den Staub der Straße. Ein Kind weinte, und die Leute zerstreuten sich und begannen zu schwätzen, denn sie hatten alles Interesse verloren. Nur der Sohn des Gastwirtes blieb versonnen stehen und starrte in den leeren Türrahmen.

Aber er war nicht der einzige, der den strahlenden Blick bemerkt hatte. Der Mann hatte ihn gesehen und auch die Frau. Aus dem Gesicht des Mannes war jeder Blutstropfen gewichen und es erschien gelb wie ein welkes Blatt. Er stand da und blickte in den Staub. Jetzt wußte er alles.

Doch die Alte war noch nicht zu Ende. Sie verstand auf einmal das Ganze und sie war noch nicht zu Ende. Sie wandte sich um, drohte dem Manne geringschätzig mit dem Stock und wies damit auf ihn:

«Li der Erste», sagte sie energisch, «du bist ein Dummkopf. Geh zurück zu deinen Feldern. Aber zuerst gib deiner Frau das Geld, das du im Gürtel hast.»

Langsam tastete der Mann in seinen Gürtel und holte vier Silberstücke hervor. Er drehte nicht den Kopf, aber er hielt das Silber in der ausgestreckten Hand. Da streckte auch die Frau die Hand aus, bis er unter seinen Fingerspitzen ihre harte, trockene Handfläche spürte. Er ließ das Geld fallen und mit ihm all seine Träume.

Dann richtete er sich rasch auf und blickte über die entschwindenden Leute hin, und sein Gesicht war ein bißchen traurig, aber wieder ruhig, und er sprach, rauh wie immer:

«Ich weiß nicht, warum mein Weib so viel gezankt hat», sagte er. «Sie hätte mir nur sagen müssen, wozu sie das Geld brauchte. Sie sagt es ja selbst, daß ich immer alles gegeben habe, was ich besaß.»

Er bückte sich und nahm die Hacke auf, die er zu Boden geworfen hatte, als man ihn herbeirief, und er schulterte sie und ging, ohne den Kopf zu wenden, wieder zurück in sein früheres Leben.

Repatriiert

«Du... du... wer bist du...» Mathilde knirschte die Worte zwischen den Zähnen hervor. Sie hatte die Tür des Schlafraums ein paar Zoll weit geöffnet und starrte in das Mittelzimmer der kleinen Wohnung, in der sie mit Cheng seit drei Jahren lebte, seit sie aus Frankreich in diese Stadt an der chinesischen Küste gezogen waren.

Da saß er — Cheng, ihr Gatte —, und sein schwarzes Haar glänzte im Schein der starken, schirmlosen elektrischen Lampe, die über dem Tisch hing, seine tadellos zarte Gestalt hob sich scharf ab in den dunklen westlichen Kleidern, die er trug, und seine blassen Hände bewegten sich flink zwischen den Spielsteinen aus Bambus. Neben ihm saß sein jüngerer Bruder, der an der Staatsuniversität studierte und daher bei ihnen wohnen mußte. Er war noch jungenhaft und linkisch, und Mathilde verachtete ihn. Und jetzt verachtete sie ihn mehr denn je, wie er da lümmelte in seinem zerknitterten Seidengewand. Was er auch trug, es schien zerknittert, fast noch ehe er es anzog — so war er —, und eine lange schwarze geölte Locke fiel ihm ständig in die Stirn. Und da saßen noch die zwei andern, diese Männer, die einen Stock höher wohnten — was waren das für Leute, die anscheinend niemals etwas zu tun hatten, was waren das für Leute, diese beiden? Nun saßen sie da und spielten, alle vier! Sie war schon lange schlafen gegangen und wartete auf den Gatten und wälzte sich unruhig auf dem breiten Messingbett, um das Cheng, nach chinesischer Sitte, Vorhänge hatte machen lassen. Sie blieb wach und wurde wütender mit jeder Stunde, und sie lauschte dem Spiel bis zu dem Augenblick, da das Klikken der zusammengeschobenen Spielsteine von neuem anfing.

Einen Augenblick zuvor hatte das Geräusch ausgesetzt, und sie blieb bewegungslos in dieser Stille. Mochte er jetzt kommen — sie würde nichts sagen vor den anderen. Nein, sie würde gerecht sein und ruhig — einmal genauso ruhig wie er. Mochte er kommen, und sie würde warten, bis er neben ihr lag. Himmel! Wenn sie ihrem Mann des Nachts, da man allein war, etwas sagte — wer konnte sie tadeln? Hatte sie nicht gehört, daß auch *maman* des Nachts mit Papa redete? Und Papa war der beste Mann, der je die Luft Lyons, nein, ganz Frankreichs geatmet hatte, der niemals spielte und — seine einzige Freiheit — nur ab und zu mit Freunden trinken ging.

Nein, sie würde sanft beginnen, aber entschieden, vernünftig, so wie eine gute Frau es tun soll, wenn sie ihren Mann um eines Fehlers willen ein wenig tadelt. Sie würde sagen — was sie schon oft gesagt hatte — aber heute in aller Ruhe:

«Cheng, ich habe dieses Spielen lange genug ertragen. Sieh, es ist so: du spielst die ganze Nacht, und wenn der Morgen kommt, kannst du nicht ins Amt gehen. Was soll daraus werden? Du wirst deine Stelle verlieren — und wovon werden wir dann leben?»

Und er würde ohne jeden Zweifel auch diesmal in seiner ruhigen Art entgegnen: «Es kommt doch niemand pünktlich ins Amt. Warum sollte ich der erste sein? Übrigens ist mein Chef ein Freund meines Vaters, und er wird diese Freundschaft nicht gefährden und mich entlassen. Außerdem wirst du, Mathilde, anscheinend niemals verstehen, daß Spielen keine Sünde ist, und daß ich es meinen Freunden nicht abschlagen kann, und schon gar nicht, wenn sie zu mir kommen, um mich zu unterhalten. Man kann Freunden nichts abschlagen — nicht in einem zivilisierten Land, Mathilde. Überdies verliere ich nicht, wenn ich spiele — meistens gewinne ich!»

Das alles würde er in seinem gepflegten, kunstvollen Französisch sagen und dabei nicht sie, sondern seine Hände betrachten, seine schönen Hände, die von der Farbe blassen Bernsteins waren. Er sprach ausgezeichnet Französisch. Er hatte in Lyon studiert, als sie einander kennen und lieben lernten, und er kam stets in Papas *pâtisserie*, um kleine Bäckereien zu kaufen, die er zum Wein aß. Er sprach übrigens so gut Französisch, daß sie sich nicht die Mühe genommen hatte, Chinesisch zu lernen. Sie verachtete sogar das Chinesische. Hörte sie Chinesen miteinander sprechen, so drückte sie die Arme fest an den Körper und sagte geringschätzig und zuweilen auch laut, wenn es ihr gerade Spaß machte — sie fürchtete sich vor niemandem und schon gar nicht vor diesen Chinesen — ja, dann sagte sie:

«Was ist das für eine Sprache! Nicht einmal der Teufel würde sie sprechen!»

So lauschte sie; sie lag verkrampft auf dem Bett, das blonde Haar zurückgeworfen, und starrte mit den grauen Augen in die rotgeblümten Vorhänge und preßte die kurzen, plumpen Hände in den weichen Stoff des Kimonos. Nebenan platzte Lachen los. Sie hörte diese leise, gleichmäßige Stimme ihres Mannes. Und dann wieder Lachen. Was hatte er gesagt? Das war der einzige Grund, warum sie gerne Chinesisch gekonnt hätte: um seine leisen Worte zu verstehen, denen immer solches Gelächter folgte. Fragte sie ihn später, was er gesagt hatte, so antwortete er in der sanften und ein wenig nachlässigen Art, in der er immer zu ihr sprach:

«Du würdest es nicht verstehen, Mathilde – ein Wortspiel – du müßtest dazu unsere Literatur kennen, ehe du es verstehen könntest.»

«Aber ich bin doch nicht so dumm, Cheng!» rief sie dann stets. «Ich kann es verstehen, wenn du es mir erklärst. Du nimmst dir niemals die Mühe, mir etwas zu erklären.»

Da lächelte er; er lächelte oft über sie. War er gerade in der Stimmung, so nahm er sie an der Hand, zog sie an sich und flüsterte schmeichelnd: «Schöne kleine Fremde... schöne kleine weiße Frau...»

Begannen sie schon wieder? Wieder seine Stimme, wieder dieses Lachen, wieder das Klicken der Spielsteine. Sie sprang vom Bett auf, der seidene Kimono straffte sich um ihren kleinen, rundlichen Körper, das kurze Haar war zerzaust. Sie drückte das schmale weiße Gesicht in die Türöffnung und zischte hindurch auf die Spielenden.

Aber das Spiel ging weiter. Ihr Gatte sah auf und lächelte und zuckte kaum merklich die schlanken, geraden Schultern. Der blasse junge Bruder senkte den Kopf noch tiefer, als wollte er das Spiel verfolgen. Die anderen beiden Männer blickten nicht auf und bewegten sich nicht, aber mit bösen Augen merkte Mathilde deren veränderten Gesichtsausdruck. Nun gut, sollten sie sehen, was ihr daran lag, wie man von ihr dachte oder ob man ihren Gatten bemitleidete! Man sollte sehen, ob sie sich vor ihnen fürchte! Nein, sie fürchtete sich nicht, obgleich sie die einzige weiße Frau im ganzen Hause, in der ganzen Straße, ja sogar in ihrem ganzen Viertel der Chinesenstadt war. Diese Chinesen, diese... diese... *canaille!* Selbst, wenn sie sich nicht fürchtete, würde sie es nie zeigen – zeigen, daß sie Angst hatte, oder sie war verloren unter ihnen. Nein, sie war leidenschaftlich und hatte eine gute und scharfe Zunge, und sie konnte sich recht gut verständlich machen, wenn sie auch nicht diese Teufelsprache sprach. Nein, und es war ihr gleichgültig, wie laut sie ihre Stimme erschallen ließ, obzwar Cheng es haßte, wenn sie schrie; immer wich er ein wenig zurück vor so viel Lärm und sagte: «Nur gewöhnliche Weiber schreien!» Und doch mußte man diese Leute in Schach halten – es war die einzige Möglichkeit, gesichert zu bleiben.

«Bah», kreischte sie laut und stürzte plötzlich ins Zimmer. Nun sah sie ihnen ins Gesicht und schrie sie an, und das Haar fiel ihr über die Augen, und sie zitterte, während sie den Kimono über der vollen kleinen Brust zusammenhielt. Die Worte strömten aus ihr heraus, flossen dahin im leichten Patois ihrer Klasse: «Ah-ha, ihr Chinesen, ihr glaubt, ich fürchte mich? Ist das mein Haus, frage ich? Jawohl, ich sage euch, das ist mein Haus! Es ist mein Haus, und ich dulde euch nicht darin, ihr chinesischen Hunde! Hinaus — hinaus! Muß ich die ganze Nacht wach bleiben, weil ihr hier auf meinem Tische spielen wollt? Spielt, aber nicht in meinem Haus! Ich verbiete es! Niemals, sage ich euch, niemals wieder!»

Nochmals stürzte sie vor und fegte mit den derben ausgebreiteten Händen den Tisch leer. Die Bambussteine klapperten zu Boden. Die Männer saßen bewegungslos, aber Cheng rief mit leiser, schamerfüllter Stimme: «Mathilde!»

Sie achtete nicht auf ihn. Der Kimono flatterte jetzt weit offen über dem dünnen Nachthemd, doch ihr war alles gleichgültig. Sie trat die Spielsteine mit den bloßen Füßen.

«Nimm dich in acht, Mathilde», sagte ihr Gatte. Aber er stand nicht auf und sah sie auch nicht an. Er saß da, die beiden Hände ineinandergepreßt, und blickte auf diese Hände. Der junge Bruder strich sich ruhelos das Haar aus der Stirn und fuhr mit der Zunge über die vollen, blassen Lippen. Stille herrschte. Diese Stille konnte sie nicht ertragen. Sie schnalzte laut mit den Fingern und rief wieder: «Ha — ihr glaubt, ich fürchte mich? Ich — eine Französin?»

Sie ergriff die porzellanene Teekanne mit beiden Händen und schmetterte sie zu Boden, und hierauf die Schalen, eine um die andere. Dann blieb sie keuchend stehen und starrte der Reihe nach die schweigenden gelben Gesichter an. Schließlich haftete ihr Blick an ihrem Gatten. Aber er sah sie nicht an; er saß da und starrte auf seine Hände, die dichtverschlungen vor ihm auf dem Tische lagen. Sein Gesicht war totenblaß und seine schmalen Lippen fest zusammengepreßt.

Plötzlich erhoben sich die beiden Gäste und flüsterten dem Hausherrn etwas zu. Die Frau beachteten sie nicht, als wäre sie ein launenhaftes Kind. Vorsichtig traten sie über den Teestrom auf dem Boden hinweg, um ihre schwarzen Samtschuhe und den Rand ihrer dunklen Atlasgewänder nicht zu beschmutzen. Sie gingen zur Tür, und der Hausherr stand rasch auf und folgte ihnen. Er lächelte ein wenig kläglich, mit verzerrtem Gesicht, und sein Blick suchte Verständnis. Es war, als bäte er sie um etwas, als wollte er sagen: «Frauen sind einmal so; und Ausländerinnen . . .»

Selbst Mathilde, die ihn beobachtete, verstand, daß er — hätte er gesprochen — etwas Ähnliches gesagt haben würde. Wäre sie nicht dabei gewesen, vielleicht hätte er etwas Derartiges gesagt. Wut brannte in ihr.

Doch plötzlich vergaß sie Cheng, denn als er die Tür öffnete, sah sie, daß jemand davor stand — die Frau aus der Nebenwohnung, die Frau aus Shanghai. Anscheinend stand sie immer dort, wenn man öffnete, aber sie trat nur ein, wenn Cheng zu Hause war. Ja, und dann plauderten die beiden miteinander, Cheng und diese Frau, und Mathilde konnte nichts verstehen und er wollte ihr nie sagen, worüber sie gesprochen hatten. Wenn sie fragte — und sie fragte immer —, antwortete er:

«Nichts — wirklich nichts; nicht der Mühe wert, es zu wiederholen.»

Da stand nun die Frau in der Halle, ihr glänzender schwarzer Kopf schimmerte im hellen Licht der schirmlosen Lampe, ihr glattes Gesicht war sorgfältig bemalt, als ob sie ... Ja, ohne Zweifel war sie ein schlechtes Frauenzimmer. Ein junger Mann befand sich an ihrer Seite, wie sie so dastand, in ihr langes schwarzes Samtcape gehüllt, ein junger Mann mit blasser Haut und langem Haar, und beide starrten in das Zimmer auf die zerbrochene Teekanne und die zerbrochenen Schalen, und sie lächelten ein wenig, und die Frau flüsterte eine Frage und zog die gemalten Brauen hoch.

Mathilde sah auf ihren Gatten. Er zuckte leicht die Achseln, bewegte die eine Augenbraue und antwortete, während seine Lippen sich zu einem bitteren Lächeln verzerrten. Aber das konnte Mathilde nicht ertragen. In diesem Augenblick konnte sie es nicht ertragen, daß diese beiden miteinander in der Sprache sprachen, die sie nicht gelernt hatte. Sie stürzte vor und schlug die Tür zwischen ihnen zu und wandte das Gesicht ihrem Gatten entgegen.

Sie habe keine Angst vor ihm, sagte sie zu sich selbst, und sie blieb keuchend stehen und blickte ihn an. Sie fürchtete ihn wirklich nicht, und doch wartete sie immer darauf, was er tun werde, wenn sie sich gehen ließ, so wie sie es in dieser Nacht getan hatte. Es schien ihr, daß er sie irgendwie bestrafen müßte.

Aber wieder beachtete er sie nicht. Er wandte sich ab, ohne ihrem Blick zu begegnen, und in seiner raschen und anmutigen Art begann er das Porzellan aufzulesen, und er legte es auf einen Haufen und griff fest zu und schien es doch kaum zu berühren. Dann öffnete er ein Fenster und warf die Scherben in die Dunkelheit. Man konnte das leise Splittern hören, mit dem sie auf dem Haufen zerbrochener Ziegel auffielen, die nach dem Bau des Hauses übriggeblieben und nicht weggeschafft worden waren.

Dann wandte er das Gesicht dem jüngeren Bruder zu, der sich erhoben hatte und zögernd neben dem Tische stand. «Hol mir ein Tuch», sagte er sehr ruhig.

Der Jüngling kam mit einem grauen Tuch zurück. Cheng nahm es und beugte sich schweigend nieder, um den verschütteten Tee aufzuwischen.

«Laß mich, Bruder», sagte unvermittelt und mitleidig der Junge, und er flüsterte beinahe.

Mathilde sah ihnen mit eigensinnigem Interesse zu, sie lehnte noch immer an der Türe. Mochten sie, mochten sie nur aufwischen und dabei auch ein bißchen leiden. Aber sie hatte es kaum gedacht, als sie das Tuch aus den Händen des Schwagers nahm. Nein, sie duldete nicht, daß Chengs Bruder sich um ihn kränkte!

«Geh schlafen!» sagte sie unfreundlich. Ihr Gatte sprach leise etwas zu dem Jungen. Sie verstand nicht. Nun gut, was machte es ihr, ob sie verstand oder nicht? Wütend scheuerte sie den Boden trocken, und als er sauber war, suchte sie die Bambussteine zusammen und legte sie mit zitternden Händen in die polierte Holzschachtel.

Es war sehr still im Zimmer. Sie sah plötzlich auf. Sie war allein. Der Schwager hatte sich zurückgezogen. Durch die offene Tür konnte sie ihren Gatten sehen, der sich für die Nacht zurechtmachte. Er hatte Rock und Kragen abgelegt, und sie sah den schlanken, geraden Rücken, den glatten Nacken, dort, wo das schwarze glänzende Haar an die goldfarbene Haut ansetzte. In ihrem Herzen regte sich etwas; Tränen kamen ihr in die Augen, halb Tränen verlöschenden Zorns, halb Tränen einer sonderbaren Scham. Warum sollte sie sich schämen? Sie würde sich nicht schämen. Sie hatte mehr ertragen, als eine Frau ertragen kann. Sie durfte es nicht weiter dulden; sie mußte sie alle in Schach halten. Sie hatte keine Freunde — nirgends. Tränen liefen ihr über das Gesicht. Doch sie trocknete es energisch mit dem Ärmel des Kimonos und schloß die Schachtel und stellte sie auf den schmalen Kamin.

Als sie die Vorhänge des Bettes auseinanderzog, war Cheng schon eingeschlafen. Aber sie wußte nie, ob er wirklich schlief. Er konnte aussehen wie ein Schlafender mit seinem gelockerten, schlanken Körper und dem regelmäßigen Atem und schlief doch nicht. Genau so lag er jetzt auf dem harten chinesischen Kissen neben ihrem weichen Polster. Sein Atem kam und ging, und tönte leise durch die geöffneten Lippen. Das Licht fiel auf sein glattes, ovales Gesicht, das ruhig war, rein und wächsern. Er sah sehr jung aus. Obwohl er fünf Jahre mehr zählte als sie, sah er jünger aus. Ihr Körper war vierschrötiger, ihr Gesicht hatte rauhere Züge. Das wußte sie, und während sie auf sein ruhiges Antlitz herabsah, sagte sie sich, daß sie ihn nicht mehr liebe.

Und dann brachte diese Ruhe sie zur Raserei. Sie konnte diese ewige Ruhe nicht ertragen. Sie hatte sie nie, nie durchbrechen können. Nicht mit Weinen, nicht mit Zorn, nicht mit Gewalt hatte sie sie durchbrechen können. Selbst wenn es ihn überkam und er sie einen Augenblick liebte — nicht einmal Leidenschaft konnte diese Ruhe durchbrechen. Sie schüttelte ihn heftig an der Schulter. Er erwachte wie aus einem Traum, sah sie an, lächelte ein wenig und schloß wieder die Lider.

«Du sollst nicht schlafen!» flüsterte sie heftig und schüttelte ihn neuerlich. «Alle die Stunden bin ich durch deine Schuld wachgelegen — und jetzt sollst du auch nicht schlafen, ehe wir uns verstehen. Hörst du mich, Cheng! Ich sage, daß wir uns verstehen müssen!»

Da wurde er wach, so vollständig, daß sie überzeugt war, er habe gar nicht geschlafen. Er hatte sie hintergangen — ihr Herz verhärtete sich. Und doch wurde er immer in solcher Weise wach, plötzlich und vollständig. «Können wir einander je verstehen?» fragte er ernst, und seine schmalen schwarzen Augen glitzerten unter den Lidern.

«Was soll das heißen?» fragte sie rasch.

«Das heißt», entgegnete er langsam, «das heißt, daß Männer und Frauen einander nie verstehen können — nie, außer in dem Augenblick, da die Leidenschaft sie zusammenführt. Und wie kurz ist dieser Augenblick!»

Er warf einen Blick auf sie und seufzte plötzlich und rieb sich mit der Hand das Gesicht, mit der kleinen Hand, die sie immer ein wenig beschämte, denn sie war schmaler und weiblicher als ihre eigene Hand. Mathilde kämpfte mit ihrem kleinbürgerlichen Verstand, um zu ergründen, was Cheng meinte. Warum sah er sie so an, und warum seufzte er? Sie verstand niemals, was er meinte, wenn er in dieser glatten, kunstvollen Art zu ihr sprach. Wäre er bloß manchmal zornig — einfach zornig, wie Männer es zu ihren Frauen sein sollen, würde der Zorn ihn überwältigen, ehrlich und offen und frei, und er sie zuweilen sogar prügeln — sie könnte ihn verstehen. Die Männer der Gasse, in der sie in Lyon gewohnt hatte, prügelten ihre Frauen manchmal. Der eigene Vater hatte es ihr öfters angedroht. Hätte sie den großen Pierre geheiratet, der in der väterlichen *pâtisserie* arbeitete — der hätte sie geprügelt, das wußte sie, wenn sie ihm Schüsseln auf den Boden geworfen und aus Wut zerbrochen hätte. Ja, er hätte den massigen Arm ausgestreckt und sie gepackt und festgehalten und sie tüchtig verhauen, hätte sie ihm vor seinen Freunden derartig Schande gemacht. Das wäre eine Ehe gewesen, mit einem richtigen Mann!

Aber dieser... dieser..., der war nie zornig wie ein Mann. Er sprach stets freundlich, ein wenig lächelnd, oder er seufzte wie eben jetzt und wandte sich ab; und sie konnte ihn nicht verstehen, obgleich die Worte einfach genug schienen. Wurde sie schließlich zornig, so ertrug er es, als wären ihre Ausbrüche eine Krankheit, gegen die er machtlos war, und die ihn vor berührte.

«Du bist gemein!» rief sie laut. «Ihr Chinesen seid alle gemein! Eurer Meinung nach sind die Frauen zu nichts gut als zu eurer... eurer... wenn ihr sie gerade braucht. Du denkst nie mehr an mich, nie, wenn es vorüber ist.»

Er lächelte bitter, ohne sie anzusehen, und zog die Brauen hoch. «Wie gut du mich verstehst!» flüsterte er.

Verwirrt hielt sie inne. Was meinte er jetzt? Oh, womit konnte sie ihm nur weh tun?

Sie setzte sich aufs Bett und strich das wirre Haar zurück. «Du hast mich getäuscht», sagte sie gewichtig und starrte auf ihn nieder.

«In Lyon hast du mir viel vorgelogen. Ich fragte dich: ‹Wie ist dein China?› Du sagtest, wie Frankreich, aber besser und schöner. Ja, das sagtest du an jenem Abend, da ich aus Papas Haus schlich, um dich zu treffen, und als wir im Park hinter dem Baum saßen. Ich war erst achtzehn Jahre alt, und ich glaubte dir. Wir saßen in diesem schönen Park und sahen durch die Platanen auf die Gasse, und freundliche und behagliche Leute gingen vorbei. Und du sagtest: ‹Mein Land ist wie Frankreich, aber schöner, und die Menschen dort sind gütiger. Alles gibt es in meinem Land. Es hat Pagoden und es hat große schöne Bauten. Dir soll es an nichts fehlen. Du wirst nie mehr arbeiten müssen. Es gibt Diener, die alles für dich tun werden. Ich kann dir Dinge geben, die Pierre, der in dem kleinen Laden deines Vaters arbeitet, dir niemals, in seinem ganzen Leben nicht, zu bieten vermag. In meinem Hause sollst du eine große Dame sein und leben, wie es dir Freude macht. Du sollst alles haben!› Ja, Cheng, so sprachst du zu mir: ‹Ich will dir alles geben!› Aber» — sie streckte die Hände aus und warf sich leidenschaftlich herum — «ich frage dich, Cheng, wo ist dieses ‹Alles›? Nichts gibt es hier — nichts, nichts! Diese kleinen schmutzigen Gassen — die Bettler — dieses schmutzige Volk, das mir nachschreit und mich auslacht und mich ‹fremde Teufelin› nennt — ja, und sogar angespuckt hat man mich. Mich! Und ich kann mir keinen Hut, kein Kleid und keine Schuhe kaufen — es gibt keine Läden, die man Läden nennen könnte; es gibt kein Theater, denn dieses Schreilokal, in das du gehst, will ich nicht Theater nennen — ich weiß nicht, was für ein Lokal das ist. Und diese eine alte Pagode — sie zerfällt in Stücke, und was ist schön an ihr? Und sieh dir mein Haus an! Ich schäme mich, *maman* zu schreiben, daß ich statt eines Hauses vier schmale Kisten habe und statt einer Küche einen kleinen, verräucherten, stinkenden Verschlag! Du hast gesagt, ich solle Diener haben, viele Diener. Wo sind sie? Ich frage dich, hältst du das für eine Bedienung, dieses alte dumme Bauernweib, das nichts von mir lernen will, das bis heute kein Ragout machen kann und das mir nicht einmal zuhört, ohne fragend auf dich zu sehen, ob mein Befehl ausgeführt werden soll? Nein, ich weiß, du wirst wieder sagen, daß sie mich nicht versteht, aber sie versteht sehr gut, wenn sie will! Du hast mich belogen, du hast mich belogen!»

Sie brach in lärmendes Weinen aus. «Du hast mir nie gesagt, daß dein schmutziger Bruder bei uns wohnen soll; nein, auch nicht, daß ein so großer Teil deines Gehalts deinem Vater und deinem alten Onkel geschickt werden muß — ich pfeife auf deinen Onkel! Wenn er noch einmal kommt und versucht, hier in meinem Haus zu wohnen und seine gemeine Opiumpfeife zu rauchen, werde ich ihn zum Fenster hinauswerfen, mit meinen eigenen Händen! Das kann ich! Ich fürchte keinen von euch! Ich verachte euch alle — ich bin Französin!»

«Darin liegt eben dein Fehler», sagte plötzlich Cheng. Er setzte sich im Bett auf und blickte sie diesmal ernst an. «Weil du dir immer sagst, Mathilde, daß du Französin bist, deshalb bist du unglücklich. In Wahrheit bis du jetzt Chinesin: du bist Chinesin, weil dein Mann Chinese ist, und du kannst nur glücklich werden, wenn du vergißt, daß du Französin warst...»

«Nein, nein, nein!» kreischte sie und schüttelte den Kopf.

«Das mußt du, wirklich!» wiederholte er ernst. «Und was meine Lügen betrifft — erinnere dich, du wolltest dich niemals entschließen, die Reise zu machen, um mein Vaterhaus kennenzulernen. Es *ist* schön. Mein Vater war einst ein reicher Mandarin. Wir sind ärmer als früher — und wer wäre das heute nicht? Es ist meine Pflicht, ihm jetzt Geld zu schicken und meinem jüngeren Bruder behilflich zu sein. Aber unsere Stadt liegt in den Hügeln von Hunan, und in unserem Haus sind an hundert Höfe. Unser Haus ist älter und schöner als alles in Lyon. Glaubst du, man könnte es vergleichen mit dem armseligen Heim deines Vaters oder mit dem Arbeiterhaus, das dein gewesen wäre, hättest du jenen Pierre geheiratet, den du nicht vergessen kannst?»

Er beugte sich vor in seinem Ernst, und als sie zurückwich und den Kopf schüttelte, rief er, leidenschaftlicher als sie ihn je gesehen hatte:

«Ah, ich weiß, daß du ihn nicht vergißt! Aber glaubst du, ich wüßte nicht, daß ich unter meinem Stand geheiratet habe? Ich weiß es nur zu gut, ich wußte es sogar, als ich eine Zeitlang toll war nach deiner schönen Haut. Du bist die Tochter eines kleinen Geschäftsmannes; ich bin der Sohn eines Statthalters. Dein Vater liest die Zeitung und gibt sich damit zufrieden; mein Vater ist Dichter und Schriftgelehrter. Wenn du wolltest, könntest du mein Heim besuchen und dort Schönheit sehen, wie du sie nie gesehen hast. Aber du willst es nicht besuchen. Du bist entschlossen, in dieser Küstenstadt zu bleiben, in diesem abscheulichen ausländischen Haus. Du willst alles so haben, wie du es gewöhnt bist, versuchst sogar, aus mir einen Franzosen zu machen — du zwingst mich, die Kleidung deiner Leute zu tragen, deine Sprache zu sprechen, damit du nicht zufällig entdeckst, wen du geheiratet hast — worauf ich stolz bin! —: einen Chinesen!»

Sie lauschte gegen ihren Willen, verängstigt, denn sie hatte ihn noch nie so gesehen. Die Ruhe, die sie haßte, war durchbrochen, und nun erschrak Mathilde. Sie lauschte unwillig und bemühte sich, einen Halt für sich zu finden in diesen eiligen, gleichmäßig dahinfließenden Worten. Als er von seinem Heim sprach, stieg ein alter Widerwille in ihr auf, und sie vergaß alles andere.

«Nein», sagte sie rasch. «Nein, ich will nie dein Heim besuchen, niemals! Woher weiß ich, daß du mich nicht wieder belügst? Ich sehe nirgends Häuser, die so aussehen, wie du sie beschreibst. Und überdies, wenn es auch an hundert Höfe hat, es bliebe doch ein Gefängnis für mich. Ich wäre dort die einzige weiße Frau. Niemand würde meine Sprache sprechen. Tausend Meilen lägen zwischen mir und dem Meer. Nein — nein, ich muß am Meer wohnen, so daß ich wissen kann: Frankreich liegt gerade drüben auf der anderen Seite.»

«Du vertraust mir nicht», entgegnete er und legte sich auf das Kissen zurück. Er zog die Decke bis zum Hals und lag da und blickte zu den Vorhängen hinauf, und sein Gesicht glich wiederum einer Maske.

Aber sie rief leidenschaftlich: «Du bist nicht von meinem Blut — wie soll ich wissen, ob du mich immer gut behandeln wirst? Ich kenne dich ja nicht!»

«Du vertraust mir nicht», wiederholte er und wandte das Gesicht zur Mauer, schloß die Augen und wollte nicht weitersprechen.

Sie begann wieder zu weinen, und nach einer Weile war sie erschöpft und legte sich neben ihm nieder. Aber sie berührte ihn nicht. Bald war sie anderswo. Ein Meer rollte zwischen ihnen, und ihr ganzes Herz war darüber hinweggeflogen nach Frankreich.

«Niemals!» flüsterte sie lautlos und leidenschaftlich in die Nacht. «Niemals!» Ich bin Französin — ich bin Französin!»

Gab nicht auch das Gesetz zu, daß sie Französin war? Ja, das wußte sie. Sie konnte den ersten Abend nicht vergessen, da sie davon erfahren hatte und dieses Wissen in ihrem Herzen verschloß und bewahrte. Es war an jenem Abend, an dem der Chef ihres Mannes für seine Sekretäre und deren Gattinnen ein Diner gab, und unter letzteren befand sich eine zweite weiße Frau, gleichfalls eine Französin. Aber sie war älter und sehr gewitzt, eine Pariserin der großen Welt, das sah man. Sie hatte gelacht über Mathildes kleine und kurze Gestalt in dem kindlichen rosa Kleid.

«So ein Kind», murmelte sie. Mathilde wußte nicht, was sie ihr antworten sollte.

Viele Zigaretten hatte sie geraucht, die Pariserin, und mit den Chinesen gelacht und getrunken und mit ihnen getanzt, so daß die stillen Chinesinnen, die an der Wand saßen, sprachlos und wütend zusehen mußten, wie der halbnackte Körper in den Armen ihrer Gatten sich drehte und wand. Doch die Pariserin war absichtlich dorthin zurückgekommen, wo zwischen den Frauen Mathilde saß, sprachlos auch sie, denn sie verstand nicht einmal Englisch, das einige der Damen beherrschten. Die Pariserin hatte gelacht und gesagt:

«Also Sie sind Su Chengs kleine französische Frau? Wie alt sind Sie — zwanzig vielleicht? So ein Kind!»

Dann begann sie lässig zu sprechen, und rauchte dabei eine Zigarette und warf sie weg, um eine nächste anzuzünden. «Auch ich — ich bin mit dem Generalsekretär des Amtes verheiratet. In dritter Ehe, Kind! Ich bin gestorben vor Langeweile — ich sagte mir, vielleicht wäre es amüsant, eine Zeitlang mit einem Chinesen verheiratet zu sein. Es ist wirklich recht amüsant. Ich finde es amüsant, vorläufig. Sie nicht auch, Kind?» Sie erhob sich und ging einem eleganten jungen Chinesen in leuchtendem Abendgewand entgegen. Sie legte die Hand auf seinen Arm, gab sich seiner Umschlingung hin und wandte sich nochmals zu Mathilde, um ihr zu sagen: «Aber vergessen Sie nie, Kind, wenn es je aufhören sollte, amüsant für uns zu sein — und gibt es etwas, was nie aufhört, amüsant zu sein? —, dann können wir zum Konsul gehen. Frankreich repatriiert uns, wenn wir genug haben von unseren chinesischen Gatten!»

Sie glitt hinweg, lächelte Mathilde zu und schien keine der Chinesinnen zu bemerken, die ihr nachstarrten. Eine von diesen, ein junges Geschöpf, in ihrem blaßgrünen Atlas lieblich wie eine Wasserlilie, seufzte und blickte sehnsüchtig auf die Pariserin. Dann wandte sie sich Mathilde zu, legte ihr die bemalte Fingerspitze auf den Arm und fragte etwas in bittendem Ton. Doch Mathilde rückte weg und schüttelte den Kopf. Sie verstand nicht.

Aber eines hatte sie nicht vergessen, obzwar ihr die Pariserin nicht mehr begegnet war: *«Frankreich repatriiert uns.»*

«Ich darf also nie von der Küste weg», dachte sie bei sich, und sie zitterte ein wenig, wie sie so im Bette lag. «Ich würde mir damit für immer den Weg abschneiden nach meinem Frankreich, zu *maman*, zu Papa — zu ihnen allen. Wie könnte ich je zur Küste und zum Konsul kommen, wenn ich so weit landeinwärts reiste? Es sind an tausend Meilen!»

Und nach einer Weile, während sie allein in der Finsternis lag und ein Ozean zwischen ihr und jenem schweigenden fremden Körper rollte, gestand sie sich ein, was sie sich noch niemals eingestanden hatte: «Ich fürchte mich doch. Ich fürchte mich vor diesen Gelben. Wenn ich ausgehe, fürchte ich mich vor ihnen allen. Ich habe nirgends Freunde. Ich möchte nach Hause – ich fürchte mich – sogar vor *ihm*.»

Sie überlegte sorgfältig, wann sie es ihm sagen wollte. Sie würde ja doch nicht durchbrennen, wie sie es sich ursprünglich vorgenommen. Zu Anfang der Nacht hatte sie gedacht, sie würde einfach zum Konsul gehen und ihm sagen, sie wolle repatriiert werden, das heißt, nach Frankreich zurückkehren. Dann würde sie heimlich abreisen. Wenn Cheng eines Tages nach Hause kam, war sie fort und alles aus. Dann mochte er tun, was ihm beliebte. Der alte Onkel mochte kommen und hier wohnen und rauchen und spucken und schmutzig sein, soviel er wollte. Cheng mochte dann auch spielen, da er seine Freunde so sehr liebte, daß er ihnen nichts abschlagen konnte. Oder er mochte mit seinem Bruder nach Hause zurückkehren. Nein, wollte denn Cheng nach Hause? Da war ja noch die Frau aus der Nebenwohnung – würde sie ihn nach Hause zurückkehren lassen? Sie war frech – keine anständige Frau; sie hatte Liebhaber und betrog ihren Mann. Alle diese Weiber aus Shanghai waren so – sie machten reiche alte Männer in sich verliebt und ließen sich von ihnen heiraten, nachdem jene ihre alten, einfachen Frauen hatten verstoßen müssen. Dieses Weib sah Cheng so an, wie es eine Frau tut, die einen Mann zum Geliebten haben möchte. Mathilde hatte zwar nie einen Geliebten gehabt, aber soviel verstand sie doch. Jede Frau versteht das. Wenn so etwas kommen sollte – konnte sie reisen?

Ja, sie konnte und würde reisen, trotzdem! Was kümmerte es sie, was hier vorging, wenn sie wieder in dem gemütlichen Häuschen in Lyon in Sicherheit war. Alle würden glücklich sein, sie wiederzusehen. Papa und *maman* und der kleine Bruder. War sie nicht die einzige Tochter? Und dann blieb noch der gute Pierre. Später vielleicht, wenn sie Pierre heiratete, würde sie wohlbehalten und glücklich sein und hätte eine Menge damit zu tun, in den gesicherten und schönen Straßen spazierenzugehen, in die lieben kleinen Läden einzutreten und überall ihre Freundinnen zu begrüßen. Allen würde sie zurufen: «Aber es war unmöglich, *chérie!* Du hattest ganz recht. Keine Französin . . .» Was kümmerte es sie dann, was hier vorging?

So blickte sie über den Frühstückstisch zu Cheng hinüber. Die alte schlampige Dienstmagd schlurfte herein, stellte das Frühstück auf den Tisch und ging. Mathilde sah Cheng an und entschloß sich plötzlich, es ihm doch jetzt zu sagen. Dann würde sie wissen, wozu er äußerstenfalls fähig war.

«Ich fahre in meine Heimat», sagte sie laut. «Ich kann hier nicht mehr leben. Ich möchte nach Hause.»

Cheng hörte auf zu essen – er aß stets wenig und schien nie ganz bei der Sache – und sah sie an. Dann wandte er den Blick ab und aß weiter. Sie wartete.

«Es ist nicht das erste Mal, daß du das erklärst», antwortete er schließlich ohne ersichtliche Teilnahme. Sie starrte ihn unentwegt an. Gewiß, sie hatte die gleichen Worte mehrmals gesagt, wenn sie zornig gewesen war. Aber sie hatte es nicht so gemeint, wie sie es heute meinte. Heute war sie nicht zornig. Sie sagte rasch, im gleichen lauten Ton:

«Diesmal ist es mir Ernst. Ich fahre nächste Woche.»

Er blickte nicht auf. Er stocherte mit den Eßstäbchen in der Schale und suchte ein Stückchen gesalzenen Fisches, den er liebte. «Ich habe jetzt nicht genug Geld, um dir die Reise zu gestatten», sagte er mit Anstrengung. «Die Fahrt ist kostspielig. Zu einer späteren Zeit hoffe ich, dir das Geld geben zu können, damit du deine Eltern wieder besuchen magst. Vielleicht fahre ich sogar mit dir. Aber jetzt darfst du nicht vergessen, daß schlechte Zeiten sind. Ich kann es nicht.»

Er erhob sich, nahm ein Wasserglas und spülte den Mund nach der chinesischen Art, die sie haßte. Ich hasse alles, was er tut, dachte sie verbissen und beobachtete ihn. Er setzte sich nieder und nahm ein kleines Buch mit weichem Papier aus dem Bücherkasten in der Zimmerecke. Er begann die chinesischen Schriftzeichen zu lesen und jetzt leuchtete leises Interesse in seinem Gesicht auf. Aber sie wußte, daß dieses Interesse nichts mit ihr zu tun hatte. Sie sah ihm mit großem Ernst zu. Da fiel ihr ein, was ihr Vater gesagt hatte, als er von der Liebe seiner Tochter zu einem Asiaten erfuhr. Damals verstand sie es nicht, aber jetzt verstand sie plötzlich:

«Das Fleisch», hatte er geflüstert und den Blick von ihr abgewendet, «das Fleisch kribbelt...»

Daran dachte sie, und sie dachte daran, daß Pierre, der immer im tiefsten Baß sprach, damals mit sonderbarer Fistelstimme sagte: «Er wird dich küssen, Mathilde; wie willst du das ertragen?»

Aber Cheng küßte sie schließlich doch nicht. Es war nicht üblich bei seinem Volk. Und es blieb also dabei, daß Pierre der einzige Mann war, der sie je geküßt hatte. Einmal küßte er sie, als sie achtzehn war, und sie beide an einer Silvesterfeier teilnahmen. Er hatte sie hinter eine Tür gezogen und plötzlich fest geküßt. Aber sie vergaß es bald, denn Cheng war gekommen, und er erschien ihr so schön.

Ja, eine Zeitlang liebte sie Chengs Körper sehr. Er war glatt. Er war goldfarben. In Lyon hatte Cheng immer vollendet ausgesehen und tadellos gepflegt, seine Hände dufteten, und er bürstete sein Haar zu einer glatten, glänzenden Fläche. Damals verkörperte er all das, was Pierre, untersetzt und rotgesichtig, niemals sein konnte. Nichts an Cheng gab es, was die Lust einer Frau beeinträchtigt hätte.

Doch als sie in seine Heimat gekommen war, wie schnell hatte er sich in einen anderen Menschen verwandelt! Er aß wie die übrigen Chinesen, er nahm eine Menge sonderbarer Gewohnheiten an. Sogar sein Körper schien den matten, seltsamen Geruch seiner Rasse anzunehmen. Hätte sie ihm erlaubt, die Gewänder zu tragen, nach denen er sich sehnte, er wäre ihr völlig fremd geworden. Aber jetzt, trotz des ausländischen Anzugs, empörte sie seine Erscheinung. In diesem Augenblick fügte sie neuen Groll der Menge von Groll hinzu, den sie ihm gegenüber empfand, und der ihr selbst kaum verständlich war.

«Diesmal brauche ich dein Geld nicht», sagte sie. «Diesmal lasse ich mich repatriieren.»

Da legte er das Buch nieder. Aber minutenlang gab er keine Antwort. Er saß da und sah zum Fenster hinaus auf die feuchte, helle Mauer des Nebenhauses.

«Wir haben keine Kinder, die uns binden», sagte er schließlich. Seine Stimme klang sonderbar dünn. «Du hast mir nicht *ein* Kind geschenkt.»

Es war der erste Vorwurf, den er ihr je gemacht hatte. Im Anfang sprach er oft von einem Kind und sehnte sich nach einem Kind, aber in der letzten Zeit war nicht mehr davon die Rede gewesen. Doch so hatte er sich bis jetzt nie darüber beklagt. Dunkel ahnte ihr, daß in diesem Augenblick vielleicht auch er einer verborgenen Menge von Groll neuen Groll hinzufügte.

Eine Frage entschlüpfte ihren Lippen: «Es ist dir also gleichgültig, daß ich gehe?» Merkwürdig, daß sie nicht zornig war, merkwürdig, daß sie beinahe wünschte, er möge sie nicht so leicht ziehen lassen.

«Ich habe dich nicht zufriedenstellen können», sagte er. Er verschränkte die schlanken Hände auf den Knien und saß da mit gesenktem Blick. Langsam begann er die Daumen zu drehen. «Ich weiß, daß ich dich nicht zufriedengestellt habe. Die Frauen des Westens sind schwer zufriedenzustellen. Man muß ihnen Wohnung und Kleider geben, wie sie es gewohnt sind, auch Nahrung, und überdies wollen sie geliebt werden wie Kurtisanen, selbst wenn das Kind als Lohn ausbleibt. Ich bin nicht stark genug dazu. Laß mich dir noch etwas sagen. Ich beklage mich nicht, aber es ist nicht leicht, in einer Staatsstellung vorwärtszukommen, wenn man mit einer Frau des Westens verheiratet ist. Meine Freunde — sie mißtrauen mir. Sie sagen, sie wüßten nicht, wohin mein Herz gehört. Im Amt kann ich nicht vorwärtskommen.»

Noch etwas, das auf den Haufen Groll zwischen ihnen gelegt wurde. Sie sagte bitter: «Zweifellos freust du dich also, daß du mich los wirst. Wenn ich weg bin, kannst du eine Chinesin heiraten.»

«Nein, nein», entgegnete er rasch. Aber nach einer Pause fügte er leise hinzu: «Zumindest nicht bald.»

Es schien, als wollte er noch etwas sagen, aber er sagte nichts mehr. Er starrte weiter seine Hände an. Zwischen ihnen raste das Meer.

Doch war alles bald vorbei. Sie packte ihren Koffer. Sie legte sogar Seidenstickereien hinein, eine chinesische Jacke, um sie daheim zu zeigen, eine Schriftrolle, einen Fächer. Sie hatte bei sich gedacht, sie würde nie wieder etwas Chinesisches sehen wollen, aber schließlich tat sie doch diese Dinge in den Koffer.

Sie erstieg die Laufbrücke des Dampfers, und in jenem letzten Augenblick wandte sie sich zögernd zurück, um Cheng die Hand zu reichen. Aber er nahm sie nicht. Er berührte Mathilde nicht. Nicht *einmal* in diesen letzten Tagen hatte er sie berührt. Er verneigte sich vor ihr und lächelte, und dann ging er auf den Kai hinab und blieb dort stehen, denn es gab nichts mehr, was sie einander zu sagen hatten. Wann immer Mathilde verstohlen hinüberblickte, sah sie, daß er lächelte, dieses matte, starre Lächeln.

Aber Mathilde lächelte nicht. Jetzt fühlte sie sich ein wenig betäubt von dem, was sie getan hatte. Es war alles so rasch gegangen, und doch war es geschehen. Sie besah den belebten Kai, die schreienden, schwitzenden Kulis, die lärmenden Verkäufer. Sie blickte auf die übereinandergetürmten dunklen Dächer der Stadt. Dann entsann sie sich der engen Gassen, der vielen Gesichter darin, die ihr gleichmütig oder haßerfüllt nachgestarrt hatten. Sie blickte rasch zu Cheng hinüber. Er sah sie nicht an. Wie ähnlich war sein Gesicht jetzt den vielen übrigen. Sein Gesicht war verschwunden inmitten der andern.

«Ich brauche ihn nie wieder zu sehen — nie, nie wieder!» sagte sie sich. «Ich bin fertig damit. Ich bin fertig mit ihnen allen. Ich fahre nach Hause.»

So hatte auch der Konsul zu ihr gesprochen. Er hatte die vollen Lippen vorgeschoben und an seinem kleinen, gefärbten Schnurrbart gezerrt. «Schon wieder eine!» rief er aus. «Madame, auch ich frage Sie, sind Sie sich klar darüber, daß es für immer ist? Frankreich repatriiert nur einmal!»

«Gewiß, gewiß, monsieur», hatte sie eifrig geantwortet. «Ich komme nie wieder.»

Nun stieß das Schiff ab. Die Menge brüllte und drängte, und Kulis schwammen durch die immer breiter werdende Kluft des Wassers zum Kai. Mathildes Augen richteten sich auf Cheng. Inmitten der Leute stand er regungslos, jetzt sah er sie an, aber er lächelte nicht mehr. Sie wandte den Blick von ihm. Sie wollte ihn nicht sehen. Sie wollte, daß er eins werde mit der Menge.

«Nun brauche ich keinen von ihnen je wiederzusehen», sagte sie sich unablässig vor. «Es ist das letzte Mal. Ich fahre nach Hause.»

Sie machte kehrt und ging in die Kabine.

Nach Beendigung der Reise kam schließlich jener erste Abend, auf den sie sich die ganze lange und einsame Fahrt hindurch so sehr gefreut hatte. Während sie auf der Schlafbank ihrer Zweiten-Klasse-Kabine lag, während sie wortlos ihre Mahlzeiten unter den Passagieren der zweiten Klasse im geschmacklos-prunkvollen Speisesaal verzehrte, während sie auf dem kurzen Deck allein spazierenging, hatte sie geträumt von diesem ersten Abend im kleinen Wohnzimmer des Hauses zu Lyon. Unablässig hatte sie sich darauf gefreut und jede Gesellschaft an Bord gemieden. Sie wollte niemandem von sich erzählen. Vergessen sollte sein, daß sie je mit einem Chinesen verheiratet war.

Ja, alles sollte vergessen sein. Wenn zuweilen etwas von dem, was hinter ihr lag, ihre Gedanken überflutete, stieß sie es entschlossen beiseite. Chengs goldfarbene Haut — wie schön war er manchmal gewesen. Doch nein, sie wollte nicht daran denken. Lieber an den tölpelhaften Bruder, der sich mit den Fingern schneuzte. Und daran, wie schmutzig sie alle waren, diese Chinesen. Und an die kleinen, armseligen Räume, in denen sie gewohnt hatte, an das Klicken der Spielmarken bis spät in die Nacht, an das Loch von Küche. Und vor allem an ihre Einsamkeit, die sonderbare Sprache, die sie nicht erlernen konnte, das feindselige Volk in den Straßen, das sie neugierig anstarrte, allzeit bereit, ihr nachzuspotten oder sie zu verwünschen. Ja, unter diesen Menschen war sie immer allein und fremd geblieben, obgleich sie sich einem von ihnen zu eigen gegeben hatte. Aber am besten war es, sich jetzt an gar nichts zu erinnern, bloß sich zu freuen auf das kleine Haus, auf ihr sauberes kleines Heim in Lyon, wo *maman* und Papa und der kleine Bruder warteten, immer freundlich, immer herzlich; und wo auch Pierre wartete.

Ah, Pierre — ein echter Franzose, ein richtiger Mann! Sie würde ihm alles geben, was er verlangte. Sie würde ihm sagen: «Lieber Pierre, ich habe einen großen Fehler gemacht. Aber wir wollen tun, als seien diese Jahre nie gewesen. Wir sind jung, und für dich bin ich dieselbe, die ich war. Fangen wir zusammen von neuem an. Schau, ich habe die Jahre vergessen, die ich fern von dir verbrachte. Hier bin ich, deine Mathilde!» So würde sie zu ihm sprechen. Von der Reling des Schiffes blickte sie in die Richtung Frankreichs und malte es sich aus, wohl hundertmal im Tag. «Schau, Pierre, ich bin deine Mathilde. Da, da hast du deine Mathilde!»

Nun, hier war sie also, an diesem ersten Abend. Sie saß da und sah alle an — Papa, *maman*, den kleinen Bruder, der groß und schüchtern geworden war in den drei Jahren ihrer Abwesenheit. Verstohlen blickte sie auch auf Pierre, denn er war sofort gekommen, um sie zu begrüßen, sowie der Laden geschlossen wurde. Nun saß er ihr gegenüber auf einem Sessel mit steifer Lehne, der zu klein war für ihn. Er starrte sie an, die Knie weit gespreizt, und seine massigen Hände lagen auf den Knien. Er war dick geworden und erschien ihr fremd und verändert; er blieb stumm wie immer.

Auch sie saß schweigend und gezwungen auf dem Sofa neben ihrem Vater. Der schlang den Arm um ihre Schulter und sah ihr ins Gesicht, und er schrie lärmend und lachend über sein Pfeifenrohr hinweg und zwinkerte mit den grauen Äuglein.

«Dieser Pierre, er ist noch immer nicht verheiratet, Mathilde! Nein, er schaut kein Mädel an, seit du weg bist —, *hein*, Pierre?»

Pierre errötete langsam, aber ehe er sich sammeln konnte, um zu sprechen, sagte *maman* scharf von den Strümpfen herüber, die sie stopfte — *maman* schien nicht mehr so fröhlich, wie sie gewesen —:

«Die Zeiten sind sehr schlecht, Jean. Ein junger Mann verheiratet sich heute nicht mehr ohne weiteres. Überdies muß die Scheidung irgendwie durchgeführt werden. Wir sind anständige Leute, Jean!»

Pierre errötete noch mehr und warf einen Blick auf Mathilde. Sie merkte diesen Blick und wandte die Augen ab. Sie fühlte sich plötzlich ein wenig schwach, enttäuscht. Hatte sie von *diesem* Pierre geträumt? Wie fett sein Körper war — wie rauh Handgelenk und Hände — das Gesicht voller Schrammen! Diese Schrammen hatte sie ganz vergessen — woher kamen sie? Und seine Augen waren doch so groß und so blau gewesen? Aber jetzt schienen sie kleiner und nicht mehr so blau. Nicht einmal sein Anzug erwies sich als ganz sauber! Das war nicht der junge Liebhaber, den sie in ihren Träumen gesehen hatte, da sie über die Wogen rief: «Schau, hier ist deine Mathilde!»

Als hätte sie laut gesprochen, murmelte Pierre unbehaglich: «Ich kam, wie ich war, direkt vom Geschäft. Als ich hörte, Mathilde sei zurückgekehrt, bin ich gekommen.»

«Aber gewiß, mein Sohn», rief der Vater fröhlich und brach wieder in lautes Gelächter aus. «Wer kümmert sich drum, wie ein ehrlicher Mann aussieht? Und was mich betrifft, *maman*, wenn auch die Zeiten wirklich schlecht sind, so ist es mir keine Last, mein Mädel zu behalten — solange man sie mir läßt, heißt das!» Er kicherte ein wenig, und dann wurde er plötzlich ernst, nahm die Pfeife aus dem Mund und sagte leidenschaftlich: «Ach, Mädel, wie soll ich dir sagen, was es für mich bedeutet, daß ich dich aus diesem wilden Land wieder daheim weiß! Ich war verzweifelt, tausendmal am Tag hab' ich den lieben Gott gebeten, dich irgendwie zu mir nach Hause zu bringen. Ich frage jetzt nicht, warum..., ich frage nicht, was du gelitten hast. Du bist da. Eines Tages wirst du mir alles erzählen. Ich bin froh, daß er nicht hier ist, denn ich würde ihn töten. Er hat dich gequält!»

Aber sie antwortete nicht; sie konnte nicht antworten. Ja, sie war da... Sie sah Pierre an; sie sah sich im Zimmer um. Ja, sie war da. Wie klein und eng waren die Räume, wirklich nicht größer als jene, die sie gehaßt hatte! Oder schienen sie nur so eng, weil Pierre und der Vater — alle — so rauh und grobknochig waren? Selbst der kleine Bruder dünkte sie nicht anders. Ja, er hatte sogar das gleiche nachlässige Jungengesicht wie Chengs Bruder! Oh, niemals würde sie ihnen etwas erzählen können, niemals! Und was gab es eigentlich zu erzählen? Wenn Cheng sie nur ein einziges Mal geprügelt hätte! Wie, wenn das stimmte, was er von den hundert Höfen erzählt hatte? Vielleicht wäre es besser gewesen... vielleicht hätte sie ihm vertrauen können?

Was war nur mit ihr? Der Ozean, der zwischen ihnen rollte, als sie neben Cheng gelegen, rollte jetzt tatsächlich zwischen ihnen. Und doch schien es ihr, daß es nichts Wirklicheres gab als Cheng, daß er wirklicher blieb als die Menschen, die um sie herumsaßen, von denen sie geträumt hatte. Und plötzlich war er gegenwärtig wie nie zuvor, als sie noch bei ihm gewesen. Sie sah ihn, schlank und höflich und nun wieder schön, so wie er immer neben Pierre gewirkt hatte. Dieser — dieser Pierre! Er war nichts als ein gewöhnlicher Arbeiter. Von ihm hatte sie sich einmal küssen lassen? Wie sagte nur einst ihr Vater: «Das Fleisch... das Fleisch kribbelt...»

Ach, wohin war das Glück verschwunden? So lange Zeit glaubte sie, es sei hier in diesem Zimmer, bei diesen Menschen! Sie hatte so sehnsüchtig gewünscht heimzukommen, repatriiert zu werden... Jetzt war sie repatriiert. Nun, und was stimmte nicht? Sie wußte es nicht. Es war eben alles anders, als sie sich's gedacht, nicht so schön, wie sie sich's gedacht hatte. Wohin konnte sie jetzt gehen, wohin zurückkehren?

Es gab kein Zurück. Sie hatte dem kleinen Konsul zu eifrig zugerufen: «Ich komme nie wieder!» Allerdings, sie konnte nie wiederkommen. Man würde ihr Schwanken nicht verstehen – keiner von den Ihrigen. Nicht einmal Cheng würde es verstehen. Wie konnte er, da sie selbst sich nicht verstand? Sogar wenn sie das Geld hatte – aber sie hatte es nicht; doch angenommen, sie hätte es wirklich – zurückkehren hieße jeden Stolz aufgeben. Sie war dann auf die Gnade dieser feindseligen Gelben angewiesen. Ah, war sie nicht auf ihre Gnade angewiesen, wenn sie freiwillig zu ihnen zurückkehrte, obzwar sie kannte? Kehrte sie zurück, es bliebe alles, wie es gewesen – noch immer diese hassenswerten Räume, dieser Schwager, dieses Volk. Noch immer würde sie nicht wagen, die Küste zu verlassen, noch immer würde sie nicht wagen, Cheng wirklich zu trauen und all seinen Geschichten von den hundert Höfen. Oh, sie kannte sich – alles wäre, wie es gewesen, nur schlimmer, denn Frankreich repatriiert bloß einmal.

Dann, von selbst, kam ihr ein plötzliches Wissen: Natürlich wollte Cheng wieder heiraten. Wen würde er heiraten? Dieses bemalte Weib aus Shanghai? Nein, *die* heiratete er sicher nicht, nicht die, die schenkte ihm keinen Sohn. Oh, diesmal würde Cheng eine Frau heiraten, die ihm einen Sohn schenkte – das wußte sie. Wie hatte er gesprochen: «Wir haben keine Kinder, die uns binden. Du hast mir nicht *ein* Kind geschenkt.» Diesmal würde er auf seinen Oheim, auf seinen Vater hören. Sicherlich sagten sie ihm: «Du hast das erste Mal gewählt und einen Fehler begangen. Diesmal nimm die Frau, die wir dir wählen, und gib uns Söhne.»

Mathilde beugte sich vor, aus der Umschlingung ihres Vaters, und bedeckte das Gesicht mit den Händen.

«Ach, mein Armes», rief der Vater. «Was mußt du gelitten haben!»

Sie antwortete nicht. Sie saß bewegungslos und verbarg das Gesicht. Mochten sie denken, was sie wollten. Verzweiflung und sonderbarste Eifersucht auf jene Chinesin erfaßten sie. Warum? Natürlich würde Cheng so handeln. Konnte sie etwas anderes erwarten, sie, die ihn aus eigenem Willen verlassen hatte? Er würde sich vermählen und die Söhne haben, nach denen er sich sehnte. Oder würde ihm der Körper jener Frau zu dunkel scheinen und nicht so schön wie der ihrige an seiner Seite? Würde er sich ihrer erinnern? Es mußte so sein – es mußte so sein. Sie würde zwischen ihm stehen, ja, und dieser anderen Frau, wie er zwischen ihr und Pierre stand. Oh, auch er war gezeichnet, wie sie, für jede Zukunft. Sie wußte, daß es so war. Es gab kein Zurück, für sie nicht und nicht für ihn. Sie waren zwei geworden, nachdem sie eins gewesen – zwei geworden für immer. Das tröstete sie irgendwie für den Augenblick; sie wußte nicht, warum, denn es gab keinen wirklichen Trost für einen Menschen, der so verzweifelt war wie sie.

Aber sie mußte ausharren – das war ihr klar. Morgen, vielleicht sogar heute abend — denn Papa und *maman* in ihrer Güte würden sie ein Weilchen allein lassen mit Pierre — vielleicht also heute abend noch mußte sie jene Worte zu ihm sprechen. Nun gut, sie würde sie eben sprechen; sie würde die Hand auf seine dicken roten Finger legen und fest die Worte wiederholen, die sie sich so oft ausgedacht hatte. Sie würde sagen:

«Schau, Pierre. Ich habe einen Fehler gemacht. Vergessen wir diese Jahre, Pierre. Hier hast du deine Mathilde.»

Ja, so würde sie sprechen, heute abend, wenn es sein mußte, bestimmt aber morgen...

Plötzlich schlug ihr der Vater die Rechte auf die Schulter, und mit der Linken nahm er die Pfeife aus dem Mund, um zu sprechen. Aber sie spürte die schwere Berührung auf ihrem Körper und, ohne zu wissen, was sie tat, rief sie: «Nicht, Papa!»

Und ruhelos und verängstigt wich sie seiner behaarten Hand aus.

Der Regentag

Es war ein finsterer und verregneter Tag im November, so finster, daß das Licht des späten Nachmittags kaum durch die vergitterten Reispapierfenster des kleinen Wohnzimmers in einem bürgerlichen chinesischen Hause schien. Ein Strahl dieses trüben Lichtes drang durch die offene Tür, fiel über den Boden und beleuchtete ein paar Schriftrollen, die auf der getünchten Wand über dem davorstehenden Holztisch hingen. Auf den Rollen las man, sehr deutlich und schön mit schwarzer Tusche geschrieben, einige Sprüche aus den Klassikern. Es waren allgemein bekannte Sprüche, und sie handelten von den Pflichten der Kinder gegen die Eltern.

Um diesen Lichtschein saßen im Kreis einige Menschen. Im innersten Teil des Kreises, auf dem Ehrensitz zur Linken des Tisches, genau unter den Schriftrollen, saß der alte Li, Teh-tsens Großvater. Er sprach als erster, wie es sein Recht war. Er hatte sich seine Worte vorher sorgfältig zurechtgelegt, und nun hob und senkte er die Stimme in abgemessenem Tonfall; jeden seiner gerundeten Sätze beendete er mit einer entsprechenden Anspielung auf die Klassiker. Erst hatte er sich geräuspert und auf den feuchten Ziegelboden gespuckt. Dann führte er die zarte alte Hand mit den langen und gelben Nägeln durch den Bart, der schütter über das Gewand herabhing. Dieses Gewand bestand aus grauem Baumwollstoff und trug Flecken von Speiseresten, die bei der Mahlzeit aus der Reisschüssel darauf gefallen waren. In der anderen Hand hielt er eine lange Bambuspfeife. Sie war schwarz von Alter, und wenn er daraus rauchte, so gluckste sie von Überfülle.

Eine ganze Weile strich er sich langsam über den gelblich-weißen Bart, während alle darauf warteten, daß er spreche. Nur Teh-tsens jüngerer Bruder wagte es, ungeduldig zu sein und mit dem Fuß ruhelos und fast unhörbar auf den Ziegelboden zu klopfen. Denn er war der Liebling des Alten und tat manches, was die anderen zu tun nicht wagten. Teh-tsen selbst saß sehr achtsam da und so, wie es sich gehört, nur auf der Kante seines Sessels, der bescheiden am Ende des Kreises bei der Türe stand. Der alte Großvater blickte von einem Familienmitglied zum nächsten, und man konnte sehen, daß ihre Spannung ihm Freude machte. Aber schließlich begann er doch zu reden, und er richtete den Blick nicht auf Teh-tsen, an den er sich wandte, sondern auf die Regenschnüre, die von der glasierten Dachtraufe auf die abgetretene steinerne Schwelle fielen.

«Du bis jetzt zu den Deinen zurückgekehrt», sagte der alte Mann, in den Regen hinausblickend, und seine Stimme war hoch und brüchig. «Vier Monate bist du müßig daheim gesessen. Du hast keine Stellung gefunden, in der du mit Fleiß und dem westlichen Wissen, das wir dich erlernen ließen, standesgemäß deinen Großvater und deine Eltern erhalten könntest, und deine Brüder und Schwestern.

Wie sagen die Alten? Ein Sohn soll das eigene Fleisch opfern, auf daß die Eltern davon essen. Das hast du nicht getan. Du hast vergessen, daß wir, deine Verwandten, mit großer Anstrengung das Geld zusammengebracht haben, um dich in die äußeren Länder zu senden, damit du ihr Wissen erwerbest. Selbst dein Vetter dritten Grades, der, wie du genau weißt, nur ein armer Händler mit einem kleinen Laden ist, hat all seine Ersparnisse hergegeben, zwanzig Dollar im ganzen, damit du nach westlicher Art erzogen werdest und um so rascher eine hohe Stellung erreichest. Auch ihm schuldest du Vergeltung.

Wie sagen die Alten? Der Sohn, der seine Familie nicht ernährt, und insonderheit nicht seinen Großvater und seine Eltern, soll schlechter sein als ein Hund.»

Der Greis hielt inne und räusperte sich. Diese Pause benützte ein dicker Mann in kurzer schwarzer Kattunjacke und ebensolchen Hosen, der am anderen Ende des Tisches auf dem nächsten Ehrensitz saß, um eilig zu sprechen:

«Nicht weniger schmachvoll als dies alles, mein Vater, ist es, daß mein unwürdiger Sohn hier sich weigert, das Mädchen zu heiraten, der er seit seiner Kindheit verlobt ist und die, wie du weißt, gleich einer Tochter hier im Hause lebt, seit die Eltern ihr früh hinwegstarben. Er spricht von westlichen Sitten. Wir haben ihm nicht befohlen, sich die westlichen Sitten zu eigen zu machen, sondern nur die westlichen Bücher, damit er eine Stelle mit höherer Entlohnung finde. Nun versagt er uns Enkel. Er versagt uns diejenigen, die unsere Seelentafeln heilig halten sollen, wenn wir zum Himmel emporgestiegen sind. Er hat beschlossen, dieser nichtswürdige Sohn, daß wir, seine Großeltern und Eltern, in das Land der Seelen gehen sollen, ohne jemanden zu haben, der für uns sorgt.»

Teh-tsen selbst lauschte diesen Worten mit äußerster Bestürzung. Er war ein hübscher junger Mensch mit einem blassen, ziemlich zarten Gesicht und einem Mund, so klein und hübsch wie der eines Mädchens. Er trug ausländische Kleidung, einen lichtgrauen Anzug, den er in Chicago gekauft hatte. Auf der Straße schwang er stets einen Spazierstock und schien selbstzufrieden und elegant, wenn er so einherging, ohne jemanden anzusehen. Aber hier in diesem düsteren Raum, unter lauter Höheren in langen Gewändern, schrumpfte er zusammen zu einem recht unbedeutenden, schmalbrüstigen und schüchternen Burschen. Er saß da, die Hände zwischen den Knien gefaltet, und rieb die weichen Handflächen langsam aneinander.

Er starrte seine Verwandten an, einen um den anderen, den Großvater, wie er zu des Vaters Worten beifällig nickte, die vom Schnupfen getrübten Augen auf den Regen gerichtet; den Vater, dick, ungeduldig von zu vielem Essen; den Oheim mit dem dünnen, eigensüchtigen Gesicht und den nervösen, nicht ganz sauberen Händen; den Bruder, einen frechen Buben, der darauf brannte loszukommen und verstohlen auf die Straße hinausblickte. In einer Ecke abseits saß auf einem schmalen Sessel die Mutter, eine leicht gebeugte Gestalt in blauem Kattungewand. Sie trocknete ihre Augen mit der Schürze. Hinter diesen vieren sah er im Geiste viele andere, geizige, geldgierige Vettern, den mürrischen alten Händler von Oheim, und sie alle lechzten nach ihrem Anteil an dem Einkommen, das er dank seiner besseren Erziehung erwerben sollte. Es waren Hände — Klauen — Krallen, die nach allem griffen, was er zustande bringen konnte.

Sie hatten ihn nur studieren lassen — das merkte er jetzt —, weil er zufällig der Klügste der ganzen Sippe war, derjenige, der am schnellsten auffaßte. Sie hatten ihn nur studieren lassen, um ihr eigenes Alter sicherzustellen. Rasende Wut packte ihn. Ein Wildbach brausender, rücksichtslos offener Worte erfüllte seine Kehle. Er wartete einen Augenblick und biß die Zähne darüber zusammen. Gegen seine eigenen Leute gab es keine Hilfe. Zu dieser Zeit hatten sie volle Gewalt über ihn, sie konnten ihn sogar töten, wenn sie wollten. Gewiß, das würde wohl kaum geschehen, aber der Gedanke erinnerte ihn an die eigene Hilflosigkeit.

Doch jetzt kamen ihm die Jahrhunderte der Selbstbeherrschung zu Hilfe, die hinter ihm lagen. Er stand auf und verneigte sich tief vor seinem Großvater. Dann verneigte er sich vor dem Vater und dann vor dem Oheim. Zuletzt verneigte er sich vor der Mutter, und er wußte, daß sie sich seinetwegen im stillen kränkte, obgleich sie nicht zu sprechen wagte.

«Möget ihr mir vergeben, Erhabene», sagte er leise. «Ich will mich bemühen, mehr Pflichteifer zu zeigen.»

Wieder schob sich eine Welle aufsteigenden Zornes in sein Bewußtsein. Er beherrschte sich aber und ging steif aus dem Zimmer und über den Hof. Er trat auf die Straße hinaus. Der Regen fiel in geraden, trüben Strichen, unaufhörlich und trostlos, und die Feuchtigkeit zwischen den hohen Ziegelmauern zu beiden Seiten des schmalen Pfades schien kalt wie der Tod. Die seichten Rinnen entlang der Straße waren übervoll von Unrat und Schmutz, so daß über das Kieselpflaster eine klebrige, schwarze, übelriechende Flut strömte. Sie erhob sich gegen seine gewichsten braunen Schuhe und hinterließ Flecken.

Er gab einen Laut des Ekels von sich. Zugleich erinnerte er sich daran, wie er vor einer Woche erst den Bürgermeister der Stadt aufgesucht und um die Erlaubnis gebeten hatte, eine sanitäre Gesellschaft zur Straßenreinigung ins Leben zu rufen. Der Bürgermeister war äußerst liebenswürdig gewesen, beglückwünschte ihn zu seinen modernen und der Allgemeinheit dienenden Ansichten und versprach gar nichts.

Teh-tsen blickte düster durch die geraden langen Schnüre des fallenden Regens. Wie konnten seine Vaterstadt, sein Vaterland vorwärtskommen mit solchen Beamten? Wie hilflos war er gegen alle, die die Macht hatten — wie hilflos war ein jeder!

Der Regen schlug gegen seinen eleganten Filzhut und tropfte über die Krempe. Der Hut wurde rasch weich in der Nässe und fiel ihm über die Augen. Langsam drang die Feuchtigkeit der Kleider bis an die Haut. Er ging weiter.

War es wirklich erst sechs Monate her, daß er auf dem Podium des ungeheuren Festsaals einer amerikanischen Universität gestanden hatte, um sein Diplom entgegenzunehmen? Auch einen Preis hatte er erhalten, für seinen Essay über den Vergleich östlicher mit westlicher Philosophie. Es sei eine blendende Arbeit, erklärte der Professor. Wie stolz fühlte er sich damals! Er war — so sagte man — einer der begabtesten Studenten, die je ihr Studium an dieser Universität vollendet hatten. Und dieses Lob bedeutete etwas, wenn man bedachte, daß er in einer fremden Sprache studierte! Als er fertig war, kannte er nur mehr ein Ziel: nach Hause zurückzukehren, in seine Vaterstadt, in sein Vaterland, um alles, was er wußte, für den Fortschritt hinzugeben. Voll Selbstvertrauen, glücklich, die Familie wiederzusehen, sicher ihres Stolzes auf ihn, war er heimgekommen.

Und dann fielen sie sofort über ihn her wie die Aasgeier. Noch am Abend seiner Ankunft sprach der Vater mit ihm über das Gehalt, das er von der Städtischen Schule verlangen müsse, sollte er dort unterrichten.

«Ich möchte über den Dienst nachdenken, den ich meinem Lande zunächst erweisen kann», hatte Teh-tsen zögernd erwidert. «Falls die Schule das Wichtigste ist...»

Der Vater starrte ihn an und ließ die fetten gelben Backen hängen. «Du denkst an nichts als an dich», rief er. «Ich bin jetzt soweit, daß ich mich vom Geschäft zurückziehen will. Die Zeiten sind schlecht, und der Laden trägt nichts. Für deinen Bruder muß gesorgt werden. Dein Oheim ist kränklich und kann nicht arbeiten. Überdies hast du nicht wenig Verwandte, die dir Geld für deine Studien gegeben haben. Sie erwarten zumindest Reis von dir. Außerdem lebt deine zukünftige Gattin hier im Hause. Im Verlauf der vielen Jahre, die du fern warst, sind ihre Eltern gestorben, deine Mutter brauchte eine Hilfe, und es hat keinen Sinn, eine Magd mehr aufzunehmen, wenn man eine Schwiegertochter hat. Für all diese Menschen mußt du sorgen. Du bist jetzt der älteste Sohn, so wie ich es zu meiner Zeit war. Ich bin müde.»

Teh-tsen schien vollkommen verwirrt. All das hatte er irgendwie aus dem Gedächtnis verloren. Solange war er fern gewesen — acht Jahre! Und dann dachte er an das unsaubere Mädchen mit den gewöhnlichen Zügen, das er herumgehen sah. Er hatte sie für eine Magd gehalten, als er ankam. Seine Frau? Vor Empörung wurde ihm übel, sooft sie ihm einfiel, und sein Herz schlug schneller. Niemals! Mit seinem Vater wechselte er sogar zornige Worte. Aber es hatte alles nichts genützt. Sie waren entschlossen, ihn unter ihren Willen zu beugen, diese seine Verwandten, und alle zusammen wollten sie seinen Widerstand brechen durch bloße, lastende Unbeweglichkeit. Er brach zusammen darunter. Und das Ärgste war: er spürte voll Entsetzen, wie er schwächer wurde unter dem ruhigen, unerbittlichen Druck der Familienmeinung. Er fühlte sich seines guten Rechtes nicht mehr so sicher wie im Anfang. Seine Ideale waren nicht mehr die gleichen wie damals, als er von der Laufbrücke des Schiffes die Küste betreten hatte. Diese Ideale — jetzt waren sie verschwommen und weit entfernt, kaum wert, daß man noch um sie kämpfte. Schließlich war er nur ein einzelner. Was konnte er machen gegen so viele, denen nichts an der Möglichkeit lag, besser zu leben und besser zu denken?

Erst jetzt merkte er, daß seine Schuhe vom Straßenkot beschmutzt und seine Hosen angespritzt waren. In der Eile war er ohne Überrock weggegangen, und das durchdringende, endlose Herabströmen hatte ihn vollkommen durchnäßt. Er konnte das eisige Wasser spüren, wie es zwischen seinen Schultern herabrieselte. Der Himmel sah aus wie eine durchweichte Masse von bleigrauer Farbe. Der Regen fiel weiter, schnurgerade, unaufhörlich.

Es fröstelte ihn, und er fragte sich, ob es in dieser ganzen Stadt einen einzigen warmen Fleck gebe. Sein Zimmer daheim war so freudlos wie das gesamte übrige Haus an solch einem Tag, der Ziegelboden atmete Feuchtigkeit, und Wassertropfen standen an den Wänden. Schäbig, wie ihm das Zimmer nach all den Jahren im Ausland erschien, mußte es auch noch mit dem Bruder geteilt werden, und mit neu aufsteigendem Ärger erinnerte er sich, wie der Junge die geliebten Bücher nachlässig durchgeblättert und Fingerabdrücke auf den weißen Seitenrändern zurückgelassen hatte. Erst gestern entdeckte Teh-tsen, daß von seinem wertvollsten philosophischen Lehrbuch ein Blatt in der Mitte fehlte. Der Bruder hatte es herausgerissen, um ein paar Münzen einzuwickeln, ehe er sie in den Gürtel steckte. Nirgends war man vor fremdem Zugriff sicher!

Teh-tsen starrte in die Regenflut und überlegte, wie er sich erwärmen könnte. Wenn es ihm nur einmal gelang, wirklich Wärme zu finden — es würde ihm vielleicht ein wenig Mut geben, seine Ziele zu verfolgen. Mehr als alles andere fürchtete er, schwach zu werden und das Ganze aufzugeben, die ungebildete Frau zu heiraten, sein Leben wegzuwerfen. Da stieg eine neue Sorge in ihm auf. Er rief sich zu:

«Und was soll aus meinen Söhnen werden, wenn eine solche Mutter sie gebiert in solch einem Hause? Soll ich andere zeugen, damit ihr Leben werde wie das meine?»

Bisher hatte er nicht daran gedacht. Nun sah er sie vor sich, wie sie die winzigen Händchen falteten und ihn anflehten, er möge sie nicht ins Leben rufen. «Nein, nein, niemals», versprach er ihnen nachdrücklich in seinem Herzen.

Ein großes Haus ragte plötzlich vor ihm auf, ein ausländisches Haus. Ach, hier wohnte doch Mr. Hemingway, der alte Lehrer, der ihn als Knaben in der Elementarschule unterrichtet hatte! Er war ein guter Mensch gewesen, der junge Amerikaner, und voll des besten Willens. Teh-tsen wollte eintreten und ihn aufsuchen. Vielleicht konnte er sich dort erwärmen. Vielleicht konnte er sogar mit Mr. Hemingway sprechen, ihm von seiner schwierigen Lage erzählen und ein kleines bißchen Hilfe finden — ein kleines bißchen Ermutigung.

Er stieg die niedrigen Steinstufen zur Veranda empor, die um das Haus lief, und schellte an der Türe. Dann wartete er mit aufgestelltem Rockkragen, die Hände in die Taschen vergraben, um die Finger zu wärmen. Der wilde Wein, der sich um das Haus rankte, war flachgedrückt vom Regen, und der Boden schwammig. Blätter flatterten zur Erde, braun und naß. Die Tür öffnete sich langsam. Mr. Hemingway stand auf der Schwelle. Wie er gealtert war! Jetzt schien er ein gebeugter und recht gedrückter Mensch, der Teh-tsen ungewiß und vorsichtig anstarrte.

Teh-tsen streckte die Hand aus.

«Erinnern Sie sich meiner nicht mehr, Mr. Hemingway? Als kleiner Junge war ich Ihr Schüler. Ich bin viele Jahre fort gewesen. Nun bin ich gekommen, um Sie wiederzusehen.»

«Ach ja... ja...», sagte Mr. Hemingway unsicher. Er hatte viele Schüler gehabt und entsann sich Teh-tsens nicht. «Treten Sie ein.»

Teh-tsen betrat die Halle. Oh, wie warm war es hier! Er folgte Mr. Hemingway in dessen Arbeitszimmer. Oh, welch himmlische Wärme! Ein kleiner Ofen krachte in einer Ecke des Zimmers. Teh-tsen stellte sich davor, und seine Kleider dampften.

«Du lieber Gott, mir scheint, Sie sind durchnäßt», meinte Mr. Hemingway und sah ihn genau an. Er war sehr kurzsichtig.

«Nur ein bißchen», erwiderte Teh-tsen bescheiden.

«Ja, ja», entgegnete Mr. Hemingway geistesabwesend. Ein hoher Stoß von Heften lag auf seinem Schreibtisch und harrte der Durchsicht, und er hatte mit einem ungestörten Nachmittag gerechnet. Überdies fühlte er sich heute elend, spürte einen kommenden Schnupfen. Dieser Regen! Wenn man einen Assistenten gehabt hätte — aber wie die Dinge lagen, war nie genug Geld da, und schon gar nicht für diese jungen, westlich erzogenen Chinesen, die neuerdings unsinnig hohe Gehaltsansprüche stellten. Dieser junge Mann da wollte vermutlich auch eine Stelle oder so etwas Ähnliches. Immerhin war es vielleicht gut, seine Wünsche abzuwarten.

Teh-tsen setzte sich nieder. Er schob sich so nahe an den fröhlichen, kräftigen kleinen Ofen heran, wie es die Höflichkeit erlaubte. Voll Bewunderung und Neid starrte er das schlichte enge Arbeitszimmer an: Bücher — Wärme — Abgeschiedenheit! Wie glücklich war Mr. Hemingway! Es war nicht schwer, gut zu sein und edel und stark in solcher Umgebung!

Langsam durchdrang die wunderbare Wärme seinen Körper. Teh-tsen sehnte sich danach, Mr. Hemingway sein Herz zu eröffnen. Vielleicht gab es bald eine Möglichkeit. Er fühlte, wie sich mühelos Worte in ihm formten und zu seinen Lippen aufstiegen, bereit, herauszuströmen. Mr. Hemingway stellte ein paar Fragen, Teh-tsen sprach höflich von Mr. Hemingways Heimat – ein wunderbares Land, wunderbare Menschen...

«Ich hoffe», meinte Mr. Hemingway nicht ohne Strenge, «daß Sie Ihre Kenntnisse jetzt zum Nutzen Ihres Landes verwerten werden. China braucht Sie ... Es gibt viel Elend ...»

Teh-tsen lauschte. Jetzt war man fast soweit. Bald konnte er von seiner Angst sprechen und von seiner Sehnsucht. Gewiß, er wollte seinem Lande helfen, aber ...

«Ich hoffe allerdings, daß Sie eine andere Haltung einnehmen werden als die meisten jungen Leute, die von England, Amerika oder Frankreich zurückkommen», fuhr Mr. Hemingway mit leicht erhobener Stimme fort. Er dachte daran, daß der kostbare Nachmittag verging, und der Anblick der aufgehäuften unkorrigierten Hefte brachte ihn langsam zur Verzweiflung. Sein Kopf schmerzte. Wenn man wenigstens einen Assistenten anstellen könnte! Es war wirklich zuviel verlangt, daß *ein* Mensch die ganze Arbeit allein besorgte. Aber die Knappheit der Mittel ...

«Das Unglück bei euch allen», setzte er fort, und seine Erregung wuchs über jede Beherrschung hinaus, «ist, daß ihr an nichts denkt als an Geld, daß ihr nichts haben wollt als Geld. Ihr wollt bequeme Posten ohne jede Verantwortung und hohe Gehälter. Sonst paßt es euch nicht. Und inzwischen bleibt die schwere Arbeit, die das Volk dringend braucht, ungetan. Hat keiner von euch Mut? Ich muß gestehen, Mr. ... Mr. ... ah, Li, daß mich die chinesischen Studenten, die aus dem Westen zurückkehren, sehr enttäuscht haben.»

Im Zimmer war es still. Mr. Hemingway spielte mit einem Papiermesser auf dem Schreibtisch und sah, ohne es zu wissen, auf die Uhr an der Wand. Er war ein guter Mensch und hatte vieles durchgemacht. Aber im Verlauf von acht Jahren konnte er nicht auf Urlaub gehen, auch jetzt nicht, weil man niemand zu seiner Vertretung ausersah. Nun war er müde und entmutigt. Überdies unterrichtete er mit ganzer Kraft, und die ständige Arbeit bei unzureichenden Mitteln hatte ihn nach und nach aufgerieben.

Der Regen schlug eintönig gegen die Fensterscheiben. Gespannte Stimmung erfüllte das stille Zimmer. Mr. Hemingway dachte an all seine Enttäuschungen, und sie schienen sich irgendwie in diesem jungen Chinesen mit dem eleganten westlichen Anzug zu verkörpern. Der junge Mann dagegen fühlte sich auf einmal zurückversetzt in die Widerwärtigkeit der Gerichtsversammlung in dem finsteren Zimmer daheim. Mißverstehen erkältete die Herzen. Das Zimmer schien nicht länger warm.

Teh-tsen stand auf und verneigte sich. Schließlich hatte er diesen

Lehrer hochgeschätzt. Er durfte Schicklichkeit und gute Erziehung nicht vergessen.

«Es tut mir weh, daß wir Sie enttäuschen. Ich empfehle mich, Mr. Hemingway», sagte er stolz und ging wieder auf die Straße hinaus. Plötzlich überkam ihn Schwäche, und in seiner Kehle stieg Schluchzen auf. Entschlossen blickte er geradeaus, um die Tränen zurückzuhalten, und begann rascher zu gehen, ohne darauf zu achten, daß die Schmutzfluten seine Schuhe besudelten.

Wie es regnete! Die Wärme der wenigen Minuten war bald verschwunden. Wohin sollte er jetzt gehen? Er konnte nur nach Hause — er hatte keine andere Stätte. Das hieß, sich geschlagen geben. Aber dieses Leben war unerträglich. Er würde sich aufopfern müssen, wie es in diesem alten Lande andere vor ihm getan hatten und wie wie andere nach ihm es tun mußten — seine Träume verwerfen, seine eigenen Wünsche vernichten. Er hatte zu heiraten. Das Gesetz konnte ihn zwingen, das alte, unbezwingbare Gesetz der Jahrhunderte, das noch immer nicht zerbrochen und verworfen war. Das ausdruckslose Gesicht seiner Verlobten fiel ihm ein, ihr ungepflegtes Haar. Was war sie anderes als eine Magd, die man billig gekauft hatte? Sein grausames Gedächtnis führte ihm Hunderte von hübschen Gesichtern vor, fröhliche Gesichter, Gesichter der jungen Mädchen an der amerikanischen Universität. Die konnten heiraten, wen sie wollten — selbst die Frau dort durfte heiraten, wie sie wollte. Er dachte an die jungen Leute, die seine Studiengefährten gewesen waren. Auch die konnten wählen, jeder traf seine Wahl unter den hübschen Mädchen, die ihnen gleichgestellt waren. Aber ihm konnten sie nicht helfen. Es war müßig, an sie zu denken.

Ruhelos wandte er den Kopf und sah von einer Straßenseite zur andern. Schweigend drängten sich die dunklen Ziegelhäuser in dem unaufhörlichen Regen aneinander. Wie sehnsüchtig wünschte er, fortzukommen. Aber er besaß kein Geld. Wenn er nach Tientsin durchbrannte, selbst nach Shanghai, konnte er dort Arbeit finden und frei sein! Aber auch dann, dachte er bitter, war er nicht frei. Wo immer er weilte, man würde ihn erreichen und zur Rückkehr zwingen. Und wenn man es genau bedachte, konnte er denn innerlich frei werden? Konnte er es ertragen, aus seiner Sippe ausgestoßen zu sein? Ein ältester Sohn kann sich kaum so sehr vergessen. Nein, da schien es immer noch besser, wenigstens Selbstachtung zu bewahren.

Die Straßen waren nun fast menschenleer. Ein paar Bettler krochen herum, winselnd und durchnäßt. Eine Frau eilte an ihm vorbei, um heißes Wasser zu kaufen, den Kessel trug sie in der Hand, die geflickte Schürze hatte sie über den Kopf geschlagen und hielt die beiden Enden mit den Zähnen fest, um sich vor dem Regen zu schützen. Ein Kind ging friedlich aus der Schule nach Hause, unter einem ungeheuren Schirm aus ölgetränktem Papier. Der kurze Novembertag dunkelte. Noch immer strömte der Regen. Bald kam die Nacht. Er mußte irgendwo hingehen, denn er war naß und durchfroren bis auf die Knochen. Natürlich nach Hause. Aber nach Hause gehen hieß, sich aufgeben. Nun gut; er hatte keine Wahl.

Langsam wandte er den Schritt heimwärts. Die Zukunft zog an ihm vorbei, grau in grau, ausgefüllt vielleicht von irgendeiner Arbeit, aber innerlich immer leer. Wieder glaubte er das phantastische, empfindsame Bild seiner Kinder zu sehen, die nicht ins Leben gerufen werden wollten. Und dann kam ihm blitzartig der Gedanke an den Dienst, den er ihnen doch noch erweisen konnte. Er blieb stehen, starrte durch den Regen, und ein Lächeln breitete sich auf seinem Gesicht. Wie dumm war er diesen ganzen langen Regentag gewesen! Bei dem engen Apothekerladen an der Ecke machte er halt und gab leise eine Anordnung. Der umständliche kleine Geschäftsinhaber neigte den Kopf.

«Drei Pillen schwarzes Opium?» wiederholte er freundlich. «Aber gewiß.»

Er packte sie verstohlen in ein Stückchen braunes Papier und übergab sie dem jungen Mann, und seine gelbe Hand krümmte sich um das Geld, das darauffiel.

Dann schritt Teh-tsen aufrecht, erhobenen Hauptes, heimwärts, ohne auf den Regen zu achten, der ihm ins Gesicht fiel. Sonderbar, daß ihm der Gedanke nicht früher gekommen war. Schließlich schien es doch nicht notwendig, ins Ausland zu gehen und alles Geld für Studien auszugeben. Im Augenblick der Entscheidung war es keiner der amerikanischen Professoren, der ihm geraten hätte, was tun. Nicht einer hatte ihn gelehrt, wie er leben könne. Gewiß, sie halfen ihm, die blendende Abhandlung zu schreiben. Sorgfältig in geölte Seide eingeschlagen, lag sie auf dem Boden eines Koffers samt dem Diplom und einigen anderen Dingen, die man nicht täglich brauchte. Nein, jetzt war es die durch Jahrhunderte geheiligte Rache, die seine Vorfahren geübt, der durch Jahrhunderte geheiligte Protest gegen eine irr gewordene Welt, was ihn erlösen sollte: das Opfer seines Lebens.

Wieder betrat er den Hof des Hauses. Der Kücheneingang lag zur Linken des Tors. Die Tür stand weit offen, und das Feuer des Ziegelherdes beleuchtete das Gesicht eines dummen, gewöhnlichen Mädchens, das Gras in den Herd stopfte. Teh-tsen schauerte ein wenig und biß die Lippen aufeinander. Ah, sein Entschluß schien weise!

Er ging in das Wohnzimmer. Nun war es leer. Auf dem Tisch stand eine Teekanne mit zwei Schalen. Er berührte die Kanne. Sie war kalt. Alles ist kalt, dachte er mit einem Hauch von Erregung — dieser elende, kalte Regen! Er goß ein wenig von dem kalten Tee in die Schale, spülte sie aus und schüttete den Inhalt auf den Boden. Dann legte er die Pillen in die Mitte der Schale und goß sorgfältig etwas Tee hinein. Drei schwarze Pillen in einer Unze Tee. Er schluckte das Ganze und trank noch einen Tropfen Tee nach.

Hierauf begab er sich in sein Zimmer. Es war finster, und auf einmal hatte er es für sich allein. Der Bruder war noch nicht zurück. Er ging zu Bett, entledigte sich der zerstörten Schuhe und zog den tropfenden Rock von den Schultern. Dann, ohne sich die Mühe des Auskleidens zu machen, legte er sich nieder und wandte das Gesicht zur

Wand, zog die Decke bis an das Kinn und schloß fröstelnd die Augen zum Schlaf.

Auf das Ziegeldach über seinem Kopf schlug unentwegt der Regen mit weichem, beruhigendem Rauschen. Der Tag schwand unmerklich zur Nacht.

UMSTURZ

Wang Lung

Wang Lung war der Sohn Wangs des Bauern. Sein ganzes Leben hatte er im Dorfe Wang verbracht, an der Grenze der Stadt Nanking, und da er täglich Gemüse zum Verkauf in die Stadt brachte, war er kein gewöhnlicher, unwissender Bursche. So zum Beispiel wußte er früher als jeder andere im Dorf, daß der Kaiser schließlich doch abgedankt hatte. Es konnte noch kein Jahr seither vergangen sein, als er davon erfuhr. Sofort erzählte er es seinem Vater, und der erzählte es dem Onkel, und der Onkel — der Briefschreiber des Dorfes — erzählte es allen, die zu ihm kamen, um ihren Verwandten schreiben zu lassen — und nach kurzer Zeit wußte es ein jeder.

Mindestens drei Tage lang sprachen alle nur im Flüsterton, und sie waren sehr verzweifelt und warteten von Stunde zu Stunde auf ein furchtbares Unglück. Selbstverständlich hatte keiner den Kaiser je gesehen, aber alle stellten sich ihn als hilfreiche, ewige Macht vor, den Sohn des Himmels, der sämtliche Angelegenheiten mit der himmlischen Behörde in einer höheren Sphäre regelte. Mit einem Wort, man konnte das Wohl des ganzen Volkes und die eigenen kleinen Sünden dem Kaiser überlassen und sich selbst der Pflege des Gartens widmen, und Gemüse im Frühling und Enten im Herbst auf den Markt zum Verkauf bringen. Nun, da es keinen Kaiser mehr gab, wagte niemand, das Dorf zu verlassen. Wang der Großvater, der sich noch an die Zeiten der Taipings genau erinnern konnte, rechnete sogar mit Plünderung und Raub. Daher legte er einige Wertsachen der Familie zusammen, wie die Urkunden über den Grundbesitz, einen Mantel aus Ziegenfell, der dunkel war von der Abnützung durch Generationen und der doch noch künftigen dienen konnte, und ein paar Silberstücke, und verbarg das Ganze in der hohlen Lehmwand des Hauses. Drei Tage lang saß er da und strich sich den schütteren, gelblich-weißen Bart, die Augen auf die aufgelockerte Erde gerichtet, und des Nachts ließ er sein Bett hinausschaffen und schlief darunter.

Da aber am Ende des vierten Tages noch immer nichts geschehen war, nahm Wang der Großvater brummend und ein wenig enttäuscht den Schatz aus dem Versteck, und die Leute gingen allmählich wieder ihren Geschäften nach, obzwar sie anfangs noch ein wenig ängstlich waren. Schließlich hatten sie aber kein Bedürfnis mehr nach dem Kaiser, und mit der Zeit freuten sie sich sogar, daß er tot war, denn die Ernte fiel jedes Jahr so gut aus, als hätte er sich beim Himmel darum bemüht.

Eines Tages konnte Wang Lung in einer Teestube in der Stadt hören, wie ein junger Mann bei seiner Schale Tee laut rief, daß Kaiser nur faule Kerle seien und das Volk eine Menge Geld kosteten.

Kaltes Entsetzen packte Wang Lung bei diesen Reden und bei solcher Geringschätzung der erhabenen Toten, und eine ganze Weile achtete er darauf, ob der junge Mann nicht von einem Dachziegel erschlagen würde oder an seinem Tee erstickte und starb. Aber als nichts Derartiges geschah, kam Wang Lung nach anstrengendem Nachdenken — denn nachdenken war niemals leicht — zu dem Ergebnis, daß jener die Wahrheit gesprochen haben mußte, denn die Götter wagten es nicht, ihn zu bestrafen. Ehrerbietig sah er den Jüngling an.

Der junge Mann trug ein langes Gewand aus dunkelblauem Stoff, weder schwer noch leicht, aber für diese Jahreszeit — den dritten Frühlingsmonat — gerade das Richtige. Sein Haar war sehr kurz geschoren und so glatt geölt wie das einer Frau.

«Er muß aus dem Süden stammen», sagte sich Wang Lung, «denn seinesgleichen habe ich noch nie gesehen.»

Der junge Mann sprach sehr rasch und warf schnelle Blicke über die Leute in der Teestube. Als er wahrnahm, daß Wang Lung ihn anstarrte, strich er sich mit den langen blassen Händen über die Stirn und erhob ein wenig die Stimme:

«Wir in China haben mehr Menschen als irgendein anderes Land der Welt, und alle fremden Länder sollten uns fürchten. Trotzdem verachten sie uns, weil wir keine Feuerwagen und Kampfschiffe besitzen. Und doch sind das einfache Dinge. Ritten nicht in alten Zeiten unsere Weisen auf feurigen Wolken und auf rauchspeienden Drachen? Was gewesen ist, kann wieder sein. Jetzt sind wir eine Republik, und der Kaiser ist tot. Nichts ist unmöglich.»

Wang Lung war näher getreten und beugte sich nieder, um den Gewandsaum des jungen Mannes anzufassen; höflich erkundigte er sich:

«Ist es erlaubt zu fragen, was dieses Gewand kostet?» Zwischen Daumen und Zeigefinger hielt er das feine weiche Tuch und murmelte: «Was ist das für ein Stoff? Er greift sich an wie aus Wolken gewebt. Herr, das ist ausländische Ware, und was kostet sie?»

Aber der junge Mann wurde auf einmal zornig und riß das Gewand mit einer raschen Bewegung an sich. «Verunreinige es nicht mit deinen Fingern, du Schmutzfink», rief er. «Ich habe zwei Dollar pro Elle gezahlt, und es ist guter englischer Schafwollstoff.»

Zwei Dollar die Elle! Wangs Mund schnappte plötzlich wie ein Fischmaul. In einem ganzen Arbeitsmonat sah er keine zwei Dollar. Wieviel Ellen brauchte man für so ein Gewand, das um die Knöchel spielte und die Kehle umschloß, ja beinahe die Ohren? Während der junge Mann weiter von Republiken redete, dachte Wang Lung genau über die Maße des blauen Kattuns nach, den er vor sechs Jahren für sein Hochzeitsgewand gekauft hatte. Fünf Ellen für das Vorderteil, fünf für den Rücken, fünf für die Ärmel, macht eine Zehnerlänge und noch eine halbe; rechnen wir etwas davon als Draufgabe, wie es üblich ist, wenn man mindestens zehn Ellen Stoff in einem Geschäft kauft. Das alles ergab nicht weniger als achtundvierzig Silberstücke. Er war entgeistert über so viel Reichtum. Achtundzwanzig Dollar —

der Verdienst eines Jahres umhüllte den zarten Körper dieses kurzgeschorenen Jünglings. «Das ist sehr teuer», murmelte er.

Der junge Mann wandte sich ihm liebenswürdig zu. «Es ist ausländische Ware, die auf dem Rücken englischer Schafe wächst und eigens für Leute mit schwarzem Haar von englischen Sklaven gewebt wird», erklärte er. Dann, als er Wang Lungs Erstaunen und Bewunderung sah, setzte er fließend und prophetenhaft fort:

«Wie ich sagte, wir brauchen den Kaiser nicht mehr. Unsere große Nation soll jetzt, wie es der alte Weise verkündet hat, vom Volk, für das Volk und durch das Volk regiert werden. Selbst du, mein armer Bursche, kannst deinen Anteil an der Entscheidung haben, wer unser Präsident sein soll.»

«Ich?» erwiderte Wang und fuhr zurück. «Ich muß meinen Vater erhalten und meinen alten Großvater und meine Frau und drei Sklavinnen, denn sie hat mir bisher nur Mädchen geschenkt und noch keinen Sohn. Diese leeren Münder strecken sich mir immer weit offen entgegen. Ich habe keine Zeit. Bitte, Herr, erledigt Ihr diese Sache für mich.»

Da lachte der junge Mann laut und schlug mit der flachen Hand auf den Tisch, so daß die Leute in der Teestube aufsahen und Wang, verlegen von so vielen Blicken, sein Gesicht abwandte.

«Was für ein unwissender Bursche du bist», rief der junge Mann. «Du mußt bloß einen Namen auf ein Stück Papier schreiben und es in eine Schachtel werfen.»

«Herr, ich kann nicht schreiben», beschwor Wang ihn ängstlich.

«So nimm dir jemand, der für dich schreibt. Oh, wie unwissend du bist!» wiederholte der junge Mann, schluckte den Rest seines Tees und warf zwei Münzen auf den Tisch.

«Herr, ich bin ein Wurm», entgegnete Wang. «Aber was soll ich schreiben?»

«Schreib den Namen desjenigen auf, den du zum Präsidenten haben willst», erklärte der junge Mann.

Er sprach so ungeduldig, daß Wang nicht mehr zu fragen wagte, was «Präsident» bedeuten mochte.

Jetzt hörten bereits viele Leute der Unterredung zu, und der junge Mann wandte sich auf der Schwelle um und sagte, genau so wie früher, mit großartiger Betonung:

«Darum, meine Landsleute, ist die Zeit des Wohlergehens nahe. Die Reichen werden arm sein und die Armen reich werden.»

Wang spitzte die Ohren. Wie war das — die Armen wurden reich? Schüchtern, denn er fürchtete den Zorn des jungen Mannes, fragte er dazwischen: «Herr, wie soll das sein?»

«In allen Republiken ist es so», erklärte der junge Mann. «In Amerika leben alle Menschen in Palästen, und nur die Reichen müssen arbeiten. Sowie die Kaiser abgeschafft sind und die Revolution kommt, geschehen solche Dinge. Deshalb ist auch mein Haar geschnitten. Ich will damit zeigen, daß mein Geist frei ist. Ich bin ein Revolutionär. Ich und die anderen Revolutionäre, wir wollen die Nation retten und die Armen und Unterdrückten erheben!»

Er verneigte sich und wollte gehen. Wang Lung hockte noch immer auf seiner Tragstange, zu der er vor dem Zorn des jungen Mannes geflüchtet war. Da saß er nun, gerade an der Tür, und starrte vor sich hin wie im Traum, und der junge Mann konnte nicht vorbei. «Aus meinem Weg, du Kerl!» schrie er und stieß verachtungsvoll die Stange mit dem Fuß an.

Wang Lung erhob sich schleunig, stellte seine Körbe auf die Straße und sah dann zu, wie der junge Mann sich entfernte, während das blaue Gewand hin- und herschwang, von einer Seite zur andern.

Von all dem Gesprochenen hatte Wang nur eins erfaßt, daß nämlich die Armen reich werden sollten. Diese Hoffnung hegte er zwar sein ganzes Leben lang, aber während der letzten Jahre hatte er sie als aussichtslos fallenlassen. Schon seine Vorfahren arbeiteten auf dem Stückchen Land, das er bebaute, und keiner war jemals reich geworden. Aber jetzt schien das alles richtig; jetzt, da der Kaiser tot war, blieb nichts mehr unmöglich.

Nachdenklich blickte er die Straße hinab und sah, wie das blaue Gewand in der grauen Ferne verglomm. Sollte er jemals reich werden, so würde er sich genau das gleiche kaufen, genauso weich und leuchtend und warm. Er sah an sich hinunter, auf seine geflickten gelblichen Hosen und seine nackten braunen Füße. Er sah sich in diese Wärme, in diesen Glanz gehüllt. Doch als er den Kopf neigte, fiel sein Zopf nach vorn, der war fleckig von Sonne und Wind und seit vielen Tagen nicht gekämmt. «Wie kann ich mein neues Gewand tragen mit solch einem Kopf?» stöhnte er.

Es schien ihm, als wäre das Gewand bereits um seinen Körper geknöpft, mit genau den gleichen vergoldeten kleinen Knöpfen, die der junge Mann trug. Und so zählte Wang, obgleich er nur ein wenig grünes Gemüse verkauft hatte, sorgfältig seine Münzen, ging die Straße hinunter zu dem Stand eines wandernden Barbiers und rief:

«Scher mir den Kopf kahl, und ich will dir zehn Kupferstücke geben!»

So wurde Wang zum Revolutionär.

Aber er selbst wußte nichts davon. Als er des Abends in sein Dorf heimkehrte, sahen die Bauern, die müßig auf den Tennen vor ihren Häusern saßen, daß er geschoren war wie ein Mönch, und sie begannen zu lachen. Niemand wußte etwas zu sagen, außer Wang Lius Einzigem, der täglich zur Schule in die Stadt ging und daher mehr verstand als die anderen. Der rief nun:

«Das ist ein Revolutionär! Mein Lehrer sagt, daß nur Revolutionäre ihr Haar abschneiden!»

Wang Lung war sehr verlegen, als er diese Worte hörte. Er wußte nichts von Revolutionären und hatte Angst, denn er war unabsichtlich zu etwas geworden, wovon er nichts wußte. So stellte er seine Körbe lärmend nieder, damit man ihn nicht für aufgeregt oder verändert halte, und schrie seine Frau an, wie er es jeden Abend tat:

«Nun, du Mutter von Sklavinnen, wo bleibt der Reis? Ich habe meinen kostbaren Atem den ganzen Tag lang dazu verwendet, um Nahrung für dich zu beschaffen, und jetzt, da ich des Abends erschöpft nach Hause komme, finde ich nicht einmal eine Schale Tee vor.»

Die Dörfler sahen sofort, daß er sich benahm wie immer, und verschwanden von seiner Tür, und sie bestaunten nur mehr sein Aussehen. Aber der Spitzname blieb ihm. Von diesem Tag an hieß er «Wang der Revolutionär», und nach und nach verlor der Name jede Bedeutung, außer daß er eben ihm gehörte.

Wang selbst dachte noch lange an das blaue Gewand, das er sich machen lassen würde, sobald er reich war. Anfangs wartete er von Tag zu Tag auf dieses Wunder, und als sein Haar wuchs, glättete er es mit zwei Fingern, die er in Bohnenöl getaucht hatte. Aber dem Frühling folgte der Sommer, der Herbst erstarb zum Winter, das Jahr gebar ein neues Jahr, und sein Leben war das gleiche wie stets. Noch immer mußte er arbeiten, von früh bis spät, und noch immer hatte er keine Söhne. Schließlich wurde er zornig in den Tiefen seines Gemüts, so daß er des Nachts auf seinem Bette keinen Schlaf fand.

Nicht daß ein einzelner Grund ihn aus der Fassung gebracht hätte. Vielmehr bedrängte ihn mancherlei, und das vermehrte seine Empörung über sein Schicksal, das ihm anscheinend ein geruhsames Alter versagte. Dieser Gedanke erzürnte ihn so sehr, daß er jeden Tag dreimal sein Weib schmähte und zu ihr sprach: «Verflucht ist die Erde voll nutzlosen Samens!»

Wann immer er erfuhr, daß andere Frauen Söhne geboren hatten, kam er sich mißbraucht vor und knirschte mit den Zähnen. Er wurde zornig, wenn der Preis für Tuch und Öl und Brennstoff stieg, denn er konnte dem Boden nicht mehr Ertrag abzwingen. Jeden Tag in der Stadt wurde er zornig, weil er sah, wie in Samt und Seide gekleidete Männer in den Straßen herumlungerten und über den Tischen in der Teestube schliefen und auf den Pulten der Läden spielten, während er auf dem Weg zum Markt seinen Rücken unter der Last krümmen mußte, um jene zu ernähren. Schließlich machte ihn jede Kleinigkeit wütend: wenn eine Fliege sich auf sein verschwitztes Gesicht setzte, schrie und schlug er um sich, als wäre sie ein toller Hund, so daß die Leute, die ihn sahen, riefen: «Da ist ein Narr, der Fliegen anbrüllt!» Und das geheime Sinnbild seiner Wut war jenes blaue Gewand, das er niemals kaufen konnte.

Eines Tages ging er wie gewöhnlich in der Stadt durch die Straßen des Konfuzius-Tempels, und da stand auf einer hölzernen Kiste ein junger Mann und redete laut. Er war bloß ein weißgesichtiges Bürschchen und trug ein langes schwarzes Kattungewand. Er bewegte die schmalen, kindlichen Hände und blickte ruhelos über die Köpfe der Leute, die sich um ihn scharten. Wang Lung sagte sich, er sei müde und wolle daher stehenbleiben, um diese Neuigkeiten anzuhören. Er setzte sich auf seine Körbe und trocknete das Gesicht mit dem Handtuch, das ihm im Gürtel hing.

Zuerst konnte er nicht verstehen, worum es ging. Er erwartete, etwas von Kaisern und Republiken zu hören, aber statt dessen sprach der Junge von Ausländern. Er hatte eine schwache Stimme, die sich brach, wenn er schreien wollte, und er rief:

«Sie haben uns getötet und sind auf uns herumgetrampelt. Sie sind Imperialisten — Räuber aus aller Herren Ländern!»

Wang Lung lauschte und wunderte sich. Er wußte nichts von Ausländern. Zwar hatte er sich stets gefreut, wenn er welche sah; denn sie waren sonderbar anzuschauen, und man konnte Wunderdinge von ihnen im Dorf erzählen. Aber was für Menschen das in Wirklichkeit waren — diese Frage hatte sich ihm noch nie aufgedrängt. Auch jetzt interessierte sie ihn nicht sehr, und daher griff er nach seiner kleinen Bambuspfeife. Jedenfalls wollte er ein wenig Tabak verqualmen, ehe er weiterging. Und dann hörte er, wie der Junge mit seiner hohen, gebrochenen Stimme kreischte:

«Diese Reichtümer gehören uns! Häuser und Boden und Gold und Silber haben sie uns weggenommen! Sie leben wie Könige, und wir sind ihre Sklaven! Dampfwagen und Musikmaschinen, Kleider aus blauer und roter und gelber Seide — wie Könige! Nieder mit den Kapitalisten! Tausend mal tausend Jahre für die Revolution, wann die Armen reich und die Reichen arm werden!»

Wang Lung stürzte vor und ließ die Pfeife fallen. Die Armen wurden reich? Wieder? Er drückte sich an die Seite des Jungen und fragte mit einer Art ungestümer Schüchternheit:

«Herr, wann soll das sein?»

Der Bursche wandte ihm zwei glühende Augen zu, die nichts sahen, und antwortete:

«Jetzt, jetzt! Wenn die Revolutionäre in die Stadt einziehen, gehört alles dir. Nimm, was du magst. Genosse, bist du ein Revolutionär?»

«Man nennt mich Wang den Revolutionär», antwortete Wang Lung schlicht.

Aber der Bursche hörte ihm nicht zu. Er kreischte:

«Nieder mit den Kapitalisten, nieder mit den Ausländern, nieder mit der Religion, nieder mit dem Imperialismus! Tausend mal tausend Jahre für die Revolution, wann die Armen reich und die Reichen arm werden!»

Als Wang Lung dies hörte, wußte er plötzlich, was das hieß: Revolution, Kapitalismus, Imperialismus, Religion, diese Worte hießen nichts, aber er verstand, daß die Armen reich und die Reichen arm werden sollten. O ja, dann war er ein Revolutionär.

Er blieb stehen und starrte den jungen Mann an, und während er noch immer den Blick nicht abwandte, erschien plötzlich ein Polizist mit aufgepflanztem Bajonett. Ehe noch jemand begriff, was der Polizist wollte, setzte er es am Rücken des Burschen an. «Ins Gefängnis mit dir, du junger Revolutionär!» sagte er laut und schroff, «und dann werden wir sehen, wie rasch du reich wirst.» Der junge Mann, der plötzlich zu einem gelbgesichtigen Gespenst geworden war, stieg wortlos herab und marschierte davon, und der Polizist trieb ihn freundlich von hinten mit dem Bajonett. Die Menge zerstob wie eine Wolke vor der Sonne, und Wang Lung packte in großem Schrecken und voll Verwirrung seine Körbe zusammen und trottete schleunigst auf den Markt.

Er hatte große Angst und sprach den ganzen Tag mit niemandem ein Wort. Des Abends schirrte er den Wasserbüffel an den Pflug, statt

wie gewöhnlich über einer Schale grünen Tees einzuschlafen, und er
pflügte den Kartoffelacker, bis der Mond hinter den Weiden verschwand, und man die Furchen nicht mehr sah.

Am nächsten Morgen stand er zeitig auf, um zum Markt zu gehen.
Als er sich den Stadttoren näherte, sah er, daß sie mit großen neuen
Papierblättern beklebt waren, die Schriftzeichen trugen. Die starrte
er lange Zeit an und fragte sich, was sie bedeuten mochten, aber da
er nie im Leben ein Schriftzeichen hatte lesen können, wußte er
nichts damit anzufangen. Schließlich bat er einen älteren Mann, der
vorbeiging, sie für ihn zu lesen, weil er an dessen großer Hornbrille
und dem langsamen Gang erkannte, daß es ein Mann von Bildung
war. Der Gelehrte blieb stehen und las jedes Wort sehr genau, und
Wang Lung wartete geduldig, obgleich die Sonne höher und höher
stieg, und ihre Strahlen bis in den tiefen Torbogen fielen. Endlich
wandte sich der alte Mann Wang wieder zu und sagte:

«Diese Worte gehen andere Leute an als dich, mein armer Bursche. Sie verkünden, daß Revolutionäre in der Stadt entdeckt und
enthauptet worden sind.»

«Enthauptet?» keuchte Wang Lung.

«In der Tat», erwiderte der Gelehrte und sah tiefsinnig drein.
«Außerdem steht da, daß du, wenn du zur Brücke der Drei Schwestern gehst, ihre Köpfe in einer Reihe sehen kannst. Unser Gouverneur wird keinen dieser Aufrührer aus Kanton dulden.» Und der Gelehrte ging weiter, während sein Gewand in einem Übermaß an Würde von einer Seite zur andern schwang.

Wang Lung stand noch immer da und starrte die verschnörkelten
Schriftzeichen an, krank vor Angst. Hieß er nicht «Wang der Revolutionär?» Er verfluchte das blaue Gewand, das ihn in diese Klemme
gebracht hatte. Seine Sehnsucht nach Reichtümern war völlig vergessen, und eine entsetzliche Furcht zog ihn zu der Brücke der Drei
Schwestern. Er ließ seine Körbe im Heißwasser-Laden eines Vetters
mütterlicherseits achten Grades achten und wanderte zur Brücke, die eine
Meile entfernt war, obzwar ihn der Zeitverlust hart ankam, denn
sein Gemüse trocknete aus in der Mittagshitze.

Er sah, daß der alte Gelehrte die Wahrheit gesprochen hatte. Da
staken auf der Brücke an sieben Bambuspfählen sieben blutende
Köpfe, geneigt über zerfetzte, abgetrennte Hälse; Köpfe mit Locken
schwarzen Haars, das über ausdruckslose, halbgeschlossene Augen
fiel. Einem Kopf stand der Mund offen, und die Zunge hing heraus,
halb durchgebissen von den fest verschlossenen weißen Zähnen.
Wang Lung sah näher hin und erkannte mit einem Schauer des Ent-
setzens in seinem Herzen, daß es der Kopf des jungen Mannes war,
dem er gestern zugehört hatte. Doch stammten alle Köpfe von sehr
jungen Burschen.

Auf dem Platz stand eine höhnende Menge. Ein alter Mann mit
zerbrochenen Zähnen spuckte auf den Boden und rief: «Seht ihr,
wie es Revolutionären ergeht?»

Wang fuhr auf bei diesen Worten. Revolutionäre? Wenn nun irgendeiner seiner Bekannten vorüberkam und ihm zurief, wie das so

oft geschah: «Ah, Wang der Revolutionär! Hast du schon gegessen?» Es war bloß eine nichtssagende Begrüßung, die ansonsten keine Bedeutung hatte, aber heute konnte sie alles bedeuten. Er eilte hinweg.

Von da an schuftete er viel und sprach wenig. Er beklagte sich nicht einmal bei seiner Frau, so daß diese schließlich erschrocken zum blinden Wahrsager des Dorfes ging und fragte, ob ihrem Mann nicht eine Krankheit bevorstehe. Aber Wangs ganzer Schrecken lag darin, daß er fortwährend im Geiste einen achten Kopf neben den sieben sah, die auf der Brücke der Drei Schwestern schon aufgepflanzt waren. Des Abends, wenn er nicht mehr arbeiten konnte, gewahrte er ganz deutlich seinen eigenen toten Kopf mit halbgeschlossenen Augen und verzogenen grauen Lippen. Als sein Vetter dritten Grades an der Tür vorüberging und fröhlich rief: «Was hat Wang der Revolutionär heute in der Stadt erfahren?», eilte Wang mit Riesenschritten zur Tür und verfluchte ihn für viele tausend Jahre und wollte vom Erstaunen des andern nichts hören. Das Ärgste war, daß er niemandem von seiner Angst erzählen konnte. Sprechen hieß, sich das Messer an den Hals hetzen.

Von jenem Tag an haßte er alles. Er haßte die Erde, die sein Leben auffraß und immer mehr Arbeit verlangte. Er haßte die Nachbarn, denen er seine Ängste nicht auseinandersetzen konnte; er verachtete die Dörfler, die sich damit begnügten, so zu sein, wie ihre Vorfahren gewesen, groben Kattun zu tragen und nichts als braunen Reis zu essen. Er haßte die Stadt mit ihren Straßen voll sorgloser, müßiger Menschen.

Je mehr sein Haß wuchs, desto geringer ward seine Angst. Er hörte nichts mehr von Revolutionen und wurde um so zorniger, denn er sah jetzt keine Möglichkeit für die Armen, reich zu werden. Er dachte über die Reichen nach, und er haßte sie. Er wußte, wie diese Reichen aussahen. Einmal im Jahr ging er zu den Edelleuten des Dorfes, um ihnen seine Ehrerbietung zu bezeigen, wie es die Sitte vorschrieb, und da sah er Seidenvorhänge an den Türen und Seidenkissen auf den geschnitzten Stühlen. Selbst die Dienstleute waren in Seide gekleidet. Wang selbst aber hatte noch nie in seinem ganzen Leben Seide berührt, außer einmal heimlich in einem Tuchladen, um zu spüren, wie weich sie war.

Und die Ausländer — der Bursche hatte gesagt, daß sie am allerreichsten seien. Jetzt hörte er manchmal in den Teestuben von ihnen. Sie saßen auf Sesseln aus Gold an Tischen aus Silber. Über weite Strecken von Samt gingen sie genauso nachlässig wie er über das wilde Gras zur Seite der Landstraße. Auf ihren Betten lagen juwelenbestickte Brokatdecken. Reichtum! Mit der Zeit haßte er die Ausländer mehr als alles andere, weil es ungerecht schien, daß Ausländer wie die Könige lebten, solange noch ein einziger Chinese so arm war wie er. Zuerst hatte er nur gewünscht, die Armen sollten reich werden, aber nun, da er an das Unrecht dachte, das ihm widerfuhr, wünschte er genauso sehnlich, die Reichen würden arm.

Da Wang diese Dinge ununterbrochen im Kopf wälzte, konnte er nicht mehr so viel leisten. Er war derlei Probleme nicht gewöhnt und fand es daher unmöglich, gleichzeitig das Feld zu bestellen und nachzudenken. So mußte er mit der Arbeit innehalten, wenn seine Gedanken zuviel für ihn wurden. Da er weniger zuwegebrachte als in den alten Tagen, wurde er ärmer und ärmer, bis seine Frau ihn anschrie:

«Ich weiß nicht, woher wir das Baumwollfutter für unsere Winterkleider nehmen sollen. Es wird nicht möglich sein, unsere Körper von innen zu nähren und von außen zu kleiden — beides zur selben Zeit.» Diese Rede erzürnte ihn sehr, so sehr, daß er mit den Zähnen knirschte, ohne zu wissen warum.

Eines Tages stellte er in großer Schwere des Gemüts seine Körbe kurzerhand bei der Teestube ab und beschloß, an diesem Tag nichts zu arbeiten, komme was kommen mochte, denn all seine Arbeit brachte ihn dem Reichtum nicht näher. Er setzte sich an einen Tisch nahe der Tür und bestellte eine Schale Tee. Es saß noch ein Mann am Tisch, ein jüngerer Mensch in langem schwarzem Kattungewand, mit kurzem, steil aus der Stirn gebürstetem Haar. Er sah Wang Lung an, der sich mit dem Handtuch das feuchte Gesicht trocknete, und sagte leise: «Du schuftest zu viel, Genosse.»

«Das tue ich allerdings, Herr», entgegnete Wang seufzend und zog über seine Schultern die graue geflickte Jacke, die er in der Hitze des Gehens abgelegt hatte. «Aber was ist dagegen zu tun? Bei dem Preis, den der Reis heute hat, und mit einem Haus voll müßiger Weiber, die ernährt werden müssen, reißt die tägliche Arbeit mir das Fleisch von den Knochen.»

«Du bist arm, sehr, sehr arm», flüsterte der junge Mann und beugte sich vor, «und du solltest reich sein.»

Wang Lung schüttelte den Kopf. Er wollte sich nicht wieder verwirren lassen durch dieses Wort «reich» im Munde eines jungen Mannes. Er goß sich eine Schale Tee ein und schlürfte laut, dankbar für die Erwärmung seines rasch abgekühlten Körpers.

«Du arbeitest und hungerst, während andere spielen und essen», setzte der junge Mann fort.

«Das ist wahr», sagte Wang unvermittelt.

«Und doch bist du ein guter Mensch und verdienst weit Besseres als jene.»

Wang Lung schüttelte den Kopf und lächelte ein wenig.

«Natürlich ist das wahr», beharrte der junge Mann. «Ich sehe es an deinem ehrlichen Gesicht. Erlaube mir, dir noch Tee einzuschenken.» Er erhob sich und füllte Wang Lungs Schale so höflich mit Tee, als wäre Wangs Rock ganz neu.

Wang Lung stand auf, um zu danken, und er sagte bei sich: «Wie klug ist dieser junge Mann! Er hat sofort meinen Wert erkannt.» Laut fragte er: «Herr, wo ist Euer erhabener Palast?»

Doch der junge Mann gab zurück: «Oh, auch ich bin arm. Aber ich bin gekommen, um dir und deinen Freunden zu sagen, daß ihr bald reich sein werdet. Wenn die Revolutionäre in die Stadt kommen...»

Wang sprang hastig auf die Füße. «Ich bin kein Revolutionär», erklärte er.

«Nein, nein», sagte der junge Mann begütigend. «Du bist ein guter Mensch, das merkt man.»

Wang Lung setzte sich wieder nieder. Schon fühlte sich die scharfe Luft eisig an auf seiner schweißfeuchten Haut. Er zog die Kleider enger um den Leib.

«Du bist zu arm», sagte der junge Mann. «Ich bedaure dich von ganzem Herzen.»

Wang Lung tat sich selbst sehr leid. Noch nie hatte ihn jemand bedauert. Es gab sogar Leute, die ihn für glücklich hielten, denn obwohl er mit einer Familie von Weibern belastet war und sich gezwungen sah, schwer zu arbeiten, war er doch der einzige Sohn seines Vaters und würde eines Tages die sechs Morgen Erbland und das lehmverputzte Haus mit den drei Zimmern sein eigen nennen. So stiegen ihm jetzt bei dem Gedanken, daß jemand wirklich erkannte, wie arm und überbürdet und bedauernswert er sei, die Tränen in die Augen. «Das ist wahr», sagte er mit gebrochener Stimme.

«Und das ist ungerecht», setzte der junge Mann fort. «Du bist gescheit. Das sieht man. Du verdienst, reich zu werden. Auch das sieht man. Aber dein Tag wird kommen. Wenn die Revolutionäre in die Stadt einziehen, werden die Armen reich und die Reichen arm werden.»

«Wie das?» fragte Wang Lung und beugte sich vor, um die Antwort aufzufangen, denn sie sprachen sehr leise miteinander.

Der junge Mann blickte hastig um sich.

«Wie niemand anderer sind die Ausländer mit Reichtümern überladen», entgegnete er flüsternd. «Sie werfen Silber als wertlos weg, weil ihnen nur am Gold liegt. Sogar die Mauern ihrer Häuser sind mit Gold ausgefüllt, mit Gold, das sie uns Chinesen gestohlen haben. Warum würden sie sonst hier im Lande bleiben? Warum kehren sie nicht in ihre Heimat zurück? Sie nehmen uns das Gold weg, so daß für dich und mich keines mehr übrigbleibt. Es gehört uns. Wenn die Revolutionäre kommen, sei bereit!» Und unvermittelt erhob sich der junge Mann und verließ die Teestube.

Wang Lung, der sich an die Köpfe erinnerte, die er gesehen, wagte nicht einmal, sich die Worte des jungen Mannes ins Gedächtnis zurückzurufen. Nur wenn er an das Gold dachte, das die andern besaßen, vor allem die Ausländer, die kein Recht darauf hatten, war er sehr erbittert. Bei sich sagte er: «Sicher haben sie ganze Truhen voll blauer Kleider wie das meine!»; und plötzlich glaubte er das blaue Gewand wieder zu sehen, in seiner ursprünglichen Schönheit, und er war krank vor Sehnsucht nach seiner Wärme und Leuchtkraft.

Nicht mehr als einen Monat später erfuhr er, daß die Revolutionäre sich der Stadt näherten. Er hatte nicht vergessen, was der junge Mann damals sagte: schließlich mußte das jahrelange Reden von der Revolution doch Wirklichkeit werden! Eines Tages auf dem Markt, als er mit einem Kunden um ein Pfund Kohl feilschte, flüsterte ihm jemand ins Ohr: «In zehn Tagen sei bereit.»

Wang Lung wandte sich rasch um und sah den jungen Mann, der ihn damals so sehr bedauert hatte. Obzwar er gerne etwas sagen wollte, blieb der andere nicht stehen, und der Kunde schrie ungeduldig: «Nun also, du Sohn eines Räubers, zwei Kupferstücke!»

Wang Lung war gezwungen zu antworten wie immer: «Niemals! Ich will verhungern, wenn ich es billiger gebe als um vier!»

Bei sich sagte er: «Zehn Tage? Nun, wir wollen sehen, bis es so weit ist.»

Dann wartete er, halb zweifelnd, halb ängstlich. Aber bald konnte man merken, daß etwas im Anzug war. In die Stadt strömten schweigend, wie dunkles Wasser aus dem Fluß, Tausende und aber Tausende von Soldaten.

Er staunte und starrte den endlosen Zug an, der an der Teestube vorbeimarschierte. «Sind das Revolutionäre?» fragte er den Kellner.

Aber der Kellner warf ihm einen glühenden Blick zu und zischte ihn an:

«Sei still, o du doppelter Dummkopf! Sollen wir alle deinetwegen geköpft werden? Siehst du nicht die starken Knochen dieser Männer, und hörst du nicht das Rasseln der Worte in ihren Kehlen, und merkst du nicht, wie sie Brot fressen und Reis ablehnen? Sie sind aus dem Norden, Antirevolutionäre, und die Köpfe vieler Narren gleich dir hängen auf der Brücke.» Dann beugte er sich über Wang Lung, um ihm die Schale wegzunehmen, flüsterte: «In sieben Tagen sei bereit!» und verschwand.

Wieder diese Worte! Wang Lung fuhr auf. Bereit, wozu? Nun verlor er völlig den Kopf, und da er den ganzen Tag mit niemandem zu sprechen wagte, ging er verbissen seinen Geschäften nach und mied die Hauptstraßen, durch die unablässig der große Strom graugekleideter Gestalten wogte.

Dann, am Abend des nächsten Tages, stieg ein fürchterlicher Lärm aus dem Himmel herab. Donner brüllten hin und her und die Erde erbebte. Sie saßen gerade beim Nachtmahl um den runden Tisch, er und sein Vater und sein Großvater, während Frau und Töchter bedienten. Er legte die Eßstäbchen nieder, um besser zu lauschen, und unterschied zwei Arten von Lärm, der eine war ein lautes, in Zwischenräumen ertönendes Heulen und der andere ein tolles pup-pup-pup, das ihm äußerst mißfiel, denn er hatte noch niemals ein ähnliches Geräusch gehört. Er erhob sich, um nachzusehen, bekam aber Angst und wandte sich zu seiner Frau: «Geh und schau, was los ist!» befahl er.

Sie drückte sich die Wand entlang und lugte hinaus. Irgend etwas schlug vor ihr auf den Boden und warf sie zurück: fächerförmig sprühte Erde ins Zimmer und spritzte auf das Essen und über den Tisch. Entsetzen schlug alle nieder. Wang Lung stürzte zur hölzernen Tür, riß sie über die Öffnung und riegelte fest zu. Dann blieben sie im Finstern sitzen und wagten nicht einmal, die Bohnenöllampe anzuzünden, und sie hörten, wie die Erde auf das Dach schlug, und unaufhörlich drangen gebrochene Geräusche aus der Nacht.

Bei sich dachte Wang Lung voller Schrecken: «Ist das die Revolution? Wir alle werden daran sterben, und mein Leben wird vernichtet sein um ein blaues Gewand.»

Aber am nächsten Morgen war der Lärm in die Ferne abgestorben. Wang lugte aus der Tür und wurde augenblicklich sehr zornig. Sein Gemüseacker war zerstört, voller Löcher und mit Erde überschüttet. Er lief hinaus und verfluchte den Himmel und vergaß die Angst von gestern angesichts des Unglücks, das ihm widerfahren war. Er sammelte ein paar übriggebliebene Kohlköpfe: nicht einmal *ein* Korb wurde voll davon. Langsam ging er ins Haus zurück.

«Das ist das Ende meiner Tage», sagte er traurig zu seiner Frau. «Die Rüben werden erst in einem Monat reif. Was sollen wir essen?»

Die Frau setzte sich auf eine Holzbank, schaukelte hin und her und trocknete ihre Augen. «Ich bin so gut wie tot», schluchzte sie. «Nichts als Unglück mein ganzes Leben lang. Trotzdem, verkauf den Kohl. Er wird wenigstens etwas bringen, und wenn das ausgegeben ist, müssen wir hungern, bis die Rüben saftig werden in ihren Wurzeln.»

So schritt Wang Lung in tiefer Niedergeschlagenheit zur Stadt. Aber noch ehe er eine Drittelmeile zurückgelegt hatte, blieb er entsetzt stehen. Eine Leiche lag quer über der Straße! Er starrte ungläubig hin. Des Mannes Blut hatte sich über den Boden verbreitet, und die Ränder der Lache ringelten sich weiter. Es war nicht gut, neben einem Leichnam gesehen zu werden. Wang Lung erhob die Augen, um vorbeizugehen, und sah zu seinem Erstaunen ein Dutzend und mehr hingestreckter Gestalten, und hinter diesen noch andere. Waren alle Bewohner der Stadt durch den Zorn des Himmels in der vergangenen Nacht erschlagen worden? Er lief atemlos durch die Tore und fand in den Straßen eine wogende, singende, heulende Menge.

«Was ist geschehen? Was ist geschehen?» rief er und sprach den Nächststehenden an. Aber die Leute benahmen sich wie Irre, balgten und stießen, und Wang fand sich, ohne Antwort zu bekommen, fortgerissen in die Mitte des Haufens. «Was ist geschehen? Was ist geschehen?» rief er noch immer. Aber niemand sagte es ihm, und er konnte sich weder vorwärts noch rückwärts bewegen nach seinem eigenen Willen. Er begann sich zu fürchten. «Warum habe ich nicht die Mutter von Sklavinnen heute auf den Markt geschickt?» stöhnte er innerlich.

Da hörte er eine rauhe Stimme schreien: «Diesen Weg zum Haus des reichen Mannes! Diesen Weg zu den Ausländern!»

Sofort wußte er, was vorging. Es war die Revolution. Sein Herz schlug rascher, und er wurde eins mit der Menge, nur mehr bestrebt, nicht zertrampelt zu werden. Inmitten des Pöbels gab es Soldaten, aber nicht solche wie die Toten am Straßenrand. Sie waren klein und zart und sie riefen fortwährend in einer Art Rhythmus: «Vorwärts, vorwärts, Reichtum, Reichtum!»

Ihm wurde schwindlig. Er wußte nicht, was das alles heißen sollte und was geschehen war. Aber mit den übrigen riß es ihn fort, bis sie vor einem großen Tor in einer Ziegelmauer standen. Es war in einem Stadtteil, den er nicht recht kannte. Ein anderes Mal hätte er nicht im Traum gewagt, durch ein solches Tor zu treten. Doch heute war er vom wilden Wagemut der Menge erfaßt und überzeugt, zu allem das Recht zu haben.

Zwei Soldaten kämpften sich nach vorn und donnerten mit den Gewehrkolben an das Tor. Er starrte sie an und sah, daß ihre Gesichter rot waren wie von Wein und ihre Augen schrecklich und glitzernd wie Glas. Wieder und wieder schlugen sie gegen das Tor, bis schließlich ein Brett nachgab. Dann wandten sie sich dem Pöbel zu: «Alles gehört jetzt euch!» schrien sie. «Die Armen sollen reich werden und die Reichen arm. Tausend mal tausend Jahre für die Revolution!»

Aber die wogende Menge hielt einen Augenblick inne. Dann krochen die kühnsten unter den aufgeregten Männern und Weibern durch das Loch, riegelten das Tor auf, und nach und nach kamen langsam alle herein. Wang Lung war unter den ersten, und als er sich durch das Tor gedrückt hatte, richtete er sich auf und sah einen Augenblick neugierig um sich, auf das glatte Rasenviereck und die Reihen buntfarbiger Blumen. Alles war sehr sauber und still und kein Mensch zu sehen.

Die Leute zerstreuten sich gegen das zweistöckige Haus, das am Ende einer Ziegelmauer stand. Keiner schien recht zu wissen, was er wollte. Aber die zwei Soldaten sprangen auf die Stufen und donnerten gegen die Tür. Jemand öffnete sofort. Wang Lung konnte gerade noch eine große, fremdartig gekleidete Gestalt sehen und ein weißes, ruhiges Gesicht.

Dann sammelte sich die Menge plötzlich wieder und strömte ins Haus mit lautem, endlosem Gemurr, wie ein Tier, das über seiner Beute heult. Wang Lung hörte den Ton und Lust erfüllte ihn, stärker als die Lust an Speise und Trank. Er wurde plötzlich toller als ein wilder Hund, und knurrend wie die andern stürzte er vor, stieß und kämpfte sich durch den schmalen Eingang. Einmal drinnen, machten sie halt. Dann fegten sie die Treppe hinauf.

Dort zerbrach die Menge in Teile und wurde zu Einzelbestien, die um eine gemeinsame Beute fochten. Wang Lung focht mit den übrigen, obzwar er nicht einen Augenblick klar wußte, worum er kämpfte. Durch seine Hände ging vieles: Stoff, Glas, Papier, Holz. Einmal funkelte ein Silberstück vor ihm und er wollte zugreifen, aber als man es ihm wegriß, vergaß er über anderem, danach zu langen. Er hielt sich nicht auf damit, etwas zu betrachten, denn immer sah er in den Händen der andern Lockenderes.

Seine Augen brannten und flimmerten von hämmerndem Blut, und gleich den übrigen heulte er unaufhörlich, ohne zu wissen, daß er lärmte. Gier packte ihn, so groß, daß nichts daneben Platz fand in seinem Kopf. Über jeden neuen Schrank und jede neue Lade, die aufgebrochen wurde, fiel eine Horde ringender Männer her mit Kämpfen, Zerren und Wühlen. Obzwar Wang die Arme voll hatte, ließ er alles fallen und drängte sich heran, um zu erhaschen, was eben aufgefunden war.

Und dann, rasch wie ein Sturmwind, der vorüberfegt an einem Sommertag, stob die Menge hinaus. Da Wang zu den ersten zählte, die das Haus betreten hatten, gehörte er nun zu den letzten, die es räumten. Schließlich sah er sich allein, und wie einer, der aus dem Schlaf erwacht, blickte er um sich. Nichts mehr stand in dem Zimmer außer zwei zerbrochenen Sesseln, einem kleinen Tisch und einer Kommode mit gähnenden Löchern anstelle der herausgerissenen Laden.

Da erst kam er zu Bewußtsein. Was machte er hier? Es war ein ausländisches Haus. Er sah die Stühle an. Sie waren aus gewöhnlichem Holz. Auch der Tisch bestand aus billigem Holz und nicht aus Gold, wie man ihm erzählt hatte. Die Wände waren getüncht und kahl, und der Boden aus derben, gestrichenen Brettern.

Zum erstenmal blickte er neugierig auf die Dinge in seinen Händen: ein Kinderkleid aus weißem Baumwollstoff, ein großer Lederschuh, zwei Bücher mit steifen Deckeln und voll sonderbarer Zeichen, und eine kleine abgenützte Lederbörse, die einen Dollar und mehrere Kupfermünzen enthielt. Nichts darunter erinnerte auch nur entfernt an das blaue Gewand.

Er seufzte und fühlte sich plötzlich sehr müde, und dann kniete er nieder, verpackte alles sorgfältig in das Kinderkleid und wandte sich zum Gehn. Rasch und leicht war er die Treppe heraufgekommen, aber nun fand er sie unbequem und sonderbar, denn er hatte Stufen noch nie betreten. Er schulterte sein Bündel, hielt sich am Geländer fest und schritt steif hinab. Er war ganz erschöpft.

Unten fand er ein paar Weiber beim Auflesen von Gegenständen, die die andern in der Eile hatten fallen lassen. Wang Lung blieb stehen, denn er hoffte etwas Wertvolles zu finden. Aber es lagen nur viele Bücher verstreut umher und ein oder zwei Holzsessel, ein zweiter Holztisch, ein zerrissenes, zertretenes Bild — nichts, was irgendwie von Wert sein konnte. Er sah ein Endchen graues Tuch, beugte sich nieder und bemerkte dabei eine kleine Gruppe in einem inneren Zimmer.

Es waren Menschen, wie er sie noch nie gesehen hatte — ein Mann, eine Frau, zwei Kinder, und sie standen nahe beisammen. Ihre Wäsche war zerfetzt und beschmutzt, und die Kleider fehlten ihnen ganz. Die Frau hatte ein Stück Stoff um die Schultern gezogen. In der Stirn des Mannes klaffte ein Schnitt und ein Blutrinnsal sickerte herab zu beiden Seiten seines weißen Gesichtes. Wang Lung hatte noch niemals so rotes Blut gesehen.

Er starrte sie an und sie schauten unbewegt und schweigend zurück, nicht einmal die Kinder gaben einen Laut von sich. Schließlich fand er es schwer, diesen Blick auszuhalten. Er sah weg und dann wieder hin, und der Mann sagte etwas in einer sonderbaren Sprache. Die Frau lächelte ein wenig bitter, und alle schauten ihn weiter an mit ihren glänzenden und ruhigen Augen.

«Diese Leute fürchten sich nicht!» sagte Wang Lung laut, und als er seine eigene Stimme hörte, schämte er sich plötzlich und lief rasch durch das Tor hinaus.

Die Straßen waren verödet, nur in der Ferne konnte er den Pöbel heulen hören. Nach einem Augenblick des Zögerns machte er kehrt und ging festen Schrittes seinem Hause zu. Noch immer lagen die toten Soldaten auf der Straße und Fliegen sammelten sich in der heißen Sonne. Landleute eilten vorbei, in der Richtung zur Stadt. Sie fragten Wang Lung viele Male, was dort vorging, aber er schüttelte nur den Kopf. Er hatte genug von allem. An nichts lag ihm mehr auf dieser Welt.

Als er nach Hause gekommen war, legte er das Bündel auf den Tisch und sagte zu seiner Frau:

«Hier ist mein Anteil an der Revolution!»

Dann ging er in das innere Zimmer und warf sich aufs Bett. Er entsann sich keines Eindrucks mehr genau, nur des sonderbaren, klaren Blicks jener ausländischen Augen. «Sie fürchteten sich wirklich nicht!» murmelte er. Und dann drehte er sich um und sagte: «Ich glaube nicht einmal, daß es reiche Leute waren.»

Im Nebenzimmer hörte er die Frau ausrufen: «Mit diesen Büchern kann man nichts anfangen als Schuhe besohlen, aber von dem Dollar wenigstens können wir leben, bis die Rüben reif sind!»

Die Revolutionärin

Am nächsten Morgen um sechs Uhr früh sollte sie hingerichtet werden. Das war das einzige, was völlig klar und völlig gewiß in ihrem Bewußtsein feststand nach diesen wirren, wilden Monaten. So wie sie selbst in vergangenen Zeiten, beim Nähen in der Handarbeitsklasse der Missionsschule, ein neues Stück Stoff mittendurch geschnitten, und seine Neuheit damit für immer vernichtet hatte, so würde morgen früh jemand ihr Leben durchschneiden und ihr Bewußtsein trennen von jenen erstaunlichen, brennenden Erinnerungen, die noch immer heiß waren in ihrem Herzen. Es hatte ihr Freude gemacht, den Stoff so entzweizuschneiden. Selbst wenn das weiße Leinen zusammengerollt dalag, vorgerichtet, um am nächsten Tag genäht zu werden, sammelte sie die Reste von Tisch und Boden und schnitt immer wieder hinein, bis nur ein kleiner Stoß wertloser Schnitzel übrigblieb. Es war nie mehr als ein Häufchen — die scharfäugige Handarbeitslehrerin achtete darauf —, ein kleines, wertloses Häufchen, so wie sie morgen eines war, nachdem man sie mit Hunderten von andern an die Wand gestellt. Unter diesen vielen würde man sie kaum erkennen, nichts gab es, was ihren toten Körper von einem zweiten unterschied. Niemand kam, um ihn wegzuschaffen; niemand wußte, daß sie solcherart in einem Gefängnis eingepfercht war. Nicht ein mal in diesen zehn Monaten, seit die Revolutionäre die Stadt betreten hatten, dachte sie mit einem Gedanken an ihre Eltern, zumindest nicht länger als einen Augenblick der Ungeduld über deren Unwirklichkeit. Es waren stumpfe, dumme Leute, die in der feststehenden Ehrbarkeit eines gutbürgerlichen Landheims lebten. Feststehend? Nichts stand fest, außer dem einen — daß man sie morgen um sechs Uhr früh erschoß.

Das war das Herrliche an diesen Monaten gewesen, daß alles verändert wurde, alles zerstört und wundervoll wieder aufgebaut. Was war sie für ein Kind damals vor zehn Monaten, als sie nähend in ihrem Pensionat saß und langweilige Lehrerinnen zwischen den Pulten auf- und abgingen — dumme amerikanische Weiber, die beim Sprechen die Worte mit den unbeholfenen Zungen zerquetschten. Damit wurde schnell aufgeräumt. In einem Tag war die Schule auf den Kopf gestellt. Alles war auf den Kopf gestellt. Die Revolutionäre kamen durch die Straßen anmarschiert, singend, trunken vom Singen, aber nicht von Wein. *Ein* Geist hatte sie alle erfaßt, so daß die andern Mädchen, jede einzelne, sich vor ihnen fürchteten. Sie fürchtete sich nicht. Sie beugte sich aus dem Fenster und sah hinunter, sah die weiße Sonne auf ihren Fahnen, den Fahnen einer neuen Welt, und sie beugte sich stärker vor und rief: «Tausend mal tausend Jahre für die Revolution!» All die leidenschaftlichen Gesichter wandten sich ihr zu beim Klang dieser Stimme, wie die Blätter eines Baumes im Wind sich wenden. Hunderte von Gesichtern blickten sie plötzlich an, und alle glichen einander, bronzefarben, mit schwarzen Augen. Alle — nur nicht das eine. Warum dachte sie an ihn? Sie wollte nicht — nein, da nur mehr diese wenigen Stunden ihr blieben.

Ungestüm waren die Leute in den Schulhof gekommen, in diesen dummen, öden Hof, in dem man Tag für Tag unwillig unter dem scharfen Befehlston einer Lehrerin Marsch- und Freiübungen gemacht hatte: «Kopf hoch, bitte. Siu-mei, Kopf hoch! Und jetzt, tief atmen — eins, zwei, eins, zwei.» Das war schnell erledigt, als die Revolutionäre hereinmarschierten und für immer dieses dürftige Stückchen Schulhof verklärten. Laut rufend waren sie gekommen, und die Ausländerinnen mußten fliehen, so schnell es ging. Ein paar Mädchen weinten und versteckten sie im Heizhaus. Damit wollte sie nichts zu tun haben; sie sah die Lehrerinnen niemals wieder. Laß sie laufen. Sie wollte diese wenigen Stunden nicht vergeuden mit der Erinnerung an jene, jene langnasige Frau — wozu sich auch ihres Namens erinnern? All das war vorbei für immer.

Ein paar Mädchen fürchteten sich, als die festen grauen Soldaten singend durch das Tor kamen. Die dicke Meiling — wie war sie kreischend davongelaufen und hatte versucht, sich zu verstecken und ihren fetten Körper in die unmöglichsten Ecken hineinzuzwängen! Als ob ein Mann die je begehrt hätte! Aber sie hatte sich nicht gefürchtet. Sie stand bei der Tür und hielt sie offen und als die Soldaten mit Gesichtern, wie die Gesichter von Falken, und mit glitzernden Augen hereinfegten, salutierte sie und rief wieder: «Tausend mal tausend Jahre für die Revolution!» Alle diese Gesichter erschienen ihr gleich: nicht eines leuchtete mehr als das andere. Dann war jener Eine vorgetreten und hatte seinen Arm um ihre Schultern gelegt, er, der keinem zweiten glich mit seiner hellen Haut und den blauen Augen, — höher um Kopf und Schultern als alle, die sie je gesehen.

«Die gehört mir, Genossen!» Nicht im Traum hätte sie gedacht, daß ein Ausländer so Chinesisch sprach, fast ohne Akzent. Sie sah ihn an, als hätten sich die Himmel plötzlich über ihr geöffnet, und er schlug sie auf den Rücken und lachte ein herrliches, lustvolles Lachen, das in seiner starken weißen Kehle schwang.

Warum sollte sie an ihn denken, da sie morgen tot war? Aber sie hatte nur mehr an ihn gedacht seit jenem Augenblick, an nichts anderes mehr. Weshalb sollte sie nicht den Versuch machen, sich zu erinnern, worum sie starb, und wo ein wenig Kraft zu finden war, um zu sterben?

Er hatte sie den ganzen Tag nicht von seiner Seite gelassen, wirbelte sie überallhin in der Umschlingung seines Arms und sagte dutzendmal mit seiner starken Stimme: «Keine Angst? Ja, das ist eine Genossin für mich! Ich hasse sie, wenn sie davonlaufen und kreischen und sich verstecken. Einmal eine, die sich nicht fürchtet, mit mir zu kommen!»

Sie sagte nicht ein Wort; sie konnte kein Wort sagen: wenn sie ihn ansah, hatten Worte nicht Raum. Es gab ja nichts zu fürchten — was lag daran, was er mit ihr tat? Er deckte sie mit seiner Decke zu in jener Nacht im Schatten eines ausgeraubten Hauses, als die Männer sich erschöpft hatten in Brennen und Plündern, und ihr Singen zu einer Orgie geworden war von Geschrei und Gekreisch.

Tote lagen überall umher, Männer, Frauen und Kinder, und in jeder Stellung und Reihenfolge waren die Leichen hingeworfen worden. Zuerst hatte man nur umgebracht, wer Widerstand leistete, aber mit der Zeit wurde die Unterscheidung schwer, und so begannen ein paar niederzumetzeln, was ihnen in den Weg kam. Toll waren sie alle zum Schluß — nur der nicht, dessen Arme sie festhielten an jenem Tag. Er lachte ein bißchen, die ganze Zeit über, und seine Augen glänzten. Er tötete kaum jemanden — einmal einen fetten, verängstigten Kaufmann in Seidengewändern, der zitternd aus seinem Haus gelaufen kam, als die Soldaten plündernd eindrangen. Der Alte war umgefallen wie ein abgestochenes Schwein, und seine wabbelnden Wangen erstarrten zu Wachs, nachdem er sich einen Augenblick auf dem Kieselpflaster in Zuckungen gewunden hatte. Sie war nicht im mindesten erschrocken, und er zog sein Bajonett heraus und wischte es ab an des Kaufmanns feinem rehbraunem Gewand. Aber seine blauen Augen lächelten zu ihr herab, hart und klar wie Eis. «Alle, die fett sind und überfressen, sollten sterben, denn sie sind widerlich», sagte er lachend. «Kapitalisten!» Er sprach das Wort mit einer Art lässigen, vergnügten Hasses aus. Sie wußte nicht, was es bedeutete, dieses Wort, denn sie hatte es nur ein paarmal in Bruchstücken politischer Reden an Straßenecken aufgefangen. Der mochte die Schülerinnen, die Bibel unterm Arm in ein weißes Tuch eingeschlagen, in Zweierreihen zur Kirche gingen. Das hatte sie einmal getan? Sie überlegte. Man denke, in die Kirche gehen, um Psalmen zu singen! Heute gab es keine Kirchen mehr. Er verlachte die Kirche an jenem Tag, und die Soldaten zerstreuten sich um die Altäre, spielten und stritten um ihre Beute, zerhackten die Kanzeln zu Brennholz für die Bereitung ihrer Mahlzeit und schliefen des Nachts auf den Bänken.

«Sind die Kirchen schließlich doch zu etwas nütz!» rief er fröhlich, als er sah, daß die Armen, das Volk, das durch Hintergassen und Seitenwege schwärmte auf der Suche nach Eßbarem, die Fenster, den Boden und die hohen Chorstühle zusammenschlug, in denen einst die

Priester in ihren Gewändern gesessen, alles zusammenschlug zu Brennholz, um Essen zu kochen. Als sie ihm erzählte, daß sie selbst hier einst sittsam saß, fragte er: «Und hast du gelernt, gut zu werden, Kleine?» Sie schüttelte den Kopf und sagte mit der sonderbaren Leidenschaft, von der sie verzehrt wurde, seit sie mit ihm war: «Ich habe überhaupt nichts gelernt, bevor du kamst.»

Warum dachte sie noch immer an ihn? Die Sonne kroch hoch am Himmel und sandte einen schiefen Lichtstrahl durch das Fenster. Verstreut über den ganzen elenden Raum, nahmen Gestalten menschlicher Wesen ihr Leben auf, reckten sich aus dem Schlaf, gähnten und zeigten gelbe Zähne, räusperten sich, spuckten aus, stöhnten. Sie alle waren tot, morgen, wenn der Lichtstrahl wieder so schief hereinfiel. Heute stand sie hochaufgerichtet unter ihnen und klammerte sich verzweifelt an die Gitterstäbe des Fensters, um den schwachen Duft der frischen Weidenblätter und der Pfirsichblüten zu erhaschen. Morgen früh konnte sie nicht mehr stehen, wenn sie auch wollte. Ihr Körper würde hilflos daliegen — war es möglich, daß dieser Körper einmal gefühllos wurde? Jeder einzelne Nerv darin hatte gelebt seit jener Nacht, da er sie mit seiner Decke zudeckte und an sich zog.

«Gefällt dir die Revolution?» fragte er sie damals in der Nacht. «Gefällt dir die Revolution? Denk daran, wovor ich dich gerettet habe, Kleines. Ich wette, daß du irgendeinem ehrsamen Landjungen verlobt bist, deine roten Wangen sind vom Land. Er hätte dich nie geliebt, wie ich dich liebe.» Er schüttelte sie, erst sanft, dann wild. «Antworte mir, oder ich küsse dich tot! Wir Kommunisten haben alle möglichen Todesarten. Soll ich dich totküssen? Ich könnte es. Ich werde es, wenn du mir nicht sagst, wie froh du bist, daß ich dich gefunden habe.»

Sie preßte den Kopf gegen die Gitterstäbe. Warum dachte sie an ihn? Es war richtig, ihr ganzes Leben lang war sie dem Sohn eines Nachbarn verlobt. Sie hatten miteinander gespielt in jenen fernen Tagen, als sie noch auf dem Dorf lebte. Da sie heranwuchs, schickten die Eltern sie weg, in die Schule, denn es gehörte sich nicht, daß eine Jungfrau täglich ihrem Verlobten vor Augen kam. Sie hatte ihn viele Jahre nicht gesehen, aber man erzählte ihr — die alte Magd im Hause ihres Vaters erzählte es ihr flüsternd und zärtlich —, daß er ein schöner Bursche geworden war, ein guter Sohn und gewissenhaft in seinen Studien Konfuzianischer Sittenlehre — Konfuzius —: sie wußte gar nichts, nur daß sie einmal eine ganze Nacht lang in den Armen eines Mannes gelegen war, mit der Wange am nackten weißen Fleisch seiner Schulter.

«Ich kenne nicht einmal deinen Namen, du kennst den meinen nicht.»

Er lachte in der Finsternis. Er lachte leicht, sein munteres, sorgloses Lachen.

«Was liegt daran, Kleines? Man nennt mich Pjotr, den Kommunisten, und mein Wohnort ist die Welt! Aber heute ist mein Heim bei dir, so!»

«Du wirst mich nicht verlassen? Bestimmt nicht?»

Wieder sein Lachen. «Du braunhäutiges kleines Mädchen – auch daran liegt nichts!»

«Das ist das einzige, woran mir jetzt liegt!» flüsterte sie.

Dann hatte sie geschwiegen und eigentlich erwartet, sein Lachen zu hören, wie es durch die Finsternis aus seiner Kehle drang. Sie hätte gern die Finsternis weggeschoben, um ihn wieder anzusehen. Es schien ihr, als hätte sie seit der Abenddämmerung vergessen, wie die Form seines hellen Gesichtes sich rundete. In der Ferne brannten Häuser, und Flammen schossen auf, und sie wünschte, daß unweit ein Haus brennen möge, damit der Widerschein ihre Lampe sei. Aber nur Asche lag um sie beide.

Er lachte nicht. Er sagte mit einer Art eiligen Ernstes:

«Du könntest mit mir kommen. Nein, ich bin unstet – man kann Frauen nicht immerfort mitnehmen. Ich habe meine Arbeit in der Welt zu tun, weißt du!»

«Was für eine Arbeit?»

Jetzt lachte er. «Was, den ganzen Tag warst du mit mir und hast meine Arbeit nicht gesehen – den fetten Kaufmann, die brennenden Häuser, du kleines, befreites Ding? Alles meine Arbeit!»

Sie sank in Schweigen zurück und fragte sich mit aufsteigender Bitterkeit, ob er morgen ein anderes Mädchen befreien und mit der schlafen würde die ganze Nacht. Aber seine Hände auf ihrem Körper demütigten ihren Stolz völlig. Es lag nichts daran. Es war Revolution. Was dann geschah, wenn die Dämmerung kam, daran lag nichts, gar nichts. Sie drückte sich an seine Brust; sie nahm seine Hand und begrub ihr Gesicht in dieser großen, rauhen, heißen Hand; sie blieb stumm, denn sie hatte nie Worte der Liebe gelernt. Sie nahm sich vor, nicht zu schlafen, nur so zu liegen. Aber vor Morgengrauen wurde sie müde und schlief ein, und als sie erwachte, war er fort und die Sonne aufgegangen wie gelbes Messing. Sie erhob sich und sah die Asche und die zerbrochenen Ziegel, Überbleibsel dessen, was einmal Häuser gewesen. Ein paar Leute krochen jämmerlich umher und suchten nach Hab und Gut. Sie hielt ihr langes schwarzes Haar mit der einen Hand leidenschaftlich fest und starrte die Menschen an. Keiner von ihnen war er. Er war fort. Sie hatte ihn niemals wiedergesehn.

Was lag daran, daß sie morgen sterben sollte? Sie hatte ihn niemals wiedergesehn.

Sie suchte überall nach ihm in den Reihen der Revolutionäre, sie fragte nach ihm: «Auch ich, Genossen, bin Kommunistin. Ich wurde gewonnen von Pjotr, dem großen Russen. Hat einer von euch ihn gesehen?»

Aber er war nicht zu finden. Sie lehrten sie ihre Lieder und Schlagworte, und sie lernte, denn es waren seine Lieder. Manchmal sprach man zu ihr und sagte:

«Wir brauchen diese Russen nicht. Wir Chinesen, wir müssen unsere Revolution selbst machen. Dieser große Russe, obzwar er Kommunist ist – es gehörte sich nicht, daß er Chinesen umbrachte. Wir bringen selbst um.»

Dann änderten sich die Anschauungen. Leute, deren Häuser man verbrannt und deren Verwandte man erschlagen hatte, Leute, die gegen den Kommunismus waren, kamen zur Macht bei einem der Wechselfälle der Revolution, und die Genossen wurden scharenweise in die Gefängnisse geschleppt und zur Hinrichtung.

Es war sehr leicht, auch sie gefangenzunehmen. Sie war stolz darauf, Revolutionärin zu sein. Als die Eltern ihr aus dem Dorfe Botschaft sandten, sie möge nach Hause kommen, wo sie in Sicherheit sei, hatte sie die Magd zurückgeschickt und sagen lassen, sie sei in Sicherheit, sie diene der Revolution. Schließlich kam sogar ihr Vater selbst, heimlich schlich er des Nachts durch die Stadttore und klopfte in verzweifelter Angst an die Tür des kleinen Wirtshauses, in dem sie einquartiert war. Sie ging zum Tor und sah ihn dort, der Wind zauste ihm die schütteren weißen Haare, und seine Unterlippe zitterte vor Schrecken. Zuletzt fiel er auf die Knie, ein alter Mann vor seiner Tochter.

«Oh, meine Tochter, wir fürchten für dein Leben.»

«Das braucht ihr nicht. Ich bin in Sicherheit.»

«Wir sind deine Eltern.»

«Ich habe keine Eltern. Die Revolution ist mir Vater und Mutter.»

«Aber dein Verlobter, er, der auf dich wartet.»

«Ich bin schon verheiratet.»

«Verheiratet?» Er war wirklich sehr alt, und das Mondlicht fiel ambrafarben auf sein runzliges Gesicht.

«Ich bin verheiratet mit ... mit der Revolution.»

Dann hatte sie das Tor geschlossen. Sie konnte niemals mehr zurück. *Der* Fleck auf Erden, auf dem sie Pjotr niemals wieder begegnen konnte — das wußte sie —, lag in dem stillen Dorf. Verheiratet und eingesperrt hinter Mauern!

Die Dämmerung brach herein wie ein Silberstreif. So war sie einmal schon für sie hereingebrochen. Nun kamen die Wächter; sie wollten die Hinrichtung bald hinter sich haben, bevor das Volk ausging. Es lag nichts daran, hingerichtet zu werden. Immer und überall hatte man damit zu tun gehabt, auch sie selbst; ein Leichnam war nichts, war ein Teil der Revolution. Ein Mann mit fettem Gesicht erhob sich, gähnte und warf einen Blick über die Menge. «Hundert von uns werden heute zu den Gelben Quellen geschickt? Schön. Ich habe für nicht weniger gesorgt an manchem guten Tag.»

Auch sie war bereit. Doch was sollte sie tun zu Ehren der Dämmerstunde an jenem anderen Morgen? Wie an ihrem letzten Tag den Augenblick feiern, da sie gelebt hatte?

Man trieb alle hinaus, und nur sie blieb zurück, an die feuchte Ziegelmauer gelehnt. Der Wächter richtete das Gewehr auf sie: «Marsch!»

Sie sah verzweifelt um sich: «Ich will nicht!»

«Wie, du willst nicht sterben?»

«Daran liegt mir nichts. Ich will nicht hinausgetrieben werden wie diese Herde. Ich möchte ... möchte singend in den Tod gehen.»

«Was — eine Christin?» Der Wächter lächelte. Sie gefiel ihm. Er gab seinem Gehilfen einen Wink. «Hübsch ist sie, nicht? So sprich: Was willst du? Eine Brautsänfte? Einen Wagen wie der Gouverneur? Alles!»

Sie griff den Vorschlag auf. Irgend etwas, was sie aus der Masse der erniedrigten, verschreckten Menschen heraushob. «Ich wünsche einen Wagen. Schau, ich bin schwach. Gestern konnte ich nicht essen.»

«Nun gut, ich werde sehen», sagte der Wächter nachgiebig.

Aber schließlich war es doch nur der Polizeiwagen, den schwere schwarze Ochsen zogen. Zuerst weigerte sie sich hinaufzusteigen, aber der Wächter wurde ungeduldig. «Alle werden tot sein, bevor wir hinkommen!» rief er, und da kletterte sie über das Rad.

Hinter dem Rand einer schwarzen Wolke glänzte das Licht der aufsteigenden Sonne hervor. Leute standen schon in den Türen, und da sie den Zug sahen, riefen sie einander zu: «Man tötet die Revolutionäre! Seht, seht, eine Hinrichtung. Ah, die getötet haben, endlich tötet man sie!»

Schwankend stand sie auf dem alten Ochsenkarren und hielt sich am Geländer fest. Die Ochsen waren träge und dumm und erinnerten sie plötzlich an ihres Vaters Bauernhof auf dem Dorf und an die feuchten Felder aus schwarzer Erde, die der Reispflanzen harrten.

Nun, all das war vorüber. Sie hörte, wie jemand rief: «Schau die an – so ein junges, hübsches Mädchen, und muß sterben!», und plötzlich wurde ihr der Atem kurz, und sie wußte, daß sie wirklich erbarmenswert war. Sie sah an ihrem zarten Körper hinab, an der blauen Kattunjacke und den Hosen. Wie hatte er wieder und wieder zu ihr gesagt? «Kleine, Kleines!»

Sie begann leise zu stöhnen. Würde sie weinen? Nein, es gab nichts Trauriges, nichts, was Erbarmen verdiente. Sie starb frei. Pjotr hatte sie befreit. Von all diesen hundert Menschen hatte sie allein jene Nacht erlebt, die besser war als Jahre auf einem Hof. Der Sonnenschein malte einen grellen Silberrand um das Gewölk, und sie begann laut zu singen, ein Lied, das sie sich selbst erfand, und die Worte strömten ihr zu, unterm Singen. Niemand verstand, was sie sang. Auch wenn *er* dagewesen wäre, er hätte sie nicht verstanden. Es war das Lied eines Menschen, der eine Stunde gelebt hat, eine Stunde, die vorbei ist. Die Leute lauschten. Sie sang und erinnerte sich, und ihr Körper wurde straff und ihre Augen hell. Doch die Leute flüsterten nur:

«Seht, was für eine standhafte Kommunistin diese Kleine ist! Ah, aber sie muß schlecht sein: sie geht in den Tod und singt!»

Vater Andrea

Vater Andrea lebte den ganzen Tag nur für die Stunden der Nacht, da er die Sterne erforschen konnte. Seine Tage in der Pfarre der chinesischen Stadt waren lang und drangvoll, erfüllt von Menschen und

Stimmen, die weinten und klagten und forderten, aber die Nächte waren kurz und strahlend mit ihren schweigenden, friedvollen Sternen, die wie Fackeln leuchteten am tiefdunklen Himmel. Er konnte sich nicht sattsehen an ihnen. Die Stunden am Fernrohr vergingen so rasch, daß er oftmals an Schlaf erst dachte, wenn die Dämmerung aus dem Osten heraufzog mit so hellem Glanz, daß die Sterne verblaßten. Aber er brauchte keinen Schlaf. Er kehrte an sein Tagewerk zurück, erfrischt und gestrafft durch jene Stunden des Erforschens und Beobachtens der goldenen Sterne, da die Stimmen, die den ganzen Tag nach ihm verlangten, für eine kurze Weile schliefen. «Gesegnete Ruhe», sagte er oft zu sich selbst, wenn er vor sich hinlachend die Stufen der winzigen Sternwarte emporstieg, die er auf dem Dach des Schulhauses erbaut hatte.

Er war ein kleiner, gedrungener, freundlicher Mann, dessen Erscheinung nichts verriet von seiner sanften mystischen Seele. Wenn man nur seine Apfelwangen sah, seinen dunklen Bart und den roten, lächelnden Mund, man hätte ihn für einen Liebhaber des sichtbaren Lebens gehalten. Seine Augen mußte man sehen, um zu erkennen, daß er ein Liebhaber verborgener Dinge war. Die Lippen lächelten immer, auch wenn ein Leprakranker sich flehend zu seinen Füßen krümmte, oder wenn eine armselige kleine Sklavin gedrückt und weinend durch das Tor der Mission gelaufen kam. Aber seine tiefliegenden, dunklen Augen standen oft voll Tränen.

Untertags hob er mit eigenen Händen die Leprakranken auf und wusch sie und nährte sie und beschwichtigte sie und strich Öl auf ihre Wunden. Er stand zwischen der Sklavin und ihrer zornig scheltenden Herrin, lächelnd, zuwartend, und sprach in der ruhigen, sanft fließenden Art, die ihm eigen war. Die zornige Stimme der Frau erhob sich darüber wie ein Sturmwind über einen Bach, aber früher oder später trugen seine freundlichen, eindringlichen Worte den Sieg davon, und auf seine Einladung hin nahm die Herrin schmollend im Ehrensitz Platz, zur Rechten des viereckigen Tisches in der kleinen Gästehalle, und trank den Tee, den er durch den Diener hatte bringen lassen. Und dann, mit kleinen, dunklen, traurigen Augen, die über dem lächelnden Mund lasteten, sprach er weiter, lobte, machte Vorschläge, bedauerte, regte vorsichtig notwendige Verbesserungen an, und zu guter Letzt ging die Sklavin zusammen mit ihrer Herrin fort. Niemals war er den Leuten behilflich, zu sprengen, was sie hielt. Sein heißes Bemühen ging vielmehr immer dahin, ihnen das unvermeidliche Joch erträglicher zu machen, das das Leben jedem von ihnen auferlegt hatte. Eines hielt er für gewiß: daß es kein Entrinnen gab vor der Bedrückung, die das Leben selbst mit sich brachte.

Eines Tages, während er zu den Jungen in seiner Schule sprach, sagte er ernsthafter, als er je zuvor gesprochen:

«Meine Söhne, ich will euch etwas sagen. Ihr glaubt, solange ihr Kinder seid, daß ihr dem Zwang eurer Eltern entrinnen und, wenn ihr zur Schule geht, euch von ihnen befreien könnt. In der Schule träumt ihr davon, Männer zu sein — dann wird es keine Lehrer mehr geben, denen ihr gehorchen müßt. Aber ihr könnt niemals frei sein!

Als eure unsterblichen Seelen sich an Körper banden, wurden sie, genau so wie der Menschensohn, gebunden. Kein Mensch ist frei — wir sind nicht frei voneinander und niemals frei von Gott.

Es geht nun darum, nicht unnütz der Freiheit nachzuweinen, sondern fröhlich herauszufinden, wie die Last unserer Knechtschaft zu ertragen ist. Selbst die Sterne am Himmel sind nicht frei. Auch sie müssen nach dem Gesetz den Pfaden der Ordnung folgen, auf daß sie nicht in Zügellosigkeit das Weltall zertrümmern. Ihr habt die Sternschnuppen am Himmel gesehen zur Sommerszeit. Sie dünkten uns schön in ihrer Freiheit, ein Ausbruch von Licht und Glanz wider die Wolken. Doch ihr Ende ist Zerstörung und Finsternis. Die Sterne, die unentwegt in ihren vorgeschriebenen Bahnen wandeln, sie sind es, die bestehen bleiben bis ans Ende.»

Die kleinen Chinesenjungen in ihren blauen Jacken starrten ihn an und staunten über die Leidenschaft in seiner ruhigen Stimme und über den ungewohnten Ernst seines runden, lächelnden Gesichtes. Sie verstanden ihn ganz und gar nicht.

Den langen Tag hindurch trottete er dahin und dorthin, erfüllte seine Pflichten, begann des Morgens mit dem Lesen der Messe für ein paar gläubige alte Weiber, die sich einfanden, sittsam in ihre Kattunjacken und -hosen gekleidet, schwarze Tücher um den Kopf. Manchmal kränkte es ihn, daß sie nicht viel verstanden von dem, was er sagte; sein Chinesisch war niemals vollendet gewesen, er sprach es mit weicher italienischer Aussprache, die nie die Kehllaute entsprechend hart herausbrachte. Aber sobald er ihre geduldigen Gesichter sah und ihre Augen, die unablässig auf die Jungfrau und ihren Sohn blickten, entschied er schließlich, es sei nicht wichtig, was er sage, solange sie das heilige Bildnis ansahen und bestrebt waren, an dessen Bedeutung zu denken.

Vormittags bemühte er sich, in der Jungenschule ein wenig zu unterrichten, aber das war ein mühseliges Geschäft, denn er wurde alle Augenblicke hinausgerufen, um irgendeine Angelegenheit armer Leute zu erledigen.

«Vater, ich habe diesem Mann gestern abend um zehn Kupferstücke Reis verkauft und darauf vertraut, daß er mir heute das Geld geben wird, und nun hat er den Reis aufgegessen und sagt mir, daß er keins hat.»

Zwei Männer in Kulihosen, mit nackten und sonnverbrannten Rücken, standen vor ihm, der eine zornig, der andere voll Trotz.

«Nun, und? War mein Magen nicht leer? Soll ich hungern, wenn du Nahrung hast? Die Revolutionäre kommen, und bis sie da sind, müssen alle Leute wie du, die Reis haben, uns, die wir keinen haben, davon geben, und sie dürfen nicht einmal reden von Geld.»

Die beiden blitzten einander an wie zornige Hähne, bevor sie losgehen, und Vater Andrea legte seine Hände auf die Arme der Streitenden. Die Hände setzten fort, was die Augen zu erzählen begonnen, kleine, braune, vollendet geformte Hände, die rauh und runzlig waren von vielem Waschen und Scheuern. Es war eine der Qualen seines Lebens, daß er das Fleisch nicht soweit abtöten konnte, schmut-

zige, ungewaschene Körper zu berühren, ohne daß der Geist zurückwich. Er stand unter dem Zwang, sich die Hände wieder und wieder
zu waschen, so daß sie schon schwach nach Karbolseife rochen. Eine
seiner selbstauferlegten Bußen war es, herumzugehen, ohne sich die
Hände zu waschen, und den Schauder zu ertragen, den ihm die Berührung eines Kinderkopfes verursachte, der krustenbedeckt war von
Grind. Er hatte sich dazu erzogen, alles zu berühren, wovor er zu-
rückschreckte, und niemand, der diese frei sich bewegenden, gütigen
und ausdrucksvollen Hände sah, hätte ihr innerliches Zurückweichen
geahnt.

So legte er nun seine beiden warmen und beredten Hände auf die
Arme der zwei Männer und sagte zu dem Trotzigen:

«Mein Freund, ich weiß nichts von den Revolutionären. Aber eines weiß ich: mein Garten muß heute gejätet werden, und wenn du
jäten magst, will ich dich gerne dafür entlohnen. Ich kenne dein gutes Herz und bin überzeugt, daß du von diesem Geld deinem Nachbarn die zehn Kupfermünzen nicht vorenthalten wirst. Er ist arm
und hat Kinder, und du hast seinen Reis gegessen. Es steht geschrieben: ‹Wer nicht arbeiten will, der soll auch nicht essen.› Das ist eines jener Gesetze des Lebens, das selbst die Revolution gerechter-
weise nicht ändern kann.»

Sofort wich die Spannung aus den beiden Gesichtern, und die zwei
Männer lachten und zeigten ihre weißen Zähne, und Vater Andrea
lachte mit, so daß sein rundes, rosiges Gesicht Falten bekam, und er
ging zu seinen Jungen zurück. Am Ende des Tages zahlte er dem
Mann doppelten Lohn. «Nimm nur», sagte er, als dieser das Geld
scheinbar nicht nehmen wollte. «Nächstens will ich dich wieder bitten, für mich zu arbeiten, und dann werde ich vielleicht nicht genug
Geld bei mir haben.»

Nachmittags, nach seiner Schüssel Reis mit Bohnen und Makkaro-
ni, setzte er den flachen schwarzen Hut auf und ging aus, um Leute
zu besuchen, und er trank Tee mit ihnen und aß die hartgesottenen
Eier, die die Hausfrauen ihm kochten, obzwar er im Innersten sich
davor ekelte; und lächelnd lauschte er allem, was gesagt wurde. Er
kannte keine Reichen. Die verachteten den katholischen Priester
und den Ausländer, und er wollte sich ihnen nicht aufdrängen, auch
wenn er es gekonnt hätte. Er besuchte die niedrigen, strohgedeckten
Häuser der Armen und die mit Rohr überdachten Hütten der Bettler, und er gab allen sein Geld, so rasch es ihm in die Hände kam.
Von dem großen Sturm, der sich draußen verbreitete, dem Sturm
der Revolution, wußten diese Menschen nichts, und auch Vater Andrea wußte nichts davon. Er las schon seit Jahren keine Zeitung und
hatte keine Ahnung von dem, was vor sich ging außerhalb des Ab-
laufs seiner Tage und seiner wundervollen Nächte.

Einmal in der Woche gestattete er sich, Erinnerungen an sein Vaterland nachzuhängen. Am Abend des siebenten Tages wusch er sich
und stutzte den dunklen Bart und parfümierte die Hände ein wenig,
und dann stieg er hinauf in die winzige Sternwarte und setzte sich in
einen alten Lehnstuhl, der dort stand. An den anderen Abenden saß

er in einem Sessel bei Tisch und holte Federn und Papier und die Meßinstrumente hervor und machte in seiner kleinen, sorgfältigen Schrift Notizen, die er dann seinem Oberen in Siccawei sandte. In all den Jahren und Abenden war er nach und nach eine Leuchte in einer Gruppe von Astronomen im Fernen Osten geworden, aber er wußte es nicht. Für ihn war die Erforschung des Himmels Erholung und Erheiterung eines Hirns, das geschaffen war für genaueste Beobachtung und scharfes, ernstes Denken.

Aber an diesem siebenten Tag holte er weder Federn noch Papier hervor. Er setzte sich nieder und öffnete die Fenster, und er richtete seine Augen auf die Sterne und ließ sich von seinen Gedanken nach Italien zurücktragen, nach seinem Vaterland, das er seit siebenundzwanzig Jahren nicht mehr betreten hatte und das er nie wieder erblicken würde. Er war jung gewesen, als er fortzog, kaum dreißig, aber selbst nach all den Jahren erinnerte er sich mit leidenschaftlicher Schärfe an den Seelenkampf jener Abreise. Noch jetzt konnte er die Bucht sehen, deren Kreis kleiner und kleiner wurde, je weiter das Schiff sich vom Lande entfernte. Jede Woche dachte er ernst und mit einem Gefühl der Schuld daran, daß über der Pflicht seiner Aufgabe noch immer die Erinnerung an jenen Abschied in ihm lebte und daß schneidender als für den Körper der Abschied vom Vaterland, vom Heim, von den Eltern und von Schwester und Bruder, für den Geist der Abschied von der Geliebten gewesen war, von seiner Vitellia, die den Bruder mehr geliebt hatte als ihn.

Die ganzen Jahre hindurch tat er Buße für die Sünde, daß er nicht aus Liebe zu Gott und Maria Priester geworden war, sondern weil Vitellia ihn nicht liebte. Nicht, daß sie oder sonst jemand davon gewußt hätte. Sein Bruder war groß und hübsch und ernst, mit schönen, schmachtenden braunen Augen, und Vitellia groß und blaß und köstlich wie ein Olivenbaum im frischen Blätterschmuck, mit weichen, zarten, wie von Reif überhauchten Farben. Sie überragte um einen Kopf den kleinen rosigen Burschen, der Andrea gewesen war. Niemand nahm ihn ernst. Er lachte immer und machte Späße und war lustig, und seine kleinen, tiefliegenden schwarzen Augen funkelten von guter Laune.

Selbst nach der Heirat seines Bruders hörte er mit den Späßen nicht auf. Aber er wartete zu, ob der Bruder zu Vitellia gut war oder nicht. Es gab nichts zu klagen. Der Bruder war ein braver Mensch, obgleich ein bißchen stumpf unter der Schönheit seines Körpers, und als er geheiratet hatte und bald ein Kind kommen sollte, trat er in den Weinhandel des Vaters ein, und sie waren sehr glücklich. Nein, es gab nichts, worüber man hätte klagen können.

Damals geschah es, daß Andrea Angst bekam vor der Gewalt seiner Leidenschaft. Er nahm wahr, daß nichts ihn davon abhalten würde, sich zu entdecken, als völlige Ergebung in sein Schicksal. Das kostete ihn ein Jahr voll Fieber und Qual, und es war noch nicht ganz um, als er sah, daß es für ihn keine restlose Entsagung gab außer der Ausübung des Priesterberufs in einem fernen Lande. Da suchte er bei den Patres in seinem Dorfe Zuflucht.

Die Familie hatte ihn ausgelacht — alles lachte ihn aus — und Vitellia vernichtete ihn beinahe, als sie seine Hand festhielt und mit dieser Stimme, die ihm mehr war als Musik, sagte: «Aber, mein Bruder, mein Andrea, wer wird mit meinen Kindern spielen und immer in meinem Hause sein?» Er schüttelte den Kopf, lächelnd und wortlos, und sie hatte ihn mit Erstaunen angesehen und bemerkt, daß seine Augen voll Tränen standen. «Mußt du, liegt dir soviel daran, Andrea?» Und er nickte.

Nun gut, das alles schien vorbei, lang, lang war es her. Viele Jahre hatte er sich nicht gestattet, an sie zu denken, da sie die Frau eines andern war, und Nacht für Nacht kam er zu den Sternen und betete leidenschaftlich um Frieden. Es dünkte ihn, als könne er niemals Buße genug tun, denn er liebte Vitellia mehr als alles auf der Welt, bis ans Ende der Dinge. Deshalb verleugnete er sich selbst so heftig und zwang sich zu jeder widerwärtigen Berührung und Pflicht. Einmal, als sein Körper nach ihr brannte, war er wild auf die Straße hinausgeeilt und hatte einen Bettler aus der Winternacht mitgebracht, einen armen Teufel, der vor Kälte zitterte, und er legte ihn in sein eigenes Bett und deckte ihn zu mit seinen Decken und streckte sich neben diesem Geschöpf aus, die ganze lange Nacht, mit zusammengebissenen Zähnen und Übelkeit im Magen. Aber am Morgen flüsterte er seinem Körper triumphierend zu: «Jetzt wirst du still sein und mich nicht mehr quälen!» All dies erklärte die lächelnde Tragik in seinen Augen und das unablässige Predigen vom Ertragen des auferlegten Joches.

Als eines Tages ein schwarzgeränderter Brief kam, der erste Brief seit vielen Jahren, öffnete er ihn, und darin stand die Nachricht von Vitellias Tod. Da schien es, als käme eine Art Frieden über ihn, und nach einiger Zeit gestattete er sich jene Erholung am Abend des siebenten Tages, und schließlich erlaubte er sich sogar, ein wenig an sie zu denken. Nun, da sie tot war, konnte er sich vorstellen, daß sie dort oben unter den Sternen wandelte, in der ihr eigenen freien, anmutigen Art. Jetzt war sie niemandem mehr Gattin — sie gehörte niemandem mehr. Sie war ein Teil des Himmels, und er durfte an sie denken wie an einen Stern und ohne Sünde sein.

Nach und nach predigte er mit weniger Heftigkeit und mit größerer Geduld über das Ertragen des Joches. Als einer seiner Schuljungen davonlief, um sich den Revolutionären anzuschließen, verließ er seufzend das Haus, um ihn zu suchen, und sprach freundlich mit dem Burschen und bat ihn, zu der weinenden Mutter heimzukehren.

«Der liebe Gott hat uns ins Leben gerufen, damit wir unsere Pflicht erfüllen», sagte er zärtlich, lächelte ein wenig und legte den Arm um die Schulter des Jungen.

Aber der Bursche schüttelte ihn ab und rückte zur Seite.

«In der Revolution gibt es keinen Gott und keine Pflicht», sagte er herrisch. «Wir alle sind frei und predigen das Evangelium der Freiheit für jedermann.»

«So?» meinte Vater Andrea leise.

Zum erstenmal überkam ihn eine böse Ahnung. Bis dahin hatte er das Geschwätz über die Revolution nicht beachtet. Seine Wege führten ihn nicht eine Meile aus dem überfüllten Viertel heraus, in dem er wohnte. Nun kam ihm der Gedanke, daß er sich mit solchem Gerede näher befassen müsse, um so mehr, wenn seine Jungen einfach davonliefen. Dann begann er von anderen Dingen zu sprechen, aber der Bursche war verstockt und offensichtlich bemüht, ihn loszuwerden. Ein paar Jungen traten herzu, auch ein oder zwei Offiziere. Des Knaben Antworten wurden kürzer und kürzer. Er warf zornige Blicke auf seine Freunde. Schließlich sagte Vater Andrea gütig:

«Ich sehe, daß du andere Dinge im Kopf hast. Ich will dich nun verlassen. Vergiß nicht die Gebete, die man dich gelehrt hat, mein Kind.»

Er legte die Hand einen Augenblick auf den Kopf des Knaben und wandte sich dann zum Gehen, doch ehe er noch die Kaserne verlassen hatte, erhob sich johlendes Gelächter und er hörte, wie die Burschen ihrem Kameraden zuriefen: «Du Schoßhund eines Ausländers!»

Er hatte keine Ahnung, was das bedeuten sollte, und dachte daran, zurückzugehen. Er blieb stehen, um zu lauschen. Jemand platzte los, und dieses Lachen war wie ein Peitschenhieb: «Ah, ein Christ!»

Dann hörte er, daß der Junge zornig und halb schluchzend die Stimme erhob: «Ich hasse den Mönch – ich weiß nichts von seiner Religion! Ich bin ein Revolutionär! Wagt einer von euch, an mir zu zweifeln?»

Vater Andrea stand betroffen. Was waren das für Worte, die aus dem Munde dieses Jungen kamen, seines Jungen, der seine Schule besucht hatte seit dem fünften Lebensjahr? Er zitterte ein wenig, und ein Gedanke fuhr ihm durch den Kopf wie ein Stich: «So verleugnete Petrus den Herrn!» Und er kehrte zurück in das kleine Missionshaus, das sein Heim war, und schloß sich ein in sein Zimmer und weinte bitterlich.

Nachher schien es ihm, als hätte er am Rande eines Wasserwirbels gestanden und nichts davon gewußt. Er sagte sich, er müsse dieser Revolution nachforschen und dazusehen, daß seine Jungen nicht mitgerissen würden. Aber es war nicht mehr nötig, nachzuforschen, Wissen und Erfahrung überströmten ihn, und er sah sich in einem Gewirr von Schwierigkeiten gefangen.

So vieles gab es, wovon er nichts wußte. Er hatte noch nie von politischen Gegensätzen zwischen Ost und West gehört. Er war nur gekommen als einer, den es verlangte, in der Mission aufzugehen, in einem Lande, wo es seine wahre Kirche nicht gab. Auf diesem einen Fleck in der ungeheuren, volkreichen Stadt hatte er gelebt, Tag für Tag, siebenundzwanzig Jahre lang, und seine kurze schwarzgekleidete Gestalt war ebensosehr ein Teil der Straße geworden wie ein alter Tempel oder eine Brücke. Solange die Kinder nur denken konnten, waren sie an seine Erscheinung gewöhnt, wie er dahintrottete bei jedem Wetter, mit lächerlich angeschwollenen Taschen voller Erdnüsse, die er ihnen schenkte. Niemandem fiel er auf. Die Frau, die am Brunnen wusch, sah empor, wenn er vorbeikam, und wußte, daß es eine Stunde nach Mittag war, und sie seufzte, denn sie gedachte der Stunden bis Sonnenuntergang. Männer nickten ihm nachlässig zu von den Pulten ihrer kleinen Straßenläden und nahmen gutmütig seine Traktate entgegen und die Bilder der Heiligen Jungfrau.

Nun hatte sich das geändert. Er war nicht mehr Vater Andrea, ein harmloser, alternder Priester. Statt dessen war er ein Ausländer.

Eines Tages wollte ein Kind die Erdnüsse, die er ihm hinhielt, nicht nehmen. «Die Mutter sagt, sie könnten vergiftet sein», erklärte es und sah zu Vater Andrea auf, mit großen Augen.

«Vergiftet?» wiederholte dieser ungewiß und sehr erstaunt.

Am nächsten Tag kam er nach Hause, und seine Taschen waren so schwer wie beim Weggehen, und von da an nahm er keine Erdnüsse mehr mit. Einmal spuckte eine Frau ihm nach, als er am Brunnen vorbeiging. Die Männer lehnten kalt ab, wenn er lächelte und seine Traktate herauszog. Er war wie vor den Kopf gestoßen.

Zuletzt kam eines Abends sein chinesischer Gehilfe zu ihm. Der war ein guter Alter mit breitem und schütterem Bart, grundanständig und ein wenig dumm, so daß er seine Aves noch immer nicht richtig aufsagen konnte. Vater Andrea hatte manchmal daran gedacht, jemand Fähigeren zu suchen, aber er brachte es nicht über sich, dem Alten zu sagen, daß ihm manches fehle. Nun sprach dieser zu Vater Andrea:

«Mein Vater, geh nicht aus, bis die Tollheit vorüber ist.»

«Was für eine Tollheit?» fragte Vater Andrea.

«Dieses Gerede über Ausländer und Revolutionen. Alles hört auf die jungen Männer in langen schwarzen Gewändern, die aus dem Süden kommen, und sie sagen, daß die Ausländer unsere Leute töten und ihnen das Herz stehlen mit neuen Religionen.»

«Mit neuen Religionen?» erwiderte Vater Andrea milde. «Nichts ist neu an der meinen. Ich predige und lehre hier länger als ein Vierteljahrhundert.»

«Und dennoch, Herr, bist du Ausländer», entgegnete der alte Mann entschuldigend.

«Nun ja», sagte Vater Andrea schließlich, «das alles ist sehr sonderbar.»

Aber einen Tag später hörte er auf die Warnung; denn als er aus dem Tor auf die Straße trat, wurde ein großer Stein nach ihm geworfen, traf ihn an der Brust und brach das Ebenholzkreuz entzwei, das dort hing; und als Vater Andrea entsetzt danach griff, traf ihn ein zweiter Stein und verletzte ihn arg an der Hand. Er wurde weiß und ging ins Missionshaus zurück und verschloß die Tür und fiel auf die Knie und blickte auf das zerbrochene Kreuz. Lange Zeit konnte er nicht sprechen, aber endlich kamen ihm die Worte auf die Lippen, und er betete ein altes Gebet: «Vater, vergib ihnen, denn sie wissen nicht, was sie tun.»

Von da an blieb er zwischen seinen vier Pfählen. Einige Tage lang kam überhaupt niemand mehr, und traurig verschloß er die Tür des leeren Schulzimmers. Es war, als lebte er im ruhenden Mittelpunkt eines Wirbelsturms. In das einsame Anwesen, in dem er und der alte

Gehilfe sich zu schaffen machten, drang ein Durcheinander sonderbarer Geräusche von den Straßen herein. Er versperrte das Tor und öffnete es nur einmal im Tag für den Alten, der gegen Abend hinausschlüpfte, um ein paar Lebensmittel einzukaufen. Eines Tages aber kam der alte Mann mit leerem Korb zurück:

«Man läßt mich nicht Essen für dich kaufen», sagte er kläglich. «Um dein Leben zu retten, muß ich vorgeben, dich zu verlassen, und ich muß vorgeben, dich zu verabscheuen. Aber jeden Abend will ich bei der Westecke des Gartens Lebensmittel hereinwerfen. Und jeden Abend zur gehörigen Stunde will ich das Ave wiederholen. Darüber hinaus muß unser Gott dir helfen.»

Und nun war Vater Andrea ganz allein. Er verbrachte einen großen Teil des Tages im Observatorium und gestattete sich nun jeden Abend, seinen Gedanken und Erinnerungen nachzuhängen. Die Tage waren lang und einsam, und sogar die Leprakranken fehlten ihm. Es war nicht mehr nötig, sich die Hände zu waschen, außer von der sauberen Gartenerde, die ihnen anhaftete, wenn er bei den Gemüsen gearbeitet hatte. Und draußen erhob sich und wuchs der Lärm, bis Vater Andrea sich vorstellen konnte, er lebe auf einer kleinen Insel inmitten des brüllenden Ozeans, und eines Tages würden auch dort die Wellen über ihn hereinbrechen.

Mehr und mehr spann er sich in seine Gedanken ein, und er hegte kleine Träume von Italien und dem Weinberg, in dem er als Knabe gespielt hatte. Er konnte die heiße Sonne auf den reifen Trauben riechen — unvergleichlicher Duft! Nacht für Nacht saß er in dem alten Lehnstuhl und lebte sein Leben noch einmal von Anfang an. Jetzt war es Mai und die Sterne glitzerten an einem purpurfarbenen Himmel. Aber er berührte seine Notizbücher und Federn nicht mehr. Die Sterne waren ihm völlig gleichgültig geworden, bis auf ihre fast unirdische Schönheit. Lob sei Gott überall für Sterne und Himmel! Dieser Maihimmel in China war wie des Sommers der Himmel in Italien, da die Sterne schwer und golden hingen am dunklen Firmament. Einst, in solcher Nacht, hatte er daheim sich aus dem Fenster gebeugt, und die Schönheit der Sterne machte ihn plötzlich toll, und blindlings lief er aus dem Hause zu Vitellia. Da pochte sein Herz wie eine große Trommel, jeder Schlag erschütterte den ganzen Körper, und er hatte geschrien, daß er ihr seine Liebe gestehen müsse. Als er zu dem Hause seines Bruders kam, öffnete dieser die Tür und sagte freundlich:

«Wir wollten eben schlafen gehen, Andrea. Brauchst du etwas von uns?»

Hinter dem Bruder sah er Vitellia im Schatten des Zimmers, ihr Gesicht war blaß und undeutlich wie eine Blume im Zwielicht. Sie kam näher und legte die Hand leicht auf den Arm ihres Mannes und lehnte den Kopf an seine Schulter. Froh und zufrieden. Die Leidenschaft verließ ihn.

«Nein, danke», stammelte er. «Ich dachte ... ich wußte nicht, daß es so spät ist ... ich dachte, vielleicht könnte ich hereinkommen und ein bißchen plaudern ...»

«Gewiß, nächstens», sagte der Bruder ernst.

Und Vitellia hatte gerufen: «Gute Nacht, Bruder Andrea!» Die Tür fiel zu, und er sah sich allein.

Die ganze lange Nacht war er im Garten geblieben, und als es endlich dämmerte, hatte er beschlossen, sich den Armen zu weihen, da Vitellia ihn nicht brauchte — den Armen eines fernen Landes.

Ach, welche Leidenschaft und Qual und Jugend mußte er niederringen, bloß mit dem unbezwinglichen Willen zu leiden! Niemals würde er sich davon befreien können, niemals, solange er lebte, ganz befreien. Er fragte sich, ob dort unter den Sternen Vitellia davon wisse, dort, wo sicherlich nichts verborgen blieb. Das hoffte er; denn es würde ihm ersparen, ihr von all der Qual zu erzählen. Sie würde verstehen, wie sie nie auf Erden verstanden hatte, und sofort könnten sie den neuen, himmlischen Bund schließen.

Er seufzte und ging dann in den Garten hinunter, und dort fand er in der Westecke ein kleines Bündel, kalten Reis und Fleisch, eingeschlagen in ein Lotusblatt, und er aß und sagte dann seine Aves, und die Finger strichen über das zerbrochene Kreuz auf seiner Brust.

Außerhalb der Mauer, von der Straße herein, erklang das Geräusch fester marschierender Füße, Tausender und Abertausender Füße. Staunend lauschte er eine Weile, dann ging er mit einem Seufzer wieder in die Sternwarte, setzte sich nieder und, den Blick auf die klaren Himmelsräume gerichtet, schlummerte er ein.

Des Morgens erwachte er mit einer bösen Ahnung, als hätte ihn ein plötzlicher Lärm aufgescheucht. Einen Augenblick konnte er sich nicht zurechtfinden. Die Sterne leuchteten schwach im grauen Dämmerlicht, und das Dach der Kirche war dunkel und feucht von Tau. Von draußen kamen Töne eines tollen Wirrwarrs, Schüsse und Rufe zerrissen die Luft. Er lauschte. Mehrere Schüsse folgten rasch aufeinander. Er setzte sich auf und versuchte herauszufinden, was das sein mochte. War es das, was ihn geweckt hatte? Man hörte kein Marschieren mehr. Eine ungeheure Lohe erleuchtete im Osten den Himmel. Etwas brannte — dort lag das vornehme Viertel der Stadt, in dem die Straßen mit den scharlachroten und gelben Bannern der großen Getreide- und Seidengeschäfte und der Singspielhallen verhangen waren. Aber vielleicht war es nur die aufgehende Sonne? Nein, ein solcher Glanz des Sonnenaufgangs schien unmöglich bei diesem grauen Himmel.

Er riß sich aus dem Sessel und ging schweren Schrittes hinunter, voll ungewisser Ahnungen. Er hatte unruhig geschlafen und fühlte sich wie betäubt. Sowie er das Ende der Treppe erreicht und den Rasen betreten hatte, erdröhnte ein fürchterliches Poltern am Tor, und er eilte hin, um zu öffnen, und rieb sich ein wenig den Kopf, seine Gedanken zu ordnen. Das war der Lärm gewesen, den er im Schlaf gehört hatte! Er tastete nach dem großen hölzernen Riegel, zog ihn endlich zurück, schloß das Tor auf und starrte voll Erstaunen hinaus. Hunderte von Männern standen dort dichtgedrängt, Soldaten in grauer Uniform. Ihre Gesichter waren blutdürstig — nicht im Traum hätte er sich je vorgestellt, daß menschliche Gesichter so sein könnten, und er schrak zurück vor ihnen, wie er nie vor Leprakranken zurückgeschreckt war. Da richteten sie ihre Gewehre auf ihn, brüllend wie Tiger. Er empfand keine Furcht, nur maßloses Staunen.

«Was wollt ihr denn, meine Freunde?» fragte er überrascht.

Ein junger Bursche, kaum älter als der entlaufene Schuljunge, trat vor und riß ihm den Rosenkranz vom Hals. Die Reste des zerbrochenen Kreuzes, alles, was übrig geblieben war von dem Kreuz, das Vater Andrea so viele Jahre getragen, fielen zu Boden.

«Wir sind gekommen, um die Welt von Imperialisten und Kapitalisten zu befreien!» schrie der junge Bursche.

«Imperialisten und Kapitalisten?» wiederholte Vater Andrea staunend. Diese Worte hatte er noch nie gehört. Lange Jahre war es her, daß er anderes gelesen hatte als die alten Kirchenväter und seine astronomischen Bücher. Er hatte nicht die leiseste Ahnung, was der Bursche meinte.

Aber der Junge spannte den Hahn seines Gewehres und zielte auf Vater Andrea. «Wir sind die Revolutionäre!» rief er. Seine Stimme klang rauh und heiser, als hätte er viele Stunden geschrien, und sein bartloses, jugendliches Gesicht war voller Pusteln und rot wie vom Trinken. «Wir sind gekommen, um alle zu befreien!»

«Alle zu befreien?» sagte Vater Andrea langsam und lächelte ein wenig. Er beugte sich nieder, um sein Kreuz aus dem Staub aufzulesen.

Aber ehe noch seine Hand dieses Kreuz berühren konnte, krampften sich des Knaben Finger um den Drücker, es gab einen scharfen Knall, und Vater Andrea stürzte zu Boden, tot.

Die neue Straße

Lu Chen besaß einen Heißwasser-Laden an der Ecke der Nordtor-Straße, bei der Kreuzung mit der Gasse der Familie Hwang. Wie jeder weiß, war das einer der wichtigsten Punkte dieser ganzen langen Straße. Nicht nur die Seidengeschäfte ließen ihre orangefarbenen Seidenfahnen hier wehen, sondern auch weiter unten in der Hwang-Gasse lebten reiche Familien. Ein dutzendmal im Tag ließen die Gehilfen, die faul in den düsteren Läden herumlungerten, vom Tee-Kuli Kannen kochenden Wassers holen, um den Tee aufzugießen, den sie den ganzen Tag hindurch tranken. Ein dutzendmal im Tag ließen die vornehmen Damen der Gasse, die bei ihren gegenseitigen Besuchen sich mit zierlichen Spielen die Zeit vertrieben, von ihren Sklavinnen bei Lu Chen Wasser holen. Es war ein blühendes Geschäft und es war auch schon zur Zeit seines Großvaters ein blühendes Geschäft gewesen, da ein Kaiser nur wenige Meilen entfernt wohnte und die Straße bei den Lustgärten eines Fürsten endete.

Von seinem Vater hatte Lu Chen den Laden übernommen, zugleich mit einem Reissack voll Silberdollars. Der Reissack war geleert worden, um die Kosten von Lu Chens Hochzeitsfeier zu decken, aber nach und nach wurde er wieder gefüllt, denn er mußte die Studien und schließlich die Hochzeit von Lu Chens Sohn ermöglichen. Jetzt, nach der letzten Leerung, war er zum fünften Male voll, und Lu Chens Enkel lief im Laden umher und entsetzte den alten Mann durch abenteuerliche Einfälle und neugierige Blicke nach den großen, in Lehmöfen eingebauten Kupferkesseln.

«Als ich ein Kind war», erklärte Lu Chen mindestens einmal täglich seinem kleinen Enkel, «ging ich nie in die Nähe der Kessel. Ich gehorchte meinem Großvater und lief nicht fortwährend herum wie ein kleines Kücken.»

Doch davon verstand der Enkel nichts. Er war noch zu klein, um ordentlich zu sprechen, aber er wußte bereits, daß er im Mittelpunkt der Sorgen des Großvaters stand, und hörte nicht auf, unter den Augen des aufgeregten Alten bei den Kesseln herumzuwackeln. Freilich hatte er sich daran gewöhnen müssen, am Kragen seines Kleidchens plötzlich hochgehoben zu werden und in der Luft zu baumeln, bis der Großvater ihn im Hinterzimmer auf den Boden stellte.

«Ich verstehe dein Kind nicht», sagte Lu Chen zu seinem hochgewachsenen jungen Sohn. «Wann wirst du es Gehorsam lehren?»

Lu Chens Sohn, der zu Müßiggang und Unzufriedenheit neigte, seit er den vierten Jahrgang der Regierungsmittelschule vollendet hatte, zuckte statt aller Antwort die Achseln und erwiderte, halb verdrossen: «Man hält heute von Gehorsam nicht mehr so viel.»

Der Vater blickte ihn scharf an. Er wollte nie zugeben, daß sein Sohn müßig ging. Selbst des Nachts, wenn Lu Chen hinter den Vorhängen des Bambusbettes neben seiner Frau lag, hätte er es nicht zugegeben.

Manchmal meinte diese: «Der Junge hat nicht genug zu tun. Der Laden ist klein und gibt wirklich nur einem Mann Arbeit. Wenn du dich bloß zur Ruhe setzen wolltest — bist du nicht fünfzig Jahre? — und deinem Sohn das Geschäft überließest, es wäre besser. Er zählt zwanzig Jahre und fühlt keine Verpflichtung, für den Reis zu sorgen, den er ißt, und für den Reis, den seine Frau und das Kind essen. Du machst alles. Warum hast du ihn zur Schule geschickt, wenn er müßig gehen soll?»

Lu Chen warf die dicke blaue, baumwollgefütterte Bettdecke zurück. Das Gerede, er solle die Arbeit im Laden aufgeben, beengte ihm stets den Atem. Der einzige Grund, warum er den Sohn von einem Jahr zum andern in der Schule gelassen, war der, den Laden für sich zu behalten.

«Der größere Kessel», brummte er, «ist nie so blank, wie ich es haben will. Ich habe dem Jungen dutzendmal erklärt: ‹Nimm Asche aus dem Ofen, befeuchte sie ein wenig und reibe damit das Kupfer ein, und bis sie getrocknet ist›... aber er will es nie so machen.»

«Weil er es dir nie recht machen kann», erwiderte die Frau. Sie war groß und dick. Lu Chens kleine, dürre Gestalt bauschte kaum die Decke neben dem großen Wall, den ihr Körper aufwarf.

«Er tut nie, was ich ihm sage», erklärte er mit lauter Stimme.

«Dir kann man es nie recht machen», erwiderte sie gelassen.

Diese ihre Gelassenheit ärgerte ihn mehr als jeder Zorn. Er setzte sich auf und blickte zu ihrem unbewegten Gesicht hinab. Durch die groben Leinenvorhänge drang das Licht des Öllämpchens in unbestimmtem Flackern; er konnte ihre schläfrigen Augen sehen und den vollen ausdruckslosen Mund.

«Ich tue das, was mein Vater mich gelehrt hat», rief er schrill.

«Schon gut», murmelte sie. «Was macht das aus? Schlafen wir lieber.»

Er schnaufte einen Augenblick und legte sich dann zurück.

«Dir liegt auch gar nichts am Laden», sagte er schließlich. Das war der schwerste Vorwurf, der ihm einfiel.

Aber sie antwortete nicht. Sie schlief, und ihr lautes ruhiges Atmen erfüllte alle Falten des Vorhangs.

Am nächsten Morgen erhob sich Lu Chen schon sehr zeitig und scheuerte selbst das Innere der beiden Kessel, bis sie sein mageres braunes Gesicht spiegelten. Gerne hätte er sie leer gelassen, bis der Sohn erwacht war, um ihm zu zeigen, wie sie aussehen konnten. Aber er wagte es nicht, denn die Sklavinnen und Diener kamen schon frühmorgens und holten heißes Wasser für das Bad ihrer Herrinnen. So füllte er denn aus irdenen Krügen die Kessel mit Wasser und entzündete das Feuer darunter. Bald stieg Dampf auf unter den vollgesogenen Holzdeckeln. Er hatte die Kessel gefüllt und wieder gefüllt, drei Male, ehe der Sohn hereinschlenderte. Der junge Mann rieb sich die Augen, sein blauer Rock war nur halb zugeknöpft und sein Haar in Unordnung. Lu Chen sah ihn böse an.

«Als ich jung war», erklärte er, «stand ich frühmorgens auf, reinigte die Kessel und entzündete darunter das Feuer, und mein Vater schlief.»

«Jetzt ist die Zeit der Revolution», erwiderte der Jüngling leichthin. Lu Chen schnaufte und spuckte auf den Boden.

«Jetzt ist die Zeit der ungehorsamen Söhne und der müßig gehenden jungen Männer», sagte er. «Was wird aus deinem Sohn werden, wenn du deinen Reis noch nicht verdienen kannst?»

Aber der Junge lächelte nur und knöpfte langsam den Rock zu. Dann ging er zum nächsten Kessel und schöpfte mit einem Gefäß heißes Wasser daraus, um sich zu waschen.

Lu Chen beobachtete ihn, und in seinem Gesicht arbeitete es. «Nur um deinetwillen ist mir der Laden wichtig», sagte er schließlich. «Damit das Geschäft auf dich übergehen kann und nach dir auf das Kind. Dieses Heißwasser-Geschäft steht hier seit sechzig Jahren. Es ist wohlbekannt. Das ganze Leben meines Vaters, mein Leben und dein Leben hat es erhalten — und nun auch das des Kindes.»

«Man spricht von einer neuen Straße», meinte der junge Mann, drückte Wasser aus einem dampfenden Tuch und rieb sich das Gesicht ab.

Das war das erste Mal, da Lu Chen von der neuen Straße hörte. Damals bedeutete ihm das nichts. Der Sohn war immer unterwegs, immer voll Neuigkeiten, seit der Zeit, da die Revolution in die Stadt gekommen. Was das war, die Revolution, das wußte Lu Chen nicht recht. Gewiß, es gab eine Zeit, da ging das Geschäft sehr schlecht, die großen Läden blieben geschlossen, aus Angst vor Plünderung, und Lu Chens Kunden zogen nach Shanghai. Die ganze Arbeit beschränkte sich damals auf das jämmerliche Auffüllen blecherner Teekannen armer Leute, die um jede Kupfermünze feilschten. Das nannte man Revolution, und er bekam Angst und verfluchte sie in seinem Herzen. Dann gab es plötzlich überall Soldaten, und die kauften unbekümmert Wasser. So konnte er wieder daran denken, den Reissack aufzufüllen. Auch das war die Revolution. Er wunderte sich nicht wenig, verfluchte sie aber nicht mehr. Schließlich öffneten sich die großen Läden wieder, die alten Familien kehrten zurück, die Soldaten verschwanden und alles wurde ungefähr, wie es gewesen; nur die Preise waren gestiegen. So konnte auch er den Preis des heißen Wassers erhöhen, und es war ihm geholfen.

«Diese Revolution», meinte er eines Morgens zu seinem Sohn, «was ist das eigentlich? Du hast etwas gelernt — weißt *du* es vielleicht? Es war ein großer Wirrwarr. Ich bin froh, daß alles vorüber ist.»

Als der Sohn das hörte, zog er die Brauen hoch. «Vorüber?» wiederholte er. «Es hat erst begonnen. Warte nur ab. Bis unsere Stadt die Hauptstadt des Landes ist, dann wird alles ganz anders.»

Der Alte schüttelte den Kopf. «Anders? Es ändert sich nie viel. Kaiser und Könige und Präsidenten und wer immer — man muß Tee trinken und man muß baden. Das wird immer so sein.»

Gut. Aber die neue Straße? Am selben Tag, da der Sohn von ihr gesprochen, warf diese unverschämte kleine Sklavin aus der dritten Gasse unten die Lippen auf und sagte:

«Unser Herr spricht von einer großen neuen Straße, sechzig Fuß breit. Was soll dann aus deinen Kesseln werden, Lu Chen?»

Lu Chens Arm war nackt bis zum Ellbogen und rot von dem ständigen Wasserdampf. Er spürte die Hitze kaum. Aber jetzt, da die kleine Sklavin sprach, tauchte er den Bambusschöpfer tiefer ins Wasser und knurrte. Seine Hand zitterte und verspritzte ein wenig Wasser über den Rand des Kessels in die brennenden Kohlen. Ein Zischen stieg davon auf. Er sagte kein Wort, sondern tat, als wollte er das Feuer schüren. Mit einem so dummen Geschöpf sprach man nicht. Doch als sie schon gegangen war, fiel ihm ein, daß sie im Hause Ling diente, wo der älteste Sohn Beamter war, so daß an dem Gerede über die Straße etwas daran sein konnte. Beinahe entsetzt starrte er die grauen Ziegelwände des kleinen Ladens an. Sie waren dunkel geworden von Rauch und Feuchtigkeit und hatten Sprünge, an die er sich noch aus der Kinderzeit erinnern konnte. Sechzig Fuß breit? Das hieß ja den ganzen Laden hinwegfegen!

«Ich werde einen Preis verlangen, den sie nicht zahlen können», dachte er. «Einen Preis ...» Er suchte nach einem Betrag, der groß genug wäre, eine Regierung umzuwerfen. «Ich werde zehntausend Dollar verlangen.»

Nun war er glücklich. Wer würde zehntausend Dollar zahlen für diese zwölf Quadratfuß und für die beiden Kessel? Wo gab es soviel Geld? Zur Zeit, da sein Vater jung war, hatte der Prinz Ming-yuan einen Palast gebaut um diesen Betrag. Lu Chen lachte ein wenig und war nachsichtiger mit seinem Sohn, vergaß die neue Straße und behütete wieder Tag für Tag das Leben des Kindes vor den Gefahren der Kessel. Alles blieb, wie es gewesen.

Einmal, gegen Mittag, setzte er sich nieder, um auszuruhen und Tee zu trinken. Er goß sich den Tee immer selbst auf, sobald die Kessel zum fünften Male geleert waren, knapp bevor sie für den Mittagsbedarf neu gefüllt werden mußten. Um diese Stunde konnte er sich Ruhe gönnen, denn die Leute hatten für den Morgentee alles besorgt, und die Zeit des Mittagsmahles war noch nicht gekommen. Er nahm den Enkel aufs Knie und ließ ihn mittrinken, und er lächelte beim Anblick des Kindes, das die Schale in beide Hände nahm und mit großen Augen über den Rand blickte und trank.

Plötzlich wurde scharf an die Tür geklopft, es klang wie ein Schwerthieb. Lu Chen stellte das Kind sorgfältig auf den Boden und schob die Teekanne weit fort von ihm. Dann ging er zur Tür und zog tappend den hölzernen Riegel zurück. Ein Mann in grauer Baumwolluniform stand draußen. Es war ein junger Offizier mit hochmütigen Mienen, und er sah Lu Chen kaum an.

«Herr», sagte dieser ein wenig schüchtern, denn der junge Offizier trug ein Gewehr und einen Patronengürtel. Aber er wurde unterbrochen.

«Die neue Straße geht durch deinen Laden. Wie heißt du, Alter?» Der Offizier warf einen raschen Blick auf ein Papier, das er aus der Tasche zog. «Richtig, Lu. Dreißig Fußbreit von deinem Haus müssen weg. Heute über vierzehn Tagen muß der Laden fort sein, sonst reißen wir ihn dir nieder.» Er faltete das Papier nachlässig zusammen und steckte es wieder ein. Dann wandte er sich zum Gehen. Hinter ihm standen drei gemeine Soldaten, und auch die machten kehrt und marschierten. Lu Chen konnte nicht sprechen. Er schluckte, aber seine Kehle blieb trocken. Kein Ton kam hervor. Einer der Soldaten warf ihm über die Schulter einen Blick zu, einen neugierigen, mitleidigen Blick. Dieses Mitleid löste plötzlich den Klumpen in Lu Chens Kehle.

«Zehntausend Dollar», rief er heiser dem jungen Offizier nach. Dieser blieb stehen und wandte sich um.

«Was soll das?» fragte er scharf.

«Der Laden kostet zehntausend Dollar», stammelte Lu Chen.

Der junge Offizier griff nach dem Gewehr, und entsetzt verschwand Lu Chen hinter der Tür, die er zuschloß. Aber das paßte dem jungen Mann nicht. Er marschierte zurück und donnerte mit dem Kolben so jählings an die Tür, daß Lu Chen taumelte und das Kind anstieß, worauf es in Tränen ausbrach. Noch jedesmal, wenn das Kind weinte, war Lu Chen herbeigelaufen. Jetzt aber hörte er es nicht einmal. Er starrte unentwegt den Offizier an und, ohne es zu wissen, murmelte er immer wieder: «Zehntausend Dollar, zehntausend Dollar.»

Der Offizier machte große Augen und lachte dann frostig auf.

«Das ist eben dein Beitrag zur neuen Hauptstadt», erklärte er, rief in scharfem Ton ein Kommando und marschierte ab.

Beitrag? Was für ein Beitrag? Das Kind lag auf dem Ziegelfußboden und heulte. Es blieb immer liegen, wenn es irgendwo hinfiel, denn immer hob es einer auf, aber jetzt kam niemand. Lu Chen stand da und sah durch die Tür dem jungen Mann nach. Das Herz schlug ihm so langsam, daß er kaum atmen konnte. Den Laden aufgeben, den Lebensunterhalt? Was sollte all das Gerede von der neuen Hauptstadt? Ihn ging es nichts an. Er wandte sich um, erblickte den Kleinen, hob ihn verwirrt auf und stellte ihn auf die Füße. Dann, das Kind im Arm, setzte er sich nieder. Der Laden gehörte doch dem Kind! Niemand konnte sich ihn aneignen. Die Wut stieg hoch in Lu Chen und das erleichterte ihn, denn es vertrieb die Angst. Niemals gab er den Laden auf — niemals! Hier würde er sitzenbleiben, bis der letzte Ziegel über seinem Kopf abgerissen war. Er stellte das Kind wieder auf den Boden, machte sich lärmend zu schaffen und füllte die Kessel und entzündete ein mächtiges Feuer, so daß in weniger als einer Stunde das Wasser Blasen warf und dampfte und die hölzernen Deckel emportrieb. Er war sehr scharf zu seinen Kunden, und als die unverschämte kleine Sklavin mit ihren rosigen Wangen und frechen schwarzen Augen kam, knauserte er mit dem Wasser und wollte ihr die Kanne nicht vollfüllen, so sehr sie auch schalt.

«Für uns alle wird es gut sein, wenn die neue Straße kommt und deinen Laden mitnimmt! Du alter Räuber!» tobte sie, als sie sah, daß er ihr nicht mehr geben wollte.

«Nichts kann mir genommen werden!» schrie er ihr nach, und als ihr höhnisches Lachen zurückkam, schrie er wieder: «So viel geb ich für die neue Straße!» und er spuckte aus.

Nach einer Weile öffnete sich die Tür, und der Sohn trat ein.

«Was macht die neue Straße?» fragte er nachlässig, und er fühlte nach der Teekanne, um zu sehen, ob sie noch heiß sei.

«Nun also», sagte Lu Chen. «Zum Essen kommst du immerhin nach Haus. Wo warst du heute?»

«Das mit der neuen Straße ist nämlich wahr», antwortete der Junge und trank in kleinen Zügen den schon erkalteten Tee aus dem Ausguß der Kanne. «Vollkommen wahr. Sie geht gerade hier durch. Vom Haus — ‹dreißig Fuß müssen weg› — werden nur die zwei hinteren Schlafräume zur Hälfte stehenbleiben.»

Lu Chen starrte ungläubig vor sich hin. Plötzlich wurde er so zornig, daß sein Blick sich trübte. Er hob die Faust und schlug dem Sohn die Teekanne aus der Hand, und sie fiel zu Boden und zerbrach in drei Stücke.

«Du stehst da», ächzte Lu Chen, «du stehst da und trinkst Tee ...», und als er das erstaunte Gesicht des Sohnes sah, brach er in Tränen aus und ging, so rasch er konnte, in das Zimmer, in dem er immer schlief, und kroch in das Bett und zog die Vorhänge zu.

Andern Tags, beim Aufstehen, war er immer noch böse auf den Sohn. Als ob nichts geschehen wäre, aß der junge Mann seinen Reis, doch Lu Chen zerrte an den Augenbrauen und brummte: «Ja, du ißt, und dein Sohn ißt, aber du denkst nicht daran, woher das Geld kommt.» Trotzdem glaubte er nicht ernstlich, daß man ihm den Laden wegnehmen könnte, und er besorgte alle Arbeit wie zuvor.

Elf Tage nach der Warnung des Offiziers kam Lu Chens Frau, und ihr Gesicht zeigte ungewohnte Bestürzung. «Es ist wahr, daß die Straße kommt», sagte sie zu ihrem Mann. «Sieh die Gasse entlang, und du wirst Augen machen. Was sollen wir tun?» Und ohne das breite Gesicht viel zu verziehen, begann sie leise zu weinen.

Als Lu Chen sie weinen sah, zitterte er an allen Gliedern. Er ging zur Tür und blickte die Gasse hinab. Die war immer so schmal gewesen, so gewunden und verdunkelt durch überhängende Firmenschilder aus lackiertem Holz und farbiger Seide, daß man nur ein paar Schritte weit sehen konnte. Aber jetzt schien auf die dumpfen Pflastersteine das ungewohnte Licht der Sonne. In einer Entfernung von wenigen Fuß waren alle Schilder verschwunden, und Arbeiter rissen die Häuser nieder. Ziegel und Fliesen, vom Alter schmutzig geworden, lagen in Haufen herum und daneben warteten Karawanen von Maultieren mit Körben auf dem Rücken, um sie wegzuschaffen. Der Offizier, den er schon kannte, ging hin und her, und vier zornige Weiber mit lang herabhängenden Haaren liefen ihm nach. Sie fluchten und heulten, und Lu Chen hörte, daß sie sagten:

«Man hat uns das Leben genommen, das Leben genommen, unsere Häuser sind zerstört!»

Da ging er in sein Geschäft zurück, schloß die Tür und verriegelte sie. Er setzte sich auf eine kurze Holzbank hinter den Kesseln, die Knie zitterten ihm, und sein Geist war verwirrt. Unerbittlich kam die Straße. Aus dem Hinterzimmer lief das Kind herbei und schmiegte sich an ihn, aber Lu betrachtete es gefühllos. Der Kleine bemerkte den abweisenden Ausdruck, blickte spitzbübisch auf und betupfte, wie zur Probe, den großen Kessel mit dem Finger. Aber Lu — zum erstenmal im Leben — fuhr das Kind nicht an. Ein trüber Gedanke ging ihm durch den Kopf. «Verbrennen? Das ist es nicht. Verhungern wirst du schließlich.»

Auf einmal donnerte es an die Tür, und Lu Chens Herz machte einen Sprung. Steif am ganzen Körper erhob er sich, um den Riegel zurückzuschieben. Da stand der Offizier in einer sauberen neuen Uniform, und hinter ihm die drei Soldaten. Es schien unmöglich, sich vorzustellen, daß man noch vor wenigen Minuten bitter hinter ihnen hergeflucht hatte, so sicher und selbstbewußt sahen sie aus. Bei ihrem Anblick fühlte Lu plötzlich, daß er alt war und daß es für ihn das beste wäre, zu sterben.

«Vier Tage», sagte der Offizier, «und dein Laden muß fort. Reiß ihn selbst nieder, so hast du wenigstens das Baumaterial. Sonst wird es beschlagnahmt.»

«Aber das Geld?» stammelte Lu Chen.

«Geld?» erwiderte scharf der Offizier und schlug mit einem Stöckchen, das er in der Hand hielt, an seine spiegelnden Stiefel.

«Der Preis beträgt zehntausend Dollar», sagte Lu Chen ein wenig fester und raffte sich zusammen.

Der Offizier ließ ein kurzes scharfes Lachen hören.

«Geld gibt's nicht», erklärte er, und jedes Wort war schneidend und kalt wie Stahl. «Du machst der Republik ein Geschenk damit.» Wild blickte Lu Chen um sich. Es mußte doch eine Behörde geben. Es mußte ihm doch jemand helfen.

Mit gebrochener, schriller Stimme kreischte er zu den Vorübergehenden hinaus auf die Straße: «Seht ihr das, ihr Herren? Man will mich berauben, die Republik will mich berauben. Wer ist diese Republik? Wird sie mir zu essen geben, meiner Frau und meinem Sohn...?»

Da spürte er, daß jemand ihn leicht am Rock zog. Der Soldat, der sich neulich nach ihm umgesehen hatte, flüsterte rasch:

«Mach den Offizier nicht zornig — sonst wird es noch schlimmer!» Laut sagte er:

«Beklag dich nicht, Alter. Dein Laden muß ohnedies weg. In der neuen Zeit, die jetzt kommt, braucht man keine Heißwasser-Läden. Heißes Wasser fließt von selbst aus den Rohren.»

Lu Chen hätte ihm geantwortet, wäre er nicht von seinem Sohn zurückgerissen worden, der plötzlich vor ihm stand, das Gesicht dem Offizier zugewendet. Ängstlich und höflich sprach der junge Mensch:

«Herr, verzeiht einem alten Manne, der nicht begreifen kann, daß die Revolution gekommen ist und neues Licht gebracht hat. Ich werde für ihn antworten. Wir werden das Haus niederreißen, Herr. Es ist eine Ehre für uns, alles, was wir haben, dem Land zu opfern.»

Die rote Wut, die im Antlitz des Offiziers aufgestiegen war, verschwand. Er nickte kurz und entfernte sich rasch.

Der Jüngling verriegelte die Tür vor der halb neugierigen, halb mitleidigen Zuschauermenge, die sich angesammelt hatte. Dann lehnte er sich an den Pfosten und blickte Lu Chen ins Gesicht. Der hatte ihn noch nie so energisch und entschlossen gesehen.

«Sollen wir alle getötet werden?» fragte der Junge. «Sollen wir sterben um eines Ladens willen?»

«Jedenfalls werden wir Hungers sterben», erwiderte Lu Chen und setzte sich an das andere Ende des Tisches seiner Frau gegenüber. Die ganze Zeit war sie weinend dort gesessen, ohne Lärm zu machen oder zu stören, und hatte sich nur die großen Tränen mit einem Zipfel ihrer blauen Jacke von den Wangen gewischt.

«Ich habe Arbeit gefunden», erklärte der Sohn. «Ich soll Aufseher über die Arbeiter an der neuen Straße werden.»

Da sah Lu Chen zu ihm auf und jede Hoffnung schwand aus seinem Herzen.

«Auch du, Sohn?» flüsterte er.

Ruhelos strich sich der junge Mann das Haar aus seiner Stirne.

«Vater, es hat keinen Sinn, dagegen zu kämpfen. Sie wird kommen. Denk doch: eine große neue Straße, die durch unsere Stadt zieht! Automobile fahren hin und her! In der Schule habe ich einmal das Bild einer Straße in einer ausländischen Stadt gesehen — große Geschäfte und Autos, die hin- und herrasen. Nur wir haben Schiebkarren und Rikschas und Maultiere, die die Gassen verstopfen. Ja, denn unsere Straßen sind vor tausend Jahren gebaut worden. Sollen wir niemals neue bekommen?»

«Wozu brauchen wir Automobile?» brummte Lu Chen. Er hatte viele gesehen, in den letzten Wochen, wie sie sich stauten und hartnäckig vorwärtsschoben, und wie die Leute vor ihnen in Hausflure und Seitengassen flüchten mußten. Er haßte sie. «Unsere Vorfahren . . .», begann er.

Aber der junge Mann schnippte mit den Fingern. «Soviel geb ich für sie!» rief er. «Fünfzig Dollar im Monat bekomme ich von der neuen Straße!»

Fünfzig Dollar im Monat? Lu Chen war betäubt. Er hatte noch nie soviel Geld beisammen gesehn. Das lenkte ihn ein wenig ab, und auch die Frau hörte auf zu weinen. «Woher soll soviel Geld kommen?» erkundigte sie sich ein wenig ängstlich.

«Die neue Regierung hat es versprochen», antwortete der Sohn selbstgefällig.

«Ich werde mir eine neue schwarze Satinjacke kaufen», erklärte die Mutter, und ein Lichtschein dämmerte auf ihrem Antlitz. Und nach einer Pause, in der sie an die Jacke dachte, ließ sie ein rasselndes, heiseres Lachen hören.

Lu Chen aber überlegte, und es schien ihm, daß jetzt jede Hoffnung für sein Geschäft dahin war, da es nicht mehr ihren einzigen Lebensunterhalt bildete. Den ganzen Tag saß er da, ohne das Feuer anzuzünden, und zum erstenmal in drei Generationen blieben die großen Kessel kalt.

Zu den Leuten, die Wasser holen kamen, sagte er:

«Ihr braucht es nicht mehr. Ihr werdet Rohre bekommen. Bis dahin wärmt euch euer Wasser selbst.»

Die freche kleine Sklavin zeigte ihm die Zunge, ihre kleine rote Zunge, die so rot war wie Kirschen, aber er schüttelte nur den Kopf, ohne Zorn und ohne Teilnahme.

Am nächsten Tag fragte der Sohn:

«Sollen wir nicht die Maurer rufen, daß sie das Haus niederlegen und wir nicht um alles kommen?»

Das riß ihn ein bißchen zusammen. «Nein!» schrie er. «Da man mich berauben will, soll man es ganz tun.» Und vier Tage lang blieb er in seinem Hause sitzen, weigerte sich zu essen, weigerte sich sogar, die Türe zu öffnen, obwohl er hörte, daß die Zerstörung näher und näher kam: das Krachen fallender Ziegel, das Stöhnen jahrhundertealter Pfosten, die jetzt umgelegt wurden, das Weinen vieler Menschen, denen es erging wie ihm, deren Heim solcherart vernichtet wurde.

Am Morgen des fünften Tages wurde gewaltig an die Türe gepocht. Er erhob sich sofort und öffnete. Ein Dutzend Männer stand draußen, mit Spitzhacken und Äxten bewehrt. Er sah sie an: «Ihr kommt, meinem Laden zu zerstören? Ich bin hilflos. Hier ist er.» Und er setzte sich wieder auf seine Bank, während die Arbeiter hereinströmten. Nicht das geringste Zeichen von Mitgefühl war in ihren Gesichtern zu sehen. In gleicher Weise hatten sie schon Hunderte von Läden und Wohnungen zerstört; und für sie, das sah er deutlich, war er nichts als ein alter Mann, und einer, der lästiger schien als die andern.

Die Frau, der Sohn und dessen Weib und Kind waren am selben Morgen in das Haus eines Freundes gezogen und hatten alles mitgenommen, bis auf die Bank, auf der Lu Chen saß, und die beiden Kessel. Der Sohn hatte gebeten: «Komm mit mir, Vater. Ich habe eine Stätte für uns bereitet – ich habe ein kleines Haus gemietet. Man hat mir für den ersten Monat einen Vorschuß gegeben.» Aber Lu Chen hatte eigensinnig den Kopf geschüttelt und war sitzen geblieben, während die andern gingen.

Da standen die großen Kupferkessel, fest eingebettet in den Lehm der Öfen. Zwei Männer hieben mit Spitzhacken hinein.

«Mein Großvater hat sie eingebaut», sagte Lu plötzlich. «Heute gibt es keine solchen Arbeiter mehr.»

Aber sonst sagte er nichts, während die Ziegel vom Dach heruntergerissen wurden und das Licht durchsickerte zwischen den Sparren. Schließlich brachen sie auch diese ab, und er saß zwischen seinen vier Wänden, und die Mittagssonne brannte auf ihn herab. Er fühlte sich schwach und elend, aber er blieb sitzen, den ganzen langen Nachmittag, und als der Abend kam, saß er noch immer da in seinem Laden – einem Haufen von Ziegeln und zerbrochenen Sparren. Nackt ragten die beiden Kessel aus den Trümmern. Die Leute blickten ihn neugierig an, aber sie sagten nichts, und er blieb sitzen.

Schließlich, als es schon beinahe finster war, kam der Sohn und nahm ihn an der Hand. «Das Kind will nicht essen, weil du nicht gekommen bist, Vater», sagte er freundlich, und da stand Lu Chen auf wie ein sehr alter Mann, und er hielt die Hand des Sohnes und ging mit ihm.

Von nun an wohnten sie in einem kleinen strohgedeckten Hause gerade hinter dem Nordtor, wo es Felder und unbebautes Land gibt. Lu Chen, der sein ganzes Leben im Straßenlärm verbracht hatte, hielt die Stille nicht aus. Er konnte den Blick über die leeren Felder nicht ertragen. Den ganzen Tag saß er in dem kleinen Schlafraum, der ihm und seiner Frau gehörte, ohne viel zu denken. Da er nicht mehr arbeiten mußte, wurde er in kurzer Zeit sehr, sehr alt. Der Sohn brachte am Ende des Monats fünfzig runde Silberdollar nach Hause und zeigte sie in überströmender Freude:

«Das ist mehr, als der Laden je getragen hat!» rief er. Er war nicht länger faul und nachlässig, und er trug eine saubere graue Uniform, die stramm saß.

Aber Lu Chen murmelte nur: «Die beiden großen Kessel faßten jeder mindestens zwanzig Eimer Flußwasser.»

Eines Tages zeigte ihm die Frau, die in diesem Hause wieder so ruhig war, wie sie immer gewesen, ihre neue Satinjacke und strich sie über dem großen Busen glatt. Aber er starrte das Weib nur an. «Meine Mutter», sagte er schwerfällig, «hatte einst eine Jacke, die war mit Seide ausgeschlagen.»

Niemand konnte ihn dazu bringen, daß er das Haus verließ. Tag für Tag saß er da, sein Haar wurde ganz weiß, und das schmale Gesicht verlor den Ausdruck gespannter Geschäftigkeit. Die Augen, die stets wachsam und aufmerksam auf der Lauer gewesen, blickten stumpf und verschwanden hinter trüben Schleiern, wie das bei alten Leuten ist. Nur das Kind konnte ihn manchmal für einen kurzen Augenblick aus seiner Versunkenheit herauslocken.

Es war auch das Kind, das ihn schließlich aus dem Hause lockte. Die immer kürzer werdenden Tage des Frühwinters verbrachte er vor dem kleinen Fenster seines Zimmers und starrte unablässig hinaus. Sein Tag zerfiel in drei Abschnitte der Mahlzeiten; in der Nacht schlief er schlecht, manchmal sogar im Sessel, den Kopf auf der Tischplatte.

Da kam nach einer Regenwoche einer jener täuschend milden Tage, die den Herbst unterbrechen, ehe die starke Kälte einsetzt. Den ganzen Morgen schon spürte er die milde, feuchte Wärme. Schräg drangen die Sonnenstrahlen durch die grauen Wolken und erhellten die Landschaft. Er fand keine Ruhe und stieß das Fenster auf. Der frische Geruch von Erde und Wasserdunst drang empor. «Man hätte einen Kessel voll Regenwasser auffangen können», sagte er und schnupperte die Feuchtigkeit ein. Für Regenwasser waren in den alten Tagen hohe Preise zu erzielen gewesen.

In diesem Augenblick kam das Kind und zog ihn an der Hand. «Komm hinaus, komm hinaus», rief es lachend. «Komm spielen.»

In Lu Chen regte sich etwas. Gut. Warum sollte er wirklich nicht ein wenig ins Freie gehen? Und langsam erhob er sich, ergriff die Hand des Kindes und trat vors Haus. Hier war es sehr warm und die Sonne machte ihn munter. Mit einiger Anstrengung richtete er sich auf und schlenderte auf die nächstgelegenen Häuser zu. Warum sollte er nicht hingehen und erfahren, was es dort Neues gab? Lange Zeit schon hatte er nichts Neues gehört. Der Sohn war den ganzen Tag beschäftigt, und die Frauen — wer spricht mit einer Frau?

Das Kind plauderte, und leises Summen herbstlicher Insekten erfüllte die Luft. Es war fast wie im Frühling. Neugierig sah er um sich. Wo war er eigentlich? Drüben stand das Nordtor. Dort endete doch die Straße, in der sein Laden gestanden hatte. Warum sollte er nicht hingehen und sie anschauen? Würde er es ertragen können? Er ging etwas rascher.

Dann bog er um eine Ecke, und die Straße lag vor ihm. Die Straße? Was war das? Ein großer leerer Raum schnitt mitten durch das Herz der Stadt. An den beiden Seiten dieselben schmalen, gewundenen, finsteren Gassen und Gäßchen, die er von jeher kannte, und gerade hindurch, wie mit einem saubern Schwertschlag geschlagen, diese — diese neue Straße.

Er starrte sie an in ihrer ganzen Länge, und Furcht rang ihn plötzlich nieder. Das war ja ungeheuerlich — was sollten die Leute mit einer solchen Straße beginnen? Wie Mücken, wie Ameisen sahen die Männer aus, die an ihr arbeiteten. Alle Menschen der ganzen Welt konnten auf ihr spazierengehen, ohne aneinander anzustoßen. Leute standen herum, wie er selbst, überwältigt und schweigend. Ihr bitterer Gesichtsausdruck erweckte seine Teilnahme.

«Du hast hier gewohnt?» bemerkte er zu einem Mann mit schmalem Gesicht, der neben ihm stand.

Der Mann nickte langsam. «Das Haus war alles, was ich besaß», sagte er. «Ein gutes Haus, es stammte aus der Zeit der Ming. Es hatte zehn Zimmer. Jetzt wohne ich in einer Hütte. Du mußt wissen: das Haus war alles, was ich besaß — ich habe die Zimmer vermietet.»

Lu Chen nickte. «Ich hatte einen Laden — einen Heißwasser-Laden», brachte er mühsam hervor. Er hätte gern mehr gesagt; es lag ihm auf der Zunge, zu sagen: «Es standen zwei gewaltige Kupferkessel darin.» Aber der Mann hörte ihm nicht zu. Er stand da und starrte auf die ungeheure Straße.

Jemand kam näher und Lu Chen sah, daß es sein Sohn war. Der junge Mann lächelte und setzte sich in Trab. «Mein Vater!» rief er. Und dann: «Vater, wie gefällt dir das?»

Des alten Mannes Lippen zitterten. Er wußte nicht, sollte er lachen oder weinen. «Es sieht aus, als hätte ein mächtiger Sturmwind durch die Stadt gefegt», antwortete er.

Aber der Jüngling lachte nur und sagte eifrig: «Sieh, Vater, das ist mein Anteil an der Arbeit. Hier, an jeder Seite, wird ein Gehsteig gebaut, und in der Mitte ist Platz für die elektrischen Wagen, und zu beiden Seiten genügend Raum für alle möglichen Fuhrwerke — Raum für alles! Leute aus der ganzen Welt werden über diese Straße gehen und fahren — über die Straße durch die neue Hauptstadt.» Jemand rief ihn, und geschäftig eilte er wieder weg.

Lu Chen stand schweigend da und starrte die Straße entlang. Unendlich breit, dehnte sie sich vor ihm nach beiden Seiten, unendlich lang, verschwand sie in der Ferne. Feierlich überlegte er, wie weit sie reichen mochte. Noch nie im Leben hatte er etwas gesehen, was sich an Größe und Geradheit mit ihr vergleichen ließ. Fern, weit drüben, so weit seine Augen dringen konnten, reichte sie weiter, immer weiter fort, erstaunlich, gewaltig, neu! Ja, das war wirklich etwas! Nicht einmal die Kaiser hatten eine Straße gebaut wie diese. Er sah nieder auf das kleine Kind neben ihm. Dieses Kind nahm sicherlich die Straße als etwas Selbstverständliches. Die Jugend nimmt immer alles als selbstverständlich — so hatte sein Sohn zum Beispiel die Zerstörung des Ladens hingenommen. Zum erstenmal gebrauchte er nicht das Wort «Raub», als er an den Laden dachte. Statt dessen drängte sich ihm eine Frage auf: Hatte es dieser neuen Straße bedurft, damit sein Sohn zum Mann wurde? Es ward ihm klar: Genau so, wie er selbst den Laden geliebt hatte, liebte sein Sohn die Straße. Und er blieb stehen neben dem Kind, betrachtete sie ernst und gedankenvoll und dachte nach über ihre Bedeutung. Diese Revolution — diese neue Straße! Wohin führte sie?

ÜBERSCHWEMMUNG

Unfruchtbarer Frühling

Liu, der Bauer, saß vor der Tür seines einzimmrigen Hauses. Es war ein warmer Abend zu Ende Februar, und in seinem magern Körper fühlte er das Herannahen des Frühlings. Woher er wußte, daß nun die Zeit kam, da der Saft in den Bäumen kreisen und Leben in der Erde sich regen soll, das hätte er selbst nicht sagen können. In anderen Jahren war es leicht genug. Er hätte auf die Weiden beim Hause gewiesen und ihre schwellenden Knospen gezeigt. Aber jetzt waren die Bäume fort. Er hatte sie umgehauen während des strengen Winters, als seine Familie fast Hungers starb, und einen nach dem anderen verkauft. Oder er hätte auf die rosa Knospenspitzen an seinen drei Pfirsich- und sechs Aprikosenbäumen weisen können, die noch sein Vater eingesetzt, so daß sie nun auf der Höhe ihrer Fruchtbarkeit alljährlich Lasten von Obst trugen. Doch auch diese Bäume waren fort. Vor allem aber hätte er jedes andere Jahr auf die Weizenfelder hingewiesen, auf denen er im Winter, da er den Boden nicht für Reis benötigte, Weizen anbaute, und die er dann, sobald der Frühling zum Sommer wurde, mit gutem Reis bepflanzte, denn Reis war seine Haupternte. Aber die Äcker verrieten nichts in diesem Jahr. Sie trugen keinen Weizen, denn die Fluten hatten sie bedeckt, lange nachdem der Weizen hätte angebaut sein müssen, und da lagen sie geborsten und wie Lehm, der eben erst getrocknet ist.

Nun, hätte er seinen Wasserbüffel und seinen Pflug noch gehabt, wie immer in den anderen Jahren, er wäre hinausgegangen an solch einem Tag, um den rissigen Boden zu pflügen. Schmerzhaft sehnte er sich danach, ihn durchzupflügen, damit er wieder aussehe wie ein Feld, jawohl, obgleich er nicht einmal ein einziges Samenkorn besaß. Aber er hatte keinen Büffel. Hätte jemand ihm gesagt, er würde seinen eigenen Büffel aufessen, der ihm das gute Land pflügte, der ihm Jahr für Jahr zur Erntezeit die Steinwalze über das Getreide schleppte, um es zu dreschen, er hätte den Mann verrückt genannt. Und doch war es geschehen. Er hatte seinen eigenen Wasserbüffel aufgegessen, er und seine Frau und seine Eltern und seine vier Kinder, sie alle hatten zusammen den Wasserbüffel aufgegessen.

Doch was hätten sie anderes tun sollen an jenem finstern Wintertag, da der letzte Rest des Getreidevorrates verschwunden war, die Bäume umgehauen und verkauft, da alles verkauft war, auch das wenige, was sie vor der Überschwemmung gerettet hatten, und nichts mehr übrig blieb als das Holzwerk des Hauses und die Kleider, die sie trugen? Hatte es einen Sinn, das Gewand vom Rücken zu reißen, um den Bauch zu füttern? Überdies hungerte auch das Tier, denn sogar das Weideland stand unter Wasser, und man mußte weit über die Felder gehen, um selbst das bißchen Gras zum Kochen des Fleisches und der Knochen zusammenzubringen. An jenem Tag, als er die Gesichter seiner Eltern sah, die waren wie die von Toten, als er das Weinen seiner Kinder hörte und wahrnahm, daß sein Töchterchen im Sterben lag, da packte ihn solche Verzweiflung, daß er wurde wie ein Mann ohne Verstand, daß er seine schwachen Kräfte zusammenraffte und tat, was er, seinen eigenen Worten nach, niemals getan hätte: er ergriff das Küchenmesser, ging hinaus und schlachtete sein Tier. Während er das vollbrachte, stöhnte er trotz seiner Verzweiflung, denn es deuchte ihn, als töte er seinen eigenen Bruder. Für ihn war es das größte Opfer.

Und doch, es war nicht genug. Nein, sie wurden wieder hungrig und hatten nichts mehr zu schlachten. Viele Dorfbewohner wanderten südwärts, nach anderen Orten, oder sie zogen flußabwärts, um in den großen Städten zu betteln. Aber er, Liu der Bauer, hatte noch nie gebettelt. Überdies schien es ihm, als müßten sie nun alle sterben, und der einzige Trost, der ihnen blieb, war der, auf eigenem Grund und Boden zu sterben. Sein Nachbar kam und bat, Liu möge mit ihnen ziehen; ja, er erbot sich sogar, dessen alten Vater auf dem Rücken zu tragen — sein eigener Vater war schon tot —, so daß Liu die Mutter tragen konnte. Aber dieser wollte nicht, und das war gut, denn nach zwei Tagen starb die alte Mutter, und wäre sie auf der Reise gestorben, er hätte sie nur am Straßenrand liegen lassen können, damit die andern nicht aufgehalten würden, und ihrer noch mehr stürben. So konnte er sie gesichert in seine eigene Erde legen, obzwar er so schwach war, daß es drei Tage dauerte, bis er ein Loch gegraben hatte, tief genug für den kleinen, alten, zusammengeschrumpften Körper. Und ehe er sie noch begrub, mußte er mit seiner Frau um die paar armseligen Kleider auf dem alten Körper streiten. Die Frau war ein hartes Weib, und sie hätte die alte Mutter nackt begraben, um die Kleider den Kindern anzuziehen, wäre er nicht dagegen aufgetreten. Aber er bestimmte sie dazu, der Mutter Unterjacke und Hosen zu lassen, obwohl es nur Fetzen waren, und als er die kalte Erde auf den Leib seiner Mutter sah — nun, das war ein Kummer für einen Mann, aber man konnte es nicht ändern. Noch drei andere hatte er irgendwie begraben, den alten Vater, ein Töchterchen, das noch an der Brust lag, und den kleinen Jungen, der nie recht kräftig gewesen.

Das war es, was die Hungersnot des Winters sie gekostet hatte. Alle hätte es beinahe das Leben gekostet, wären nicht in den vielen Teichen, die nach der Flut zurückblieben, Garnelen gewesen, und die aßen sie roh und aßen sie noch immer, obzwar alles an Ruhr litt, die nicht besser werden wollte. In den letzten Tagen war die Frau hinausgekrochen, um ein wenig von dem aufsprießenden Löwenzahn auszugraben. Aber sie hatten kein Brennmaterial, und auch der Löwenzahn wurde roh verzehrt. Indes, das Bittere schmeckte gut nach dem faden Fleisch der rohen Garnelen. Ja, der Frühling kam.

Traurig blieb er sitzen und sah über seinen Boden hin. Hätte er den Büffel wieder gehabt, den Pflug, den sie verfeuert hatten, er hätte den Acker pflügen können. Aber als er daran dachte, wie so oft an jedem Tag, fühlte er sich hilflos wie ein Blatt, das dahintreibt in der Flut. Der Büffel war fort; fort auch der Pflug und alle Geräte aus Holz und Bambus. Was blieb ihm noch? Im Winter war er zuweilen dankbar dafür gewesen, daß die Fluten nicht das Haus mitgerissen hatten wie so viele andere Häuser. Aber nun wurde ihm plötzlich klar, daß er für nichts dankbar sein konnte, nein, nicht einmal dafür, daß er am Leben geblieben war und die Frau und die beiden größeren Kinder. Er spürte, daß ihm langsam Tränen in die Augen stiegen, wie sie ihm nicht einmal beim Begräbnis der alten Mutter gekommen waren, als er die Erde auf ihren Leib fallen sah, nur abgehalten durch die Lumpen, die ihn getröstet hatten an jenem Tag. Aber nun tröstete ihn nichts. Er murmelte leise vor sich hin:

«Ich habe kein Saatgut, den Boden zu bebauen. Da liegt der Boden. Ich könnte hingehen und ihn mit meinen Händen aufreißen, hätte ich Saatgut, und der Boden würde tragen. Ich kenne meinen guten Boden. Aber ich habe kein Saatgut, und der Boden ist leer. Der Frühling kommt: doch wir müssen weiter hungern.»

Und er blickte hoffnungslos in den unfruchtbaren Frühling.

Die Flüchtlinge

Sie zogen durch die neue Hauptstadt wie Fremde aus einem fernen Land, ja, obgleich ihr eigener Grund und Boden vielleicht nur wenige hundert Meilen entfernt lag von der Straße, durch die sie nun zogen. Aber für sie schien es sehr weit. Ihre Augen waren wie die Augen von Menschen, die eine rätselhafte Gewalt plötzlich aus der Welt gerissen hat, die sie seit je kannten und bis nun für gesichert hielten. Sie, die nur Landwege und Felder gewöhnt waren, schritten jetzt durch die stolze Straße der neuen Hauptstadt, ihre Füße traten die neuen, festen Gehsteige, und obgleich die Straße erfüllt war von Dingen, die sie nie gesehen, von Automobilen und vielerlei, wovon sie nicht einmal gehört hatten, verwandten sie doch keinen einzigen Blick daran, sondern zogen vorbei wie im Traum und sahen nichts.

Mehrere Hunderte waren es, die vorbeischritten in diesem Augenblick. Sie beachteten nichts und niemanden, und niemand beachtete sie. Die Stadt war erfüllt von Flüchtlingen, von vielen Tausenden, die alle, so gut es ging, ernährt, irgendwie gekleidet und in Zelten beherbergt wurden, in großen Lagern außerhalb der Stadtmauer. Zu jeder Stunde des Tages konnte man Züge zerlumpter Männer und Frauen mit nur wenigen Kindern sehen, die alle ihren Weg zu den Lagern nahmen, und wenn einer der Stadtbewohner sie bemerkte, tat er das nur, um mit wachsender Bitterkeit zu denken:

«Noch mehr Flüchtlinge — wird das je ein Ende nehmen? Wir alle werden hungern bei dem Bemühen, sie auch nur ein bißchen zu füttern.»

Diese Bitterkeit, die Bitterkeit der Angst, war schuld, daß die Inhaber der kleinen Läden den vielen Bettlern, die fortwährend zu den Türen kamen, grobe Worte entgegenschrien, und daß manche Leute unbarmherzig den Rikschakulis nur ganz wenig Fahrlohn zahlten, diesen Kulis, deren es zehnmal mehr gab als nötig, weil die Flüchtlinge auf solche Weise etwas zu verdienen suchten. Selbst die berufsmäßigen Rikschaschlepper verwünschten die Ankömmlinge, denn diese Hungerleider schleppten für jeden Betrag, den man ihnen gab, und so wurde der Fuhrlohn für alle geringer, und alle litten. Und da die Stadt überfüllt war mit Flüchtlingen, die an jeder Türe bettelten, sich in alle Berufe und Dienste drängten, wo es keiner besonderen Schulung bedurfte, mit Flüchtlingen, deren viele an jedem Frostmorgen tot an den Straßenecken lagen — warum sollte man diese neue Schar anstaunen, die jetzt eben einzog im Zwielicht eines Wintertags?

Aber das waren keine gewöhnlichen Männer und Frauen, kein hergelaufenes Gesindel, das immer arm war und leicht hungerte in Zeiten der Überschwemmung. Nein, das waren Männer und Frauen, auf die jedes Volk stolz sein durfte. Man konnte sehen, daß sie alle aus derselben Gegend stammten, denn sie trugen Gewänder aus dem gleichen dunkelblauen Baumwollstoff, einfach und nach altmodischer Art geschnitten, mit langen Ärmeln und langen, weiten Jakken. Die Männer hatten einen hemdartigen Schurz, bedeckt mit seltsam verschlungenen, schönen Mustern. Die Frauen trugen blaue Streifen des gleichen einfachen Stoffes wie Tücher um den Kopf gewunden. Männer und Weiber waren groß und stark gebaut, obgleich die Frauen eingebundene Füße hatten. Ein paar junge Burschen befanden sich in der Schar, ein paar Kinder, die in Körben einer Tragstange beiderseits der Schultern ihrer Väter hockten, aber es gab unter den Kindern keine Mädchen und keine Säuglinge. Jedermann und jeder Bursche trug eine Last auf der Schulter. Diese Last bestand stets aus Bettzeug — wattierten Decken aus dem blauen Baumwollstoff. Kleider und Bettzeug waren sauber und fest. An der Spitze jeder zusammengerollten Decke, mit einem Stückchen Matte dazwischen, stak ein eiserner Kessel. Diese Kessel waren zweifellos aus den Lehmherden des Dorfes herausgenommen worden, als die Leute die Zeit gekommen sahen, da sie weichen mußten. Aber in keinem der Kessel fand sich eine Spur von Essen, noch eine Spur davon, daß man in letzter Zeit darin gekocht hätte.

Der Mangel an Nahrung bestätigte sich durch einen genauen Blick auf das Gesicht dieser Leute. Beim ersten Hinsehen im Zwielicht schienen sie soweit gesund, aber bei näherer Betrachtung sah man, daß es Gesichter hungernder Menschen waren, die jetzt verzweifelt einer letzten Hoffnung entgegenzogen. Sie merkten nichts von den Seltsamkeiten einer neuen Stadt, denn sie waren dem Tod zu nahe, um etwas zu sehen. Kein ungewohnter Anblick konnte ihre Neugier wecken. Es waren Männer und Frauen, die auf ihrem Boden ausgeharrt hatten, bis die Hungersnot sie forttrieb. So marschierten sie vorbei, blicklos, schweigend, fremd, wie eben Menschen den Lebenden fremd sind, wenn sie wissen, daß ihnen der Tod nahe ist.

Der letzte in diesem langen Zug schweigender Männer und Frauen war ein kleiner, eingeschrumpfter alter Mann. Selbst er trug eine Last von zwei Körben, die an einer Tragstange beiderseits seiner Schulter hingen, die gleiche Last: eine zusammengerollte Bettdecke, einen Kessel. Aber er hatte nur einen Kessel im ganzen. Der zweite Korb enthielt offenbar nur eine Decke, sehr zerrissen und geflickt, aber noch immer sauber. Obzwar die Bürde leicht war, schien sie doch zu schwer für den Alten. Man merkte, er wäre zu anderen Zeiten über das Arbeitsalter hinausgewesen, und er war vielleicht in den letzten Jahren solche Plage nicht mehr gewohnt. Sein Atem pfiff, er taumelte vorwärts und strengte seine Augen an, um jene zu sehen, die vor ihm gingen, damit er nicht zurückbleibe, und in seinem alten, runzligen Gesicht spielte sich gleichsam ein keuchender Kampf ab.

Plötzlich konnte er nicht mehr weiter. Er legte seine Last sehr sorgfältig nieder, sank zu Boden, den Kopf zwischen den Knien, die Augen geschlossen, und rang verzweifelt nach Luft. In seine verhungerten Wangen stieg ein bißchen Blut und bildete kleine, dunkle Flecken. Ein zerlumpter Verkäufer von heißen Nudeln schob seinen Stand näher und rief seine Ware aus mit dem herkömmlichen Ruf, und das Licht des Standes fiel auf des Alten abgehärmte Gestalt. Ein Mann ging vorüber, blieb stehen, sah ihn an und brummte:

«Ich schwöre, daß ich heute nichts mehr geben kann, und wenn ich meine Familie auch nur mit Nudeln ernähren sollte — aber da ist dieser Alte. Nun, ich will ihm das Silberstück geben, das ich heute für den morgigen Tag verdient habe, und will auf morgen vertrauen. Wenn mein eigener alter Vater noch lebte, ich hätte es ihm ebenso gegeben.»

Er suchte in seinem Gewand und brachte aus dem zerlumpten Gürtel eine kleine Silbermünze hervor, und nach einem Augenblick des Zögerns und Brummens legte er noch ein Kupferstück dazu.

«Da, alter Vater», sagte er mit einer gewissen verbitterten Herzlichkeit, «ich möchte, daß du Nudeln ißt!»

Der Alte hob langsam den Kopf. Als er das Silber sah, wollte er die Hand nicht ausstrecken. Er sagte:

«Herr, ich habe dich nicht angebettelt. Herr, wir haben gutes Land, und wir haben noch niemals so gehungert, weil wir so gutes Land besitzen. Aber dieses Jahr ist der Fluß gestiegen, und in solchen Zeiten hungern auch Männer mit gutem Land. Herr, es ist uns nicht einmal Saatgut geblieben. Wir haben unser Saatgut gegessen. Ich sagte ihnen, wir dürften das Saatgut nicht essen. Aber sie waren jung und hungrig und haben es gegessen.»

«Nimm das», sagte der Mann und ließ das Geld in den Schurz des Alten fallen, und seufzend ging er seines Weges.

Der Verkäufer machte seine Schüssel mit Nudeln bereit und rief: «Wieviel willst du essen, Alter?»

Da kam Bewegung in den alten Mann. Er griff in seinen Schurz, und als er die beiden Münzen darin sah, die eine aus Kupfer und die andere aus Silber, sagte er:

«Eine kleine Schale ist genug.»

«Kannst du denn nur eine kleine Schale essen?» fragte der Verkäufer erstaunt.

«Es ist nicht für mich», antwortete der alte Mann.

Der Verkäufer sah ihn erstaunt an, aber da er ein einfacher Mensch war, sagte er nichts weiter, sondern bereitete die Schale, und als er fertig war, rief er laut: «Hier ist sie!» Und er wartete, um zu sehen, wer essen werde.

Da erhob sich der Alte mit großer Anstrengung, nahm die Schale in seine zitternden Hände und ging zum zweiten Korb. Der Verkäufer beobachtete ihn, wie er die Decke zurückzog, bis man das eingeschrumpfte Gesicht eines kleinen Jungen sehen konnte, der darunter lag mit fest geschlossenen Augen. Man hätte das Kind für tot halten können, doch als der alte Mann ihm den Kopf hob, so daß des Knaben Mund den Rand der kleinen Schale erreichte, begann er schwach zu schlucken, bis das heiße Gericht verzehrt war. Der Alte flüsterte ihm fortwährend zu: «Da, mein Herz... da, mein Kind...»

«Dein Enkel?» fragte der Verkäufer.

«Ja», erwiderte der Alte. «Der Sohn meines einzigen Sohnes. Mein Sohn und sein Weib ertranken bei der Arbeit auf unserem Grund, als die Dämme brachen.»

Er deckte das Kind zärtlich zu, und niederhockend fuhr er mit der Zunge sorgfältig über die kleine Schale und entfernte den letzten Rest der Speise. Dann, als hätte er gegessen, gab er die Schale dem Verkäufer zurück.

«Aber du hast das Silberstück!» rief der zerlumpte Verkäufer und staunte noch mehr, als er sah, daß jener nichts mehr nahm.

Der alte Mann schüttelte den Kopf. «Das ist für Saatgut», antwortete er. «Sowie ich das Geld gesehen hatte, wußte ich, daß ich damit Saatgut kaufen würde. Sie haben alles Saatgut aufgegessen, und womit soll der Boden wieder besät werden?»

«Wäre ich selbst nicht so arm», sagte der Verkäufer, «ich hätte dir eine Schale geschenkt. Aber jemandem etwas schenken, der ein Silberstück besitzt...» Verwundert schüttelte er den Kopf.

«Ich bitte dich nicht darum, Bruder», sagte der alte Mann. «Wohl weiß ich, daß du es nicht verstehen kannst. Aber hättest du Land, so wüßtest du, daß man es bebauen muß, oder es gibt Hungersnot noch für ein nächstes Jahr. Das Beste, was ich für diesen meinen Enkel tun kann, ist, ein wenig Saatgut für das Land kaufen — ja, auch wenn ich sterbe und andere es aussähen müssen: der Boden *muß* bebaut werden.»

Er nahm seine Last wieder auf, seine alten Beine zitterten und, die Augen krampfhaft auf die lange, gerade Straße gerichtet, taumelte er weiter.

Am Rande des Festlands, das sich aus einer von Horizont zu Horizont reichenden Flut erhebt, liegen kleine Gerümpelhaufen umher, die aussehen wie Strandgut. Jeder dieser Stapel besteht aus ein paar Holzbänken, einem rohgezimmerten Tisch, einem kleinen Speiseschrank und einem schmalen Eisenkessel, der auf einer hohlen, rauchgeschwärzten Lehmunterlage ruht. Aber die Kessel sind kalt und sind seit Wochen kalt geblieben, denn es gibt keine Feuerung, die darunter brennen könnte. Die Fluten haben alles genommen.

Jeder dieser Gerümpelhaufen ist das Ganze, was übriggeblieben ist von einem Heim und einem Bauernhaus. Der Rest liegt unter Wasser, und dort liegt auch die Ernte, die gesät und niemals eingebracht wurde. Um jeden solchen Stapel geborgenen Guts schart sich eine Gruppe menschlicher Wesen, ein Mann, eine Frau, Kinder, und da und dort ein Greis und eine Greisin, aber deren sind nicht viele. In der Mehrheit bestehen die Gruppen aus Vätern, Müttern und ihren Kindern. Ein heimlicher Kampf geht vor sich zwischen diesen Vätern und Müttern, sonst herrscht furchtbares Schweigen. Worum kämpfen sie?

Da steht ein Vater, ein junger Bauer, und er wirft finstere Blicke auf sein junges Weib. Sie müssen sehr früh geheiratet haben, denn obwohl sie fünf Kinder besitzen — das älteste ist höchstens acht Jahre alt —, dürfte der Vater nicht älter sein als sechs- oder siebenundzwanzig, die Mutter noch jünger. Der Vater ist stark und braun, obgleich jetzt sehr mager. Aber er ist ein Mann, wie man sie überall auf dem Land sieht, ein Mann, der seinen Boden liebt und stolz ist auf seine guten gepflügten Felder und auf seine gelben Getreideschober und auf all seine gute Feldfrucht. Er ist stolz auf alles, denn es ist der Ertrag seiner Arbeit, und er ist stolz auf sein Gedeihen und seine Tüchtigkeit. Er hat ein ernstes, geradezu strenges Gesicht, aber es ist ein gutes Gesicht, auch jetzt, da er finster blickt; und seine Augen sind ehrlich, nur voller Verzweiflung.

Die Mutter sieht ihn halb an, höchstens verstohlen, und dann wendet sie sich immer rasch ab. Sie ist ein hübsches, rundwangiges Landmädchen gewesen, ihre Füße sind nicht eingebunden, und ihr ganzer Körper, wäre er jetzt nicht so mager, schiene wohlgestalt und stark. Aber ihre Augen sind eingesunken, das schwarze Haar ist fleckig und zerzaust vom Wind, denn seit vielen Tagen hat sie es nicht gekämmt. Ihre Lippen sind trocken und grau, obzwar sie unaufhörlich mit der Zunge darüber streicht, um sie zu befeuchten.

Sie hat sehr viel zu tun. Sie bewacht unausgesetzt die Kinder. Zwei sind immer bei ihr. Eines liegt an ihrer Brust, die heute nur mehr ein armseliges, eingeschrumpftes Stückchen Haut ist. Und doch tröstet sich damit das arme blasse Wesen, das dort ruht, obgleich die Brust leer ist, und ein Weilchen klingt sein Stöhnen leiser. Das andere Kind ist ein kleines zweijähriges Mädchen, ein winziges, verrunzeltes Geschöpf, das völlig regungslos im Arm der Mutter liegt. Die übrigen drei Kinder bewegen sich nicht viel, aber wenn eines von ihnen ein

Stückchen wegkriecht oder dem Rand des Wassers sich nähert, schreit die Mutter und kommt nicht zur Ruhe, ehe sie nicht wieder jedes Kind in Reichweite ihrer Hände hat.

Besonders ruhelos ist sie des Nachts. Sie schläft fast überhaupt nicht, und sie hält alle Kinder bei sich. Dutzendmal fährt sie aus ihrem Dösen auf und gleitet mit der Hand rasch über die Kinder. Sind alle da — alle fünf? Wo ist das zweite Mädchen? Ja — hier ist es, sie sind alle da. Wenn der Vater auch nur eine leise Bewegung macht, ruft sie scharf:

«Was machst du — was ist nicht in Ordnung?»

Manchmal bricht der Vater in bitteres Fluchen aus über sie. Sie weiß, warum er ihr flucht. Sie erwidert kein Wort. Sie hält nur die Kinder bei sich und zählt sie wieder und wieder in der Finsternis.

Wenn der Morgen kommt, versucht sie Geschäftigkeit vorzutäuschen, als hätte sie viel Essen zu bereiten. Sie schöpft kaltes Flußwasser und mischt es in einer Kürbisschale mit ein wenig Mehl, das sie noch haben. Sie bemüht sich, fröhlich zu sagen:

«Es ist wirklich mehr Mehl da, als ich gedacht habe. Es genügt, um uns über viele Tage hinwegzuhelfen.»

Sie bringt es fertig, die größte Portion dem Vater zuzuschmuggeln, und mit sichtlichem Entsetzen unterdrückt sie das Geschrei der beiden älteren Jungen und sieht immer wieder auf den Mann, der alle finster und wortlos anstarrt. Ihr Anteil ist der kleinste, obzwar sie ein großes Geschlürf darum erhebt. Wenn es angeht, nimmt sie überhaupt nichts und gibt vor, keinen Hunger zu haben oder Leibschmerzen. Kann sie einen Augenblick erhaschen, da der Mann ihr den Rücken zuwendet, füttert sie die beiden Kleinen hastig und verstohlen.

Aber der Vater läßt sich nicht täuschen. Er brüllt sie an, wenn er sieht, was sie getan hat, und er schreit:

«Ich will nicht, daß du hungerst, damit auch nur eines von diesen lebe!»

Er gibt sich nicht zufrieden, ehe er nicht sieht, daß sie die Schale an die Lippen hält. Sie macht ganz kleine Schlucke, damit es mehr scheine.

Aber trotz aller ihrer Listen weiß der Mann, wie klein der Vorrat ist und wie die Kinder nach Nahrung schreien. Sie geben den Beschwichtigungsversuchen der Mutter nicht immer nach, und manchmal fangen die beiden Jungen zu heulen an. Einst waren sie dick und rosig und hatten alles zu essen, was sie brauchten, und sie können nicht verstehen, woher das Wasser gekommen ist und das Land einfach bedeckt hat, und es scheint ihnen, der Vater muß einen Ausweg finden.

Da geht er, setzt sich am Rand der Flut nieder und hält die Hände über die Ohren, solange seine Söhne heulen. In diesen Augenblicken geschieht es, daß das Antlitz der Mutter starr wird vor Entsetzen, und sie beschwört ihre Knaben und flüstert ihnen zu:

«Nehmt eurem Vater nicht jede Hoffnung. Seid ruhig — seid ruhig!»

Sie sehen ihr Gesicht und erschrecken zu Schweigen, denn sie spüren die Gefahr, ohne zu wissen, welche Gefahr.

So geht der stumme, fürchterliche Kampf weiter zwischen Vater und Mutter. Jeden Tag wird das Mehl im Korb knapper, und die Flut weicht nicht. Jede Nacht zählt die Mutter ihre Kinder in der Finsternis.

Aber sie kann nicht ewig wachbleiben. Es kommt eine Nacht, da ihr ausgehungerter Körper schläft, und sie merkt es nicht. Sie hat die Arme über die Kinder gebreitet. Und sie merkt nicht, daß der Vater sich regt und mit den stillen kleinen Mädchen flüstert. Vertrauensvoll folgen sie ihm ein Stückchen Weges. Nach einer Weile kommt er taumelnd zurück, allein, und legt sich nieder in der Finsternis. Ein- oder zweimal seufzt er schwer, und jeder Seufzer entringt sich ihm wie ein Stöhnen.

In der grauen Dämmerung erwacht die Mutter plötzlich. Entsetzen packt sie; noch ehe sie recht wach ist, wird ihr klar, daß sie geschlafen hat. Ihre Hände tasten über die Kinder — wo sind die beiden andern? Mit einem Schrei springt sie auf, plötzlich erstarkt. Sie stürzt zu ihrem Mann, packt ihn, kreischt:

«Wo sind die zwei Kinder?»

Er sitzt zusammengekauert auf dem Boden, die Knie hat er hochgezogen und den Kopf darauf gestützt. Er gibt keine Antwort.

Die Mutter ist wie von Sinnen. Wild schluchzt sie und schüttelt den Mann an der Schulter und schreit ihm ins Gesicht:

«Ich bin ihre Mutter ... ich bin ihre Mutter!»

Das Kreischen weckt alle Leute des armseligen Lagers. Aber keine Stimme wird laut. Jeder weiß, worum der Kampf geht. Dieser Kampf war überall. Die Frau bricht in furchtbares Stöhnen aus, und sie keucht:

«Hätte eine Mutter jemals solches tun können — nur Väter sind es, die ihre Kinder nicht genug lieben und ihnen das bißchen Essen neiden!»

Erst da spricht der finstere Mann. Er hebt den Kopf von den Knien, sieht zu der Frau im grauen Dämmerlicht empor und murmelt:

«Glaubst du, ich habe sie nicht lieb gehabt?» Er wendet den Kopf ab, und nach einer Weile spricht er wieder: «Ihr Hungern ist zu Ende.» Plötzlich und lautlos beginnt er zu weinen, und als die Mutter sein verzerrtes Gesicht sieht, verstummt sogar sie.

Der gute Strom

Ihr ganzes Leben hatte Lan Ying am Strom verbracht, mit ihrem Vater und ihrer Mutter und ihren drei jüngeren Brüdern. Den guten Strom nannte man ihn, denn er war ihnen in vielfacher Art dienlich, aber sein wirklicher Name hieß Yangtse oder Sohn des Meeres. Im Frühling führte der Strom steigende Wasser vom schmelzenden Schnee der hundert Berge, in denen seine Quelle lag. Viele Stunden dachte Lan Ying über diese Quelle nach, wenn sie dasaß und ihrem Vater das Fischnetz bewachte. Der Strom floß so breit und tief und gelb zu ihren Füßen, unter dem großen, an Bambuspflöcken ausgespannten Netz, daß man nicht glauben konnte, er sei irgendwo ein kleines Flüßchen, das über felsige Klippen sprang oder schmal und träge durch sandige Wüsten lief. Das vermochte sie sich nur vorzustellen, wenn sie an ihr vor drei Jahren geborenes Brüderchen dachte, wie klein es war und wie verschieden von einem Mann, und doch würde es ebenso aus seiner Kleinheit herauswachsen, wie der Fluß wuchs, bis er so groß war, daß er mit Recht hieß: Sohn des Meeres.

Lan Ying saß beim Fischnetz und wartete geduldig, bis es an der Zeit war, das Seil zu ziehen, mit dem das Netz hochgehoben wurde, und sie blickte über den Strom hin. Das andere Ufer sah sie nur als klaren grünen Strich. An nebligen Morgen sah sie es überhaupt nicht und hätte genausogut an einem lehmigen Meer sitzen können. Fast alle Tage saß Lan Ying hier an dem großen Strom, und nach und nach wurde er für sie eine Art menschliches Wesen. Ihr Vater war nicht Fischer, sondern Bauer, er pflanzte Reis und Weizen auf seinem Grund, der bis an den Strom reichte und sich ein oder zwei Morgen landeinwärts erstreckte, bis zu der Anhöhe des Dorfes, in dem sie und etwa noch sechs andere Familien wohnten. Es waren lauter Familien von Bauern gleich Lan Yings Vater, aber sie alle ließen ihre Netze ebenso von Kindern bewachen oder von alten Großvätern, die zu gebrechlich waren, um auf dem Feld zu arbeiten. Mit dem Fischen konnte man eine Kleinigkeit dazuverdienen, für die verschiedenen Feiertage und für Weihrauch, der vor den Göttern verbrannt wurde, oder manchmal für neue Kleider, und außerdem war das Fleisch all dieser Fische gut zu essen.

Lan Ying erhob sich plötzlich von dem kleinen Bambusschemel, auf dem sie saß, und zog mit aller Kraft an dem Seil. Langsam stieg das Netz empor. Oft war gar nichts darin. Manchmal winzige Fische, die sie mit einem langstieligen Schöpfer herausholen mußte. Zuweilen auch ein großer Fisch, einmal etwa im Verlauf von Tagen. Aber jetzt war nichts dergleichen zu sehen, bloß der Silberglanz kleinwinziger Weißfischchen. Sie beugte sich nieder und schöpfte die Fischchen heraus. Die Mutter spießte sie einzeln mit einer Bambusnadel auf ein Stück Matte über einem Brett und trocknete sie in der Sonne; dann wurden sie eingesalzen und schmeckten ausgezeichnet zum Frühreis. Langsam ließ sie das Netz herab und setzte sich wieder hin.

Manchmal waren die Tage sehr lang, wenn man hier allein saß. Sie kam gleich nach dem Frühstück und blieb bis Mittag, dann durfte sie nach Hause gehen. Aber es war ihr lieber als alles andere, was Bauernkinder am Fluß zu tun haben. Es war ihr lieber, als den Büffel zu hüten und den ganzen Tag auf seinem harten, haarigen Rücken zu sitzen wie ihr zweiter Bruder. Es war ihr lieber, als die Enten in den kleinen Buchten des Stromes zu hüten wie ihr ältester Bruder. Ja, es machte ihr Freude, denn der fließende Strom hatte etwas Umgängliches an sich, mit den Schiffen, die vorüberfuhren, und den Zügen wilder Enten, die zuweilen flußabwärts schwammen, in großen Scharen, von der Strömung getragen und auf und nieder schaukelnd mit dem Wasser. Fortwährend war etwas zu sehen. Schiffe — die gab es in jeglicher Gestalt, von den kleinen Ruderbooten der Fischer bis zu den Segeldschunken mit den gemalten Augen, die sie vom Bug anstarrten. Einmal in vielen Tagen zogen flachgebaute ausländische Fahrzeuge vorbei und zuzeiten rauchende Dampfer. Die haßte sie genau so wie der Strom. Stets schwoll er zu zornigen Wellen und wogte hin und zurück, während sie vorüberfuhren. Manchmal stiegen die Wellen so hoch, daß die kleinen Fischerboote beinahe kenterten, und die Fischer schrien den ausländischen Schiffen laute Flüche nach. Da Lan Ying den Strom zornig werden sah, wurde auch sie zornig, und sie lief herbei, um das Netz festzuhalten. Allerdings fanden sich oft, nachdem die Dampfer vorüber waren, Fische darin, aufgeregt vom Schrecken, und wenn Lan Ying die großen silbernen Körper sah, dankte sie in ihrem Herzen dem Strom, daß er ihr die schönen Fische gesandt hatte. Es war ein guter Strom. Er brachte ihnen Nahrung aus der Erde und Fleisch aus dem Wasser, und für Lan Ying, die an seinen Ufern lebte, wurde er nach und nach eine Art Gott. Tag für Tag sah sie über ihn hin, und sie konnte in seinem Antlitz lesen und seine Laune ergründen an jedem Tag.

Es war das einzige Buch, in dem sie las, denn nicht im Traum hätte sie daran gedacht, zur Schule zu gehen. In ihrem Dorf gab es keine, aber sie wußte genau, was das war, eine Schule, denn in dem Marktflecken, den sie und ihre Mutter einmal im Jahr besuchten, gab es eine solche. An diesem Tag saßen keine Schüler darin, denn es war Jahrmarkt, und die Schule blieb geschlossen den ganzen Tag, aber Lan Ying blickte stets neugierig in das leere Zimmer, wenn sie vorbeiging, und auf die leeren Sessel und Tische und auf die Bilder an den Wänden. Das erste Mal hatte sie ihre Mutter gefragt:

«Und was ist es, was man hier macht?»

Da antwortete die Mutter: «Man lernt hier die Bücher.»

Nun hatte Lan Ying noch nie ein Buch gesehen, und daher fragte sie in großer Neugier: «Hast du sie auch gelernt, als du ein Kind warst?»

«Gewiß nicht», erwiderte die Mutter laut. «Wann hatte ich je Zeit für solches Zeug? Ich mußte arbeiten! Nur faule Leute gehen in die Schule — Stadtleute und ihresgleichen. Zwar hat mein Vater davon gesprochen, meinen ältesten Bruder in die Schule zu schicken, wegen des Ansehens. Er war ein stolzer Mann und dachte, es würde sich gut machen, wenn es in der Familie einen gäbe, der lesen und schreiben könnte. Aber als mein Bruder drei Tage dort war, wurde er des vielen Sitzens überdrüssig und bat, nicht mehr hingehen zu müssen, und er weinte und schmollte so sehr, daß mein Vater ihm nachgab.»

Lan Ying überdachte dies eine ganze Weile, und dann fragte sie wieder: «Und lernen alle Stadtleute Bücher, auch Mädchen?»

«Ich habe gehört, daß das die neueste Sitte ist», sagte die Mutter und schob sich die Last von Baumwollgarn zurecht, das sie gesponnen hatte und auf den Markt zum Verkauf brachte. «Aber welchen Nutzen ein Mädchen davon haben soll, das weiß ich nicht. Sie hat noch immer das gleiche zu tun, zu kochen und zu nähen und zu spinnen und auf das Netz zu achten, und wenn sie verheiratet ist, tut sie wieder das gleiche und gebiert dazu ihre Kinder. Bücher können einer Frau nicht nützen.» Sie ging rascher, denn die Last auf dem Rücken wurde ihr schwer, und Lan Ying beeilte sich ein wenig, und dann sah sie den Staub auf ihren neuen Schuhen, beugte sich nieder, um ihn wegzuwischen, und vergaß darüber die Bücher.

Sie dachte auch nicht mehr daran, als sie zum Strom zurückkehrte. Nein, Bücher hatten nichts zu tun mit ihrem Leben hier am guten Strom. Das Netz hochziehen und wieder herablassen; des Abends nach Hause gehen und Gras im Lehmherd verfeuern unter den zwei eisernen Kesseln, in denen der Reis für das Nachtessen gewärmt wurde, und, wenn der Reis mit ein wenig Fisch dazwischen verzehrt war — an Tagen, da der Strom gütig gewesen —, mit den Schüsseln ans Ufer laufen und sie dort ausspülen; zurückkehren, ehe die Nacht ganz dunkel wurde, ins Bett kriechen und daliegen und dem weichen Rauschen des Stromes im Schilf lauschen —: das war ihr ganzes Leben, an jedem Tag. Nur an Fest- und Jahrmarkttagen sah es anders aus, aber auch nur für diesen einen Tag.

Es war ein ruhiges Leben, das sie solcherart führte, aber ein sehr gesichertes Leben. Manchmal hörte Lan Ying ihren Vater sagen, daß er in dem Marktflecken, den er oftmals aufsuchte, um seinen Kohl und sein Getreide zu verkaufen, von Hungersnot im Norden vernommen habe, weil es dort nicht regnete, und da fügte er stets hinzu:

«Du siehst, wie schön es ist, neben einem guten Strom zu leben. Ob es regnet oder nicht, ist gleichgültig für uns, die wir nur unsere Eimer in den Strom tauchen müssen, und es ist Wasser da für unsere Felder. Ja, denn dieser unser guter Strom bringt uns das Wasser aus hundert Tälern, und Regen oder Trockenheit gilt uns gleich.»

Und wenn Lan Ying das hörte, dachte sie, daß sie alle sicherlich das beste Leben auf der ganzen Welt führten, und ein Leben am besten Ort, wo die Felder immer fruchtbar waren und die Weiden immer grün und das Schilf zum Verbrennen immer üppig und dicht, und alles kam von dem Strom. Nein, sie wollte nie wegziehen von diesem Strom, solang sie lebte.

Doch einmal kam der Frühling, da veränderte sich der Strom. Wer hätte je geahnt, daß der Strom anders werden könnte? Jahr für Jahr war er gleich geblieben, bis zu diesem Jahr. Lan Ying, die neben dem Fischernetz saß, merkte, daß er anders wurde. Gewiß, alljährlich schwoll er von Frühlingsfluten an wie jetzt. Das Wasser spritzte hoch an den Lehmwällen, doch das tat es jeden Frühling. Die gelbe Flut ringelte sich in großen Kreisen und zerrte an den Dämmen, so daß oft ein mächtiger Klumpen Erde in Bewegung kam und abbrach vom Land und versank, und triumphierend sog der Strom ihn auf. Der Vater kam und verschob das Netz nach innen an das Ende einer kleinen Bucht, damit nicht das Stückchen Erde, auf dem Lan Ying saß, genauso versinke und sie mit sich reiße. Zum erstenmal in ihrem Leben fürchtete sich Lan Ying ein wenig vor dem Strom.

Die Zeit kam, da das Wasser fallen sollte, aber es wich nicht. Nun mußte der Schnee dort oben sicherlich schon geschmolzen sein, denn es war Sommer und die Winde heiß, und der Strom hätte ruhig und glatt liegen müssen unter dem hellen Himmel. Aber er lag nicht ruhig. Nein, noch immer tobte er, als nährte ihn ein geheimnisvolles, unerschöpfliches Meer. Schiffer, die von den oberen Stromengen kamen, und deren Boote gelitten hatten durch die reißenden Wirbel, erzählten von Regengüssen, Tagen und Wochen des Regens auch nach der Regenzeit. Alle die Bergbäche und kleineren Flüsse, die derart genährt wurden, ergossen sich in den großen Strom und ließen ihn hochgehen und toben.

Der Vater verschob das Netz weiter in die Bucht, und Lan Ying, alleingelassen, blickte nicht mehr über den Strom. Nein, sie wandte ihm den Rücken zu und sah über die Felder. Jetzt fürchtete sie sich wirklich vor dem Strom.

Denn es war ein grausamer Strom. Während der ganzen heißen Monate des Sommers stieg er, jeden Tag eine Elle, zwei Ellen. Er kroch über die Reisfelder, auf denen halbhoch die Halme standen; er bedeckte die Halme und nahm die Hoffnung auf Ernte. Er schwoll in die Kanäle und Flußläufe und überflutete deren Ufer. Von allen Seiten hörte man, daß Dämme barsten, daß hohe Wassermauern über die tiefgelegenen reichen Täler einbrachen, daß Männer und Frauen und Kinder verschlungen und mitgerissen wurden.

Nun rückte Lan Yings Vater das Netz weit zurück, denn auch die Ufer der Bucht wurden überflutet. Wieder und wieder rückte er es landeinwärts, verfluchte den Strom und stöhnte:

«Unser Strom hier ist toll geworden!»

Schließlich kam ein Tag, da er das Seil zum Heben des Netzes an eine der vielen Weiden am Rande der Dreschtenne band, die den Vorhof bildete zu Lan Yings Heim. Ja, so hoch war das Wasser gestiegen, und das kleine Dorf mit seinem Halbdutzend strohgedeckter Lehmhäuser stand nun auf einer Insel, umgeben vom gelben Flußwasser. Alle mußten jetzt fischen, denn es gab keinen Feldbau mehr.

Nun schien es unmöglich, daß der Strom mehr täte als bisher. Des Nachts konnte Lan Ying kaum schlafen, so nahe rauschte am Bett, in dem sie lag, das Wasser vorbei. Zuerst wollte sie nicht glauben, daß es noch näher kommen würde. Aber sie sah die große Angst in ihres Vaters Augen. Das Wasser kam wirklich näher. War es vorgestern nicht bis über die halbe Dreschtenne gestanden? Ja, es stieg. In drei Tagen war es herin — im Haus.

«Wir müssen auf den innersten Deich ziehen», sagte Lan Yings Vater. «Einmal schon, zur Zeit des Vaters meines Vaters, soll der Strom ähnliches getan haben, und alle mußten auf den innersten Deich ziehen, zu dem das Wasser in mehr als fünf Menschenaltern nur *ein*mal vordringt. Es ist unser Fluch, daß diese Zeit in unser Leben fällt.»

Der kleinste Knabe begann laut zu weinen, denn er bekam plötzlich Angst. Solange das Dach des Hauses über ihnen und seine Mauern um sie standen, war es nur ein merkwürdiger Anblick, überall Wasser zu sehen und wie in einem Schiff darüber hinauszuragen. Aber als er hörte, daß sie fortmußten und auf einem Deich wohnen sollten, konnte er es nicht ertragen. Auch Lan Ying kamen vor Mitgefühl die Tränen, und sie zog ihn an sich und drückte sein Gesicht an ihre Brust.

«Aber ich darf meine schwarze Ziege mitnehmen?» schluchzte er.

Er besaß ein schwarzes Geißlein, das er, als es noch ein Kitzchen war, für sein Eigentum erklärt hatte unter den zwei oder drei Ziegen, die der Vater hielt.

«Wir werden alle Ziegen mitnehmen», erwiderte der Vater laut, und als sein Weib ihn fragte: «Aber wie können wir sie übers Wasser schaffen?» sagte er einfach: «Wir müssen, denn wir brauchen sie zum Essen.»

Am selben Tage nahm er die Tür aus den hölzernen Angeln, band sie mit den hölzernen Betten und dem Tisch zusammen und befestigte das rohe Floß an einem kleinen Boot, das er besaß, und auf das Floß kletterten Lan Ying und ihre Mutter und die kleinen Jungen. Den Büffel banden sie an ein Seil und ließen ihn schwimmen, und die Enten und die vier Gänse desgleichen. Aber die Ziegen wurden auf das Floß gebracht. Eben als sie das Haus verließen, kam ihnen der gelbe Hund nachgeschwommen und Lan Ying rief: «oh, mein Vater, sieh! Wolf will auch mit!»

Aber der Vater schüttelte den Kopf und ruderte weiter. «Nein», sagte er, «Wolf muß sich selbst versorgen und allein sein Futter suchen, wenn er am Leben bleibt.»

Das schien Lan Ying grausam, und der älteste Junge rief:

«Ich will meine Schale Reis mit ihm teilen!»

Da schrie der Vater, als wäre er zornig:

«Reis? Was für Reis? Wächst Reis unter der Flut?»

Jetzt schwiegen die Kinder alle, nicht aus Verstehen, sondern aus Angst. Noch nie waren sie ohne Reis gewesen. Zumindest Reis gab der Strom ihnen jedes Jahr. Als schließlich Wolf müde wurde und immer langsamer schwamm und immer weiter zurückblieb, kam ein Augenblick, da sein gelber Kopf sich nicht mehr abhob von der gelben Flut.

Über Meilen von Wasser erreichten sie schließlich den innersten Deich. Er ragte wie ein Bergkamm gegen den Himmel und schien ein Paradies an Sicherheit. Land, gutes, trockenes Land! Der Vater band das Floß an einen Baum, und sie kletterten auf den Damm.

Aber viele waren vor ihnen gekommen. Auf der Höhe standen Hütten aus Matten, lagen Haufen geretteten Hausrats, Bänke und Tische und Betten, und überall waren Menschen. Denn auch dieser innerste Deich hatte dem Wasser nicht standgehalten. Es war an hundert Jahre her, daß der Strom ihn derart angriff, und an vielen Stellen hatten die Leute die Möglichkeit eines solchen Angriffs vergessen und den Deich nicht widerstandsfähig und undurchlässig erhalten. Der Strom brach sich Bahn durch diese gefährdeten Stellen und flutete sogar über die guten Äcker hinter dem Damm. Der aber blieb stehen, eine Insel, und von überall klammerten sich Menschen an ihn.

Nicht nur die Menschen, auch die Tiere des Feldes und die Ratten und die Schlangen kamen und suchten dieses Stückchen Land. Wo

Bäume aus dem Wasser ragten, ringelten sich die Schlangen hoch und blieben dort hängen. Zuerst kämpften die Männer mit ihnen und töteten sie und warfen die toten Tiere in die Fluten. Aber immer wieder kamen neue Schlangen, und schließlich ließ man sie in Ruhe, wenn nicht eine besonders gefährlich war.

Den Sommer und Herbst verbrachte Lan Ying dort mit den Ihren. Der Korb Reis, den sie mitgebracht hatten, war längst aufgegessen. Auch den Büffel schlachteten sie zuletzt und aßen ihn auf, und Lan Ying sah, daß ihr Vater wegging und allein am Wasser saß, nachdem er das Tier getötet hatte, und als sie näherkam, schrie er sie böse an, und die Mutter rief sie und sagte flüsternd:

«Komm ihm jetzt nicht nahe. Er denkt darüber nach, wie er je wieder den Boden pflügen soll, da der Büffel fort ist.»

«Und wie soll er das?» fragte Lan Ying neugierig.

«Ja, wie?» sagte die Mutter grimmig und schnitt das Fleisch.

Es schien undenkbar, daß der gute Strom all das getan haben sollte. Sie hatten die Ziegen vor dem Büffel gegessen und der kleine Junge wagte nicht einmal zu klagen, als er sah, daß sein Lieblingszicklein fort war. Nein, der grimmige Winter stand vor ihnen.

Es würde der Tag kommen — sie wußten, daß er kommen mußte —, da keine Nahrung mehr da war. Was dann? Nun, sie besaßen noch das Fischnetz. Aber der Strom sandte keine großen Fische in diese stehenden Wasser der Überschwemmung. Es gab nur Garnelen und Krabben, die langsam die lehmigen Wälle hinankrochen. Kein Mensch mehr besaß noch Nahrung. Jede Familie hielt sich eng beisammen, hütete das letzte Restchen und verriet niemandem, was da war. Einige wenige hatten noch etwas, und sie aßen heimlich in der Finsternis der Nacht, damit man sie nicht zwinge, mit den anderen zu teilen. Aber auch diese schmalen Vorräte waren bald verschwunden. Nichts gab es mehr als Garnelen und Krabben. Auch keinen Brennstoff, um sie zu bereiten. Man mußte sie roh essen. Zuerst meinte Lan Ying, sie könne es nicht — lieber würde sie hungern. Der Vater sagte nichts, aber er beobachtete sie und lächelte grimmig, als sie nach einem Tag des Fastens aus dem Garnelenhaufen eine herausfischte, die sich nicht mehr rührte.

«Wenigstens will ich sie nicht lebendig essen», murmelte sie.

Tag um Tag verging. Der Winter kam näher mit eisigen Winden und plötzlichen Nachtfrösten. Wenn es regnete, wurden alle bis auf die Haut naß, und sie drängten sich aneinander wie Schafe. Aber es regnete nicht oft, und am nächsten Tag konnten sie ihre Kleider in der Sonne trocknen. Lan Ying wurde sehr schmal, so schmal, daß sie stets fror. Aber sie sah die andern an, und auch die Knaben waren sehr mager und sehr still. Sie spielten kaum jemals. Nur der älteste ging langsam zum Rand des Wassers, wenn der Vater ihn rief, daß er kommen und beim Fangen der täglichen Garnelen helfen solle. Lan Ying sah, wie das runde Gesicht ihrer Mutter blaß und hohlwangig wurde, und die Hände, die rot und dick gewesen waren und Grübchen an den Gelenken hatten, glichen den Händen eines Gerippes. Aber noch immer war die Mutter fröhlich, und sie sagte oft:

«Welches Glück, daß wir wenigstens Garnelen haben, und welches Glück, daß wir alle genug Kräfte besitzen, um zu leben.»

Denn es waren viele gestorben von jenen, die den Deich aufgesucht hatten, so daß es kein Gedränge mehr gab wie früher. Nein, jetzt war Platz genug für die Übrigbleibenden.

Kein Schiff kam vorbei in all den Tagen. Lan Ying, die aus Gewohnheit beim Wasser saß und darüber hinsah, dachte stets an die vielen Schiffe, die immer beim Fischen vorübergefahren waren, Tag für Tag. Es schien ein anderes Leben. Hatte es je eine Zeit gegeben, die nicht war wie diese? Es schien, als seien die einzigen Menschen, die auf der Erde zurückblieben, eine Handvoll Menschen, die auf einem Stückchen Land nisteten, inmitten der Flut.

Manchmal redeten die Männer zueinander, mit leisem Tonfall. Nicht einer besaß mehr seine frühere laute Stimme. Jeder sprach, als wäre er lange krank gewesen. Sie redeten von der Zeit, da die Flut fallen würde, und was sie tun wollten, um neue Tiere zum Pflügen zu bekommen, und stets sagte Lan Yings Vater grimmig:

«Nun, ich kann mich selbst an meinen Pflug schirren, und meine Alte wird es diesmal auch tun, das schwöre ich, aber was ist der Zweck des Pflügens, wenn man kein Saatgut hat, um es in die Erde zu streuen? Woher sollen wir Saatgut nehmen, da wir kein Getreide haben?»

Lan Ying begann davon zu träumen, daß Schiffe kämen. Sicher gab es irgendwo in der Welt noch Menschen, die Getreide hatten. Konnten nicht Schiffe kommen? Jeden Tag saß sie da und blickte inbrünstig über das Wasser. Wenn ein Schiff kam — dachte sie —, würde wenigstens *ein* lebendiger Mensch darin sein, und man konnte ihn rufen und ihm sagen:

«Rette uns, die wir verhungern. Wir haben nichts gegessen als diese rohen Garnelen, seit vielen Tagen . . .»

Ja, und wenn er auch nichts tun konnte, so vermochte er doch weiterzufahren und es andern zu sagen. Ein Schiff war die einzige Hoffnung. Sie begann zum Strom zu beten, er möge ein Schiff senden. Jeden Tag betete sie, aber kein Schiff kam. Zwar sah sie eines Tages an der Kimmung, wo das gelbe Wasser sich dunkel abhob vom blauen Himmel, den Umriß eines kleinen Schiffes, aber es verschwand am Horizont und kam nicht näher.

Doch der Anblick des Schiffes gab ihr Mut. Wenn dort ein Schiff war, konnte es nicht auch andere geben? Sie sagte schüchtern zu ihrem Vater:

«Wenn ein Schiff käme . . .»

Aber er ließ sie nicht ausreden. Traurig meinte er: «Kind, und wer weiß, daß wir hier sind? Nein, wir sind in des Stromes Gewalt.»

Sie sagte nichts mehr, aber sie blickte unentwegt weiter über das Wasser.

Plötzlich sah sie eines Tages, scharf und schwarz gegen den Himmel, die Form eines Schiffes. Sie beobachtete es und sagte nichts. Sie wollte warten, damit es nicht wieder entschwinde, wie jenes andere entschwunden war. Aber dieses Schiff entschwand nicht. Es wurde größer, deutlicher, kam näher. Sie wartete. Schließlich war es so nah, daß sie zwei Männer darin sehen konnte. Jetzt ging sie zu ihrem Vater. Er schlief, wie alle schliefen, wenn sie konnten, um den knurrenden Magen zu vergessen. Sie schüttelte ihn und keuchte ein wenig und zerrte an seiner Hand, um ihn zu wecken. Sie war sehr schwach und zu kraftlos, um zu schreien. Er öffnete die Augen.

«Ein Schiff kommt!» keuchte sie.

Nun stand er auf, taumelnd und wankend in seiner Schwäche, und blickte hinaus auf die Flut. Es war keine Täuschung: es kam näher. Er riß die blaue Jacke herunter und schwenkte sie matt, und seine nackten Rippen standen heraus wie die eines Skeletts. Die Männer auf dem Schiff schrien. Aber nicht einer der Menschen auf dem Land konnte antworten, so schwach waren alle.

Das Boot kam heran. Die Männer banden es an einen Baum und sprangen auf den Deich. Lan Ying starrte sie an und meinte, noch nie solche Menschen gesehen zu haben, so fett, so gefüttert. Sie redeten lärmend — was sagten sie?

«Ja, wir haben Essen ... ja, Essen für alle! Wir sind auf der Suche nach solchen wie ihr. Wie lang seid ihr hier? Vier Monate — du lieber Himmel! Hier, eßt den gekochten Reis, den wir gebracht haben! Ja, ja, es ist noch da! Hier ist auch Weizenbrot ... Nein, nicht so schnell, achtet darauf, anfangs nur wenig zu essen und erst später mehr.»

Lan Ying starrte sie an, wie sie ins Boot sprangen und Reisbrei zurückbrachten und Laibe Weizenbrot. Sie streckte die Hand aus, ohne es zu wissen, und ihr Atem ging schnell wie bei einem erschöpften Tier. Sie wußte nicht, was sie tat, wußte nur, daß sie endlich Nahrung haben konnte — sie *mußte* Nahrung haben. Einer der Männer riß ein Stück Brot ab und gab es ihr, und sie vergrub die Zähne darin, setzte sich plötzlich auf den Boden und vergaß alles außer dem Stückchen Brot, das sie hielt. So taten alle, so aßen sie, und als jeder etwas hatte, blieben die Männer stehen und wandten die Augen weg, als könnten sie den Anblick dieses heißhungrigen Essens nicht ertragen. Niemand sprach.

Nein, nicht eine Stimme war zu hören, bis plötzlich ein Mann, der eine Weile gegessen hatte und nur so viel, als er vorerst wagte, den Mund auftat:

«Seht euch dieses Brot an, wie weiß es ist! Ich habe niemals Weizen gesehen, aus dem man so weißes Brot machen kann.»

Nun sahen alle hin, und es stimmte: das Brot war weiß wie Schnee. Da sprang einer der Männer vom Boot und sagte:

«Es ist Brot aus Weizen, der in einem fremden Lande wächst. Dort hat man gehört, was der Strom getan hat, und hat uns dieses Mehl geschickt.»

Jetzt sahen alle die Stücke Brotes an, die noch übrig waren, und die Männer murmelten darüber hin, wie weiß und wie gut es sei, und daß es ihnen als das beste Brot erschien, das sie je gegessen hatten. Lan Yings Vater blickte auf, und plötzlich sagte er:

«Ich möchte gern ein wenig von diesem Weizen haben, um ihn

auf meinem Boden zu säen, wenn die Flut sinkt. Ich habe kein Saatgut.»

Der Mann vom Boot erwiderte herzlich:

«Du sollst davon haben — ihr alle sollt davon haben!»

Er sagte es leichthin, als spräche er zu einem Kind, denn er wußte
nicht, was es für diese Leute hieß, die Bauern waren, wenn man
ihnen sagte, sie könnten Saatgut bekommen, um wieder anzubau-
en. Aber Lan Ying war eine Bauerstochter, und sie wußte es. Verstohlen blickte sie ihren Vater an und sah, daß er den Kopf abgewendet hatte und starr lächelte, aber seine Augen standen voll Tränen.
Sie fühlte, wie auch ihre Kehle gepreßt war von Tränen, und sie
stand auf und ging zu einem der beiden Männer und zupfte ihn am
Ärmel. Er sah zu ihr herab und fragte:

«Was willst du, Kind?»

«Der Name...», flüsterte sie. «Wie ist der Name des Landes, das
uns diesen schönen Weizen geschickt hat?»

«Amerika», gab er zurück.

Da schlich sie weg, und weil sie nicht mehr essen konnte, saß sie da
und hielt das kostbare Stück Brot fest, das ihr geblieben war, und
blickte hin über das Wasser. Sie hielt es fest, das Brot, obgleich die
Männer ihnen mehr davon versprochen hatten. Plötzlich fühlte sie
Schwäche, und der Kopf drehte sich ihr. Sie würde noch Brot essen,
sobald sie konnte, jedesmal freilich nur ein Stückchen — dieses gute
Brot! Sie blickte über den Strom und fürchtete ihn nicht mehr. Gut
oder böse — sie hatten wieder Brot.

INHALT

GESTERN UND HEUTE

UMSTURZ

ÜBERSCHWEMMUNG

rowohlts rotations romane

Ungekürzte Romane bekannter Autoren aus aller Welt

Verzeichnis aller lieferbaren Titel

* hinter dem Titel: Für Jugendliche ab 10 Jahren zu empfehlen
** hinter dem Titel: Für Jugendliche ab 14 Jahren zu empfehlen

Romane und andere Prosa

AMADO, JORGE Gabriela wie Zimt und Nelken [838], Dona Flor und ihre zwei Ehemänner [1969]

ARNOTHY, CHRISTINE Sommerspiele [1629]

ARSAN, EMMANUELLE Emmanuelle oder Die Schule der Lust [1825], Emmanuelle oder Der Garten der Liebe [1951]

BAGLEY, DESMOND Lebenslänglich mit Rückfahrtkarte [1912], Im Sog des Grauens [1964]

BALDWIN, JAMES Giovannis Zimmer [999], Gehe hin und verkünde es vom Berge [1415], Sie nannten ihn Malcolm X. Ein Drehbuch [1750], Des Menschen nackte Haut. Erzählungen [1789], Sag mir, wie lange ist der Zug schon fort [1863]

BAUER, JOSEF MARTIN So weit die Füße tragen [1667]

BEAUVOIR, SIMONE DE Das Blut der anderen [545], Die Mandarins von Paris [761], Ein sanfter Tod [1016], Memoiren einer Tochter aus gutem Hause [1066], In den besten Jahren [1112], Der Lauf der Dinge [1250], Alle Menschen sind sterblich [1302], Sie kam und blieb [1310], Die Welt der schönen Bilder [1433], Eine gebrochene Frau [1489], Alles in allem [1976]

BECHER, ULRICH Männer machen Fehler. Zwölf Kurzgeschichten [1283], Das Profil [1612], Murmeljagd [1783], William's Ex-Casino [1909]

BECKETT, SAMUEL [Nobelpreisträger] Murphy [311]

BELLOW, SAUL Mr. Sammlers Planet [1673], Mosbys Memoiren [1867]

BENZONI, JULIETTE Cathérine [1732], Unbezwingliche Cathérine [1785], Cathérine de Montsalvy [1813], Cathérine und die Zeit der Liebe [1836]

BERCK, MARGA Sommer in Lesmona [1818]

BORCHERT, WOLFGANG Draußen vor der Tür und ausgewählte Erzählungen [170] **, Die traurigen Geranien und andere Geschichten aus dem Nachlaß. Hg.: Peter Rühmkorf [975] **

BRECHT, BERTOLT Kalendergeschichten [77], Drei Groschen Roman [263], Die Geschäfte des Herrn Julius Caesar [639]

BRISTOW, GWEN Tiefer Süden [804] **, Die noble Straße [912] **, Am Ufer des Ruhmes [1129] **, Alles Gold der Erde [1590]**, Morgen ist die Ewigkeit [1685], Kalifornische Sinfonie [1718], Celia Garth [1798]

BROMFIELD-GELD, ELLEN Wildes Land im Mato Grosso [1788], Ein Tal in Ohio [1932]

BROWN, CHRISTY Ein Faß voll Leben [1733]

BUCK, PEARL S. [Nobelpreisträger] Ostwind — Westwind [41] **, Die Mutter [69] **, Die Frau des Missionars [101] **, Die erste Frau und andere Novellen [134], Der Engel mit dem Schwert / Gottesstreiter im fernen Land [167] **, Die springende Flut [425], Letzte große Liebe [1779], Die schönsten Erzählungen der Bibel [1793], Alle unter einem Himmel [1835], China — Gestern und heute. Mit Fotos [1930]

CAIN, JAMES M. Der hellgrüne Falter [1817]

CAMUS, ALBERT [Nobelpreisträger] Die Pest [15], Der Fremde [432], Kleine Prosa [441] **, Der Fall [1044], Tagebücher 1935–1951 [1474]

CAPOTE, TRUMAN Frühstück bei Tiffany [459], Kaltblütig [1176]

CARLETON, JETTA Wenn die Mondwinden blühen [1522]

CARRÉ, JOHN LE Schatten über gestern [789] **, Der Spion der aus der Kälte kam [865] **, Krieg im Spiegel [995], Ein Mord erster Klasse [1120], Eine kleine Stadt in Deutschland [1511]

CASTONIER, ELISABETH Mill Farm [1978 — Aug. 1976]

CÉLINE, LOUIS-FERDINAND Tod auf Kredit [1724]

CHEEVER, JOHN Die Bürger von Bullet Park [1853]

CHOTJEWITZ, PETER O. Malavita. Mafia zwischen gestern und morgen [1960]

COHN, NIK AWopBopaLooBop ALop-BamBoom. Pop History [1542]

COLETTE Gigi und andere Erzählungen [143]

COOPER, SIMON Puppenspiele [1465]

COWARD NOEL Palmen, Pomp und Paukenschlag [616]

CRICHTON, ROBERT Das Geheimnis von Santa Vittoria [1959]

CRONIN, A. J. Kaleidoskop in ‹K› [10], Die Zitadelle [39], Der neue Assistent [112], Der spanische Gärtner [127], Die Dame mit den Nelken [345], Doktor Murrays Auftrag [677], Dr. Shannons Weg [774], Der Judasbaum [857], Geh auf den Markt [927], Doktor Finlays Praxis [1383], Kinderarzt Dr. Carroll [1570], Ein Professor aus Heidelberg [1680], Traumkinder. Erzählungen [1720]

DEGENHARDT, FRANZ JOSEF Zündschnüre [1865]

DENNIS, PATRICK Das verrückte Paradies [1972]

DICKEY, JAMES Flußfahrt [1778]

DJILAS, MILOVAN Verlorene Schlacht [1692], Der Wolf in der Falle. Erzählungen [1921]

DREXLER, ROSALYN Eine unverheiratete Witwe [1990 – Sept. 1976]

DRISCOLL, PETER Die Wilby-Verschwörung [1925]

DU MAURIER, DAPHNE Rebecca [179], Spätestens in Venedig. Erzählungen [1791]

DURRELL, LAWRENCE Justine [710], Balthazar [724], Mountolive [737], Clea [746], Bittere Limonen – Erlebtes Cypern [993], Leuchtende Orangen. Rhodos – Insel des Helios [1045] **, Schwarze Oliven. Korfu – Insel der Phäaken [1102] **, Tunc [1517], Nunquam [1595], Esprit de Corps oder Diplomaten unter sich [1961]

DÜRRENMATT, FRIEDRICH Der Richter und sein Henker. Illustrationen: Karl Staudinger [150] **, Der Verdacht [448]

EDEN, DOROTHY Yarrabee [1725], Die vollen Tage des Lebens [1834], Sing mir das Lied noch einmal [1970]

EKERT-ROTHOLZ, ALICE M. Reis aus Silberschalen [894], Wo Tränen verboten sind [1138], Strafende Sonne, lockender Mond [1164], Mohn in den Bergen [1228], Die Pilger und die Reisenden [1292], Eifenbein aus Peking / Sechs Geschichten [1277], Limbo oder Besuch aus Berlin [1567], Der Juwelenbaum [1621], Fünf Uhr Nachmittag [1781]

ELLIN, STANLEY Die Millionen des Mr. Valentine [1564]

ELLIOTT, SUMNER LOCKE Leise, er könnte dich hören [1269], Der Apfel rötet sich in Eden [1916]

ENGELMANN, BERNT Großes Bundesverdienstkreuz. Tatsachenroman [1924]

FABIAN, JENNY / BYRNE, JOHNNY Groupie [1477]

FAGYAS, MARIA Der Leutnant und sein Richter [1923]

FAIRBAIRN, ANN . . . und wählte fünf glatte Steine [1967]

FALL, THOMAS Der Clan der Löwen [1309]

FALLADA, HANS Kleiner Mann – was nun? [1], Wer einmal aus dem Blechnapf frißt [54], Damals bei uns daheim [136] **, Heute bei uns zu Haus [232], Der Trinker [333], Bauern, Bonzen und Bomben [651], Jeder stirbt für sich allein [671], Wolf unter Wölfen [1057], Kleiner Mann, Großer Mann – alles vertauscht oder Max Schreyvogels Last und Lust des Geldes [1244], Ein Mann will nach oben. Die Frauen und die Träumer [1316], Lieschens Sieg und andere Erzählungen [1584], Zwei zarte Lämmchen weiß wie Schnee. Eine kleine Liebesgeschichte [1648], Fridolin der freche Dachs. Eine zwei- und vierbeinige Geschichte [1786]

FAULKNER, WILLIAM Licht im August [1508]

FERNAU, JOACHIM Weinsberg oder Die Kunst der stachligen Liebe [1828], Ein Frühling in Florenz [1956]

FICHTE, HUBERT Interviews aus dem Palais d'Amour etc. [1560]

FITZGERALD, JOHN D. Vater heiratet eine Mormonin [1350]

FRANK, BRUNO Trenck. Roman eines Günstlings [1657]

FRISCH, OTTO VON Ein Haus und viele Tiere. Mit 15 Abb. [1840]

FUCHS, GERD Beringer und die lange Wut [1980 – Aug. 1976]

GALLICO, PAUL Meine Freundin Jennie [499] *, Ein Kleid von Dior [640] **, Der geschmuggelte Henry [703] **, Thomasina [750], Ferien mit Patricia [796], Die Affen von Gibraltar [883], Immer diese Gespenster! [897], Die spanische Tournee [963], Waren Sie auch bei der Krönung? Zwei heitere Geschichten zu einem festlichen Ereignis [1097] **, Die Hand von drüben / Fast ein Kriminalroman [1236], Jahrmarkt der Unsterblichkeit [1364], Freund mit Rolls-Royce [1387], Schiffbruch [1563], Adam der Zauberer [1643], k. o. Matilda [1683], Die silbernen Schwäne. Fünf Geschichten der Liebe. Zeichnungen: Horst Lemke [1803]

GARCÍA MÁRQUEZ, GABRIEL Hundert Jahre Einsamkeit [1484]

GEBHARDT, HANS Der Skat-Weltmeister [1958]

GEISSLER, CHRISTIAN Das Brot mit der Feile [1935]

GENET JEAN Querelle [1684], Nôtre-Dame-des-Fleurs [1870], Das Totenfest. Pompes funèbres [1913], Wunder der Rose [1966]

GODEY, JOHN Abfahrt Pelham 1 Uhr 23 [1899]

GOETZ, CURT Tatjana [734]

GOLON, ANNE Angélique. Bd. 1 [1883], Bd. 2 [1884], Angélique und der König [1904], Unbezähmbare Angélique [1963], Angélique, die Rebellin [1999 – Okt. 1976]

GORDON-DAVIS, JOHN Die Beute [1379], Die Jäger [1687]

GOUDGE, ELIZABETH Der Rosmarinbaum [1866]

GRAU, SHIRLEY ANN Die Hüter des Hauses [1464], Ein Mädchen aus New Orleans [1856]

GREENE, GRAHAM Die Kraft und die Herrlichkeit [91], Das Herz aller Dinge [109], Der dritte Mann [211], Der stille Amerikaner [284], Heirate nie in Monte Carlo. Illustrationen: Marianne Weingärtner [320], Unser Mann in Havanna [442], Die Stunde der Komödianten [1189], Leihen Sie uns Ihren Mann? [1278], Die Reisen mit meiner Tante [1577], Eine Art Leben [1671], Das Ende einer Affäre [1787], Schlachtfeld des Lebens [1806], Ein Sohn Englands [1838], Zentrum des Schreckens [1869], Der Honorarkonsul [1911], Das Attentat [1928], Orientexpress [1979 – Aug. 1976]

GRÜN, MAX VON DER Irrlicht und Feuer [916], Am Thresen gehn die Lichter aus. Erzählungen [1742]

VAN GULIK, ROBERT Mord im Labyrinth. Neue Kriminalfälle des Richters Di [1998 – Okt. 1976]

HANDKE, PETER Die Hornissen [1098]

HARDWICK, MOLLIE Das Haus am Eaton Place. Bd. 3: Die Zeiten ändern sich [1939], Bd. 4: Für König und Vaterland [1952]

HAWKESWORTH, JOHN Das Haus am Eaton Place. Bd. 1: Porträt einer Familie [1937], Bd. 2: Die Frauen der Bellamys [1922]

HEAVEN, CONSTANCE Das Haus der Kuragin [1795], Das Erbe der Astrow [1922]

HEINRICH, WILLI Schmetterlinge weinen nicht [1583]

HEMINGWAY, ERNEST [Nobelpreisträger] Fiesta [5], In einem andern Land [216], In unserer Zeit [278], Männer ohne Frauen [279], Der Sieger geht leer aus [280], Der alte Mann und das Meer [328] *, Schnee auf dem Kilimandscharo [413], Über den Fluß und in die Wälder [458], Haben und Nichthaben [605], Die grünen Hügel Afrikas [647], Tod am Nachmittag / Mit 81 Abb. [920], Paris – ein Fest fürs Leben [1438], 49 Depeschen [1533], Die Sturmfluten des Frühlings [1716]

HERSEY, JOHN Orkan [1804]

HESSE, HERMANN Klingsors letzter Sommer [1462], Roßhalde [1557], Gertrud [1664], Das erste Abenteuer. Erzählungen [1897]

HEY, RICHARD Ein Mord am Lietzensee [1845]

HEYER, GEORGETTE Die bezaubernde Arabella [357], Die Vernunftehe [477], Die drei Ehen der Grand Sophy [531], Geliebte Hasardeurin [569], Der Page und die Herzogin [643], Die spanische Braut [698], Venetia und der Wüstling [728], Penelope und der Dandy [736], Die widerspenstige Witwe [757], Frühlingsluft

[790] **, April Lady [854], Falsches Spiel [881], Serena und das Ungeheuer [892], Lord «Sherry» [910], Ehevertrag [949], Liebe unverzollt [979], Barbara und die Schlacht von Waterloo [1003], Der schweigsame Gentleman [1053], Heiratsmarkt [1104], Die galante Entführung [1170], Die Jungfernfalle [1289], Brautjagd [1370], Verlobung zu dritt [1416], Verführung zur Ehe [1212], Damenwahl [1480], Die Liebesschule [1515], Skandal im Ballsaal [1618], Ein Mord mit stumpfer Waffe. Detektivroman [1627], Der schwarze Falter [1689], Ein Mädchen ohne Mitgift [1727], Der Mörder von nebenan. Detektivroman [1752], Eskapaden [1800], Findelkind [1837], Mord ohne Mörder [1859], Lord Ajax [1900], Der Tip des Toten. Detektivroman [1919], Herzdame [1954], Der Tote am Pranger [1971 – Sept. 1976]

HOCHHUTH, ROLF Die Berliner Antigone. Kleine Prosa und Lyrik [1842]

HOUSTON, JAMES Weiße Dämmerung [1855]

HUDSON, JEFFERY Die Intrige [1540] J . . . Die sinnliche Frau [1634]

JOHNSON, EYVIND [Nobelpreisträger] Zeit der Unruhe. Erzählungen [1871]

KAZANTZAKIS, NIKOS Alexis Sorbas / Abenteuer auf Kreta [158], Freiheit oder Tod [1861]

KEROUAC, JACK Unterwegs / On the Road [1035], Engel, Kif und neue Länder [1391], Gammler, Zen und Hohe Berge [1417], Die Verblendung des Duluoz [1839]

KIRST, HANS HELLMUT Verdammt zum Erfolg [1644], Verurteilt zur Wahrheit [1780], Verfolgt vom Schicksal [1931]

LAWRENCE, D. H. Liebende Frauen [929], Lady Chatterley [1638], Auf verbotenen Wegen [1996 – Okt. 1976]

LONDON, JACK Das Mordbüro [1615]

LOWELL, JOAN Ich spucke gegen den Wind [23]**

LOWRY, MALCOLM Unter dem Vulkan [1744]

LYNN, JACK Der Professor. Ein Mafia-Roman [1755]

MAILER, NORMAN Die Nackten und die Toten [1829], Der Hirschpark [1868]

MALAMUD, BERNARD Die Mieter [1915]

MALPASS, ERIC Morgens um sieben ist die Welt noch in Ordnung [1762], Wenn süß das Mondlicht auf den Hügeln schläft [1794], Beefy ist an allem schuld [1984 – Sep. 1976]

MANN, HEINRICH Professor Unrat [35], Die Jugend des Königs Henri Quatre [689], Die Vollendung des Königs Henri Quatre [692], Novellen [1312], Ein Zeitalter wird besichtigt [1986 – Sept. 1976]

MASON, RICHARD . . . denn der Wind kann nicht lesen [144], Suzie Wong [325], Zweimal blüht der Fieberbaum [715]

MATRAY, MARIA / KRÜGER, ANSWALD Die Liaison. Roman einer europäischen Tragödie [1955]

METALIOUS, GRACE Die Leute von Peyton Place [406]

MICHENER, JAMES A. Die Kinder von Torremolinos [1636], Sayonara [1675]

MILLER, ARTHUR Brennpunkt [147], Nicht gesellschaftsfähig / The Misfits [446], Ich brauche dich nicht mehr. Erzählungen [1620]

MILLER, HENRY Lachen, Liebe, Nächte [227], Der Koloß von Maroussi [758], Big Sur und die Orangen des Hieronymus Bosch [849], Land der Erinnerung [934], Nexus [1242], Plexus [1285], Schwarzer Frühling. Erzählungen [1610], Mein Leben und meine Welt [1745]

Henry Miller Lesebuch. Hg.: Lawrence Durrell [1461]

MITCHELL, MARGARET Vom Winde verweht [1027]

MONNIER, THYDE Die Kurze Straße [30], Liebe – Brot der Armen [95]

MONSIGNY, JACQUELINE Floris, mon amour [1747], Floris und die junge Zarin [1898]

MOORE, JOHN Die Wasser unter der Erde [1816], Septembermond [1372]

MORAVIA, ALBERTO Gefährliches Spiel [331], Die Römerin [513], La Noia [876], Inzest [1077], Ich und Er [1666], Das Paradies. Erzählungen [1850]

MONTRAM, PETER Myron [1917]

MUSIL, ROBERT Drei Frauen [64], Die Verwirrungen des Zöglings Törleß [300], Nachlaß zu Lebzeiten [500] **

NABOKOV, VLADIMIR Lolita [635], Verzweiflung [1562], Einladung zur Enthauptung [1641], Lushins Verteidigung [1699]

NOSSACK, HANS ERICH Spätestens im November [1082]

O'BRIEN, EDNA Mädchen im Eheglück [1520]

O'DONNELL, PETER Modesty Blaise – Die tödliche Lady [1115], Modesty Blaise – Die Lady bittet ins Jenseits [1184], Modesty Blaise – Die Lady reitet der Teufel [1304], Modesty Blaise – Ein Gorilla für die Lady [1493], Modesty Blaise – Die Goldfalle [1805], Modesty Blaise – Die Lady macht Geschichten [1977 – Aug. 1976]

DES OLBES, CLAUDE Emilienne [1995 – Okt. 1976]

PATERSON, NEIL Thirza, Tochter der See [1989 – Sept. 1976]

PAUSEWANG, GUDRUN Aufstieg und Untergang der Insel Delfina [1905], Plaza Fortuna [1973]

PETERSEN, JULIUS ADOLF Der Lord von Barmbeck [1936]

PHILIPE, ANNE Nur einen Seufzer lang [1121], Morgenstunden des Lebens [1468]

POLGAR, ALFRED Im Lauf der Zeit [107]

PORTER, KATHERINE ANNE Das Narrenschiff [785]

PUZO, MARIO Der Pate [1442], Mamma Lucia [1528]

RAABE, WILHELM Stopfkuchen [100] **

RENAULT, MARY Feuer vom Olymp. Ein Roman um Alexander den Großen [1809]

REZZORI, GREGOR VON Maghrebinische Geschichten [259], Oedipus siegt bei Stalingrad. Ein Kolportageroman. Nachwort: Nicolaus Sombart [563], Neue maghrebinische Geschichten [1475]

ROBBINS, HAROLD Einen Stein für Danny Fisher [991]

ROTH, JOSEPH Radetzkymarsch [222], Hiob [1933]

ROTH, PHILIP Portnoys Beschwerden [1731]

RUARK, ROBERT Der Honigsauger [1647], Die schwarze Haut [1696], Safari [1738], Uhuru [1815], Nie mehr arm. Bd. 1 [1843], Bd. 2 [1844]

RUESCH, HANS Im Land der langen Schatten [1715]

SAINT-EXUPÉRY, ANTOINE DE Flug nach Arras [206] **, Carnets [598]

SALINGER, JEROME D. Franny und Zooey [906], Hebt den Dachbalken hoch, Zimmerleute & Seymour wird vorgestellt [1015], Neun Erzählungen [1069]

SALOMON, ERNST VON Die Kadetten [214], Der Fragebogen [419], Die Geächteten [461], Die schöne Wilhelmine / Ein Roman aus Preußens galanter Zeit [1506], Die Kette der tausend Kraniche [1848]

SARTRE, JEAN-PAUL Das Spiel ist aus / Les Jeux sont faits [59], Zeit der Reife [454], Der Aufschub [503], Der Pfahl im Fleische [526], Der Ekel [581], Die Wörter [1000], Porträts und Perspektiven [1443], Die Mauer. Das Zimmer, Herostrat, Intimität, Die Kindheit eines Chefs. / Erzählungen [1569], Bewußtsein und Selbsterkenntnis [1649], Mai 68 und die Folgen. Reden, Interviews, Aufsätze Bd. I [1757], Bd. II [1758]

SCHREIBER, HERMANN Capitain Carpfanger [1846]

SEGAL, ERICH Love Story [1623]

SEGHERS, ANNA Transit [867]

SELBY, HUBERT Letzte Ausfahrt Brooklyn [1469], Mauern [1841]

SHADBOLT, MAURICE Und er nahm mich bei der Hand [1589]

SHARP, MARGRET Rosa [1682]

SHAW, IRWIN Aller Reichtum dieser Welt [1997 – Okt. 1976]

SHUTE, NEVIL Das letzte Ufer [1968]

SIMMEL, JOHANNES MARIO Affäre Nina B. [359], Mich wundert, daß ich so fröhlich bin [472], Das geheime Brot [852], Begegnung im Nebel [1248]

SNOW, C. P. Mord unterm Segel [1691]

SOLSCHENIZYN, ALEXANDER Krebsstation. Buch 1 und 2. Vorwort: Heinrich Böll [1395 u. 1437]

SOUTHERN, TERRY Der Super-Porno [1991]

SOUTHERN, TERRY / HOFFENBERG, MASON Candy oder Die sexte der Welten [1482]

SPEYER, WILHELM Der Kampf der Tertia. Zeichnungen: Wilhelm M. Busch [17] **

STAMMEL, H. J. Das waren noch Männer. Die Cowboys und ihre Welt. Mit 32 Bildtafeln [1571] **

STONE, IRVING Vincent van Gogh / Ein Leben in Leidenschaft [1099]

SURMINSKI, ARNO Jokehnen oder Wie lange fährt man von Ostpreußen nach Deutschland [1985 – Sept. 1976]

SVEVO, ITALO Zeno Cosini [1735], Ein gelungener Scherz. Erzählungen [1814]

TALESE, GAY Ehre deinen Vater. Aufstieg und Fall einer großen Mafia-Familie [1801]

TASCHAU, HANNELIES Strip und andere Erzählungen [1902]

TOMASI DI LAMPEDUSA, GIUSEPPE Der Leopard [1831]

TRAVEN, B. Das Totenschiff [126] **, Die weiße Rose [488], Die Baumwollpflücker [509], Der Karren [593], Die Brücke im Dschungel [764] **

TUCHOLSKY, KURT Schloß Gripsholm. Illustrationen: Wilhelm M. Busch [4], Zwischen Gestern und Morgen [50], Panter, Tiger & Co. [131], Rheinsberg. Zeichnungen: Kurt Szafranski [261], Ein Pyrenäenbuch [474], Literaturkritik. Vorwort: Fritz J. Raddatz [1539], Schnipsel. Aphorismen [1669], rororo-Tucholsky, Gesammelte Werke (10 Bände in Geschenkkassette)

UPDIKE, JOHN Ehepaare [1488], Hasenherz [1975]

VASCONCELOS, JOSÉ MAURO DE Ara Ara. Ein Abenteuerroman aus dem brasilianischen Urwald [1642]

VASSILIKOS, VASSILIS Z. Roman [1722]

VASZARY, GABOR VON Monpti [20], Mit 17 beginnt das Leben [228], Die nächste Liebe, bitte! [391]

VONNEGUT, KURT Geh zurück zu deiner lieben Frau und deinem Sohn, Erzählungen [1756]

WALDECK, R. G. Venus am Abendhimmel. Talleyrands letzte Liebe [1983 – Aug. 1976]

WALSER, MARTIN Ehen in Philippsburg [557]

WALTER, OTTO F. Herr Tourel [1847]

WANDREY, UWE Lehrzeitgeschichten [1862]

WASSERMANN, JAKOB Der Fall Maurizius [1907]

WEESNER, THEODORE Der Autodieb [1988 – Sept. 1976]

WELK, EHM Die Heiden von Kummerow [561] **, Die Gerechten von Kummerow [1425]

WEST, MORRIS L. Der rote Wolf [1639]

WHITE, PATRIK [Nobelpreisträger] Voss [1760], Die im feurigen Wagen [1761]

WIENER, OSWALD Die Verbesserung von Mitteleuropa, Roman [1495]

WILDER, ROBERT Das Haus an der Flamingo Road [1799]

WILSON, SLOAN Wie ein wilder Traum [1749]

WOHMANN, GABRIELE Abschied für länger [1178], Ein unwiderstehlicher Mann. Erzählungen [1906]

WOLFE, TOM Das silikongespritzte Mädchen und andere Stories von Amerikas rasendem Pop-Reporter [1929]

WOLFE, THOMAS Schau heimwärts, Engel! Eine Geschichte vom begrabnen Leben [275]

Humor, heitere Unterhaltung

ABECASSIS, GUY 100 Koffer auf dem Dach [702], Kopfkissen für Globetrotter [1065]

An einem Sonntag hell und klar. Postkarten von damals (auch zum Ausschneiden). Aufgestöbert von Axel Schenck [1833]

BACHER, MANFRED Immer bin ich's gewesen! Illustrationen: G. Brl [1375] **, Lehrer sein dagegen sehr / Illustrationen: Dieter Klama [1529] **

BEKEFFY, STEFAN Der Hund, der Herr Bozzi hieß [1739]

BREINHOLST, WILLY Handbuch für Väter. Ein heiterer Ratgeber. Zeichnungen: Léon van Roy [1854]

BRESLIN, JIMMY Der Mafia-Boss hat Scherereien [1746]

BRINITZER, CARL Liebeskunst ganz prosaisch. Variationen über ein Thema von Ovid. Mit Illustr. von Franziska Bilek [1730]

BROWN, JOE DAVID Die Geschichte von Addie und Long Boy und wie sie beide fröhlichen Herzens auf anderer Leute Kosten lebten [1810]

BUSCH, FRITZ B. Einer hupt immer / Heitere Automobilgeschichten mit Benzin geschrieben [1084] **, Lieben Sie Vollgas? Heitere Automobilgeschichten hinter dem Steuer geschrieben [1181]**

COLLIER, JOHN Blüten der Nacht. Befremdliche Geschichten [1324], Mitternachtsblaue Geschichten [1559]

COUTEAUX, ANDRÉ Frau für Vater und Sohn gesucht [1518], Man muß nur zu leben wissen [1693]

DAHL, ROALD Küßchen, Küßchen [835], . . . steigen aus . . . maschine brennt . . . / 10 Fliegergeschichten [868], Der krumme Hund. Illustrationen: Catrinus N. Tas [959], . . . und noch ein Küßchen! Weitere ungewöhnliche Geschichten [989]

DURRELL, GERALD Zoo unterm Zeltdach. Als Tierfänger in Kamerun [1366] ** Ein Noah von heute. Illustrationen: Ralph Thompson [1419] **, Eine Verwandte namens Rosy [1510] **, Ein Schildkrötentransport und andere heitere Geschichten [1631]**, Nichts als Tiere im Kopf [1908]

EHLERT, CHRISTEL Wolle von den Zäunen [1048] **

ERHARDT, HEINZ Das große Heinz Erhardt Buch. Illustrationen: Dieter Harzig [1679]

FINCK, WERNER Finckenschläge [1832]

GILBRETH, F. B. / GILBRETH, CARY E. Im Dutzend billiger. Eine reizende Familiengeschichte [1721]

GORDON, RICHARD Aber Herr Doktor! [176], Doktor ahoi! [213], Hilfe! Der Doktor kommt [223], Dr. Gordon verliebt [358], Dr. Gordon wird Vater [470], Doktor im Glück [567], Eine Braut für alle [648], Doktor auf Draht [742] **, Onkel Horatios 1000 Sünden [953], Sir Lancelot und die Liebe [1191], Finger weg, Herr Doktor! [1694], Wo fehlt's Doktor? [1812]

GOSCINNY, RENÉ Prima, Prima, Oberprima! Tips für Schüler, Lehrer und leidgeprüfte Eltern [1256] **

GOVER, ROBERT Ein Hundertdollar Mißverständnis [1449], Kitten in der Klemme [1467], Trip mit Kitten [1628]

GRAY-PATTON, FRANCES Guten Morgen, Miss Fink [1064] **

GRUHL, HANS Fünf tote alte Damen. Illustrationen: Dietrich Lange [1423], Liebe auf krummen Beinen [1674], Ehe auf krummen Beinen [1697]

GUARESCHI, GIOVANNINI Don Camillo und Peppone / Mit Zeichnungen des Autors [215], Don Camillo und seine Herde / Mit Zeichnungen des Autors [231]

GULBRANSSON, OLAF Heiteres und Weiteres [1860]

HARTUNG, HUGO Deutschland deine Schlesier. Rübezahls unruhige Kinder [1624]

HAŠEK, JAROSLAV Die Abenteuer des braven Soldaten Schwejk – Ungekürzte Ausgabe. Illustrationen: Josef Lada

Band I [409], Band II [411], Schwejkiaden. Geschichten vom Autor des braven Soldaten Schwejk [1424]

HOLMBERG, AKE Frühstück zu dritt [1702]

HUMOR SEIT HOMER [625]

JEAN-CHARLES Die Knilche von der letzten Bank [1616], Knilche bleiben Knilche [1665], Knilche sterben niemals aus [1734]

JOHANN, ERNST Deutschland deine Pfälzer. Wo Witz und Wein wächst [1748]

KISHON, EPHRAIM Arche Noah, Touristenklasse [756]

KROLOW, KARL Deutschland deine Niedersachsen. Ein Land, das es nicht gibt. Illustrationen Heinz Knoke [1918]

KULENKAMPFF, HANS JOACHIM Gelacht von A–Z. Lexikon des Humors [1910]

KUSENBERG, KURT Mal was andres [113], Lob des Bettes. Illustrationen: Raymond Peynet [613], Der ehrbare Trinker / Eine bacchische Anthologie [1025], Man kann nie wissen. Eine Auswahl merkwürdiger Geschichten [1513]

LEVENSON, SAM Kein Geld – aber glücklich. Chronik einer Familie [1322] **

MACDONALD, BETTY Das Ei und ich [25] **, Betty kann alles [621], Die Insel und ich [641]

MENGE, WOLFGANG Ein Herz und eine Seele. Silvesterpunsch / Der Ofen ist aus. Mit 8 Abb. auf Kunstdrucktaf. [1774], Ein Herz und eine Seele. Rosenmontagszug / Besuch aus der Ostzone. Mit 10 Abb. auf 8 Kunstdrucktaf. [1775], Ein Herz und eine Seele. Frühjahrsputz / Selbstbedienung. Mit 8 Abb. auf Kunstdrucktaf. [1808]

MILLER, CHRISTIAN Der Kühlschrank auf der Feuerleiter. Ein heiterer Roman [1811]

MÖSSLANG, FRANZ HUGO Deutschland deine Bayern / Die weiß-blaue Extrawurscht [1352]

MULIAR, FRITZ Streng indiskret! Aufgezeichnet von Eva Bakos [1429], Wenn Sie mich fragen . . . Aufgezeichnet von Trude Marzik [1753]

MÜLLER-MAREIN, JOSEF Deutschland deine Westfalen. In Gottes eigenem Pumpernickelland. Illustrationen: Beate Rebhuhn [1957]

NEUMANN, ROBERT Deutschland deine Österreicher. Österreich deine Deutschen. Illustrationen: Lindi [1695]

NICKLISCH, HANS Vater unser bestes Stück [1609], Ohne Mutter geht es nicht [1672], Einesteils der Liebe wegen [1719], Ein Haus in Italien müßte man haben [1782], Opas Zeiten Eine fröhliche Familiengeschichte. Zeichnungen: Eva Kausche-Kongsbak [1926]

NOACK, BARBARA Die Zürcher Verlobung [1611], Ein gewisser Herr Ypsilon [1646], Eines Knaben Phantasie hat meistens schwarze Knie. Zeichnungen: Eva

Kausche-Kongsbak [1681], Valentine heißt man nicht. Eine Ehegeschichte – vorwiegend heiter [1701], Italienreise – Liebe inbegriffen [1726], Geliebtes Scheusal [1792], Danziger Liebesgeschichte [1858], Was halten Sie vom Mondschein? [1901], . . . und flogen achtkantig aus dem Paradies [1992 – Okt. 1976]

«Papa, Charly hat gesagt . . .». Gespräche zwischen Vater und Sohn [1849]

PAUSEWANG, GUDRUN Die Entführung der Doña Agata [1591]

PERGAUD, LOUIS Der Krieg der Knöpfe [662] **

RADECKI, SIGISMUND VON Das ABC des Lachens [84] **

RICHTER, HANS WERNER Deutschland deine Pommern / Wahrheiten, Lügen und schlitzohriges Gerede. Illustrationen: Franz Wischnewski [1537]

RINGELNATZ, JOACHIM Als Mariner im Krieg [799], Mein Leben bis zum Kriege [855]

RÖSLER, JO HANNS Die Reise nach Mallorca [1736]

RUHLA, FRANK Vielgeliebte alte Penne. Illustrationen: Dieter Klama [1566] **

SALOMON, ERNST VON Deutschland deine Schleswig-Holsteiner. Dem Feinde weh, der sie bedroht. Illustrationen: Heinz Schrand [1802]

SCHIEFER, HERMANN / HALBRITTER, KURT Die Kunst, Lehrer zu ärgern [1472] **, Wer abschreibt, kriegt 'ne 5! Illustrationen: Kurt Halbritter [1526] **

SCHMIDT, MANFRED Mit Frau Meier in die Wüste / Eine Auswahl verschmidtster Reportagen [907], Frau Meier reist weiter / Eine neue Auswahl verschmidtster Reportagen [1081] *

SCHRAMM, HEINZ EUGEN (Hg.) Schwaben wie es lacht. Eine Sammlung schwäbischen Humors. Zeichnungen: Eva-Maria Schramm [1982 – Aug. 1976]

SKASA-WEISS, EUGEN Deutschland deine Franken. Eine harte Nuß in Bayerns Maul. Illustrationen: Erich Hölle [1852]

SLEZAK, LEO Meine sämtlichen Werke [329] *, Der Wortbruch. Zeichnungen: Walter Trier [330] **, Rückfall. Zeichnungen: Hans Kossatz [501] **

SOEBORG, FINN Und sowas lebt [78]

SPOERL, HEINRICH Man kann ruhig darüber sprechen [401] **

SYKES, PAMELA Eine verrückte Familie [1704]

TAGEBUCH EINES BÖSEN BUBEN Neu bearbeitet und mit einem Nachwort von Kurt Kusenberg [695]

TELSCOMBE, ANNE Oma reist aufs Dach der Welt [1538], Oma klopft im Kreml an [1740]

TROLL, THADDÄUS Deutschland deine Schwaben / Vordergründig und hinter-

rücks betrachtet. Illustrationen: Günter Schöllkopf [1226], Preisend mit viel schönen Reden. Deutschland deine Schwaben für Fortgeschrittene. Illustrationen: Günter Schöllkopf [1864]

UND PETRULLA LACHT. Heiteres und Besinnliches von ostpreußischen Erzählern. Vorgestellt von Hans Hellmut Kirst. Hg. von Ruth Maria Wagner. Ill. von Erich Behrend [1703]

WEIDLICH, HANSJÜRGEN Es fing an mit Lenchen [1790]

WILDT, DIETER Deutschland deine Sachsen / Eine respektlose Liebeserklärung. Illustrationen: Heiner Rotfuchs [1075] **, Deutschland deine Preußen. Mehr als ein Schwarzweiß-Porträt. Illustrationen: Ulrik Schramm [1179] **

WOLF, ALEXANDER Zur Hölle mit den Paukern. Illustrationen: Kurt Halbritter [874]**

ZAK, JAROSLAV Pennäler contra Pauker. Strategie, Tricks und Abwehr [1325] **

Biographien
Autobiographien

BORGELT, HANS Grethe Weiser – Herz mit Schnauze [1741]

CHAGALL, BELLA Brennende Lichter / Zeichnungen: Marc Chagall [1223], Erste Begegnung. Zeichnungen: Marc Chagall [1630]

CHEVALIER, MAURICE Mein glückliches Leben. Erinnerungen [1613]

DURIEUX, TILLA Meine ersten 90 Jahre. Erinnerungen. Die Jahre 1952–1971 nacherzählt von Joachim Werner [1965]

GIEHSE, THERESE «Ich hab nichts zum Sagen». Gespräche mit Monika Sperr [1914]

GROSZ, GEORGE Ein kleines Ja und ein großes Nein. Sein Leben von ihm selbst erzählt [1759]

KOCH, THILO Ähnlichkeit mit lebenden Personen ist beabsichtigt. Begegnungen [1531]

KRÜGER, HARDY Eine Farm in Afrika / Mein Momella. Zeichnungen: Francesca Krüger [1530]

LEWIS, JERRY Wie ich Filme mache. «The total Film-Maker». Mit einer Bio-Filmographie von Rainer Gansera [1927]

MERCOURI, MELINA Ich bin als Griechin geboren [1729]

MILLER, HENRY Vom großen Aufstand. Henry Miller über Rimbaud [1974]

PIAF, EDITH Mein Leben [859]

PRAUSE, GERHARD Genies in der Schule. Legende und Wahrheit über den Erfolg im Leben [1934]

SALOMON, ERNST VON Der Fragebogen [419]

Satire, Chansons, Lieder, Comics

ARNOLD, HEINZ LUDWIG (Hg.), Väterchen Franz. Franz Josef Degenhardt und seine politischen Lieder [1797]

DEGENHARDT, FRANZ JOSEF Spiel nicht mit den Schmuddelkindern. Balladen / Chansons / Grotesken / Lieder. Illustrationen: Horst Janssen [1168], Im Jahr der Schweine [1661], «Laßt nicht die roten Hähne flattern ehe der Habicht schreit!» Lieder mit Noten [1993 – Okt. 1976]

DEGENHARDT, FRANZ JOSEF / NEUSS, WOLFGANG / HÜSCH, HANNS DIETER / SÜVERKRÜP, DIETER Da habt ihr es! Stücke und Lieder für ein deutsches Quartett. Zeichnungen: Eduard Prüssen [1260]

REITBERGER, REINHOLD C. / FUCHS, WOLFGANG J. Comics. Anatomie eines Massenmediums [1594]

GANS, GROBIAN Die Ducks. Psychogramm einer Sippe [1481] **

KALÉKO, MASCHA Das lyrische Stenogrammheft. Kleines Lesebuch für Große [1784]

LAUB, GABRIEL / RAUCH, HANS-GEORG Doppelfinten. Texte und Zeichnungen [1903]

NEUGEBAUER, PETER Lexikon der Erotik. Mit Textillustrationen [1509]

POTH, CHLODWIG Mein progressiver Alltag [1807]

PRÉVERT, JACQUES Gedichte und Chansons. Französisch und Deutsch. Nachdichtung von Kurt Kusenberg [1421]

QUALTINGER, HELMUT / MERZ, CARL Der Herr Karl und weiteres Heiteres [607]

REXHAUSEN, FELIX Die Sache. Einundzwanzig Variationen [1418], Germania unter der Gürtellinie. Ein satirisches Geschichtsbuch [1516]

RODA RODA Heiteres und Schärferes [1521]

RÜHMKORF, PETER Über das Volksvermögen. Exkurse in den literarischen Untergrund [1180]

THURBER, JAMES Die letzte Blume. Eine Parabel und 27 Fabeln für unsere Zeit [1676]

WANDREY, UWE [Hg.] Stille Nacht allerseits – Ein garstiges Allerlei [1561]

Politische Texte

AMALRIK, ANDREJ Unfreiwillige Reise nach Sibirien [1452]

BALDWIN, JAMES Sie nannten ihn Malcolm X. Ein Drehbuch [1750]

CAMUS, ALBERT (Nobelpreisträger) Verteidigung der Freiheit. Essays [1096], Der Mensch in der Revolte. Essays [1216]

CHANG SIN-REN Als Chinese nach China. Wiedersehen nach 25 Jahren [1981 – Aug. 1976]

GRASS, GÜNTER Aus dem Tagebuch einer Schnecke [1751]

HOCHHUTH, ROLF Krieg und Klassenkrieg / Studien [1455], Machtlose und Machthaber. Essays [1920]

IHR ABER TRAGT DAS RISIKO. Reportagen aus der Arbeitswelt. Hg. vom Werkkreis [1447]

MATTHIAS, L. L. Die Kehrseite der USA [1494]

SARTRE, JEAN-PAUL Mai 68 und die Folgen. Reden, Interviews, Aufsätze Bd. I [1757], Bd II [1758]

SARTRE, JEAN-PAUL / GAVI, PHILIPPE / VICTOR, PIERRE Der Intellektuelle als Revolutionär [1994 – Okt. 1976]

TUCHOLSKY, KURT Politische Briefe [1183], Politische Justiz / Vorwort: Franz Josef Degenhardt Zusammengestellt von Martin Swarzenski [1336], Politische Texte. Hg.: Fritz J Raddatz [1444]

rororo theater

BRECHT, BERTOLT Die Mutter – Ein Stück [971]

GRASS, GÜNTER Theaterspiele [1857]

HOCHHUTH, ROLF Der Stellvertreter. Ein christliches Trauerspiel. Mit einem Vorwort von Erwin Piscator und einem Essay von Walter Muschg [997], Soldaten / Nekrolog auf Genf [1323], Guerillas. Tragödie in 5 Akten [1588], Die Hebamme. Komödie [1670]

LENZ, SIEGFRIED Die Augenbinde / Schauspiel – Nicht alle Förster sind froh / Ein Dialog [1284]

SARTRE, JEAN-PAUL Die Fliegen / Die schmutzigen Hände – Zwei Dramen [418] **, Die Eingeschlossenen / Les Séquestrés d'Altona [551], Bei geschlossenen Türen / Tote ohne Begräbnis / Die ehrbare Dirne – Drei Dramen [788]

SIMMEL, JOHANNES MARIO Der Schulfreund – Ein Schauspiel [642]

STOPPARD, TOM Rosenkranz und Güldenstern. Schauspiel [1040]

WEISS, PETER Die Ermittlung. Oratorium in 11 Gesängen [1192]

Rowohlt Taschenbuch Verlag GmbH, Reinbek bei Hamburg